EMILY BENEDEK

Saat der Angst

GOLDMANN
Lesen erleben

Buch

Ein Helikopterabsturz auf einem Raketentestgelände im Iran. Drei führende Atomwissenschaftler, die unter mysteriösen Umständen verschwinden. Und ein verheerender terroristischer Anschlag in Indien … Der Mittlere Osten wird von einer scheinbar willkürlichen Ereigniskette erschüttert. Unterdessen hält eine andere Schreckensnachricht die westlichen Geheimdienste in Atem: Offenbar hat sich der iranische Staat mit Terroristen verbündet und strebt nun den Einsatz nuklearer Waffen an, die auch Europa und die USA treffen könnten – eine verheerende Bedrohung für die gesamte Menschheit. Als der ehemalige Agent und Terrorexperte Julian Granot die Leitung der Nahost-Abteilung eines privaten Geheimdienstes übernimmt, ermittelt er zunächst nur in den Entführungsfällen. Unter größtem Zeitdruck macht er sich mit seiner Partnerin, der jungen Journalistin Marie Peterssen, auf die Suche nach der Wahrheit. Schon bald finden die beiden heraus, dass die Ereignisse auf fatale Weise zusammenhängen, und stoßen auf die Spur eines skrupellosen Feindes …

Weitere Informationen zu Emily Benedek
sowie zu lieferbaren Titeln der Autorin
finden Sie am Ende des Buches.

Emily Benedek

Saat der Angst

Thriller

Aus dem amerikanischen Englisch
von Ulrike Laszlo

GOLDMANN

Der englische Originaltitel lautet »The Beggar's Opera«

Thukydides, »Der Peloponnesische Krieg«
und John Gay, »Polly«: Die Zitate wurden
für diese Ausgabe von Ulrike Laszlo übersetzt.

Dieses Buch ist auch als E-Book erhältlich

FSC www.fsc.org
MIX
Papier aus verantwortungsvollen Quellen
FSC® C014496

Verlagsgruppe Random House FSC® N001967
Das FSC®-zertifizierte Papier *München Super* für dieses Buch
liefert Arctic Paper Mochenwangen GmbH.

1. Auflage
Deutsche Erstveröffentlichung April 2014

Umschlaggestaltung: UNO Werbeagentur, München
Umschlagmotiv: Copyright © FinePic®, München
Redaktion: Ilse Wagner
KS · Herstellung: Str.
Satz: IBV Satz- und Datentechnik GmbH, Berlin
Druck und Bindung: GGP Media GmbH, Pößneck
Printed in Germany
ISBN: 978-3-442-47959-7
www.goldmann-verlag.de

Das Geheimnis des Glücks ist die Freiheit, das Geheimnis der Freiheit aber ist der Mut … Als wirklich mutig kann jedoch nur derjenige betrachtet werden, der weiß, was im Leben gut und was schlecht ist, und der sich dann unerschrocken allem stellt, was auf ihn zukommt.

Thukydides, *Der Peloponnesische Krieg*

Morano: Wer bist du, mein Freund?
Polly: Ein junger Mann, den die Welt beraubt hat; und ich kam hierher, um mich euch anzuschließen und im Zuge der Vergeltung die Welt zu berauben. Ein offener Krieg mit der ganzen Welt ist mutig und ehrenwert. Ich hasse diesen Krieg der bürgerlichen Gesellschaft, in dem sich Freunde und Nachbarn gegenseitig heimlich bestehlen.

John Gay, *Polly*, II/5

RAKETENTESTGELÄNDE, SEMNAN, IRAN

Die braune Erde in der heißen, staubigen Landschaft erstreckte sich, karg bis auf weniges Wüstengestrüpp, nach allen Seiten bis zum Horizont. Über dem Sand flirrte die auf beinahe fünfzig Grad erhitzte Luft und lockte mit der Illusion von Wassertropfen, ohne jedoch tatsächlich Erleichterung zu bringen. Umgeben von einem Stacheldrahtzaun, war neben einigen anderen Feststoffraketen eine einzige Sajil-2-Rakete auf einer vertikalen Abschussrampe positioniert. Ein Aussichtsturm ragte über den Sprengkopf hinaus, und einige Soldaten der Revolutionsgarde in steifer grüner Uniform hatten sich in einem Kreis um das Feld aufgestellt.

Vom Westen ertönte leise das lang erwartete Surren eines Motors. Der Hubschrauber der Regierung mit Irans bedeutenden Persönlichkeiten tauchte endlich auf. Heute sollte Irans erste, selbst gebaute Rakete getestet werden, deren schwere Spitze eine atomare Sprengladung vortäuschte.

Die Zuschauer schirmten ihre Augen vor der Sonne ab und beobachteten, wie sich der Transporthubschrauber Bell 412 langsam näherte. Ein Rudel streunender Hunde rannte in Jagdformation, die Schwänze in die Luft gestreckt, über das Feld. Das dumpfe Dröhnen des Helikopters wurde immer lauter, und die Menge begann, begeistert zu klatschen. Die Sonne glitzerte auf der Windschutzscheibe, und das Cockpit kippte leicht nach vorn, als der Hubschrauber langsamer wurde und zur Landung ansetzte. Die Soldaten auf dem Feld nahmen Haltung an und salutierten. Plötzlich riss eine gewaltige Ex-

plosion den Bauch des Helikopters auf, und Körperteile und Metallstücke regneten auf den Boden herab.

Die Hunde stoben jaulend und kläffend auseinander und versuchten, den brennenden Trümmern zu entkommen. Die entsetzten Zuschauer taten es ihnen nach einer Schrecksekunde gleich. Einer wurde von einem Metallteil getroffen und stürzte reglos zu Boden. Einige Soldaten, deren Hemden Feuer gefangen hatten, versuchten, dem Inferno zu entfliehen, indem sie sich unter die Aussichtsplattform flüchteten, doch die Wachen stießen sie weg. Die wenigen Eingeweihten, die eine hohe Position bekleideten und wussten, dass in dem Hubschrauber ein Kader von Irans besten Wissenschaftlern aus dem Militärwesen gesessen hatte, wurden von bösen Vorahnungen ergriffen. Strafe und Vergeltung würden sicher mit der gleichen Wucht des hier wütenden Feuers folgen.

SEATTLE, WASHINGTON

Margaret Donovan knipste das Licht in ihrer hellgelben Küche aus und trat in die angrenzende Garage. Seit einiger Zeit regnete es unaufhörlich, und das Regenwasser lief über die Zementwände und staute sich auf dem Garagenboden. Sie wusste, dass sie aufwischen sollte, bevor der Betonboden durch das Wasser Risse bekam, aber sie hatte noch keine Zeit dafür gefunden. Rasch stieg sie in ein Paar Gummistiefel und platschte durch die Pfützen zu ihrem Wagen. Wenn sie in ihrem Labor nicht gerade einen Versuch am Laufen hätte, würde sie zu Hause bleiben. Sie hatte unerträgliche Kopfschmerzen und hätte sich am liebsten sofort wieder ins Bett verkrochen.

Die zierliche Physikerin strich sich eine Haarsträhne hinter das Ohr und steuerte ihren Toyota rückwärts aus der Garage und die Auffahrt hinunter. Sie hatte sich dieses Haus in der erst vor Kurzem entstandenen Siedlung ausgesucht, weil es am Rande des dichten Pinienwaldes lag, der die Stadt umgab. Sie hatte sich sogar einen Naturführer über Vögel gekauft und begonnen, die Tierwelt zu beobachten. Das erste Exemplar, das sie identifizieren konnte, war eine Rauchschwalbe, die sich unter dem Dachvorsprung der Eingangstür ein Nest gebaut hatte. Lächelnd hatte sie die Ansammlung von Zweigen und getrockneten Hortensien betrachtet, das erste Kunstwerk, das ihr neues Heim schmückte.

Der schwarze Asphalt schimmerte ölig, und die Fahrbahnmarkierungen glitzerten, als wären sie aus reflektierender Folie. Am Straßenrand überwucherten Lotosblüten und weißer Wiesenklee die Seitenlinien. Wie sie von einer befreundeten Biologin wusste, würden diese Pflanzen schon bald durch den widerstandsfähigeren, aber langsamer wachsenden Winterroggen und Rotschwingel verdrängt werden.

Während sie beschleunigte, schob Margaret eine CD von den Smashing Pumpkins in den CD-Player und drehte die Lautstärke hoch. Der Ford Escape, der vor dem Haus eines Nachbarn stand, entging ihrer Aufmerksamkeit, und sie bemerkte auch nicht, dass der Wagen losfuhr und sie verfolgte. Der Mann auf dem Beifahrersitz schaltete sein Handy ein und schickte rasch eine bereits vorbereitete SMS ab: »Sie hat soeben ihr Haus verlassen. Wir sind in fünf Minuten bei euch. Haltet euch bereit.«

Nach einigen Meilen sah Margaret Absperrkegel vor sich. Ein großer LKW der Autobahnmeisterei blockierte die Straße. Sie fluchte leise – sie war ohnehin schon zu spät dran, und nun wurde sie auch noch aufgehalten. Der Verkehr wurde umgeleitet, und nach einigen hundert Metern gelangte sie an die nächste Sperre. Der Ford befand sich direkt hinter ihr.

Ein Mann in einer orangefarbenen Arbeitsweste winkte sie zu sich heran. Als er auf ihren Wagen zukam, kurbelte sie das Fenster herunter, in der Hoffnung, von ihm zu erfahren, wie lange sie warten müsste oder wohin die Umleitung sie führen würde. Doch der Mann streckte seine Hand nach dem Türgriff aus und riss die Autotür auf. Der Fahrer des Fords sprang aus dem Wagen, zog rasch ihre Beifahrertür auf und stürzte sich mit seinen großen Fäusten auf sie. Währenddessen presste der Mann in der orangefarbenen Weste ein Tuch auf ihre Nase. Sie strampelte und wand sich und ruderte mit den Armen, bis ein Faustschlag sie ins Gesicht traf. Während der Schmerz sie durchfuhr, begriff sie, dass das Tuch mit

Chloroform getränkt war, doch es war zu spät – sie wurde bereits bewusstlos. Noch einmal versuchte sie, sich zu wehren, dann wurde es dunkel um sie.

STAATLICHES WAFFENFORSCHUNGSINSTITUT, TEHERAN, IRAN

Ali Reza Targouny saß hinter einem modernen Schreibtisch aus Walnussholz. Er trug wie üblich seinen weißen Laborkittel und spielte mit der rechten Hand mit seiner *misbaha*. Dreiunddreißig Perlen an einer Schnur mit genügend Raum dazwischen, sodass jede Perle, die er zwischen Daumen und Zeigefinger nahm, mit einem befriedigenden Klacken gegen die benachbarte stieß.

»Schick mir Firouz herein«, befahl er seinem Assistenten. Nach einigen Minuten schlenderte Hessam Firouz, ein schlaksiger Mann Mitte dreißig, in das Büro. Auf seinem eigentlich hübschen, aber durch Pockennarben verunstalteten Gesicht zeichnete sich ein sarkastisches Grinsen ab, und zwischen seinen Lippen steckte eine nicht angezündete Zigarette.

»Wie geht es voran?«, fragte er und ließ sich auf einen Polsterstuhl fallen.

Targouny stieß ein bitteres Lachen aus und legte seine Gebetskette zur Seite, um ebenfalls nach einer Zigarette zu greifen. Beide Männer wussten, dass sie gegen das Gesetz verstießen. Vor einigen Monaten hatte die Regierung tatsächlich das Rauchen untersagt und sorgte nun für die Einhaltung des Gesetzes. Die religiösen Autoritäten waren übereingekommen, dass Rauchen *haram*, also für Muslime verboten war. Wie typisch für sie, dachte er. Selbst die kleinsten Vergnügen, die man sich noch leisten konnte, wurden ausgemerzt, während gleichzeitig die iranische Produktion von eigenen Tabakmarken gefördert wurde. *Wir sind ein gespaltenes Volk, und deshalb brauchen wir eine starke Führung.*

Natürlich war er davon überzeugt, dass nur andere Leute strenge Vorgesetzte haben sollten. Als bedeutende Wissenschaftler genossen Targouny und Firouz einige Privilegien – zum Beispiel ließ man ihnen beim Rauchen einen gewissen Freiraum, solange sie sich nicht in der Öffentlichkeit mit Zigaretten zeigten. Mit solchen Begünstigungen waren natürlich auch Verpflichtungen verbunden, wie ihnen durchaus bewusst war. Wissenschaftler waren auch dem Risiko von Attentaten ausgesetzt, sowohl durch Feinde aus dem Westen als auch von Seiten der eigenen Regierung, falls diese darin einen politischen Nutzen sah.

Targouny zündete seine Zigarette mit einem Feuerzeug aus Horn an, das er dann Firouz reichte. Eine Weile rauchten beide schweigend, und Targounys schwere Lider schlossen sich fast ganz.

»Wir haben bedeutende Verluste in unseren Reihen erlitten«, sagte er schließlich. Ihnen war durchaus bewusst, dass die Explosion des Hubschraubers und die Autobombenanschläge der letzten Zeit sie in ihrer Arbeit zurückgeworfen hatten. Die Teams des Nuklearprojekts waren ohnehin nicht so gefestigt gewesen, wie sie hätten sein sollen. Und nun …

Targouny nahm seine *misbaha* wieder in die Hand. Eins, zwei, Pause. Das Klicken war Routine und ohne Bedeutung, aber durch den Rhythmus und die Länge der Pausen brachte Targouny seine Stimmung zum Ausdruck. Das war die gesellschaftliche Funktion einer arabischen Gebetskette – mit ihr verdeutlichte man seine Persönlichkeit und zeigte seine Gefühle. Das Klicken und die Länge der Pausen konnten ein breites Bedeutungsspektrum übermitteln – Nervosität, Langeweile, Anmaßung, besinnliche Meditation, Zorn –, ohne dass dabei auch nur ein einziges Wort gesprochen wurde.

Firouz spürte die Anspannung seines Chefs. Das lag nicht nur daran, dass ihre Arbeit jetzt wesentlich erschwert war; die Morde ängstigten sie, und sie fragten sich, wer wohl der Nächste sein mochte.

»Innerhalb des Zeitplans, den diese Idioten in Teheran aufgestellt haben, werden wir unsere Ziele auf keinen Fall erreichen«, sagte Firouz. Targouny verdrehte die Augen und warf einen Blick zur Decke, um ihm zu signalisieren, dass Vorsicht angebracht war, weil der Raum möglicherweise verwanzt war. Firouz nickte, stand auf und folgte seinem Kollegen nach draußen in den Garten. Als sie sich so weit von dem Gebäude entfernt hatten, dass ihre Unterhaltung nicht mehr abgehört werden konnte, begann Targouny zu sprechen. »Ich habe beschlossen, unser Team zu verstärken. Ohne die Hilfe von externen Sachverständigen werden wir es nicht schaffen. Und ich habe bereits ein paar Wissenschaftler ausfindig gemacht, deren Fachkenntnisse unseren Bedürfnissen entsprechen.«

»Willst du dich etwa im Ausland mit ihnen treffen?«, fragte Firouz. »Das wird die EU nicht erlauben. Die verhängte Reisesperre gilt auch für dich.« Es waren nicht nur Sanktionen im Bereich Handel, Ölgeschäft und Geldtransfer über den Iran verhängt worden, sondern die Europäische Union und die Vereinigten Staaten hatten auch ein Reiseverbot für bestimmte Personen des iranischen Militärs und der Revolutionsgarde und einige Geschäftsleute ausgesprochen.

»Das habe ich nicht vor«, erklärte Targouny.

»Ah, du glaubst, sie würden einer Einladung folgen?« Firouz machte eine wegwerfende Handbewegung und balancierte dabei seine Zigarette auf eigenartige Weise zwischen seinem Mittel- und Ringfinger. »Wenn sie aus dem Westen kommen, werden sie keine Einreiseerlaubnis erhalten, nicht einmal für eine Gastprofessur. Und die Russen … nun ja.« Er sprach seinen Gedanken nicht aus.

Sie spazierten nebeneinander über einen gepflasterten, von Magnolien gesäumten Pfad. Die milde Luft war von süßem Duft erfüllt.

»Das wird sich außerhalb der üblichen Kanäle abspielen«, erwiderte Targouny ernst. Er blieb stehen und sah Firouz an.

Dieses Mal schwieg Firouz. Targouny war ein mächtiges Mitglied des Revolutionsrats und hatte daher Zugang zu vielen Quellen.

»Hinter den Kulissen?«, fragte er schließlich kopfschüttelnd.

Targouny nickte.

»Mit Zustimmung von oben?«

»Aus den höchsten Reihen. Aber nur einige wenige werden in die Operation eingeweiht. Somit wird man sie an allen Fronten abstreiten können.«

Firouz rauchte eine Weile nachdenklich. Ein Gefühl der Angst durchfuhr ihn. Ein nicht von der Regierung initiiertes Programm, von dem nur einige wenige wussten. Ohne Zweifel stand dabei viel auf dem Spiel.

»Hältst du mich auf dem Laufenden?«

»Ich lasse es dich wissen, wenn es etwas Neues gibt.«

UNIVERSITÄT PUNE, PUNE, INDIEN

Vijay Bhopajee liebte Napoleons, diese mit Creme gefüllten, mehrschichtigen Waffeln, die wahrscheinlich ihren Ursprung in Italien hatten und daher zu Recht eigentlich Neapolitaner hießen. Da der moderne Mensch sich jedoch mehr an Geschichte als an Geographie orientiert und vor allem an Gerüchte glaubt, sprach man dem Gebäck zu, dass es Napoleon in Waterloo aufgehalten habe. Angeblich hatte der General am Vorabend der Schlacht der Süßigkeit im Übermaß zugesprochen, war deshalb am nächsten Morgen erst spät aufgestanden und hatte sich nicht in einem für den Kampf optimalen Zustand befunden. Napoleon mochte sich der schädlichen Auswirkungen von zu viel Waffelcreme nicht bewusst gewesen sein, aber Vijay konnte nicht behaupten, dass er davon ebenfalls nichts wusste. Ihm war klar, dass die von ihm so geliebte Süßigkeit nicht gut für ihn war – der Genuss für seinen Gaumen war ebenso groß wie der Schaden für seine Insulinrezeptoren.

Jeden Nachmittag um vier Uhr ging er in das örtliche Café und genehmigte sich dort einen Tee mit Milch und eine Waffel. Die Arbeit im Labor war angenehm; nachdem er viele Jahre im Schatten anderer hart gearbeitet hatte, erhielt er nun endlich die verdiente Anerkennung als einer der führenden Entwickler des für den Subkontinent äußerst wichtigen thermonuklearen Programms seines Landes.

Er war ein stolzer Mann mit breiten Schultern und federndem Gang. Leider lag Diabetes in seiner Familie, wie es auch bei vielen anderen seiner Landsleute der Fall war. Menschliche Körper, die sich über die Jahre immer weiter dahin entwickelt hatten, jedes Nahrungsmolekül zu verwerten, wurden leicht das Opfer von Überfluss.

Obwohl Vijay in vielerlei Hinsicht ein angepasstes und produktives Mitglied der Gesellschaft war, schlummerte ein Rebell in ihm, dem er mit seinem langen Haar Ausdruck verlieh. Sein Sohn und seine Tochter hänselten ihn scherzhaft deswegen. Seine Frau, die aus einer angesehenen Panjabi-Familie stammte, hielt es für unmännlich. Aber ihm gefiel es. Er würde das nie jemandem verraten, aber er fand, dass er mit den langen Locken dem Bollywood-Star John Abraham ähnlich sah.

Nachdem er seinen nach frischem Kardamom und Ingwer duftenden und mit einer Prise Pfeffer verfeinerten Tee ausgetrunken hatte, bezahlte Vijay, klemmte seine Zeitung unter den Arm und trat hinaus in die drückende Hitze, um zur Universität zurückzukehren. Die Gegend hier war ruhig, die Straßen waren kaum befahren. Er war in Gedanken bei seiner Arbeit. Einige der Kaskaden waren abgeschaltet und mussten neu eingestellt werden. Er dachte über einen seiner Ingenieure nach, mit dem er ganz und gar nicht zufrieden war. Während er in Gedanken das Gespräch probte, das er mit ihm führen wollte, entging seiner Aufmerksamkeit, dass ein stämmiger, dunkelhäutiger Mann in einem gelben Hemd die Straße überquerte und im Abstand von wenigen Metern hinter ihm herging. Und er bemerkte auch nicht, dass der große Mann mit dem Turban und der weiten Hose vor ihm seine Schritte merklich verlangsamte.

Ein brandneuer, in Indien hergestellter Toyota-Minivan bremste rechts von ihm ab, und die hintere linke Tür wurde aufgestoßen. Plötzlich bemerkte Vijay einen Mann neben sich. Doch bevor er sich ihm zuwenden konnte, wurde er mit einem Schlag auf den Kopf außer Gefecht gesetzt und zu der offenen Fahrzeugtür geschoben. Ein brutaler Tritt beförderte ihn in die Arme eines Komplizen im Inneren des Wagens, der ihn nach unten drückte und auf seinen Kopf und seine Schultern einschlug. Bhopajee schrie und versuchte, sich zu wehren. Der Mann mit dem gelben Hemd sprang neben ihn in den Wagen und stieß ihn auf den Boden, und die beiden Gangster prügelten auf ihn ein, bis er sich nicht mehr wehrte. Ein einfacher Pawlow'scher Reflex, der einsetzte, um die Handlung zu unterbrechen, die Schmerzen nach sich zog. Die Decke, die man ihm über den Kopf warf, erschwerte ihm das Atmen. Er begann, sich auf das bloße Überleben zu konzentrieren.

Der Minivan raste zu der nahe gelegenen Autobahnauffahrt. Ein zweiter Wagen nahm den als Sikh verkleideten Mann mit.

Bhopajee wand sich, um sich in eine bequemere Position zu bringen, während das Auto über die kurvenreichen Straßen brauste, und rang nach Luft, bis er einen Tritt in die Rippen bekam, der ihm den Atem beinahe ganz verschlug. Nun versuchte er, die Kurven auszunutzen, um sich zurechtzurücken, ohne dabei zu zeigen, dass er sich bewegte. Trotzdem erntete er während der Fahrt weitere willkürliche Schläge, mit denen die zwei Männer ihm wohl klarmachen wollten, wer hier der Boss war.

Er versuchte, anhand des Akzents und der Kleidung seiner Kidnapper Rückschlüsse auf sie zu ziehen, aber es gab nicht viele brauchbare Hinweise. Die Männer tauschten nur wenige Worte in Hindi über den Weg und den Verkehr, und die Decke und der Straßenlärm dämpften ihre Stimmen. Nach dreißig Minuten blieb der Wagen stehen. Die Männer stiegen aus und zogen Bhopajee mit sich. Die Decke fiel zu Boden, und er sah, dass er in einem kleinen Lagergebäude zu einem geparkten Kastenwagen geführt wurde, in dem hinten eine schmutzige Matratze auf dem Boden lag. Bei dem Anblick schreckte er zurück, schlug um sich und versuchte, sich aus dem Griff der Männer zu befreien. Als er laut schrie, schlugen sie wieder auf ihn ein, bis er einen Nadelstich an seiner linken Schulter spürte.

Bhopajee verlor sofort das Bewusstsein. Die Männer fingen ihn auf und warfen ihn auf die Matratze.

ÉLYSÉE-PALAST, PARIS, FRANKREICH

Der Präsident der Französischen Republik saß vor einem kunstvoll verzierten Marmorkamin aus der Zeit Ludwig XV. an seinem Schreibtisch. Über seinem Kopf glitzerte ein Kristalllüster, der 1835 vom Königshof in Baccarat in Auftrag gegeben worden war, und seine Füße ruhten auf einem Aubusson-Teppich, der einmal den Boden des Schlosses Saint-Cloud geschmückt hatte. Er war umgeben von Relikten aus der Geschichte, aber seine Gedanken kreisten um die Zukunft und um seine Befürchtung, dass alles, was ihm lieb und teuer war, unwichtig werden und von einer neu im Entstehen begriffenen Weltordnung sogar für verachtenswert gehalten werden könnte. Präsident Pierre Boutin schlug die vor ihm liegende, hellblaue Aktenmappe auf und zog einen dreiseitigen Bericht des Geheimdienstes hervor. Er begann zu lesen und straffte den Rücken. *Wir haben ein Problem*, dachte er. *Ein verdammt großes Problem.*

Der strategische Bericht des Geheimdienstes befasste sich mit dem Iran. Das Land der Ajatollahs stand kurz vor dem Bau einer Rakete, die Westeuropa erreichen konnte. Eine Rakete mit einem nuklearen Sprengkopf. Das ging jetzt nicht mehr nur Israel etwas an.

Aber jedes Problem bot auch eine Gelegenheit.

Er drückte auf den Knopf an seiner Schreibtischkonsole, mit dem er seinen persönlichen Assistenten erreichte.

»Verbinden Sie mich mit Saucony«, befahl er. »Sofort.«

Nicht weit entfernt im 20. Arrondissement meldete sich der Leiter des Auslandsnachrichtendiensts DGSE, Frankreichs Generaldirektion für Äußere Sicherheit.

»Bonjour, Monsieur le Président«, begrüßte Philippe Saucony den Präsidenten. »Was kann ich an diesem Morgen für Sie tun?«

Der Präsident drückte sich stets sehr direkt aus. Die geschliffene Ausdrucksweise eines echten Parisers wie Saucony war ihm fremd. »Sie können mir sagen, was Sie über Irans Raketenpotenzial wissen«, erwiderte er schroff. Keine Begrüßung, keine Vorrede.

Merde!, dachte Saucony. *Er weiß etwas. Aber was?*

»Darüber sollten wir nicht am Telefon sprechen, Monsieur le Président«, erklärte er. »Es ist nicht sicher, solange die Amerikaner überall und zu jeder Zeit alles abhören können. Ich werde« – er warf einen Blick auf seine Armbanduhr – »in zwanzig Minuten im Élysée-Palast sein. Ist das zu Ihrer Zufriedenheit?«

»Ja, das ist es, Philippe.«

Neunzehn Minuten später hielt ein schnittiger schwarzer Panhard vor dem Élysée-Palast. Wie immer fühlte sich Saucony von dem Überfluss an diesem Ort abgestoßen. Den Amerikanern reichte das Weiße Haus, das hier im Hof untergebracht werden könnte. Die Briten gaben sich mit dem Haus Nummer 10 in der Downing Street zufrieden, das locker in das Weiße Haus passen würde.

Er stieg aus dem Wagen, zeigte den Wachen seinen Ausweis und eilte die Treppe zum Büro des Präsidenten hinauf. Große Doppeltüren schwangen auf, und Saucony wurde hineingeführt. Der Direktor der DGSE war ein Mann der alten Garde, in Gedanken und Handeln von der Außenpolitik Chiracs und Mitterands geprägt. Boutins Überzeugung, dass Frankreich sich endlich von seiner isolationistischen Vergangenheit verabschieden und eine Rolle auf der Weltbühne spielen musste, stand er skeptisch gegenüber. Und damit nicht genug, dachte er mürrisch. Boutin schien auf alles zu pfeifen, was den Franzosen heilig war, einschließlich einer französischen Ehefrau. Niemand in Paris konnte dieses schreckliche italienische Mädchen mit dem koketten Augenaufschlag und dem grenzenlosen Ehrgeiz leiden, das er ständig mit sich herumschleppte. Bevor sie sichs versahen, würde sie wahrscheinlich irgendwo zur Botschafterin ernannt werden, und dann würde sich seine Aufgabe und die seiner Freunde noch wesentlich unangenehmer gestalten.

»Also, Philippe, haben Sie über meine Frage nachgedacht?«, wollte der Präsident wissen und deutete auf einen der zwei mit Brokatstoff überzogenen Sessel vor seinem Schreibtisch, Nachbildungen der Möbelstücke, die einmal dem fünften Herzog von Orléans gehört hatten.

»Sie möchten wissen, wie es derzeit um das Raketenpotenzial im Iran bestellt ist und wie es sich entwickeln könnte«, erwiderte Saucony, schlug sein rechtes Bein über das linke und senkte seinen Kopf.

»Natürlich«, erwiderte der Präsident. »Das wollen Sie doch auch.«

»*Bien sur.*« Saucony nickte.

Der Präsident hob mahnend den Finger. »Ja, aber es ist Ihr Job, sich darüber zu informieren, richtig? Nicht meiner. Dafür werden Sie schließlich bezahlt.«

Saucony unterdrückte das Verlangen, ihm zu entgegnen, dass er von der Republik Frankreich bezahlt wurde und nicht von irgendeinem Arschloch, das bei der nächsten Wahl möglicherweise abgesetzt werden würde.

»Ich bin überzeugt, dass die Iraner schon weiter sind, als wir denken, aber noch nicht so weit, wie sie es gern hätten«, antwortete Saucony mit Bedacht. »Nach unseren Schätzungen besitzt der Iran etliche Varianten der Scud-Raketen, gestützt auf die sowjetische Technologie aus den 1960ern. Im Iran werden sie Shahab genannt. Es gibt etwa vierhundert bis siebenhundert Shahab-1 und Shahab-2, aber sie behaupten, Tausende davon zu haben.«

»Das ist unerheblich«, unterbrach Boutin ihn. »Damit

können sie Europa nicht erreichen. Wie steht es mit den aufgerüsteten Modellen?«

»Äh, ja, Monsieur le Président«, erwiderte Saucony und bemühte sich, die Fassung nicht zu verlieren. »Sie meinen sicher die Raketen, die angeblich mit nicht optimalen Ergebnissen vor Kurzem im Iran getestet wurden?«

»Ja, ja. Diese neueren Modelle wie Shahab-5 und Shahab-6.«

»Nun, dazu möchte ich zuerst einmal Folgendes bemerken: Wenn ein Land wie die Vereinigten Staaten von Amerika die Entwicklung einer neuen Waffe publik macht, gehen wir davon aus, dass die Ankündigung der Wahrheit entspricht und sich beweisen lässt. Was den Iran betrifft, wissen wir nicht, ob Behauptungen über eine bestimmte Entwicklung der Wahrheit entsprechen oder nicht, wenn ich das so sagen darf. Zum Beispiel stellte sich die mit großem Trara im Sommer 2008 angekündigte und getestete neue Rakete als Version der Shahab-3 heraus, einem abgeänderten Modell der nordkoreanischen Nodong-3, die eine Reichweite von unter tausendzweihundert Kilometern, also weniger als achthundert Meilen, besitzt. Und, wie Sie wissen, wurde der missglückte Start einer dieser Raketen mit einer manipulierten Aufnahme vertuscht.«

»Philippe, Sie sagen mir nichts, was ich nicht bereits weiß. Und ich weiß auch über Sie Bescheid. Sie würden es sogar fertigbringen, einen Scheißhaufen vor dem Mann, der ihn in die Kloschüssel gesetzt hat, zu verstecken. Also, raus mit der Sprache – was wissen Sie über den Iran?«

Bei der derben Ausdrucksweise seines Oberbefehlshabers zuckte Saucony entsetzt zusammen. »Wir sind uns ziemlich sicher, dass die Iraner ein Dutzend Triebwerke für Mittelstreckenraketen von Nordkorea gekauft haben. Wir wissen, dass sie mithilfe russischer Technologie Konstruktionen aus

Nordkorea nachbauen. Und sie haben eine eigene Rakete gebaut, die Sajil genannt wird. Es handelt sich um eine zweistufige Feststoffrakete mit einer Reichweite von über zweitausend Kilometern. Der Iran ist in der Lage, etliche Raketen verschiedenen Typs abzuschießen.«

»Philippe«, unterbrach der Präsident ihn wieder, »lassen Sie mich direkt zur Sache kommen. Ich habe hier Informationen auf meinem Tisch, denen zufolge der Iran eine Mehrstufenrakete besitzt, mit der mehrere atomare Sprengköpfe befördert werden können. Die Reichweite dieser Rakete wurde vergrößert, sodass der Iran damit praktisch jedes Ziel auf der Erde erreichen kann – Europa, England, sogar die Vereinigten Staaten. Und diese Raketen können aus der Luft oder von einem Schiff mitten im Ozean gestartet werden. Eine wahrhaft apokalyptische Waffe.«

Saucony fragte sich, woher der Präsident diese Information bekommen hatte. Es hätte ihn nicht überrascht, wenn sie von der deutschen Bundeskanzlerin gekommen wäre, die ihrem neuen Freund Boutin anvertraut hatte, was sie von dem deutschen Geheimdienst, dem Bundesnachrichtendienst BND, und dessen geheimen Verbündeten beim israelischen Mossad erfahren hatte. Europa war zu klein, und die Länder waren zu sehr miteinander verknüpft, um auf dieser Ebene Geheimnisse zu bewahren. Das traf vor allem auf Boutin zu, der einer Naturgewalt glich. Ihm konnte man letztendlich nicht widerstehen. Also gab Saucony auf. Für den Moment.

Er holte tief Luft. »Wir wissen, dass in der Nähe von Teheran eine Trägerrakete auf einer Startrampe steht, Monsieur le Président. Sie wurde unter dem Deckmantel der Nutzung gemeinschaftlicher Technologie entwickelt und ist eine Variante der nordkoreanischen Taepodong-2C/3. Genau genommen handelt es sich dabei um eine Interkontinentalrakete.« Er hielt inne und wartete, bis diese Information angekommen war. Er erwähnte nicht, dass dieser erstaunliche technologische Schritt nach vorn im Iran sogar das unerwartete Auftauchen des sowjetischen Satelliten Sputnik im Oktober 1957 verblassen ließ.

»Diese Rakete hat eine Reichweite von bis zu fünfzehntausend Kilometern und könnte somit London, New York und Sydney erreichen.«

»Aber sie wurde noch nicht getestet«, erwiderte Boutin, und sein Gesicht rötete sich. »Weder in Nordkorea noch im Iran.«

»Nein, unseres Wissens nach nicht«, bestätigte Saucony. »Das heißt allerdings nicht, dass sie nicht funktionstüchtig ist. Es gibt etliche politische Gründe, aus denen die Nordkoreaner es vorziehen könnten, diese Rakete nicht zu testen.«

Boutin sah aus dem Fenster und wandte sich dann wieder Saucony zu. »Und der nächste Schritt?«, fragte er. »Der nukleare Sprengkopf?«

»Da tappen wir leider im Dunkeln«, gab Saucony zu. »Wir wissen nicht, wie weit die Iraner mit der Entwicklung einer Kernladung inzwischen gekommen sind. Und ob sie bereits einen nuklearen Sprengkopf gebaut haben oder nicht.«

Boutin hielt seinen Blick auf Saucony gerichtet. »Die alles entscheidende Frage ist natürlich, ob es ihnen gelungen ist, genügend Uran für den Bau einer Bombe zu besorgen. Die Amerikaner haben ihre eigenen Ansichten über diesbezügliche Fortschritte. Ich bin sicher, die Israelis denken ganz anders darüber. Natürlich haben sie aufgrund des Schadens, der durch die Spionageviren Surxnet und Flame entstanden ist, die Lage neu beurteilen müssen.«

Saucony nickte. »Und wenn die Ajatollahs im Besitz von Atomwaffen und der dafür gebauten Raketen sind, werden sie uns und ganz Europa damit erpressen können.«

»Genau das will ich vermeiden, Philippe.« Boutin stand auf und klopfte mit den Fingern auf den Tisch. »Und dazu brauche ich Ihre Hilfe.«

LE MARAIS, PARIS, FRANKREICH

Michel Durand strich mit der Hand über den Rücken seiner Geliebten bis hinunter zu der Wölbung ihrer Pobacken. Er beugte sich vor und küsste ihren Nacken. Während er mit seiner Brust ihre Schulter streifte, atmete er tief den Geruch ihres Liebesspiels ein. Später erinnerte er sich daran, dass sie bei seiner Berührung leicht zusammengezuckt war und kurz Luft geholt hatte. Hatte sie im Schlaf Lust verspürt? Zwischen ihnen knisterte es ständig. Es fiel ihm schwer, sich von ihr zu lösen und der Versuchung zu widerstehen, sie aufzuwecken und noch einmal von vorn zu beginnen.

Durand stand auf. Sie trafen sich immer hier in ihrer Wohnung im dritten Stock eines etwas schäbigen Hauses im eleganten Viertel Le Marais. Die gestohlenen Stunden, die er mit ihr verbrachte, waren ihm wichtiger, als er sich einzugestehen wagte, und beeinträchtigten wahrscheinlich sein Geschäftsleben auf eine nicht unerhebliche Weise, aber er hatte das Gefühl, keine andere Wahl zu haben. Er konnte ihr nicht widerstehen – schon seit dem Tag, an dem sie als Vertreterin für Laborinstrumente in sein Büro gekommen war. Anstatt ihr Produkt anzupreisen, hatte sie auf eine sinnliche und verblüffend zwanglose Weise mit ihm geflirtet und ihn damit in ihren Bann gezogen.

Die elfenbeinfarbenen Vorhänge blähten sich in der auffrischenden Brise. Durand war ein führender Physiker in Frankreichs Atomindustrie, und an diesem Morgen hatte er länger in den Armen seiner Geliebten gelegen, als er sich eigentlich leisten konnte. Er hob sein iPhone auf und warf einen Blick auf das Display. Schon beinahe sieben Uhr – er musste sich beeilen. Rasch ging er ins Bad, duschte und schlüpfte dann in eine schmal geschnittene Jeans und ein Button-down-Hemd. Er warf noch einen Blick auf seine schlafende Geliebte und ging leise zur Tür hinaus.

Durand eilte den Gang entlang zum Aufzug und sah einen Mann in einem dunklen Anzug und mit einer Arzttasche in der Hand vor sich, der ebenfalls auf den Lift zusteuerte. Er nickte dem Mann zu und stellte sich neben ihn. Rasch warf er noch einmal einen Blick auf die Uhrzeit auf seinem iPhone und überflog dann seine SMS-Nachrichten. In zwei Stunden musste er am Flughafen seinen Sohn Jean-Paul abholen. Danach fand in La Défense ein Meeting mit dem Präsidenten der Forschungsabteilung von Orbitel statt. Er lockerte seine Schultern. Für dieses Treffen musste er in Bestform sein. *Warum brauchten diese Aufzüge immer so lange?*

Die Tür des Apartments hinter ihm ging auf, und zwei Rettungssanitäter kamen heraus. Einer schob einen leeren Rollstuhl, und der andere zog mit einer Hand einen Infusionsständer und trug in der anderen eine große Tasche mit der Aufschrift SAMU und dem Logo des französischen Rettungsdiensts *Service d'Aide Médicale Urgente.* Durand wartete, ob die Männer einen Patienten herausbringen würden, konnte jedoch niemanden sehen. Die Sanitäter zogen die Tür der Wohnung hinter sich zu.

Endlich öffnete sich die Aufzugtür, und Durand ging ungeduldig darauf zu. Bei seinem zweiten Schritt spürte er einen heftigen Tritt im Rücken. Er stolperte in die leere Kabine und riss seine Hände hoch, um nicht mit dem Kopf gegen die Wand zu krachen. Die SAMU-Männer folgten ihm rasch. Einer packte ihn von hinten am Gürtel und zog ihn hoch, und der Arzt drückte ihn gegen die Wand, während die Aufzugtüren sich schlossen. Der zweite Sanitäter steckte einen Schlüssel in die Bedienerkonsole. Durand fühlte einen Stich im Nacken, und seine Beine gaben sofort nach.

Unfähig, seine Muskeln zu kontrollieren, sackte er auf den Boden. Die Männer klappten den Rollstuhl zu einer Krankentrage auf und hievten ihn hinauf. Sie zogen ein Tuch aus der Tasche, gefolgt von einer Sauerstoffmaske, die sie ihm über Mund und Nase stülpten. Er versuchte, sich zu wehren, aber zu seinem Entsetzen konnte er sich nicht bewegen und auch nicht sprechen. Sosehr er sich auch bemühte – er schien lebendig begraben zu sein.

Einer der Männer zog den Schlüssel aus der Bedienerkonsole, und der Aufzug fuhr nach unten. Im Erdgeschoss wurde Durand auf der Tragbahre hinausgerollt. Der Arzt ging voran, und die Sanitäter liefen geschäftig hinterher. Ein Krankenwagen hielt mit quietschenden Reifen am Straßenrand, und Durand wurde hineingeschoben. Für die Passanten war das lediglich ein medizinischer Notfall, doch wenn jemand genauer hingesehen hätte, wäre er vielleicht überrascht gewesen, Panik in den Augen des jungen Mannes zu sehen, der bewegungsunfähig auf der Trage lag.

BÜRO DES *WALL STREET JOURNAL*, 10 FLEET STREET, LONDON

Marie Peterssen lehnte sich in ihrem Stuhl zurück und betrachtete das Foto. Die Aufnahme war mit einem Mobiltelefon gemacht worden und ein wenig unscharf, aber das Motiv war gut zu erkennen: ein riesiger Flugzeugträger. Der Koloss lag im Trockendock, umgeben von Kränen und Baumaterialien. »Bohai Bay, China«, war darunter zu lesen.

Sie klickte zurück auf die E-Mail, an die das Foto angehängt war. »Erklärungen dazu, wenn ich mich wieder in internationalen Gewässern befinde«, hieß es da. Der Absender war ein Ingenieur einer Reederei, der im Containergeschäft tätig war. Sein Leben auf hoher See und seine Aufenthalte in Häfen wie Dschibuti, Rotterdam und Bandar Abbas verschafften ihm einen hervorragenden Überblick darüber, wer auf dieser Welt mit wem Geschäfte abwickelte.

Als er einmal vor der Türkei vor Anker lag, hatte er beobachtet, wie Hafenbeamte ein mit russischer Munition beladenes Schiff daran gehindert hatten, nach Syrien auszulaufen. Er hatte es Marie erzählt, und sie war die Erste, die darüber berichten konnte. Um ihn zu schützen, hatte sie jedoch die Story zurückgehalten, bis sein Schiff den Hafen verlassen hatte. Damit hatte sie sich sein uneingeschränktes Vertrauen erworben.

Aber das hier war eine noch viel größere Sache. Stand China tatsächlich kurz davor, die Produktion eines eigenen Flugzeugträgers zu vollenden?

Maries Finger flogen über die Computertastatur. Sie klickte sich mit der Fingerfertigkeit eines Las-Vegas-Croupiers durch etliche Websites. Es gab kaum eine Frage, für deren Beantwortung sie keine neue Ermittlungsmethode entdeckte. Dabei kam ihr ihr fotografisches Gedächtnis zugute – sie brauchte eine Definition in einem Lexikon nur ein Mal zu lesen, um sie abzuspeichern. Aber das erklärte nicht, wie es ihr immer wieder gelang, so rasch ein Problem auszuloten. Wenn man sie danach fragte, antwortete sie, dass es wohl daran liegen müsse, dass ihre Mutter eine französische Balletttänzerin gewesen war und ihr Vater einer Spezialeinheit angehört hatte. Wenn sie dann einen verblüfften Blick erntete, fügte sie hinzu, dass ihr Vater außerdem ein Dichter gewesen war. Und wenn ihr Gegenüber dann immer noch verständnislos den Kopf zur Seite neigte, ergänzte sie: »Er war ein Poet. Und ein Elitesoldat. Er wurde im

Alter von vierundzwanzig Jahren getötet, bevor er wusste, dass meine Mutter schwanger mit mir war.« Sie fand, das reichte aus, um zu erklären, warum sie ein Talent dafür besaß, Antworten auf anscheinend unlösbare Fragen zu finden.

Es dauerte nur wenige Sekunden, bis sie entdeckte, wonach sie gesucht hatte. Eine Story in der *Washington Post* aus dem Jahr 2011, in der darüber berichtet wurde, dass China Pläne für den Bau von drei Flugzeugträgern angekündigt hatte. Das erste Schiff sollte 2015 fertiggestellt sein.

Sie holte sich noch einmal das Foto, das ihr Freund ihr geschickt hatte, auf den Bildschirm zurück. Die Chinesen waren in ihrer Planung weit voraus. Sobald sie dieses Schiff zu Testzwecken auslaufen ließen, würde die Welt aufhorchen und sich Gedanken über Chinas Absichten machen. Flugzeugträger waren keine Verteidigungswaffen. Nichts war für ein Land beängstigender als ein Flugzeugträger, der vor seiner Küste kreuzte.

Sie stand auf und sah sich Kevin McMenemy gegenüber, dem zweiundzwanzigjährigen Praktikanten, der in der abgetrennten Arbeitsnische neben ihr arbeitete. Er stand, die Hände in die Hüften gestemmt, im Zwischengang.

»Hallo«, grüßte er schüchtern, »ich wollte gerade in den Park, um eine Runde zu laufen. Willst du mitkommen?«

Kevin hatte einen dichten braunen Haarschopf und himmelblaue Augen. Alles an ihm schien zu strahlen. Am Trinity College war er ein herausragender Fußballspieler gewesen und hatte sogar einige Jahre in der Profiliga gespielt. Als sie sich ihm zuwandte und über seine Frage nachdachte, errötete er vom Hals aufwärts bis unter die Haarspitzen.

»Ach, Kev«, sagte sie.

»Ich hasse es, wenn mir das passiert«, erklärte er und schaute rasch zur Seite.

Marie lächelte. Er war ein schüchterner, durchtrainierter Typ. Und sehr liebenswert, aber leider viel zu jung für sie. Immerhin war sie schon achtundzwanzig Jahre alt. »Warum nicht?«, erwiderte sie. »Der Tag ist schon fast vorbei. Gib mir ein paar Minuten, damit ich mich umziehen kann, okay?«

AUBERGE IMOGÈNE, AIX-EN-PROVENCE, FRANKREICH

Philippe Saucony ging zur Frontseite des getäfelten Wohnzimmers in der Landhausvilla aus dem 18. Jahrhundert. Der ehemalige Wohnsitz eines Deputierten der Konstituante von 1789 gehörte nun der französischen Regierung und wurde für besondere Veranstaltungen genutzt. Das herrschaftliche Haus lag am Ende einer langen, geschwungenen Einfahrt, gesäumt von zwölf Meter hohen Zypressen. Im Osten sah man die lang gestreckten, beschatteten Umrisse des Mont Sainte-Victoire, des Bergs der tausend Gesichter, mit dem sich der berühmteste Bewohner der Stadt, Paul Cézanne, ausführlich beschäftigt hatte.

Saucony ließ sich auf einen mit gelb gestreiftem Seidenstoff bezogenen Polstersessel sinken und wandte sich, eine Mokkatasse in der Hand, seinen engsten Beratern zu, die sich in dem Raum versammelt hatten. Als derzeitiger Direktor der DGSE und früherer Verteidigungsminister hatte Saucony eine Reihe von militärischen und diplomatischen Auszeichnungen erhalten. In den oberen Kreisen französischer Politiker wurde er als Verfechter der Realpolitik geschätzt. Normalerweise fanden Meetings wie diese in Paris statt, aber obwohl die Teilnehmer sich murrend über den Zeitaufwand und die Zumutung der Anreise beschwert hatten, hoffte Saucony, dass dieses stattliche Anwesen dazu beitragen würde, klare Gedanken bei den Männern hervorzubringen und sie von ihrem Hang zu ausgiebigen intellektuellen Spielereien abzuhalten.

Er leerte seine Tasse und räusperte sich, um die Aufmerksamkeit der Anwesenden auf sich zu lenken. Sofort wurde es still im Raum.

»Ich habe Sie alle heute hierhergebeten, um mir bei einer Entscheidung zu helfen.« Er betrachtete die überraschten und erfreuten Mienen um sich herum. Die Männer, die sich hier versammelt hatten, genossen es, wenn sie um Rat gefragt wurden.

Er schlug ein in Leder gebundenes Buch auf und überflog die Notizen, die er sich bei seinem Treffen mit Präsident Boutin gemacht hatte. »Ich möchte den letzten Bericht des Geheimdienstes über Irans Raketenpotenzial mit Ihnen besprechen. Da Sie ihn alle kennen, werde ich gleich zur Sache kommen – ich brauche Hilfe bei der Entscheidung, wie viel über die neuen Einschätzungen wir unseren europäischen Verbündeten und unseren Freunden auf der anderen Seite des Atlantiks berichten sollten. Denn sobald sie alle Informationen haben, werden sie sich die Freiheit nehmen, nach eigenem Ermessen darauf zu reagieren.«

Die Männer nickten und machten sich rasch Notizen. Pierre LaGuenesse, der stellvertretende Leiter der DGSE, seufzte hörbar.

»Man muss die Amerikaner gernhaben«, meinte er. »Aber auf eine Art und Weise, wie man einen zu rasch aufgeschossenen Jugendlichen mag. All diese hochkochenden Hormone. Sein Herz will etwas, doch sein Verstand ist anderer Meinung.«

»Sie meinen wohl, dass ihm sein Schwanz etwas anderes sagt als sein Gehirn«, murmelte Paul d'Autremont, der Leiter der Antiterroreinheit DST, dem *Directorate for Territorial Surveillance*.

Saucony wartete, bis das Gelächter verklungen war, und fuhr dann fort: »Sie alle kennen die Auswertung – Sie haben die gleichen Zusammenfassungen gelesen, die ich erhalten habe. Ihr Herz – oder ihr Schwanz, wenn Sie so wollen, Paul – sagt den Amerikanern, dass sie sich auf einen Krieg mit dem Iran einlassen sollen. Aber der amerikanische Verstand rät dazu abzuwarten. Und nun liegt uns allen dieser Bericht vor. Neue Informationen darüber, dass der Iran kurz davorsteht, über Nuklearwaffen zu verfügen. Und damit meine ich nicht nur Gefechtsköpfe, sondern auch ein Trägersystem.«

»In dem Bericht heißt es, dass es tatsächlich nicht mehr lange dauern wird, bis sie eine funktionierende Mittelstreckenrakete haben werden«, bemerkte LaGuenesse.

»Wie definieren Sie Mittelstrecke?«, fragte d'Autremont.

»Das ist eine Reichweite von drei- bis über fünftausend Kilometer.« Saucony hielt kurz inne. »Mehr als ausreichend, um jede Stadt in Frankreich zu erreichen.«

»Und auch in England«, erklärte LaGuenesse.

»Oder in England, ja.«

»Geht es hier um das System, das manchmal Shahab-6 genannt wird?«, erkundigte sich d'Autremont. »Teheran versichert, dass es keine Rakete dieser Art gibt und diese auch nicht in Planung ist.«

»Das ist absoluter Schwachsinn«, entgegnete LaGuenesse. Die Rivalität zwischen LaGuenesse und d'Autremont war allgemein bekannt. Sie hatte bereits in ihrer Studienzeit an der Universität École Normale Supérieure begonnen und sich in den vergangenen dreißig Jahren innerhalb und außerhalb des Innenministeriums fortgesetzt. »Wenn Sie mich fragen …« Er verzog leicht das Gesicht und warf d'Autremont einen Blick zu. »Und ich weiß, dass Sie das nicht getan haben, Paul.« Er sah auf und lächelte. »Die Iraner sind gottverdammte Lügner. Sie wissen das, und ich weiß es auch. Mir war das schon immer klar. Ich meine, das sind verdammte Perser, um Himmels willen.«

Saucony brachte ihn mit einer Handbewegung zum Schweigen. »Ja, Paul, der Bericht bezieht sich auf die Shahab-6. Wir wissen, dass die Iraner die Sajil-2, mit der man Teile von Westeuropa erreichen könnte, getestet haben. Es ist vollkommen unerheblich, wie sie eine Rakete nennen, wenn diese, an der Spitze bestückt mit einem Atomsprengkopf, zwei- oder sechstausend Kilometer weit fliegen kann.« Er nahm seine Brille ab und rieb sich den Nasenrücken, bevor er weitersprach. »Worauf es ankommt, ist doch Folgendes, Messieurs: Wenn die Iraner über einen Gefechtskopf und eine solche Rakete verfügen, könnten sie jedes Land in Europa erpressen.«

»Sie meinen, jedes Land, das nicht selbst über nukleare Waffen verfügt«, warf LaGuenesse ein.

»Nein«, widersprach Marc Boucheron, ein Brigadegeneral von CASSIC, dem Kommando für Luftüberwachung, Information und Kommunikation. »Auch solche Länder wären betroffen. Also auch wir. Und sogar die Engländer.«

»Stellen unsere Atomwaffen denn keine ausreichende Abschreckung dar?«, fragte LaGuenesse.

»Für Russland?«, erwiderte Boucheron. »Mit ziemlicher Sicherheit. Aber nicht für den Iran. Ich werde Ihnen sagen, warum. Der Grund, warum während des Kalten Kriegs die Gefahr eines Angriffs durch uns – oder, noch entscheidender, durch die USA – auf die ehemalige Sowjetunion sehr unwahrscheinlich war, bestand darin, dass jede Seite mit ziemlicher Sicherheit davon ausgehen konnte, dass die andere Seite militärische und strategische Ziele treffen und lahmlegen würde. Ein Erstschlag hätte einen verheerenden Gegenschlag nach sich gezogen. Das wollten weder die Franzosen noch die Amerikaner riskieren. Eine sichere Zerstörung auf beiden Seiten.

Eine solche Sicherheit haben wir beim Iran nicht. Wir wissen nicht viel über ihr Mittelstreckenraketenprogramm, aber wir wissen, dass alles, was sie gerade zusammenbauen, nicht sehr treffsicher sein wird. Selbst die Sajil-2 mit einem hochentwickelten Navigationssystem würde gegen militärische Ziele wie einen Luftwaffenstützpunkt, geschweige denn gegen Raketensilos, etwas ausrichten können. Wenn Zielgenauigkeit fehlt, muss man auf größtmöglichen Schaden setzen. Und das bedeutet die Zerstörung von Städten.«

»Denken Sie darüber nach«, fuhr Boucheron fort. »Wenn die Gefahr nur von einer Scud mit einem Atomsprengkopf ausgeht, dann wird damit lediglich Israel bedroht. Geht es um einen Sprengkopf an einer Shahab-3, könnten sie damit Athen und Rom angreifen. Gibt es jedoch eine Rakete wie die Shahab-6, dann befindet sich jede Nation in Europa in Gefahr, vor allem wegen der mangelnden Zielgenauigkeit. Aber wir wissen, dass sie damit Städte anvisieren werden. Bevölkerungszentren, keine Raketensilos. Der Iran könnte tatsächlich zuschlagen. Er könnte versuchen, Frankreich dazu zu zwingen, seine Verbindungen zum Libanon abzubrechen, keinen wirtschaftlichen Einfluss auf die christlichen Gemeinden in Syrien mehr auszuüben; seine Mitarbeit bei der Entwicklung der Atomindustrie in Ägypten zu beenden, ebenso wie in den Vereinigten Arabischen Emiraten.«

»Atomare Erpressung«, sagte Saucony. »Genau davor haben wir Angst. Wir befürchten, dass der Iran so unvernünftig ist und dieses Spiel spielen wird, das im Grunde nur ein Bluff ist. Als Oberhaupt des Irans würde ich Europa niemals angreifen, denn das würde die Zerstörung meines Landes zur Folge haben. Aber ich würde wollen, dass Europa mich für so unvernünftig oder dumm hält und glaubt, dass ich es trotzdem tun könnte – aus religiösem Eifer oder verzweifelter Existenzangst. Oder sogar aus Tücke. Und wenn mir das gelingen würde, dann könnte ich Europa damit erpressen.«

»Nukleare Feiglinge«, meinte Boucheron. »Was will der Iran? Suchen Sie sich etwas aus. Ich würde wahrscheinlich Frankreich auffordern, den Verkauf von Nukleartechnologie über Hinterwege an Israel einzustellen. Ich würde von den Amerikanern fordern, ihre scheinheilige Unterscheidung zwischen ziviler und militärischer Hilfe für Israel aufzugeben. Und so weiter.«

»Aber in diesem Szenarium ist Israel nur der Prügelknabe«, warf d'Autremont ein.

»Natürlich«, stimmte Boucheron ihm zu. »Das ist nichts Neues. Nur die neue Version einer alten Zeitungsente. Irans strategische Interessen liegen in der Beherrschung ihres Gebiets. Teheran will den Arabern klarmachen, dass die Ajatollahs das, was sie mit dem Westen oder mit Israel tun können, ebenso gut mit dem Irak, Syrien oder Ägypten tun können. Mit anderen Worten, der Iran will sich als politisches Zentrum des Islam etablieren, und in dieser Rolle müssen sie den Sunniten natürlich sagen, sie sollen sich zum Teufel scheren.«

»Und damit können wir den fantastischen Träumen von einer Stabilität im Nahen Osten Lebewohl sagen, Messieurs«, erklärte Saucony.

»Wenn wir den Amerikanern das weitergeben – falls sie es nicht bereits selbst herausgefunden haben –, besteht die Gefahr, dass sie wütend werden und irgendetwas bombardieren. Und wir können nicht vorhersehen, welche Konsequenzen das haben wird.«

»Man kann vielleicht das Urteilsvermögen der Amerikaner infrage stellen«, meinte LaGuenesse, »aber wir können ihnen auf keinen Fall Informationen vorenthalten. Das wird allein schon unser proamerikanischer Präsident zu verhindern wissen, sobald er den Bericht erhalten hat. Und wir können die Unterlagen nicht zurückhalten, denn er hat in allen einschlägigen Ministerien seine Informanten sitzen.«

»Und sollten Sie es trotzdem versuchen, würde Ihr Freund Paul Sie im Élysée-Palast verpfeifen, Philippe«, warf Boucheron ein. »Das ist uns allen klar, vor allem Ihnen.«

Die Männer lachten beklommen.

»Ganz zu schweigen davon, dass wir alle in der Scheiße säßen, falls der Präsident auch nur den leisesten Verdacht hegen würde, dass wir ihm etwas verheimlichen wollten«, fügte Boucheron hinzu.

»Gut, dann ist die Entscheidung gefallen«, erklärte Saucony und lächelte zufrieden in sich hinein. Sein Plan war aufgegangen. »Ich werde meinen amerikanischen Kollegen den Bericht umgehend zustellen.«

LE MARAIS, PARIS, FRANKREICH

Nathalie zog ihr Handy unter dem Kissen hervor. Sie überprüfte noch einmal das Gesprächsprotokoll und warf einen Blick auf die SMS, die sie vor fünfzehn Minuten, als Durand geduscht hatte, ihren Komplizen im benachbarten Apartment geschickt hatte. Die Nachricht war kurz: »Macht euch jetzt auf den Weg.«

Sie schlüpfte in ihren Morgenmantel und band den Gürtel zu, während sie ins Wohnzimmer ging. Der Läufer aus Schafswolle fühlte sich sehr angenehm unter ihren Zehen an. Zum letzten Mal ließ sie den Blick abschätzend über die italienischen Ledersofas gleiten. Ihr Leben in dieser Wohnung war nun vorbei; ihre Rolle und ihr Liebhaber waren Vergangenheit. Von diesem Augenblick an wurde ihre Existenz hier ausgelöscht. Sie würde nie wieder auf den langsamen

Aufzug warten, durch das Küchenfenster auf den Innenhof hinausschauen oder leise etwas murmeln, während Michel Durands warmer Atem sie streifte. Das rief kein Bedauern in ihr hervor. Sie spürte lediglich eine eigenartige Leere, als sie sich bewusst machte, dass nichts aus ihrem Leben der vergangenen Monate weiterhin existieren würde. Sie konnte Erinnerungen daran bewahren, aber sie waren ohnehin nicht echt. Die Realität, die sie um ihre Person gestaltet hatte, war mit der einen SMS beendet worden. Sie hatte ihr Ziel erreicht, und alle Beweise dieses Lebens würden nun zerstört werden.

In dem Zimmer fühlte sie sich jedoch immer noch wohl. Sie hob eine kleine Holzschale vom Kaffeetisch. Die würde sie behalten. Nach jedem Auftrag nahm sie einen Gegenstand mit, um nicht das Gefühl zu haben, aller Erinnerungen dieser Zeitspanne beraubt zu sein. Schließlich hatte sie die Schale selbst ausgesucht. Wie alles in dieser Wohnung.

Sie steckte das Schmuckstück in eine Ledertasche und betrat das Badezimmer. Rasch fegte sie den Inhalt des Medizinschränkchens in die Tasche. Nachdem sie die Spiegeltür geschlossen hatte, warf sie einen Blick auf ihr Gesicht. Sie sah dichtes braunes Haar, das ihr bis auf die Schultern fiel. Bogenförmig gewölbte Augenbrauen und grüne Augen, in denen ein fragender Ausdruck lag. Entdeckte sie darin etwa Zorn?

Sie beugte sich über die Badewanne, sammelte all ihre Shampoos und Cremes ein und ging zurück ins Schlafzimmer. Es klopfte an der Wohnungstür, und sie ließ die Putzmannschaft herein, die sofort damit begann, die Teppiche aufzurollen, die Möbel abzudecken und staubzusaugen. Danach würden sie jede Oberfläche sorgfältig reinigen, um sämtliche Fingerabdrücke und Hautschuppen zu entfernen.

Ihr Mobiltelefon klingelte. Der Mann am anderen Ende

hatte eine tiefe Stimme und sprach Französisch mit starkem ägyptischen Akzent. »*Tout a fait?*«, fragte er.

»*Oui*«, antwortete sie. Alles war erledigt. Ihr Boss Mohammed Issa hustete kurz, bevor er auflegte, eine Angewohnheit, die sie verrückt machte.

Sie ging zu ihrem Schrank und holte ein paar Kleidungsstücke heraus. Neben dem Bett stand ein Foto von ihr mit Durand, das sie in einem Fotoautomaten an der Küste aufgenommen hatten. Sie hob es hoch und sah es sich noch einmal gelassen an, bevor sie es aus dem Rahmen zog, in kleine Stücke zerriss und es in der Toilette hinunterspülte. Sie begann, sich anzuziehen, und schwieg, als einer der Männer aus der Putzkolonne das Zimmer betrat. Sein anzügliches Pfeifen verleitete sie jedoch dazu, ihm einen Schwall arabischer Flüche an den Kopf zu werfen. Mit offenem Morgenmantel, die Brüste entblößt, starrte sie ihn so lange an, bis er das Zimmer verließ. Rasch zog sie sich fertig an, hängte sich ihre Tasche über die Schulter und ging den Gang hinunter zu den Aufzügen. Ihr Zug nach Marseille fuhr in zwei Stunden ab.

BOEING FIELD, SEATTLE, WASHINGTON

Der Krankenwagen rollte an dem kastenförmigen Terminal des King County Airport vorbei. Das Gebäude war ein Anachronismus, der an die Anfänge der Passagierluftfahrt denken ließ. Der Wagen bog mit blinkenden Lichtern in eine Zubringerstraße zur Rollbahn ein. Der Flughafen war für die Allgemeine Luftfahrt geplant – man sah hauptsächlich Privat- und Frachtflugzeuge; Linienflüge wurden hier nicht abgewickelt.

Der Fahrer hob seine gefälschte Dienstmarke von der Feuerwehr hoch und wurde am Tor durchgewunken. Er fuhr an den Firmenflugzeugen vorbei, die an ihren regulären Plätzen geparkt waren: Amazon, Costco, Nordstrom, Starbucks, Microsoft. Schließlich bremste er ab, ließ den Wagen mit laufendem Motor und den beiden Rettungssanitätern im hinteren Teil zurück und machte sich, die Papiere in der Hand, auf den Weg. Er fühlte sich wichtig, als er zum Flughafenbüro stolzierte – immerhin beförderte er heute eine berühmte Persönlichkeit. Auf den Transportpapieren hatte er den Namen einer Popsängerin entdeckt, die in der vergangenen Woche in allen Boulevardzeitungen die Schlagzeilen bestimmt hatte. Drogen, Alkohol, Farbverdünner – er konnte sich nicht mehr daran erinnern, wovon sie aus Versehen zu viel eingenommen hatte. Er hatte sie von einem anderen Rettungssanitäter übernommen und sollte sie nun in einem Flugzeug nach New York begleiten.

Ihr Geheimnis war bei ihm in guten Händen. Viele Leute flogen inkognito mit einem Privatjet. Zumindest diejenigen, die das nötige Kleingeld dafür besaßen. Die Sicherheitsvorkehrungen in der Allgemeinen Luftfahrt waren ein Witz. Hier wurde das Gepäck nicht durchleuchtet oder überprüft und nur höchst selten Ausweise kontrolliert. Das erleichterte ihm seinen Job. In seinem Rettungswagen konnte er jeden überallhin bringen. Damit hatte er sich einen Namen gemacht.

Und er verdiente seinen Lebensunterhalt damit. Natürlich musste er sich mit zwielichtigen Gestalten einlassen, mit solchen, zu denen auch der Mann gehörte, der ihn für diesen Job angeheuert hatte. Und er musste über alles Stillschweigen bewahren. Aber er ging davon aus, dass er in erster Linie anderen Menschen half. Wie diesem Mädchen, das seine Identität nicht preisgeben wollte.

Er reichte die Papiere einer Frau hinter dem Schalter der privaten Fluggesellschaft. Sie schaute sie sich an, telefonierte rasch und ging dann weg. Kurz darauf kam sie mit den nötigen Unterschriften zurück.

»Das Flugzeug wird in etwa zehn Minuten landen«, erklärte sie. »Die Registrierung lautet 5639. Sie können direkt zum Flugzeug fahren, wenn Sie es sehen.«

Er nickte und sah ein paar Minuten den Flugzeugen beim Starten und Landen zu. Ein Flieger nach dem anderen brachte Fracht, Geld, Passagiere – was auch immer – von allen Teilen des Landes und aus Übersee. Die Aussicht von dieser Ecke war fantastisch, wie er feststellte. Er nahm sich ein Karamellbonbon aus einer Glasschale. Am Ende der Piste erhob sich der Mount Rainier aus den Wolken wie ein aus dem Wasser auftauchender Wal.

Als er eine Gulfstream V mit der genannten Hecknummer landen und um das Terminal rollen sah, ging er zu seinem Rettungswagen zurück. Er fuhr auf direktem Weg zu dem Flugzeug und blieb davor stehen. Auf ein Zeichen des Piloten hin hoben seine Helfer die fahrbare Krankentrage aus dem Wagen. Sie schoben sie über die Rollbahn bis unter die Tragflächen des Flugzeugs und übergaben dort die Physikerin Margaret Donovan, die unter falscher Identität reiste, dem medizinischen Personal der Fluglinie. Das Flugzeug war speziell für Krankentransporte ausgerüstet. Einer der medizinischen Assistenten fühlte den Puls der Patientin und überprüfte die Tropfinfusion, während der andere Nachschub auspackte.

Der Fahrer des Rettungswagens bewunderte das Flugzeug, das offensichtlich auf dem neuesten Stand der Technik war, und warf dann einen letzten Blick auf die junge Frau. Sie hatte kaum Ähnlichkeit mit dem Star, dessen Foto in allen Boulevardblättern abgedruckt gewesen war. Er zuckte die Schultern. In dieser Welt war anscheinend leider fast nichts mehr das, was es zu sein schien, einschließlich hübscher Starlets.

Er fuhr ohne Blinklicht zurück zum Terminal und überlegte, ob er kurz hineingehen und sich eine Cola kaufen sollte. Der Werbejingle *Nothing but the real thing, baby* ging ihm durch den Kopf.

BÜRO DES *WALL STREET JOURNAL*, 10 FLEET STREET, LONDON

»Hallo, Kumpel«, grüßte Marie, die an der Tür zu Kevin McMenemys Arbeitsnische stand. Am Abend zuvor waren sie zusammen gelaufen, hatten danach in einem Pub Fish and Chips gegessen, sich ein Bier geteilt und waren dann nach Hause gegangen.

»Ich hole mir einen Kaffee«, sagte sie. »Möchtest du auch einen?«

Er schüttelte den Kopf. »Nein danke. Ich versuche gerade, meinen Kaffeekonsum etwas einzuschränken.«

»Du lebst zu spartanisch«, erklärte sie.

»Nicht in meinen Gedanken.«

Marie sah ihn an und wartete darauf, dass er errötete.

»Es wird nicht passieren.« Er reckte sein Kinn in die Höhe. »Das schwöre ich dir.«

Sie starrte ihn weiter an. »Erstaunlich«, meinte sie und wartete noch einen Augenblick, um ihn zu necken. »Soll ich meine Bluse ausziehen?«

Sein Gesicht färbte sich bis unter die Haarspitzen knallrot.

»Tut mir leid«, sagte sie. »Das war nicht fair.«

»Nein, das war es wirklich nicht«, erwiderte er.

Marie lächelte. Das hätte sie nicht tun sollen. »Okay, ich schulde dir etwas. Das werde ich wiedergutmachen«, erklärte sie.

Er sah rasch auf. »Heißt das, du ziehst deine Bluse aus?«

Sie lachte, und er stimmte in ihr Gelächter ein. »Marie,

erinnerst du dich an den Namen dieser südamerikanischen Minengesellschaft, von der du mir letzte Woche erzählt hast? Du hast gesagt, es handle sich um den größten Eisenerzproduzenten der Welt.«

Marie fasste ihr dunkelbraunes Haar zu einem Pferdeschwanz zusammen und schob ein Gummiband darüber. Wie Kevin hatte sie blaue Augen, aber ihre hatten einen kräftigeren Farbton, beinahe violett, und wenn sie nachdachte, schienen sie noch dunkler zu werden.

»Valle. Valle Mining«, antwortete sie. Kevin setzte sich und hackte auf seine Tastatur ein. »Treffer!«, rief er nach einigen Sekunden. »Valle Mining. Hauptsitz in Brasilien.« Er schüttelte bewundernd den Kopf. »Ich habe danach gefragt, weil ich im *Marine Money* gelesen habe, dass Valle Mining sechs VLOCs in Auftrag gegeben hat.«

»*Very Large Ore Containers.* Sehr große Erzfrachter«, sagte Marie.

»Ja. Sie haben eine Ladekapazität von vierzigtausend Tonnen.«

»Das ist interessant«, stellte Marie fest. »Ich weiß nicht, ob es damit etwas zu tun hat, aber ich habe gelesen, dass China einige seiner Häfen ausbaggern lässt. Einer davon befindet sich in der Nähe einer großen Schiffswerft.«

Kevin sah sie an. »Glaubst du, die Chinesen bauen diese VLOCs für Brasilien?«

»Oder sie wollen sicherstellen, dass einige sehr große Schiffe, mit Eisenerz beladen, in chinesischen Häfen einlaufen können.«

»Oder beides«, meinte Kevin.

»Vielleicht.« Marie dachte darüber nach. »Möglicherweise habe ich weitere Informationen dazu. Gib mir eine Minute Zeit. Ich hole mir rasch einen Kaffee.«

Kevin sah ihr nach und versuchte, sich daran zu erinnern,

warum er es nicht fertiggebracht hatte, ihr am Abend zuvor einen Kuss zu geben. Hatte er tatsächlich den Abend mit einem lahmen Spruch wie »höchste Zeit, ins Bett zu gehen« beendet und damit dafür gesorgt, dass sie sich trennten und jeder für sich nach Hause ging?

Marie kehrte mit einem Becher Kaffee an ihren Schreibtisch zurück und warf einen Blick auf ihre E-Mails. Sie glaubte, vorher eine Nachricht von ihrem Bekannten aus der Schifffahrt erhalten zu haben. Und tatsächlich – da war sie.

»Das wirst du kaum glauben können«, begann die Mail. Sie war komplett in Großbuchstaben geschrieben wie eine Alarmmeldung von Schiff zu Land:

> VOR EINER WOCHE SIND WIR IN DALIAN EINGELAUFEN, UM ZEHN RAUPENFAHRZEUGE ANZULIEFERN. NACH DEM ENTLADEN STELLEN WIR FEST, DASS UNSERE SCHIFFSSCHRAUBE KAPUTT IST. DER RISS IST SO GROSS WIE DER GRAND CANYON. WIR KÖNNEN SIE NICHT REPARIEREN, ALSO FRAGEN WIR UNSERE KONTAKTPERSONEN IN DER WERFT, ABER SIE ERKLÄREN UNS, DER SCHADEN SEI ZU GROSS FÜR SIE.
>
> UNSER CHEFINGENIEUR SAGT: »IHR SEID DIE BESTEN SCHIFFSBAUER DER GANZEN WELT UND KÖNNT DIESE SCHRAUBE NICHT REPARIEREN?« ER HAT IHNEN DIE HÖLLE HEISS GEMACHT, UND DAS HAT SCHLIESSLICH FUNKTIONIERT. DIE CHINESEN LEGEN GROSSEN WERT DARAUF, IHR GESICHT ZU WAHREN. BEVOR WIR UNS VERSEHEN, IST DIE SCHRAUBE ABMONTIERT UND AUF EINEM LKW VERLADEN. SIE SAGEN, SIE BRINGEN SIE IN DEN NORDEN IN EINE STRENG GEHEIME SCHIFFSWERFT. MEIN BOSS BESTEHT DARAUF, DASS ER ODER EINER UNSERER MÄNNER MITFÄHRT. SIE SAGEN, DASS DER

BEGLEITPERSON DIE AUGEN VERBUNDEN WERDEN. MEIN BOSS SCHICKT MICH LOS, UND NACH ETWA EINER STUNDE FAHRT HALTEN SIE DEN LKW AN UND ENTLADEN DIE SCHRAUBE. SIE FAHREN DEN LASTER IN EINE GARAGE UND BEFEHLEN MIR DRINZUBLEIBEN.

ICH SCHLAFE EIN WENIG, BIS MICH JEMAND WECKT UND MICH FRAGT, OB ICH EINEN KAFFEE TRINKEN WILL. DA ICH BEREITS TOTAL DURCHGEFROREN BIN, BRINGEN SIE MICH IN EIN GEBÄUDE, SCHENKEN MIR KAFFEE EIN UND LASSEN MICH DANN IN EINEM RAUM ALLEIN. NACH EIN PAAR MINUTEN SCHIEBE ICH DIE AUGENBINDE EIN WENIG NACH OBEN, SO ALS WÜRDE ICH BEI EINEM KINDERGEBURTSTAG BEI BLINDEKUH SCHUMMELN. ICH SEHE, DASS ICH MICH IN EINEM KLEINEN RAUM MIT JALOUSIEN AN DEN FENSTERN BEFINDE. ICH STEHE AUF UND SCHIEBE DIE LAMELLEN AUSEINANDER. MEINE GÜTE, UM MICH HERUM ÜBERALL IM BAU BEFINDLICHE KRIEGSSCHIFFE! ZERSTÖRER, SCHLACHTSCHIFFE, FREGATTEN – ALLE MIT TARNNETZEN BEDECKT. SIE VERSUCHEN, DIE SCHIFFE MIT RIESIGEN TARNPLANEN VOR DEN SATELLITENKAMERAS ZU VERSTECKEN. ICH HABE EIN FOTO GESCHOSSEN, DAS ALLERDINGS EIN WENIG VERWACKELT IST. UND DANN HABE ICH VON EINEM ANDEREN FENSTER AUS DIE AUFNAHME VON DEM FLUGZEUGTRÄGER GEMACHT, DIE ICH DIR BEREITS GESCHICKT HABE. ICH HOFFE, DU KANNST DAMIT ETWAS ANFANGEN. MACH'S GUT. BRYAN

Marie betrachtete das Foto, aber sie konnte lediglich die Umrisse der Schiffe erkennen. Sie stand auf. Wo war McMenemy? Nicht in Sichtweite. Sie setzte sich wieder. Die Chinesen bauten eine neue Kriegsflotte auf. Natürlich war das keine wirkliche Überraschung, aber so schnell? Wie gelang es den Chinesen, unbemerkt solche Materialmassen in ihre Häfen zu bringen, um all diese Schiffe bauen zu können? Sie brauchten dafür unzählige Tonnen Stahl. Außer sie holten sich alte russische Schiffe ins Land und rüsteten sie um.

Dann dachte sie daran, was Kevin über die von Brasilien bestellten VLOCs gesagt hatte. Vielleicht bauten die Chinesen diese riesigen Schiffe, um den Aufbau ihrer eigenen Kriegsflotte zu verschleiern.

Sie tippte einige Buchstaben in ihren Computer und öffnete die Website von DititalGlobe, einem Unternehmen, das Satellitenbilder erstellte. Das *Wall Street Journal* war ein registrierter Nutzer dieser Site. Sie suchte nach einem Satellitenfoto der Bohai-Bucht und zoomte die Küstenlinie entlang der Werften in Dalian heran. Wenn Bryan recht hatte, bestand einiges von den Landstrichen auf der Karte in Wahrheit aus Tarnnetzen; die Auflösung des Fotos war jedoch nicht hoch genug, um das beurteilen zu können.

Sie suchte nach dem ältesten verfügbaren Satellitenfoto der Bucht. Es dauerte fast eine Stunde, bis sie schließlich eine von einer französischen Quelle im Jahr 1991 eingestellte Aufnahme fand. Marie wechselte immer wieder zwischen den offenen Fenstern hin und her und konzentrierte sich dabei auf die Gegenden, die etwa eine Stunde Fahrt nördlich von Dalian lagen, um sich auf diese Weise selbst eine Landkarte zu erstellen und das Bild von heute mit dem von 1991 zu vergleichen.

Ihr Herzschlag beschleunigte sich. Die aktuellen Umrisse der Bucht auf den Satellitenaufnahmen unterschieden sich stark von der Küstenlinie, wie sie vor zwanzig Jahren gewesen war. Sie hielt Ausschau nach Flüssen oder anderen Quellen für den angeschwemmten Schlick, entdeckte aber nichts. Die Bucht konnte sich auf keinen Fall auf natürliche Weise so stark aufgefüllt haben. Das auf den Satellitenbildern dargestellte »Land« war vielleicht gar kein Land. Es könnte aus dem bestehen, was ihr Bekannter gesehen hatte – riesige Flächen von Tarnnetzen.

»Kevin!«, rief sie.

»Was gibt's?« Er betrat ihre Arbeitsnische. Rasch schob sie einen Stapel Dokumente von einem Stuhl, damit er sich setzen konnte.

Sie zeigte ihm ihre Karten und las ihm Bryans Nachricht vor. Als sie geendet hatte, stellte er fest: »Die Chinesen bauen neben einer der betriebsamsten zivilen Schiffswerften der Welt heimlich eine moderne Kriegsflotte auf.«

Marie atmete tief durch. »Vor den Augen aller und trotzdem gut versteckt.«

PLACE DE LA CONCORDE, PARIS, FRANKREICH

Julian Granot stieg an der Place de la Concorde aus dem Taxi, blieb am Rand des Verkehrskreisels stehen und lächelte. Er mochte diesen Platz. Ihm gefiel der Kontrast zwischen dem antiken Obelisken – der über dreitausend Jahre alten, roten Granitsäule mit den eingemeißelten, die Regentschaft der Könige Ramses II. und Ramses III. preisenden Hieroglyphen – und dem unaufhörlichen, Unfälle herausfordernden Strom von Autos.

Von der nördlichen Seite des Platzes schaute er hinüber auf die beiden prachtvollen Gebäude aus dem 18. Jahrhundert an der Rue Royale. In dem einen befand sich immer noch das Hotel de Crillon, in dem Marie Antoinette sich einstmals die Zeit mit Klavierunterricht vertrieben hatte. Bevor der Obelisk von dem ägyptischen Vizekönig hierhergebracht worden war, hatte während der Revolution die Guillotine hier gestanden, mit der so prominente Persönlichkeiten wie König Ludwig XVI., Robespierre, Danton und Marie Antoinette selbst enthauptet worden waren.

Granot ging nach Nordosten zur Rue de Rivoli. In den 1980er Jahren hatte er hier einige Zeit verbracht, um einen in Paris stationierten, palästinensischen Terroristen zu beobachten, dessen Freundin regelmäßig ein örtliches Wäschegeschäft besuchte. Während er dahinschlenderte, dachte er an einen unvergesslichen Nachmittag, an dem seine Partnerin ihm gutmütig geholfen hatte, indem sie ihm die neuesten Korsetts, BHs und Höschen vorgeführt hatte, während er den liebenden Ehemann gespielt, es sich im Verkaufsraum in einem Sessel gemütlich gemacht, Zigaretten geraucht und dabei Ausschau nach seiner Zielperson gehalten hatte. Ein Arbeitstag, wie man ihn sich besser kaum wünschen konnte.

Leider hatte er damals keine Zeit gehabt, seinen Aufenthalt in Paris richtig zu genießen. Welch eine Verschwendung. Die Schönheit des Flusses versetzte ihn in eine sentimentale Stimmung. Er betrachtete die Schaufenster der Boutiquen in St. Germain des Prés und blieb vor einem Geschäft stehen, das Papierkleider verkaufte.

Dieses Mal war er als Urlauber hier. Er ließ sich Zeit und freute sich auf einen Drink mit einem alten Freund. Ganz plötzlich und ohne sich darauf vorbereiten zu können, war er in den Ruhestand versetzt worden.

Schließlich erreichte er Le Mondrian, ein altbekanntes, gemütliches Lokal, und ging durch den dämmerigen Barbereich. Als seine Augen sich an das schwache Licht gewöhnt hatten, entdeckte er im hinteren Teil des Raums seinen Freund – dünn, glatzköpfig und mit hagerem Gesicht. Als Martin Surplice Julian sah, legte er seine Zigarette in einen Aschenbecher, stand auf und streckte seine Arme aus.

»*Ça va*?«, fragte Surplice und musterte seinen Freund bewundernd. »Du siehst gut aus, immer noch so stark wie ein Ochse.«

Julian lachte. »Und du hast es immer noch nicht geschafft, ein paar Pfund zuzunehmen.«

Surplice zuckte die Schultern.

»Du solltest lieber die Finger von den Zigaretten lassen, dann legst du sicher ein wenig zu.«

»Niemals.« Surplice schüttelte den Kopf. Er schob sein Päckchen Gauloises über den Tisch zu Julian hinüber, der feststellte, dass sein Freund den perfekten Tisch ausgesucht hatte. Eine Sitzecke, die es ihnen beiden ermöglichte, mit dem Rücken zur Wand zu sitzen.

Granot schüttelte den Kopf und schob die Zigaretten zurück.

»Hast du aufgehört?«, fragte Surplice ungläubig.

»Ja.«

Surplice musterte ihn überrascht. »Einfach so?«

Julian nickte. »Es war schlimmer als der Libanon.«

Surplice lachte. Dieser Kerl besaß wirklich einen sehr starken Willen. Aber das war nicht neu für ihn. Er winkte einem Kellner und bestellte ein Kronenbourg, und Julian schloss sich ihm an.

»Wie ich gehört habe, warst du mit dem üblichen Unfug beschäftigt«, meinte Surplice.

»Ich?« Julians Gesicht wirkte stolz und gleichzeitig ein wenig gereizt.

»Wir haben etwas über einen Containerfrachter mit einer Ladung Sprengstoff gehört, der Kurs auf den New Yorker Hafen genommen hatte. Er wurde abgefangen und versenkt, und dein Name wurde in diesem Zusammenhang genannt.«

Julian schnaubte und trank einen Schluck Bier.

»Alle haben davon gesprochen, aber niemand wusste etwas Genaues darüber – nur dass du mittendrin gesteckt hast.«

»Tja, *mir* haben alle gesagt, was sie davon hielten«, erklärte Julian. »Zu Hause bin ich jetzt eine Persona non grata. Man hat mich in den Ruhestand versetzt.«

»Warum?« Surplice runzelte die Stirn.

»Weil ich einen Alleingang gewagt habe.«

Surplice starrte ihn verblüfft an. »Wie bitte?«

»Unter diesen Umständen hatte ich keine andere Wahl. Ich habe eine amerikanische Journalistin rekrutiert und sie ohne Genehmigung von Tel Aviv und ohne Koordination mit dem CIA-Büro in Israel als Agentin eingesetzt.«

Surplice nippte an seinem Bier.

»Du kannst dir vorstellen, dass zwischen Tel Aviv und Washington die Funken flogen«, fügte Julian hinzu.

Surplice zog an seiner Zigarette und wartete darauf, dass sein Freund weitersprach.

»Wir hatten nicht viel Zeit.« Julian senkte die Stimme. »Und dieses Schiff war übrigens nicht mit konventionellem Sprengstoff beladen, sondern mit mehreren Kh-55.«

Surplice wurde blass. »Mit KENTs? *Merde.*«

Granot nickte. KENT war die in der NATO übliche Bezeichnung für luftgestützte nukleare Marschflugkörper sowjetischer Herkunft, die in den frühen 1980er Jahren im Einsatz waren.

»Keine Codes? Kein PALS, also kein Präzisionsanflug- und Landesystem?« Surplice ließ den Rauch seiner Zigarette langsam durch seine Nasenlöcher entweichen und inhalierte ihn noch einmal.

»Sie wurden so umgebaut, dass sie mit einem Funktelefon gestartet werden konnten«, erklärte Julian und streckte den Rücken. »Erinnerst du dich an Mansour Obaidi von der PLO?« Granot lachte unbehaglich. »Heutzutage wirkt die

Organisation beinahe zahm«, fügte er hinzu. »Obaidi war der Sprengstofffachmann der Palästinensischen Befreiungsorganisation PLO. Er erwarb sich sein Wissen in den frühen 1980er Jahren von den Rumänen und ging anschließend nach Hollywood. Dort wurde er durch Schwarzhandel ein erfolgreicher Geschäftsmann. Er scheffelte Millionen mit dem Öl-für-Lebensmittel-Programm im Irak, mit Waffenhandel und der Herstellung von Bomben. Als die Sowjetunion zusammenbrach, war es ein Leichtes für ihn, sich aus den zurückgelassenen russischen Arsenalen eine nette kleine nukleare Spielzeugkiste zu packen.«

»Und die Auswahl war sicher nicht gerade gering«, merkte Surplice an.

»Ich habe in Usbekistan Basketballplätze gesehen, auf denen Raketen gestapelt waren.« Julian kniff seine Augen zusammen. »Unkraut wucherte durch den Beton, und die Wachhäuser waren nicht mehr besetzt. Scheiße. Einige Raketen waren nuklear bestückt. In der Ukraine war es ebenso. Bomben, die nach 1989 dort zurückgelassen wurden, tauchten ein Jahr später in Tschetschenien auf den Listen der Waffenhändler auf. Ganz zu schweigen von den Waffen, die 2001 an den Iran und an China verkauft wurden. Wir müssen davon ausgehen, dass sie nachgebaut wurden.«

»Du willst mir also erzählen, dass Obaidi wenige Meilen von den Vereinigten Staaten entfernt Atomwaffen geschmuggelt hat?«

»Er ist direkt unter dem Radar der Amerikaner durchgefahren«, bestätigte Julian. »Die amerikanische Journalistin hat sich Zugang zu seinen Geschäftsunterlagen verschafft, und wir fanden nach und nach heraus, was er vorhatte. Dann brauchten wir die Hilfe eines FBI-Agenten im Irak, um die Amerikaner davon zu überzeugen, dass wir auf einer heißen Spur waren. Es stand auf Messers Schneide, doch schließlich erkannten sie, was vor sich ging. Sie schickten ein Team der SEALs, um das Schiff zu versenken. Die Operation hieß Cobra V und lief sauber und ordentlich ab. Die Waffen wurden unter Wasser entschärft, und die ganze Geschichte wurde begraben.«

»Und was ist mit Obaidi, dem Drahtzieher, passiert?«

»Er befand sich in New York City, um von seinem eigenen Telefon aus die Bomben zu zünden. Und er ist ihnen entwischt.«

»Dann hast du dafür keinen Orden bekommen«, meinte Surplice.

Julian lachte. Der Ober kam mit frischem Bier an ihren Tisch.

»Meine eigene Regierung ist wütend auf mich. Wir werden nicht für gute Ideen bezahlt, sondern dafür, Befehle auszuführen. Also hat man mich auf Eis gelegt.«

»Unfassbar«, empörte sich Surplice. »Und deine inoffizielle Agentin? Was ist mit ihr geschehen?« Surplice rutschte unruhig auf seinem Stuhl hin und her und sah Julian in die Augen.

»Oh, sie war eine Nervensäge«, erwiderte Julian und versuchte, das Lächeln zu verbergen, das ihm bei dem Gedanken an Marie Peterssen über das Gesicht huschte. »Sie war störrisch und hörte nie auf das, was ich ihr sagte.«

Surplice sah ihn zweifelnd an, und Granot zuckte zusammen. »Nein, das stimmt nicht«, fuhr er rasch fort und grinste reuevoll. »Ich hätte gerne weiter mit ihr zusammengearbeitet, aber ich kann ihr leider keinen Job mehr anbieten, da ich ja aus dem Geschäft raus bin.«

»Das macht die Sache noch einfacher.« Surplice drückte seine Zigarette aus. »Zwei für den Preis von einem. Ich habe einen Job für dich.«

Granot blickte skeptisch auf.

»Bei Meridien. Wir haben unglaublich viel zu tun. Der Élysée-Palast, die DGSE, das Außenministerium – alles unsere Kunden.«

Granot wusste, dass Surplice von dem privaten Forschungs- und Beratungsinstitut sprach, das er in Paris leitete. Dort wurden die Geheimdienstoperationen des globalen Zeitalters durchgeführt. Rein geschäftlich. Meridien arbeitete als privates Subunternehmen für Regierungen und bot Nachforschungsdienste, intellektuelles Know-how und operatives Fachwissen an. Die Mitarbeiter waren alle ehemalige hohe Regierungsbeamte wie er selbst.

»Dann arbeitet ihr also offiziell wie die CIA in den siebziger und achtziger Jahren?«, fragte Julian.

»Ganz und gar nicht. Ich habe nicht vor, meine Karriere so zu beenden wie Oliver North.«

Julian schnaubte.

»Es liegt an dir«, erklärte Surplice. »Ich biete dir an, unsere Nahost-Abteilung zu leiten.«

»Und ich habe schon davon geträumt, zu Hause eine Amateurfußballmannschaft zu trainieren.«

»Das geht uns allen hin und wieder so«, meinte Surplice. »Darüber kommst du hinweg.«

WALTHAM FOREST, NORDLONDON

»Pass auf, dass du nicht stolperst«, warnte Marie und deutete auf eine auf dem Bordstein umgekippte Mülltonne, deren Inhalt sich über den Gehsteig verteilt hatte.

»Braver Hund«, sagte Kevin, stieg vorsichtig um den Abfall herum und starrte den Streuner an, der mit zwei anderen Hunden den Bürgersteig entlangtrottete. Kevin sah sich vorsichtig um, während sie zur U-Bahn-Haltestelle gingen. »Hier sieht es aus wie in dem Viertel, aus dem ich komme«, stellte er fest. »Wie es heißt, befindet es sich gerade ›im Umbruch‹.«

»Ich hoffe, damit ist eine positive Veränderung gemeint«, erwiderte Marie. Obwohl die Sonne bereits unterging, brodelte es in dem Stadtteil noch vor ungebändigter Energie. Kurz vorher hatte vor einer örtlichen Moschee eine Demonstration stattgefunden, bei der der Imam eine glühende Rede gegen die Regierung gehalten hatte. Jetzt zogen immer noch bedrohlich wirkende Gruppen von Jugendlichen durch die Straßen.

»Wir sind doch noch auf dem richtigen Weg zur Tottenham Hale Station, oder?« Marie wurde sich bewusst, wie lange sie schon gelaufen waren.

»Mir nach«, forderte Kevin sie auf. »Ich habe die Strecke im Kopf.« Marie hastete neben ihm her.

»Der Imam will also das Gesetz der Scharia in London durchsetzen«, sagte Marie und bezog sich auf die soeben gehörte Rede.

»Das kann er gern versuchen.« Kevin schnaubte. »Ich kann mir allerdings nicht vorstellen, dass sich jemand diesen Unsinn gefallen lassen wird.«

»Und was ist mit seinen Anhängern?«, fragte Marie. »Anscheinend gibt es nicht wenige davon.«

»Wir befinden uns hier in einer von der Scharia kontrollierten Zone«, erwiderte Kevin und deutete spöttisch auf die an allen Gebäuden angebrachten gelben Zeichen.

Vor ihnen tauchte die Tottenham Hale Station auf.

»Was für ein Schwachkopf«, fuhr er fort. »Ich halte ihn für einen gottlosen Menschen. Allerdings bin ich im Land Gottes aufgewachsen. Wo bist du groß geworden?«, fragte er mit einem raschen Seitenblick, als sie die U-Bahn-Station betraten.

»An vielen verschiedenen Orten, hauptsächlich in Europa«, antwortete Marie. »Meine Mutter war Balletttänzerin, und wir sind oft umgezogen. Frankreich. New York. Sie hat für George Balanchine getanzt.«

»Ich habe schon von ihm gehört«, sagte Kevin. Sie gingen die Treppe zur U-Bahn hinunter. »Das ist wirklich interessant. War dein Vater auch Tänzer?«

Sie wandte sich ihm zu. »Ich habe meinen Vater nie kennengelernt.«

»Das tut mir leid«, erklärte Kevin. Sie passierten das Drehkreuz und warteten auf dem Bahnsteig auf die nächste U-Bahn, die sie zum Büro zurückbringen würde.

»Ich habe erst vor einem Jahr erfahren, wer er war«, fuhr Marie fort und sah ihn offen an. »Er hat meine Mutter in Madrid kennengelernt.« Ihre Gesichtszüge erschlafften, und sie wandte sich von ihm ab. »Dort wurde er von einem Mitglied der PLO getötet.«

Kevin schwieg. »Dann ist diese Terrorismus-Geschichte für dich eine sehr persönliche Angelegenheit«, sagte er schließlich.

»Das könnte man so sagen.« Marie sah zur Seite. »Aber du kommst aus Dublin, also hast du damit wahrscheinlich auch deine eigenen Erfahrungen gemacht.«

»Einer meiner Onkel ist während der Unruhen gestorben«, erzählte Kevin. »Aber ich habe ihn nicht persönlich gekannt. Das war vor langer Zeit.«

Die U-Bahn ratterte in den Bahnhof. Sie stiegen ein, setzten sich und schauten eine Weile schweigend aus dem Fenster. Ein zweijähriges Kind in einem Kinderwagen begann zu quengeln, und Marie beobachtete, wie die Mutter den kleinen Jungen demonstrativ ignorierte. Schließlich begann das Kind zu weinen, und auf dem Gesicht der Mutter zeichnete sich ein Ausdruck des stolzen Desinteresses ab, so als wollte sie ihm damit eine Lektion erteilen. Der Junge wirkte zunehmend verstört, und sein Weinen ging in lautes Geschrei über, während er seiner Mutter die Hand entgegenstreckte.

Maries Brustkorb zog sich zusammen. Das fehlende Einfühlungsvermögen der Mutter entsetzte sie.

Sie warf Kevin einen Blick zu. Er war verblüfft, als er ihren Gesichtsausdruck sah, und griff nach ihrer Hand, um sie zu beruhigen, doch sie hatte sich bereits auf ihrem Sitz vorgebeugt.

»Sie haben ein entzückendes Kind«, sagte Marie zu der Frau und zwang sich, zuvorkommend zu lächeln. Die Mutter schaute sie überrascht und ein wenig misstrauisch an.

»Sicher sind Sie sehr stolz auf ihn«, fuhr Marie fort und versuchte, trotz ihrem Zorn und ihrer Traurigkeit eine freundliche Miene aufzusetzen. »So ein hübscher Junge.« Die Frau lächelte zögernd, und das kleine Kind wurde dadurch abgelenkt und hörte zu weinen auf.

»Er macht Sie sicher sehr glücklich«, fuhr Marie fort. Die Frau richtete sich auf, holte den Kinderwagen näher zu sich heran und streckte die Hand aus, um die Jacke des Kleinen zurechtzuziehen. Flüchtig huschte ein freundlicher Ausdruck über ihr Gesicht. Der kleine Junge beobachtete hoffnungsvoll das Gesicht seiner Mutter, und seine Tränen versiegten.

»Oh, er ist manchmal nicht ganz einfach«, erwiderte die Frau und kramte in einer am Kinderwagen befestigten Tasche.

»Aber Sie können sich glücklich schätzen, ihn zu haben«, erwiderte Marie. Die Frau holte ein Spielzeugauto hervor und reichte es ihrem Sohn, der es nur zögernd annahm, so als befürchtete er, dass sie es ihm gleich wieder wegnehmen würde.

»So ein süßes Baby«, sagte Marie und bemühte sich mit

aller Kraft, freundlich zu lächeln, anstatt die Frau zu packen und zu schütteln.

Die Frau nickte. Schließlich beugte sie sich vor, öffnete den Sitzgurt und hob den Kleinen auf ihren Schoß.

Als Kevin Marie einen Blick zuwarf, bemerkte er, dass sie mit den Tränen kämpfte.

An der nächsten Haltestelle packte Marie seine Hand und zog ihn aus der U-Bahn. Sie blieb einen Augenblick auf dem Bahnsteig stehen, um sich wieder zu beruhigen, und atmete einige Male so tief durch, als hätte sie die Luft angehalten. »Der Junge wollte nur, dass seine Mutter ihn anschaute.« Sie beugte sich vor, um besser atmen zu können. »Und sie hat das einfach nicht fertiggebracht.«

Der nächste Zug fuhr ratternd in den Bahnhof ein, und Marie und Kevin stiegen schweigend ein und setzten sich.

»Das hast du großartig gemacht«, erklärte Kevin. »Du hast sie dazu gebracht, stolz auf ihr Kind zu sein. Möglicherweise war das zum ersten Mal der Fall.«

Marie verzog das Gesicht. »Ich hoffe, sie vergisst es nicht. Zum Wohl ihres Kindes sollte sie mindestens hundert Mal am Tag daran denken. Und ich werde in Zukunft meine Augen geschlossen halten, um so etwas nicht mehr sehen zu müssen.«

»Schon gut.« Kevin legte ihr den Arm um die Schultern.

Sie nahm eine Mütze aus ihrer Tasche und zog sie sich über die Augen.

»Ende der Durchsage.«

OVAL OFFICE, WEISSES HAUS, WASHINGTON, D.C.

Die Nationale Sicherheitsberaterin Claudia Berri wurde in das Oval Office geführt. Der Präsident stand auf, um sie zu begrüßen, und sie reichte ihm den mitgebrachten Ordner.

»Das wird Ihnen nicht gefallen, Sir«, sagte sie.

Präsident Ron Wildenthal nahm den Aktenordner entgegen. Er zog seine Lesebrille aus der Jackentasche und überflog den Text.

»Verdammt«, stieß er hervor. »Bitte entschuldigen Sie meine Ausdrucksweise«, fügte er mit einem Blick auf Berri hinzu.

»Schon gut, Mister President«, erwiderte sie. »Als ich bei den Marines war, habe ich viel schlimmere Ausdrücke gehört.«

Wildenthal atmete tief durch. Damit hatte sie ihm mühelos Kontra gegeben.

»Wie sicher sind diese Schätzungen? Kann der Iran tatsächlich London angreifen?«

»Das ist schwer zu sagen, Sir. Es gibt zu viele Variablen, wie zum Beispiel das Gewicht der Sprengköpfe. Aber wir sollten mit dem Schlimmsten rechnen.«

General Stanley McDermott, der Vorsitzende der Vereinigten Stabschefs, betrat den Raum, gefolgt von Bob Ciccione, dem CIA-Direktor.

»Und diese Informationen stammen von unseren Freunden, den Franzosen?«, erkundigte sich der Präsident und nickte den beiden Männern zu.

»Ja, Sir«, erwiderte Berri. Wildenthal bemerkte, dass sie unwillkürlich eine stramme Haltung annahm. Das reizte und beeindruckte ihn gleichermaßen.

»Was sagt der MI6 dazu?«, fragte der Präsident mit einem Blick auf McDermott.

»Sie stimmen generell damit überein«, erwiderte der General.

»Und die Israelis?«

Berri schaltete sich ein. »Sie machen sich schon seit längerer Zeit Gedanken wegen der Raketen im Iran, Sir. Sie vermuten, dass iranische Wissenschaftler mit einem hochentwickelten Atomwaffensystem, bekannt als Zweipunkt-Implosion-Vorrichtung, experimentieren. Die Internationale Atomenergiekommission selbst besitzt ein Dossier, in dem es heißt, dass der Iran möglicherweise hochexplosive Komponenten dieser Vorrichtung getestet haben könnte.«

»Das lässt bei uns die Alarmglocken läuten«, erklärte Ciccione. »Die bloße Existenz einer solchen Vorrichtung ist in den USA und in Großbritannien ein Geheimnis.«

»Warum?«, erkundigte sich der Präsident.

»Wenn man die Technologie einmal im Griff hat, lassen sich damit kleinere und einfachere Sprengköpfe herstellen, die man leichter an Raketen anbringen kann, Mister President«, erwiderte Berri.

Präsident Wildenthal bedeutete seinen Beratern mit einer Geste, sich zu setzen.

»Lassen Sie mich das ein wenig relativieren«, warf McDermott ein und legte seine Hände auf die Rückenlehne des Stuhls vor ihm. »Wir neigen dazu, den Fortschritt im Iran zu überschätzen. Das sollten wir nicht außer Acht lassen.«

»Aber wir sollten uns auch nicht in falscher Sicherheit wiegen und alles leugnen«, entgegnete Ciccione. Er zog sich einen Stuhl heran und nahm neben Berri Platz.

»Einen CIA-Chef zu bitten, sich zu entspannen, das ist genauso, als würden Sie von Berri erwarten, sich hier auf einen Sessel zu fläzen«, unterbrach der Präsident ihn. »Absolut unmöglich, soweit ich weiß.«

Am Tisch ertönte leises Gelächter.

»Also gut, Gentlemen, Claudia. Widmen wir uns wieder dem Thema der heutigen Besprechung. Der Iran ist im Besitz einer Langstreckenrakete. Ob sie so zielgenau und zuverlässig ist, wie die Iraner behaupten, wissen wir nicht, aber eines Tages – vielleicht morgen, vielleicht nächstes Jahr – werden die Iraner Raketen haben, mit denen sie Ziele in Europa treffen können. Und sobald sie ausgesuchte Ziele punktgenau bombardieren können, sind sie in der Position, anderen ihre Bedingungen aufzuzwingen. Oder zumindest die Europäer so weit einzuschüchtern, dass sie sich zurückziehen.«

»Der französische Präsident hat nicht vor, in irgendeiner Weise klein beizugeben«, meinte Berri.

Alle blickten plötzlich zur Tür. Robert Elliott, der Staatssekretär für Rüstungskontrolle und internationale Sicherheit, und Don Hormsby, der stellvertretende Staatssekretär für Politische Angelegenheiten und ein Nahost-Experte, betraten den Raum. Die beiden nickten ihren Kollegen zu und setzten sich.

»Daran besteht kein Zweifel«, sagte General McDermott. »Aber niemand weiß, was genau er tun wird. Ist er bereit, Atomwaffen einzusetzen, um den Iran daran zu hindern, sich dem Club anzuschließen? Selbst wenn er entschlossen ist, diesen Weg zu beschreiten, bin ich nicht sicher, ob die Franzosen ihm das gestatten werden. Oder die Engländer. Diese beiden Länder verfolgen gemeinsame politische Strategien, auch wenn sie das abstreiten. Ich meine so etwas wie: ›Du nimmst Minsk, und ich nehme Pinsk.‹ Allerdings wissen sie nicht, wo sich die entscheidenden Orte im Iran befinden. Sie müssten uns um Aufklärung bitten und dabei ihre Karten aufdecken.«

»Ich glaube, wir müssen diese Entwicklung unter Berücksichtigung anderer uns bekannter Fakten analysieren«, meinte der CIA-Direktor und rutschte auf seine Stuhlkante vor. »Die Veredlung von Uran im Iran schreitet immer weiter voran. Es gab zwar Rückschläge, aber sie hielten nicht lange an. Und in Fordow drehen sich dreitausend Zentrifugen im Untergrund, wahrscheinlich außer Reichweite für jeden Luftangriff.«

»Was ist also unser Hauptproblem?«, fragte Staatssekretär Hormsby. »Irans Raketenproduktion, seine Bemühungen, Uran anzureichern, oder die angebliche Entwicklung von Atomwaffen in diesem Land?«

McDermott seufzte. Er verabscheute diesen Mann. Allein wegen der Verwendung des Worts »angeblich« wäre McDermott ihm am liebsten an die Gurgel gesprungen. Er sollte sich schämen.

»Eine Atombombe ohne ein präzises Trägersystem ist bei einem Angriff auf Europa nutzlos«, erklärte Robert Elliott, der zuständige Mann für Rüstungskontrolle.

»Aber nicht bei einem Angriff auf Israel«, entgegnete Berri.

»Es tut mir leid, wenn ich darauf herumreite«, unterbrach Hormsby sie leicht stotternd. »Aber sind wir uns denn sicher, dass Irans Entwicklungsbestrebungen im Bereich Atomkraft tatsächlich auf die Produktion von Gefechtsköpfen abzielt und nicht ziviler Nutzung im Land dienen soll?«

McDermott straffte seine Schultern; er hatte es geahnt, dass dieser Clown mit irgendeiner idiotischen Bemerkung versuchen würde, die Diskussion entgleisen zu lassen.

»Robert, möchten Sie diese Frage beantworten?«, fragte McDermott mit kaum verhohlener Missbilligung.

Robert Elliott wandte sich an den Mann vom Außenministerium. »Irans Uranreserven haben sich 2011 erschöpft. Selbst wenn man mit unentdeckten Reserven rechnet, würde dem Land im Jahr 2023 der Brennstoff ausgehen, direkt nach dem Bau der von Ahmadinedschad geplanten siebten Anlage. Der Iran verfügt einfach nicht über genügend Uran, um sein erklärtes Ziel, die unabhängige Versorgung, zu erreichen«, erklärte er und fuhr fort: »Und was die zivile Energieversorgung anbelangt, besitzt der Iran einige der größten Öl- und Gasreserven auf der ganzen Welt. Bei den derzeitigen Förderquoten hat das Land genug Öl für neunzig Jahre und genug Gas für etwas über zweihundert Jahre. Und nicht nur das: Wenn sie aufhören würden, so viel Gas abzufackeln, könnten sie damit so viel Elektrizität gewinnen wie mit drei Atomkraftwerken. Der Iran ist bekannt für seinen Nettoimport von Benzin, wie Sie wissen, Don, und er verfügt über nur sehr wenige Raffinerien. Wären die Iraner also wirklich an Energieautarkie interessiert, dann würden sie sich darauf konzentrieren, ihre Ölraffinerien auszubauen.«

»Soll das heißen, dass Irans Behauptung, sein Atomprogramm diene der Energieunabhängigkeit, absurd ist?«

»Bei Atomkraft geht es nie um Energiegewinnung«, erklärte Berri, »sondern immer um das Ego.«

»Und wenn man in Teheran sitzt und sich umschaut, sieht man, dass die Russen und die Europäer im Norden bereits im Besitz der Bombe sind«, sagte McDermott. »Auch die Pakistaner und die Inder im Osten haben sie, ebenso wie die Israelis im Westen. Schließlich handelt es sich um die große persische Nation; wer will ihnen also vorschreiben, ob sie eine Bombe besitzen dürfen oder nicht? Aber so ziemlich der ganze Rest der Welt hat genau das getan.«

»Aber wie sollen wir sie aufhalten?«, fragte Wildenthal.

»Wir müssen versuchen, ihre Raketentechnologie abzuwürgen«, schlug Ciccione vor. »Die Sanktionen verschärfen, um die Iraner davon abzuhalten, ihre Zielsysteme weiterzuentwickeln und zielgenaue Raketen zu bauen. Auf diese Weise können wir am besten Einfluss nehmen.«

Wildenthal verschränkte seine Hände vor der Brust und spitzte die Lippen. »Und wie, zum Teufel, sollen wir das machen?«, fragte er. »Selbst wenn wir internationale Unterstützung für die strengsten jemals verhängten Sanktionen erhalten, wie sollen wir die Chinesen, die Nordkoreaner, die Russen oder die Schweizer davon abhalten, sie irgendwie zu umgehen?«

»Das ist Ihre Aufgabe, Mister President«, erklärte Berri. »Sie müssen ihnen zeigen, wie viel sie gewinnen können, wenn sie auf ihre Nuklearwaffen verzichten und sich dem Rest der Welt anschließen.«

Wildenthal sah auf. Auf seinem Gesicht zeichnete sich Frustration ab.

»Meine Vorgänger haben das bereits versucht – vergeblich. Was, wenn die Mullahs kein Interesse daran haben, sich der übrigen Welt anzuschließen? Was, wenn sie tatsächlich einen irrationalen, apokalyptischen Kult betreiben und ihr unerschütterlicher religiöser Glaube ihnen vorgibt, eine Atombombe besitzen zu müssen?«

»Dann sollten wir für einen persischen Frühling beten, Mister President«, erwiderte McDermott. »Und dafür, dass dabei das Regime unwiderruflich gestürzt wird. Denn selbst unsere besten Taktiker können sich kein Szenario vorstellen, bei dem wir mit einem Krieg gegen den Iran gewinnen könnten.«

FLANAGAN'S PUB, WESTMINSTER, LONDON, ENGLAND

Marie Peterssen lehnte sich gegen die Theke und starrte auf den weiter oben angebrachten Fernseher, wo ein Fechtkampf, allerdings ohne Ton, gezeigt wurde. Sie trug Jeans und einen grauen Kaschmirpullover, dessen V-Ausschnitt ihre Schultern und, zur Freude der sie interessiert musternden Männer, die sanften, einladenden Kurven betonte. Als sie hereingekommen war, hatte ein Mann sogar sein Dartspiel mitten im Wurf unterbrochen. Marie hatte lange Beine, einen schlanken Körper und bewegte sich kraftvoll, aber geschmeidig. Einer der Gäste hatte ihr schweigend mit seinem Bier zugeprostet, als sie an ihm vorbeiging, und ein anderer hatte leise gepfiffen. Mir gefällt mein Körper, schien Marie zu sagen, und dir würde es ebenso gehen, wenn du das Glück hättest …

Marie griff nach ihrem Bierglas und trank einen kräftigen Schluck. Sie mochte das Murphy's vom Fass, das hier ausgeschenkt wurde, und ihr gefiel dieses kleine verschlafene Pub in einer Seitenstraße in Westminster. Es lag nur einen Steinwurf von einem der größten Fechtclubs der Stadt entfernt, und der Wirt des Lokals hatte eine Vereinbarung mit dem Club getroffen, einmal im Monat Videos von einer Sportwebsite herunterzuladen und internationale Fechtkämpfe zu zeigen. Marie rechnete damit, dass später nach dem Training noch einige ihrer Freunde hierherkommen würden.

Sie starrte mit halb zusammengekniffenen Augen auf den Bildschirm. An dem Wettkampf nahm eine Fechterin teil, die sie sehr gut kannte und gegen die sie schon oft gekämpft hatte. Sie war so vertieft in das Match, dass sie nicht bemerkte, wie Julian Granot zur Tür hereinkam und im Vorraum stehen blieb. Trotz seiner Größe besaß er die erstaunliche Fähigkeit, sich unauffällig seiner Umgebung anzupassen. Er steckte seine Hände in die Taschen seiner Fliegerjacke aus schwarzem Leder und sah sich aufmerksam um. Innerhalb von wenigen Sekunden hatten seine grünen Augen alles wahrgenommen, was wichtig für ihn war. Sein Körper spürte störende Spannungen und brodelnde Gefühle, und er registrierte diese Phänomene, ohne bewusst darüber nachzudenken. In den vielen Jahren im Dienst hatten sich seine Fähigkeiten verfeinert, bis sie zu instinktiven Wahrnehmungen geworden waren und er intuitiv reagierte, bevor sein Gehirn etwas bewusst zur Kenntnis nahm.

Als er genug gesehen hatte, ging er zur Bar hinüber und stellte sich auf den freien Platz neben Marie. Sie wandte sich automatisch dem Neuankömmling zu, arglos und abgelenkt. Dann kehrte ihr Blick zurück zu dem Gesicht, das ihr so vertraut war, und zu dem leichten Lächeln, das um seine Mundwinkel spielte. Sie riss ihre Augen auf, lächelte breit, griff nach den Aufschlägen seiner Jacke und verbarg zu seiner Überraschung ihr Gesicht an seiner Brust.

Julian schlang seine Arme um sie. Es war lange her, fast neun Monate, dass sie sich voneinander verabschiedet hatten. Sie hatte einen neuen Job angenommen und war sehr beschäftigt. Als sie ihm klargemacht hatte, dass sie ein wenig Abstand brauchte, war er sofort darauf eingegangen. Sie hatte gute Arbeit für ihn geleistet. Als Journalistin war es ihr möglich, Orte aufzusuchen, die anderen verwehrt blieben. Auch wenn sie sich gegen seine Kontrollversuche aufgelehnt hatte, war sie wunderbar auf ihn eingegangen. Sie hatte eben keinen großen Respekt vor Autoritätspersonen. Bei manchen Menschen war das nun mal der Fall. Und wenn er ehrlich war, musste er zugeben, dass diese Mitarbeiter oft die besten waren.

Vorschriften mochte sie nicht. Sie konnte sich, wie man in Amerika sagte, zum wandelnden Pulverfass entwickeln, aber das störte Julian nicht. Seiner Erfahrung nach hatten die meisten guten Agentinnen einen sehr hohen Testosteronspiegel und glichen mögliche Stressreaktionen mit außergewöhnlichem Charme und Stil aus.

Nach ein paar Sekunden schob Julian Marie sanft von sich und sah ihr forschend ins Gesicht. Er wusste, dass sie in London arbeitete und immer noch in dem Fechtclub in Westminster trainierte. Ein kurzer Besuch dort hatte ihn zum

Flanagan's geführt. Aber er hatte ihr seine Ankunft nicht angekündigt. Er war ohne Warnung gekommen, um sie zu überraschen. Das half ihm dabei, die Kontrolle über die Situation zu behalten. Er verachtete sich selbst dafür, aber diese Technik war zu gut, um sie nicht anzuwenden. Denn er brauchte sie wieder.

Er sah Tränen in ihren Augen. »Du siehst gut aus, abgesehen von den Tränen. Alles in Ordnung mit dir?« Er hielt ihre Ellbogen fest.

»Ich arbeite viel«, erwiderte sie und wischte sich das Gesicht mit dem Handrücken ab.

»Und du weinst hin und wieder?«

»Na ja …« Ihre Stimme erstarb. »Es ist sehr schön, dich zu sehen.« Sie blickte zur Seite, und ihm war klar, dass sie verzweifelt versuchte, ihre Gefühle zu verbergen. Allerdings gelang ihr das nicht sehr gut.

»Ich schaue mir gerade die Weltmeisterschaft an.«

»Ach, du lieber Himmel«, sagte Julian, und Marie hörte einen leicht sarkastischen Ton. »Ja, ich verstehe. Dir geht es nicht gut, weil du nicht daran teilnehmen kannst?«

»Genau.« Sie wandte sich ihm erleichtert zu. Sollte er doch glauben, dass sie deswegen weinte. Das war einfacher, als ihm die Wahrheit zu verraten – nämlich, dass ihr Herz zu zerspringen drohte, weil sie ihn wiedersah. Sie würde lieber sterben, als ihm das zu verraten.

»Siehst du das Mädchen dort?« Marie deutete auf eine weiß gekleidete Gestalt auf dem Bildschirm, froh, dass sie seine Aufmerksamkeit darauf lenken konnte. »Sie hat es gerade in das olympische Team der Vereinigten Staaten geschafft. Und ich habe sie jedes Mal geschlagen, wenn wir aufeinandertrafen.«

»Wenn du nicht aufhörst zu weinen, brauche ich einen Drink«, erklärte er.

»Das Murphy's ist vom Fass«, sagte sie. »Es schmeckt ausgezeichnet.«

Julian bedeutete dem Barkeeper, ihr ein weiteres Bier zu bringen. Und eines für ihn.

»Ich vermisse das alles sehr. Die Finten, die Tricks, die Kameradschaft.«

»Komm wieder runter, Mädchen, du steigerst dich da zu sehr hinein«, meinte Julian und lehnte sich neben sie an die Theke. »Du wünschst dir ein Team, in dem Kameradschaftsgeist herrscht? Ich kenne einige Teams, in denen das großgeschrieben wird. Und du kennst sie auch. Du sehnst dich nach Tricks? Wir haben sie praktisch erfunden.«

»Das ist alles gut und schön, Julian, aber bei dir bekomme ich keine Waffe in die Hand«, erwiderte sie und zog ihre linke Augenbraue auf die ihr eigene, gewinnende Art nach oben. Sie versuchte, ihn abzulenken.

»Du willst doch gar keine Waffen. Waffen sind gefährlich. Du hast alle Waffen, die du brauchst, zwischen deinen Ohren.«

Marie seufzte tief. »Das hast du mir schon einmal gesagt.«

»Und ich werde es dir noch öfter sagen.«

Es gab einen Grund dafür, dass er sie hier aufgesucht hatte, und ihm war klar, dass er sie nicht mit seiner Idee überfallen durfte, bis sie ausreichend vorbereitet war. Er wusste, dass sie immer noch mit dem Gedanken spielte, an der Olympiade teilzunehmen. Und er wusste auch, dass sie gut genug dafür war, obwohl sie seit einer Weile keine Wettkämpfe mehr bestritten hatte.

»Ich sehe seit knapp einem Jahr immer wieder deinen Namen im *Wall Street Journal*. Glaubst du, du könntest diesen Job behalten und nebenher genug Zeit haben, um für die olympische Mannschaft zu trainieren?«

Sie neigte den Kopf zur Seite, ohne darauf zu antworten.

Der Barkeeper brachte ihnen das Bier, und Julian trank einen kräftigen Schluck.

»Lass uns ein wenig übers Fechten reden.« Julian wusste, dass er die Unterhaltung kontrollieren musste, um sie langsam daran zu gewöhnen, wieder mit ihm zu sprechen, und um seine Fähigkeit, sich auf sie einzustellen, erneut aufzubauen.

»Klar.« Marie sah ihn an. Ihre blauen Augen wirkten offen und ehrlich. Sie war bereit, ihm zuzuhören, allerdings fehlte ihr die frühere Konzentration.

»Gehen wir einmal davon aus, dass du deinen neuen Job aufgeben würdest, um acht Stunden am Tag zu trainieren. Nehmen wir an, dass du es ins olympische Team schaffen würdest, wie es dir 2008 bereits beinahe gelungen war. Und dann?«

»Was meinst du mit ›und dann‹? Warum will ein Sportler diesen Weg einschlagen? Ich möchte mich selbst herausfordern. Mich dieser ultimativen Prüfung unterziehen.«

»Also strebst du nach Ruhm?«, fragte er.

Sie stammelte und suchte nach den richtigen Worten. »Nach der Anerkennung meiner Teamkameraden. Und nach dem Kick durch einen Sieg. So kompliziert ist das gar nicht.« Im Augenblick sehnte sie sich jedoch nur danach, ihre Hände unter seinen Mantel zu schieben und über seine Haut gleiten zu lassen, während er sie an sich zog.

»Hattest du denn keinen Spaß an einigen der anspruchsvolleren Einsätze, die du bewältigt hast?« Sie sah zur Seite und versuchte, sich wieder unter Kontrolle zu bringen. Die Worte flatterten wie Tauben um ihren Kopf und kamen ihr nutzlos und störend vor.

»Ich wollte in erster Linie meine Aufgabe erledigen und lebend aus der Sache herauskommen.«

Sie nickte.

»Ich habe dich schon in Aktion erlebt«, fuhr Julian fort. »Ebenso wie dein Freund Morgan Ensley.« Julian bezog sich auf den amerikanischen FBI-Agenten, mit dem sie im Irak zusammengearbeitet hatten. »Wir wissen, wozu du in der Lage bist. So wie die Männer in meiner Einheit das von mir wissen. Reicht das nicht?«

Der Ausdruck in Maries Augen wurde sanfter. »Vielleicht sollte das genügen.« Sie senkte den Blick und genoss insgeheim das Lob. Sie hatte sehr gern mit Julian zusammengearbeitet, das konnte sie schlecht leugnen. »Aber ich denke immer noch über eine Teilnahme an den Olympischen Spielen nach. Dabei geht es darum, sich auf höchstem Niveau zu beweisen«, erklärte sie und versuchte, ihn abzulenken.

»Okay, du willst dich also selbst auf die Probe stellen«, erwiderte Julian. »Und für diesen Test hast du dir die archaische und atavistische Kunst des Fechtens ausgesucht.«

Marie lächelte verlegen. »Schon gut, ich verstehe, was du meinst.«

»Gut.« Er nickte und legte seine Hände auf ihre. Sie zuckte zusammen. Die Wärme und der Trost, den sie ausstrahlten, überraschten sie. Und sie sah die Sommersprossen, an die sie sich noch gut erinnerte. Sie bedeckten seine Hände wie bei einem kleinen Jungen. Wenn er sie noch länger berührte, würde sie bald keine Kraft mehr haben, ihm zu widerstehen.

»Das heißt allerdings nicht, dass ich nicht in einer Bar sitzen und mich bedauern kann. Noch vor fünf Minuten befand ich mich ganz allein in meiner kleinen Welt und habe niemandem wehgetan.«

»Sehr schön. Lass dich nicht davon abhalten«, meinte Julian, ließ ihre Hände los und trank einen Schluck Bier.

Marie lachte. Sie nahm sich selbst letztendlich nicht allzu ernst, wie Julian feststellte. Das war ein großer Vorteil.

»Schon vorbei«, erklärte sie. »Kein ›Was wäre wenn‹ mehr.«

»Braves Mädchen«, lobte er sie. Es tat ihm leid, dass er sie angegriffen hatte, aber er hatte es tun müssen, damit sie sich wieder auf ihn konzentrierte.

»Also, wie läuft es bei der Arbeit?«, fragte er. »Ich habe deinen Artikel über China gelesen. Tolle Story.« Julian wusste, dass Marie beim *Journal* einen begehrten Job als Militärreporterin erhalten hatte – zum Teil wegen ihrer mutigen Berichterstattung in der Zeit, in der sie ihm geholfen hatte.

Sie errötete vor Freude, dass er ihre Story gelesen hatte. »Ich habe mich für ein großes Enthüllungsprojekt beworben, aber ein Kollege, der schon länger als ich dabei ist, interessiert sich auch dafür. Wir werden sehen.«

Der Gedanke daran, dass sie mit jemand anderem zusammenarbeitete, gefiel Julian nicht. Er redete sich zwar ein, dass er sie anwerben würde und sie deshalb manipulieren und die Kontrolle über sie behalten müsste, aber eigentlich wollte er das alles gar nicht. Wie er nun erkannte, wollte er sie einfach nur in seiner Nähe haben.

»Deine Arbeit macht dir also Spaß? Hat dein jetziger Boss einen höheren IQ als ein Sofakissen?«, fragte er scherzhaft und grinste.

Sie nickte, erwiderte verlegen sein Lächeln und wandte sich dann ab. Das war eine Anspielung auf eine Bemerkung gewesen, die sie einmal über ihren früheren Job gemacht hatte.

»Und was bringt dich nach London?«, erkundigte sie sich schließlich, um die Unterhaltung wieder in Gang zu bringen, und sah ihn lächelnd an.

»Ich arbeite für eine französische Forschungsgesellschaft.«

»Forschung?«, wiederholte Marie.

»Ja. Ich leite die Abteilung Naher Osten.«

Marie wandte sich ihm zu, richtete sich zu ihrer vollen Größe auf und sah ihn forschend an. Diese eigenartige Unbestimmtheit seiner Antwort kam ihr bekannt vor.

»Du möchtest, dass ich wieder für dich arbeite, richtig?« Sie trat auf ihn zu und presste ihr Bein gegen seinen Oberschenkel. Die Freude auf ihrem Gesicht wich Besorgnis. Es gab nichts, was sie lieber tun würde. Und nichts, wovor sie sich mehr fürchtete.

»Warum nicht?« Er zuckte die Schultern.

Ihr Gesichtsausdruck veränderte sich. Sie wirkte abwesend, so, als würde sie an etwas Vertrautes und Beängstigendes denken.

»Oh, Julian, ich halte das für keine gute Idee.«

AM STADTRAND VON PARIS

Der Krankenwagen des französischen Rettungsdienstes SAMU hielt wenige Minuten, nachdem er Paris verlassen hatte, in dem begrünten Städtchen St. Germain-Laye am Straßenrand. Der Fahrer stieg aus, um sich zu erleichtern, ohne sich um den vorbeifahrenden Verkehr zu scheren. Dann zündete er sich eine Zigarette an. Sein Partner Jules LeLan öffnete die Hecktür des Wagens, um nach ihrem Schützling zu sehen. Michel Durand lag kreidebleich und schwitzend auf der Trage. Die beiden anderen als SAMU-Sanitäter verkleideten Entführer saßen desinteressiert daneben. LeLan griff nach seiner Hand – sie war kalt und feucht.

»Hey, Picoul, dem Kerl geht's nicht gut«, rief er.

»Und?« Picoul stieß den Rauch seiner Zigarette seitlich aus dem Mund. »Was erwartest du jetzt von mir? Ich bin kein Arzt.«

»Verdammt, schau ihn dir wenigstens mal an. Wenn er uns wegstirbt, bekommen wir kein Geld.«

Picoul kletterte in den Rettungswagen, warf einen Blick auf Durand und zog sein Mobiltelefon hervor. »Ich werde die Leute mal anrufen.«

Plötzlich begann der junge Wissenschaftler zu zucken und sich hin und her zu werfen. Seine Hände verkrampften sich und fuhren hektisch durch die Luft. LeLan und die anderen beiden versuchten, ihn festzuhalten, damit er nicht von der Trage herabfiel, und hatten Schwierigkeiten, sich nicht von ihm nach unten reißen zu lassen.

»Um Himmels willen, hilf uns«, rief LeLan. »Er hat einen Anfall!«

Picoul klappte sein Handy zu und beugte sich vor. Er tropfte Chloroform auf ein Taschentuch und drückte es auf Durands Gesicht. Durand schlug noch ein paar Sekunden um sich und erschlaffte dann.

»Sie haben uns befohlen, nicht allzu großzügig mit dem Zeug umzugehen«, mahnte LeLan.

»Ach, scheiß drauf«, erwiderte der andere. »Lass uns von hier verschwinden.«

IRANISCHE BOTSCHAFT, NEU-DELHI, INDIEN

Die iranische Botschaft in Neu-Delhi befand sich in einem verwinkelten, mit weißen Säulen und filigranen Bögen verzierten Gebäude. Es stand am Ufer eines Flusses hinter einer drei Meter hohen Mauer in der Barakhamba Road 5. Die Temperatur lag bei fast neunundvierzig Grad Celsius, und gegen Mittag arbeiteten die Gärtner auf dem Grundstück nur noch sehr langsam und beschränkten ihre Bewegungen auf ein Minimum. Auf ihren verbissenen Gesichtern zeichnete sich ab, dass sie hin und wieder kurz davor standen aufzugeben. Mohammed Issa wirkte auf dem Rücksitz seines Toyota Camry jedoch ganz ruhig und beinahe entspannt. Der gut gekleidete, gedrungene Mann wurde zu dem Tor mit dem Wachposten chauffiert. Nachdem der Fahrer sich den Weg durch das Labyrinth aus Betonbarrieren gesucht hatte, kurbelte er sein Fenster herunter und reichte dem Wachmann die Ausweispapiere von ihm und seinem Passagier. Da es sich bei dem Wagen nicht um ein Fahrzeug der Botschaft handelte, das von einem deren Angestellten gefahren wurde, waren die iranischen Sicherheitsbeamten verpflichtet, den Kofferraum nach Sprengstoff zu durchsuchen und das Chassis mit einem Spiegel genau zu überprüfen. Geduldig wie eine satte Katze wartete Issa die minutenlange Überprüfung ab. Er kannte die Sicherheitsvorkehrungen so genau, als hätte er sie selbst entwickelt. Das gehörte zu seinen Aufgaben. Der Wagen wurde durchgewinkt und durfte hinter die Ziegelmauer fahren, die dick genug war, um Handgranaten und einem Maschinengewehrfeuer standzuhalten, allerdings keinem C4-Sprengstoff. Oben auf der Mauer befanden sich in Rollen ausgelegter Stacheldrahtzaun und Überwachungskameras.

Issa betrat die Botschaft und bewunderte im Stillen die Böden aus kühlem rosafarbenem Marmor und die alten persischen Kalligrafien, die die Wände zierten. Er wurde von einem uniformierten Wachmann zur Sicherheitskontrolle in einen Empfangsraum geführt. Nachdem er den Metalldetektor passiert hatte, nahm er seinen Aktenkoffer aus dem Röntgengerät und folgte dem Wachmann, vorbei an revolutionären Parolen und Fotos von Ajatollah Khomeini, eine Treppe hinauf zu einem kleinen Vorraum. Dort wartete er genau dreieinhalb Minuten, bevor er in das luxuriöse Büro des offiziellen Attachés für Wissenschaft und Bildung eingelassen wurde. Am anderen Ende des großen Raums befand sich der

Schreibtisch. Die Sofas und Stühle waren mit Brokatstoff bezogen, und an den Fenstern hingen breite hellblaue Samtvorhänge. Ein kostbarer persischer Teppich aus der östlich von Isfahan gelegenen Stadt Yazd zierte den Boden.

»Willkommen, Agha-ye Issa. *Salam alaikum*. Vielen Dank für Ihren Besuch.« Safavi, ein Mann mit einem breiten Brustkorb, kurz geschnittenem Bart und lockigem Haar, streckte die Arme aus, umarmte Issa und küsste ihn in traditioneller arabischer Art auf die Wangen.

»*Alaikum a salam*«, erwiderte Issa seinen Gruß und zupfte seinen Anzug aus der Savile Row zurecht. Safavi lud ihn mit einer Geste ein, auf einem Zweiersofa Platz zu nehmen, und setzte sich auf einen Ohrensessel daneben. »Mr Issa«, sagte Safavi. «Es ist mir eine große Ehre, Sie in meinem Büro empfangen zu dürfen.«

Issa nickte, erfreut über diese Äußerung.

»Ich hoffe, Sie hatten einen angenehmen Flug.«

Issa neigte den Kopf. »Allah sei Dank.«

Issa hatte die Erste-Klasse-Tickets, die Safavi ihm geschickt hatte, zurückgeschickt und das Angebot höflich abgelehnt. Er war es gewohnt, seine eigenen Reisevorbereitungen zu treffen, schon allein deshalb, weil er mit falschen Ausweispapieren verhinderte, dass seine Ankunft bekannt werden konnte. Außerdem war er bereits einige Tage vorher in Indien eingetroffen, um eine Fluchtroute auszuarbeiten, für den Fall, dass etwas schiefgehen sollte.

Ein Bediensteter des Botschaftspersonals erschien mit einem Tablett, auf dem sich einige Gläser und eine Karaffe mit Eiswasser befanden. Er stellte das Tablett vor den Männern ab und schenkte jedem von ihnen ein Glas ein.

Issa nutzte die Gelegenheit, um Safavi zu beobachten. Er wusste, dass Safavi der Kopf des Ministeriums für Nachrichtenwesen und Sicherheit war. Er trug die im Iran übliche

Geschäftskleidung – ein Jackett und ein Hemd mit offenem Kragen. Aber er wirkte gequält und verhärmt, als würde er dazu neigen, sich ständig selbst auf den Prüfstand zu stellen. Recht ungewöhnlich für einen Mann dieses Ministeriums, wie Issa fand. Er machte sich im Geiste eine Notiz. Möglicherweise war das eine seiner Schwächen.

Issa hatte einige Anstrengungen unternommen, um herauszufinden, wie das Ministerium, das auf Farsi VEVAK hieß, auf politischer, operativer und administrativer Ebene mit der Revolutionsgarde verbunden war. Und er hatte viele Stunden damit verbracht herauszufinden, wie es der Garde – deren ursprüngliche Aufgabe der Schutz des Ajatollahs nach der Revolution im Jahr 1979 gewesen war – gelungen war, so gründlich die iranische Regierung zu infiltrieren.

Heutzutage war die Iranische Revolutionsgarde IRGC das eigentliche Rückgrat der Regierung und ein unabhängiger, bedeutender Akteur in der Wirtschaft. Sie war verantwortlich für die Raketentechnologie und leitete verdeckt die Atomwaffenentwicklung im Land. Und sie besaß sogar eigene Banken.

Issa sah auf, als der Bedienstete der Botschaft mit Tee zurückkam. Dieser Mann hatte möglicherweise etliche Aufgaben im operativen Bereich, in der Logistik oder in der Propagandaabteilung. Dieser kleine Angestellte, der Issa aus einer hübschen Porzellankanne Tee einschenkte, könnte sogar ein hochrangiger Geheimdienstmitarbeiter sein, der verdeckt arbeitete. Der erste Kreis, über den der Iran seinen Einfluss im Ausland geltend machte, bestand aus den Angestellten hier.

Er nippte an dem süßen Tee und dachte über den zweiten Kreis des iranischen Geheimdienstes nach. Er bestand aus den iranischen, kulturellen und wirtschaftlichen Institutionen, die sich im Gastland auf direktem Weg um die Belange des Irans kümmerten. Der Marketingdirektor für Europa in der iranischen Tabakfirma Qeshm war ein Nachrichtenoffizier, der Zugang zu allen großen europäischen Seehäfen hatte. Von Brüssel aus leitete er eine LKW-Flotte und ein Netz von Import-Export-Warenlagern, die er für seine legalen und illegalen Aktivitäten nutzte. All das passte perfekt zu seiner Tarnung als Geschäftsmann. Er konnte Geld, Waffen oder Dual-Use-Technologien durch seine Warenlager schleusen, auf seinen LKWs schmuggeln und auf Schiffe bringen, die er selbst kontrollierte oder zu denen er sich Zugang verschaffen konnte.

Der stellvertretende Geschäftsführer von Iran Air am Amsterdamer Flughafen Schiphol war ein Geheimdienstmitarbeiter, der Undercover-Operationen in Europa leitete – er organisierte alles von geheimen Zusammenkünften über den Mord an iranischen Dissidenten im Exil bis hin zu Bombenattentaten auf westliche oder israelische Ziele. Dabei nutzte er Flugpassagiere, Frachtflugzeuge und natürlich sein Personal.

Issa trank einen weiteren Schluck Tee und bewunderte den feinen Rand der Porzellantasse und das wunderschöne Muster aus Tabakblättern. Es handelte sich um chinesische Exportware aus dem 18. Jahrhundert, hergestellt im Iran von der Mottahedeh-Familie. Er nickte anerkennend und ließ sich auf seinem Stuhl zurücksinken. Das war ein Zeichen für das Ansehen, das er genoss. Dieses Porzellan wurde nicht für jeden Gast hervorgeholt, falls es sich tatsächlich um eine Antiquität und nicht um eine Kopie handelte.

Issa musterte erneut Safavis Gesicht. Vielleicht spiegelte der Stress, der sich darauf abzeichnete, die Turbulenzen in seinem Land wider. Die islamische Revolution im Iran verlor nach beinahe dreißig Jahren ein wenig von ihrer Kraft, und im Regime entstanden immer tiefere Risse. Das System kämpfte verzweifelt um die Stärkung seiner Macht. Issa mutmaßte, dass der Iran den perfekten Zeitpunkt dafür gekommen sah, seine Rolle im internationalen Terrornetzwerk zu verstärken. Jetzt konnte man für ein wenig Aufregung sorgen und die internationale Gemeinschaft in Panik versetzen. Das war zweifellos der Grund, warum die Garde bereit war, sich an einen Sunniten wie ihn zu wenden. Es war ein riskantes Geschäft – für beide Seiten. Aber die Iraner zahlten gut.

Irans Blütezeit war bereits Geschichte – sie lag weit zurück in den 1980er Jahren, als das Land aufsehenerregende Anschläge auf Ziele im Westen und vor allem im Libanon verübt hatte. Die amerikanische Botschaft in Beirut. Der Hauptstützpunkt des U.S. Marine Corps. Wenn diese Mission nur halb so gut lief wie diese Operationen, dann konnten die Iraner damit sehr viel gewinnen. Issa wusste, wie viel Safavi daran lag, dass die Sache klappte. Die Mullahs wollten, dass sie erfolgreich verlief. Man würde Issa sehr gut dafür entlohnen. Und alle konnten dabei gewinnen.

Safavi lächelte, stellte seine Teetasse ab und betupfte seinen Mund mit einer Stoffserviette. »Ich habe die ersten Schritte des Projekts in die Wege geleitet«, sagte Issa, um endlich zum Geschäft zu kommen.

Safavi spürte, dass gleich ein Vorbehalt folgen würde.

»Die Anlieferung der Waren gestaltet sich jedoch ein wenig schwieriger als erwartet.«

Da war er schon.

»Die Probleme sind nicht unlösbar, aber das Projekt wird teurer werden.« Issa wandte sich ihm mit einem breiten Grinsen zu, dem jegliche Freundlichkeit fehlte.

»Natürlich«, erwiderte Safavi. Er war wütend, und sein Gesicht lief dunkelrot an. Die Operation, die er so gründlich geplant und so sorgfältig entwickelt hatte, war nun möglicherweise gefährdet. Änderungen waren ihm zuwider. Er mochte keine Nachbesserungen. Die Hautfalte unter seinem linken Auge begann, unwillkürlich zu zucken. Issa entging nichts davon.

»Ich habe einen Brief aufgesetzt. Und meine überarbeitete Konditionsvereinbarung dazugelegt.« Die Art, wie er das Wort »überarbeitete« betonte, verursachte Safavi Gänsehaut. Issa war die letzte Rettung, und das war ihm auch bewusst. Er würde alles aus ihnen herauspressen, was er nur konnte. Issa trank noch einen Schluck von dem duftenden Tee und stand dann auf.

Wenn er sich als Einzelperson gegen die Supermacht Iran behaupten wollte, musste er dafür sorgen, dass ihr Verhältnis anders gewichtet wurde. Er wollte eine gebührende Entlohnung erhalten, und dazu musste er Safavi und seine Helfer überlisten; er musste ihnen überlegen sein. *Jetzt spielt ihr nach meinen Regeln.*

»Sie wissen ja, wie Sie mich erreichen können.« Er legte ein dickes cremefarbenes Kuvert auf den Tisch und verließ den Raum. »*Allahu akbar!*«

ST.-NICHOLAS-SCHULE, TURNHALLE, LONDON

Marie Peterssen trug vier orangefarbene Verkehrskegel über den versiegelten Holzboden. Die altmodische Schulturnhalle war leer und still und vermittelte ihr ein vertrautes und tröstliches Gefühl. Sie stellte die Kegel in einer Entfernung von jeweils fünf Metern in einer geraden Linie auf und ging dann zum Rand der Halle. Marie lockerte ihre Arme und Beine und bereitete sich auf ihre Fitnessübung »Suicides« vor. Sie sprintete zum ersten Kegel, berührte den Fußboden, kehrte um und lief zur Startlinie zurück, tippte auf den Boden, rannte zum zweiten Kegel und so weiter, bis sie hundert Meter gesprintet war. Danach warf sie einen Blick auf ihre Armbanduhr und ging schwer atmend in der Turnhalle auf und ab, bevor sie von Neuem begann. Sie lief fünf weitere Durchgänge, wobei sie jeden mit federnden Schritten begann und am Schluss ihre Füße wie nasse Holzscheite über den Boden schleifte. Nachdem sie die Übung beendet hatte, wischte sie sich ihr Gesicht mit einem Handtuch ab.

Sie ließ sich auf den Boden sinken und machte dreißig Liegestütze.

Natürlich würde ich gern mit Julian zusammenarbeiten, sagte sie sich. *Aber wie sollte das funktionieren?* Sie zwang sich zu weiteren Liegestützen und ging dabei ganz auf den Boden hinunter … vierzig … und noch zwei. Ihre Arme zitterten, aber sie hielt durch.

Marie stand auf. *Ich habe einen Job. Und dort bin ich noch nicht einmal seit einem Jahr.* Sie nahm Schwung für einen Handstand. Als sie ihr Gleichgewicht gefunden hatte, ging sie ein paar Schritte auf den Händen. *Ich kann mir nicht einfach freinehmen. Dann feuern sie mich.* Marie joggte am Rand um die Halle herum, bis das Blut wieder in ihre Beine zurückfloss. Sie drosselte ihr Tempo.

Warum habe ich Nein gesagt?

Sie beschleunigte erneut.

Während ihrer Anstellung bei *Aviation Monthly* für Julian zu arbeiten, das war eine Sache. Man sah ihr kaum auf die Finger. Sie könnte für eine Story für die Zeitschrift eine Woche ins Ausland gehen, ihrem Boss irgendein Lügenmärchen erzählen und sich eine weitere Woche für die Arbeit mit Julian freinehmen. Aber das *Wall Street Journal*? Das war viel komplizierter. Es könnte allein schon ein Kündigungsgrund sein, wenn sie ihren Redakteuren erzählte, dass sie mit einem ausländischen Sicherheitsbeauftragten und auch mit einem FBI-Agenten zusammengearbeitet hatte.

Aber darum ging es eigentlich nicht, oder? Sie lief weiter und atmete gleichmäßig, während Adrenalin durch ihren

Körper strömte. Wenn sie ihnen eine Titelstory lieferte und dabei keine ethischen Grundsätze missachtete, hatten sie eigentlich keinen Grund, sich von ihr zu trennen.

Julians Welt war gefährlich. Aber wem machte sie etwas vor? Sie wollte ein Teil davon sein. Julian war bereit, sein Leben aufs Spiel zu setzen. Und sie ging davon aus, dass er das schon viele Male getan hatte. Und warum? Wie er ihr gesagt hatte, glaubte er daran, dass jeder Mensch das Recht haben sollte, sich in ein Café zu setzen, ohne Angst haben zu müssen, einem Terroranschlag zum Opfer zu fallen. Und für dieses Recht war er bereit, sein Leben zu riskieren.

War sie ebenfalls bereit, diesen Kampf zu führen?

Es war ein gutes Gefühl, sich gegen Obaidi behauptet und ihn in seine Schranken gewiesen zu haben. Und eine kurze Zeit hatte sie sich darauf tatsächlich etwas eingebildet. Aber nach einigen Tagen war ihr bewusst geworden, dass sie einfach nur Glück gehabt hatte. Der Kampf hätte auch anders ausgehen können. Obaidi hätte sie in Stücke zerreißen können. So wie er ihren Vater vor neunundzwanzig Jahren in Spanien vernichtet hatte.

Ihr Gesicht rötete sich, und sie beschleunigte ihr Tempo, um der Angst davonzulaufen, die sie antrieb. Warum hatte sie ihn nicht getötet, als sie die Gelegenheit dazu gehabt hatte? Warum hatte sie das nicht getan? Er war wehrlos gewesen, und sie hatte eine Waffe gehabt. Sie hätte ihn erledigen können. Schließlich hatte sie einen Grund gehabt – er hatte versucht, sie umzubringen.

»Einen Menschen zu töten ist keine einfache Angelegenheit. Man nimmt ihm alles, was er hat und jemals gehabt hätte.« Sie hielt das schnellere Tempo und atmete heftiger. Wer hatte das gesagt?, fragte sie sich ein wenig benommen.

Aber wenn dieser Mensch selbst ein Mörder war? Wenn es sich um einen Dreckskerl und Terroristen wie Obaidi handelte, der geplant hatte, Tausende umzubringen. Zehntausende. Warum hatte sie ihn nicht getötet?

Die Turnhalle war klein. Das verstärkte ihr Gefühl, gefangen zu sein. In sich selbst. In ihrer eigenen Schwäche. Nach zwanzig Runden änderte sie die Richtung und versuchte, ihrer Verwirrung Herr zu werden.

Natürlich würde sie gern wieder mit Julian arbeiten. Die Zusammenarbeit mit ihm war das Aufregendste gewesen, was sie jemals erlebt hatte. Und er wusste alles, was sie erfahren wollte. Über Denkweisen, darüber, wie man sich in der Welt zurechtfand, und sogar über das Leben an sich. Er engagierte sich für seine Familie, seine Arbeit und sein Land. Und er schaffte es, das alles miteinander zu vereinbaren. Sein Leben hatte einen Sinn. Er wusste, wohin er gehörte. Sie würde auch gern wissen, wohin sie gehörte. Also, worin lag ihr Problem? Warum hatte sie abgelehnt? Zum ersten Mal seit Beginn ihres Trainings verspürte Marie Müdigkeit. Sie war erschöpft und konnte keinen Schritt mehr laufen.

Schwer atmend ging sie zur Mitte der Halle, hob ihr Handtuch auf und wischte sich damit das Gesicht ab. Dann schlang sie es sich um den Nacken, räumte die Kegel beiseite und hob ihre Sporttasche hoch.

Als sie einen Blick auf ihr Blackberry warf, sah sie, dass sie einen Anruf verpasst hatte. Von Julian. Sie spürte Schmetterlinge im Bauch. Und dann begriff sie, warum sie Nein gesagt hatte. Sie hatte abgelehnt, weil die Möglichkeit bestand, dass sie sich in ihn verliebte.

Und weil sie dann sterben könnte.

ÉLYSÉE-PALAST, PARIS, FRANKREICH

Präsident Boutin schob die schweren Vorhänge zurück und schaute durch das Metallglasfenster. Unter ihm lag, schmucklos und nüchtern, der berühmte gepflasterte Innenhof, den die Besucher seit 1873 durchquerten, nachdem der Palast offiziell die Residenz des Präsidenten geworden war. Unzählige Würdenträger waren über das Kopfsteinpflaster in den Palast gelangt. Die meisten waren in Pferdekutschen gekommen, und jeder von ihnen hatte zur Geschichte Frankreichs beigetragen – Vizekönige, Prinzen, Sultane und deren Harems, afrikanische Prinzen und alle möglichen Staatsmänner der heutigen Zeit, darunter, nicht zu vergessen, natürlich auch Frauen wie Mrs Clinton.

Im Augenblick standen acht schwarze Dienstwagen mit breiten Gummireifen auf dem Kopfsteinpflaster. Er drehte sich um und wandte sich wieder seinen engsten Beratern zu.

»In der französischen Außenpolitik war noch nie auch nur ein Anflug von Idealismus zu finden«, erklärte er und ging zurück zu seinem Schreibtisch. Er sah sich in dem Raum um. Einige der Anwesenden konzentrierten sich erst jetzt auf ihn, andere Gesichter waren ihm bereits aufmerksam zugewandt, und auf einigen entdeckte er den Ausdruck von Überraschung. »Bei der Außenpolitik ging es immer darum, was gut für Frankreich war. Das ist in meinen Augen kein schlechter Ansatz, da das Verhalten eines eigennützigen Landes in gewisser Hinsicht vorhersehbar ist.«

»Man könnte behaupten, dass sich die Welt in besonders großer Gefahr befindet, wenn die Amerikaner aus Idealismus handeln, weil man dann nie weiß, was sie als Nächstes tun werden«, warf Lauren Beauregard, Boutins Stabschef, ein.

Boutin setzte ein eisiges Lächeln auf. Er hatte gehofft, dass Beauregard ihm noch fünf Minuten Zeit lassen würde, bevor er ihn unterbrach, aber das hatte er ihm nicht gegönnt. Der Präsident reckte das Kinn und ging ein paar Schritte auf und ab. Sein dichtes Haar war vor Kurzem geschnitten worden, und er wirkte fit und kampfbereit, beherrscht und diszipliniert. Er marschierte weiter im Raum herum.

»Messieurs, Charles de Gaulle ist seit Jahren tot. Er war zu seiner Zeit ein großartiger Mann, aber diese Zeit ist vorüber. Wir leben in einer neuen Welt. Lassen Sie uns den Tatsachen ins Auge sehen. De Gaulle war der Meinung, Frankreich könne im Alleingang handeln. Das war vielleicht klug, als wir noch in der Schuld der Amerikaner und Engländer standen …«

Gemurmelter Einspruch erhob sich. Boutin hob die Hand, bis wieder Schweigen eingekehrt war. »Wie ich gerade sagte, war es möglicherweise klug, einen Alleingang zu wagen, solange wir noch in der Schuld der Amerikaner und Engländer standen. Wer weiß? Möglicherweise hat de Gaulle den Stolz der Franzosen wiederhergestellt. Aber das war damals, und jetzt ist jetzt. Die Angelsachsen brauchen uns mehr, als wir sie vor fünfzig Jahren gebraucht haben. Es wäre dumm von uns, ihnen nicht zu helfen.«

»Wollen Sie etwa unsere Isolationspolitik abschaffen?«, fragte Beauregard.

»Das haben wir bereits getan«, erwiderte Boutin. »Unsere Luftwaffe fliegt täglich Einsätze in Afghanistan, aber wir betonen das nicht genügend. Wir können von unserer Isolationspolitik Abstand nehmen und trotzdem an unserem gaullistischen Ideal der Souveränität von Frankreich festhalten. Wir sollten nicht nur unsere Hilfe anbieten, sondern dabei eine führende Rolle übernehmen.«

»Das ist eine interessante Taktik.« In Beauregards Stimme schwang unüberhörbar Sarkasmus.

Und sie könnte sogar funktionieren, dachte der Verteidigungsminister Nicolas Springer.

»Denken Sie darüber nach, meine Freunde«, fügte Boutin mit erhobener Stimme hinzu. »Wir spielten in der Weltpolitik einmal eine bedeutende Rolle. Andere Länder mussten uns berücksichtigen. Jetzt tun sie das nicht mehr, weil wir uns zurückgezogen haben. Wir haben beschlossen, zu allem Nein zu sagen, obwohl wir unseren angelsächsischen Freunden bei ihren strategischen Entscheidungen, wie zum Beispiel dem Einmarsch in Afghanistan oder dem Irak, hätten helfen können. Und obwohl unsere Luftwaffe in diesem Einsatzgebiet aktiv ist, ist das kaum bekannt, und niemand weiß es zu schätzen. Es ist unbestreitbar, dass unser Einfluss im Nahen Osten, der zumindest in den östlichen Mittelmeerländern früher einmal sehr stark war, auf ein unbedeutendes Maß geschrumpft ist.«

Verteidigungsminister Springer räusperte sich. »Kein europäisches Land wünscht sich Instabilität im Nahen Osten«, sagte er. Politik in Frankreich war ein Kampfsport, also konnte man nicht zulassen, dass Boutin einen Monolog hielt. »Und darf ich erwähnen, dass wir böse auf die Nase fallen werden, wenn wir alles den Machenschaften der Amerikaner und Engländer überlassen. Und mit uns die Deutschen, die Holländer, die Italiener und so weiter. Wir brauchen ein Mitspracherecht am Verhandlungstisch, auch wenn dort im Augenblick hauptsächlich englisch gesprochen wird.«

»Und ich nehme an, dass Sie als Seitenhieb auf die Gaullisten sagen würden: ›Die haben uns das eingebrockt, also können sie uns mal‹«, warf Beauregard ein.

»Ich würde mir dafür natürlich einen noch kräftigeren Ausdruck einfallen lassen«, meinte Boutin. »Unsere Botschaft an das französische Volk sollte folgendermaßen lauten: Wir sind nicht wichtig oder stark genug für einen Alleingang. Die Amerikaner mögen glauben, sich ohne Verbündete in dieser Welt durchsetzen zu können, aber wir können das mit Sicherheit nicht. Also haben wir zwei Möglichkeiten: Wir können aktiv werden und zu den für uns vorteilhaftesten

Bedingungen Verbündete gewinnen. Oder wir können uns zurückhalten und zulassen, dass man uns Verbündete aufs Auge drückt. Hier im Élysée-Palast sind wir der Überzeugung, dass Ersteres besser ist. Ist das nicht auch Ihre Meinung?«

»Wir haben uns wieder dem Militärkommando der NATO unterstellt«, sagte Springer. Ein zynisches Lächeln umspielte seine Mundwinkel.

»Trotz der Proteste der alten Garde, die fürchtete, dass wir letztendlich von einer von ›Atlantikern‹ geprägten Ideologie beherrscht werden würden«, meinte Beauregard.

»Vielleicht, aber nur vielleicht«, fuhr Boutin fort, »leuchtete das ein, als die Vereinigten Staaten bei Weitem die größte Macht im Westen darstellten. Aber jetzt, wo Amerika sich selbst geschwächt hat, ergibt das überhaupt keinen Sinn mehr.«

»Daher sind wir gefordert, die Gestaltung unserer Streitkräfte neu zu überdenken«, erklärte Springer.

»Das ist richtig«, pflichtete Boutin ihm bei. »Natürlich konnten wir keine Kompromisse schließen, was die Kontrolle über unsere Nuklearstreitmächte betrifft. Ebenso wenig können wir unsere Soldaten, Seeleute und Flieger unter das Kommando eines ausländischen Generals stellen. Aber wir müssen Wege finden, unsere Streitkräfte auf begrenzte Zeit in die von Großbritannien, Deutschland, Holland, Spanien und Italien einzubinden.«

Springer grinste. Wie sollte Frankreich Teil der Allianz sein können, wenn das Land nicht bereit war, seine Truppen unter das Kommando einer anderen ausländischen Macht zu stellen? Außerdem hatte Frankreich bereits einen Teil der Kontrolle über seine *force de frappe*, sein Kernwaffenarsenal, abgegeben, indem es sich mit Großbritannien die Verantwortung teilte, feindliche Ziele anzugreifen. Glaubte die Welt etwa, Frankreich und Großbritannien würden ihre Verteidigung *les Américains* überlassen? So viel zu seinem Versprechen, dass ihre Nuklearpolitik vom Rest der Welt abgetrennt bleiben würde.

»Wir brauchen also einen *casus belli*«, erklärte Beauregard. »Eine Gelegenheit, dem Rest der Welt zu zeigen, dass es von Vorteil ist, Frankreich auf seiner Seite zu haben.«

»Gibt es einen besseren *casus belli* als den Iran?« Boutin hatte sich hinter seinen Schreibtisch gestellt. Er stützte seine Hände auf die Tischplatte, streckte die Arme durch und sah einen Mann nach dem anderen im Raum an. Alle schwiegen, während seine Worte in ihr Bewusstsein drangen.

»Wenn wir uns erfolgreich behaupten, könnte die NATO ihren Schwerpunkt möglicherweise von Washington nach Europa verlegen. Wir sollten nicht vergessen, dass die NATO unseren Luftwaffengeneral Marchon mit der militärischen Modernisierung der Allianz beauftragt und ihn damit für einen Posten ausgewählt hat, der bisher noch nie von einem Nichtamerikaner besetzt wurde. Und das ist nur der Anfang der Wiederbehauptung unserer Führungsqualität. Es wäre gut für uns und unsere europäischen Verbündeten. Ein Beitrag zur Stabilisierung im Nahen Osten wäre das Tüpfelchen auf dem i.«

Nur ein Politiker – oder besser gesagt, *dieser* Politiker – würde bei den ersten wichtigen Schritten zu einer besseren internationalen Zusammenarbeit nach vierzig Jahren an ein so gefährliches und rätselhaftes Land wie den Iran denken, überlegte Springer finster.

Er verspürte plötzlich das dringende Bedürfnis nach frischer Luft.

IM ANFLUG AUF DEN INTERNATIONALEN FLUGHAFEN CHARLES DE GAULLE, PARIS, FRANKREICH

Der achtjährige Jean-Paul steckte seinen Gameboy zurück in seine Schultasche und vergewisserte sich, dass seine Reisetasche unter dem Sitz vor ihm verschlossen war. Um seinen Hals trug er ein Band, an dem sich ein Plastikbehälter für seinen Pass und seine Reisepapiere befand. »Minderjähriger ohne Begleitung« stand auf der Vorderseite zu lesen. Die hübsche Flugbegleiterin beugte sich über ihn und lächelte ihn so an, als würde sie sich wünschen, eines Tages ein solches Kind wie ihn zu haben. Sie brachte seinen Sitz in die aufrechte Position und gab ihm ein Bonbon für die Landung, bevor sie den Gang hinunterging.

Jean-Paul war klein und zierlich gebaut, und sein dunkelbraunes Haar war zu einer ordentlichen Ponyfrisur geschnitten. Er trug eine braune Cordhose, einen marineblauen Pullover mit vier Lederknöpfen an der linken Schulter und Sneakers. Seine blauen Augen glänzten, und auf seiner Stupsnase zeichneten sich Sommersprossen ab. Der Junge schien einen Großteil seines Lebens in seiner eigenen Vorstellungswelt zu verbringen.

Er war auf dem Heimweg nach Paris zu seinem Vater, nachdem er die Ferien in Prag bei seiner Mutter verbracht hatte. Sie hatte eine begehrte Gastprofessur für sechs Monate angenommen, auch wenn sie dafür Jean-Paul und seinen Vater allein lassen musste. Seine Eltern hatten beide viel zu tun und erlaubten ihm, allein hin- und herzufliegen. Tatsächlich erwarteten sie es von ihm, obwohl ihm das jedes Mal große Angst einjagte. Er fürchtete sich davor, verloren zu gehen, und trotz der Beteuerungen seiner Eltern krampfte sich sein Magen immer wieder zusammen.

Er versuchte, sich zu beruhigen, indem er an die nette Flugbegleiterin dachte. Als sie sich über ihn gebeugt hatte, um seinen Sitz zu verstellen, hatte er ihren Duft nach Seife und Parfum wahrgenommen. Er rief sich ins Gedächtnis, dass sie ihn aus dem Flugzeug begleiten und am Charles-de-Gaulle-Flughafen zu seinem wartenden Vater bringen würde, so wie es bereits andere Flugbegleiterinnen vor ihr getan hatten.

Jean-Paul schloss die Augen und überließ sich seinen Tagträumen, bis er schließlich in einen unruhigen Schlaf fiel.

Er wachte erst wieder auf, als das Flugzeug bereits gelandet war, und stellte fest, dass viele Passagiere bereits verschwunden waren. Rasch griff er nach seinem Schulranzen und seiner Reisetasche und sah sich noch einmal um. Das Flugzeug war beinahe menschenleer. Fast alle Leute waren schon ausgestiegen. Hinter ihm befand sich nur noch eine Inderin, die ihre Plastiktüten zusammensammelte und ihre Kinder um sich scharte.

Er spähte den Mittelgang nach vorn und hielt Ausschau nach seiner Flugbegleiterin. Sie war nirgendwo zu sehen. Besorgt, dass sie ihn möglicherweise vergessen hatte, öffnete er seinen Gurt, nahm seine Taschen und ging rasch den Gang hinunter auf die Fluggastbrücke.

Irgendjemand sollte ihn jetzt zu dem Ausgang bringen, wo sein Vater wartete. Vielleicht steht jemand am Ende der Gangway, dachte er und lief weiter. War es das, was sie ihm aufgetragen hatte? Er schaute sich um, konnte aber kein bekanntes Gesicht entdecken. Er lief weiter, hinein in einen noch dichteren Strom von Menschen. Vielleicht hatte sie ihm befohlen, sie am Kundendienstschalter im Terminal zu treffen? Oder sollte er im Flugzeug warten? Er konnte sich nicht mehr erinnern. Jean-Paul ging einen langen Korridor entlang, in dem sich die Leute drängten.

Je weiter er sich von dem Flugzeug entfernte, umso größer wurde seine Angst, aber die Überlegung, wieder zurückzugehen, war noch schrecklicher. Jeder würde bemerken, dass er sich verlaufen hatte, und ihn für dumm und kindisch halten. Mittlerweile betraten auch Passagiere aus anderen Flugzeugen den Durchgang. Wenn er sich jetzt umdrehte und zum Flugzeug zurückging, würden ihn die Menschen wahrscheinlich zertrampeln. Er ließ sich von der Menge von den Flugsteigen weg in den öffentlichen Bereich tragen. Alle Flüge hier kamen aus oder gingen in EU-Länder, also gab es keine Passkontrolle. Er befand sich jetzt in einer großen Halle mit Geschäften und Schildern, in denen Leute in alle Richtungen drängten.

Jean-Paul blieb stehen; er wusste nicht, wohin er gehen sollte. Die Menschen um ihn herum strömten an ihm vorbei wie Wasser um einen Felsen in einem Fluss. Eine große Frau mit einer geblümten Tasche rempelte ihn an, sodass seine Schultasche zu Boden fiel, und schlurfte dann weiter. Während er sich bückte, um seinen Ranzen aufzuheben, trat ein Mann auf den Schulterriemen und warf nicht einmal einen Blick zurück.

Jean-Paul atmete tief ein und rief sich ins Gedächtnis, dass sein Lehrer ihm geraten hatte zu zählen, wenn er Angst bekam. Er versuchte es, aber es half ihm nicht. Seine Furcht wurde noch größer, als er die Leute zählte, die sich an ihm vorbeidrängten. Sein Herz schlug schneller, und seine Hände wurden feucht. Er ließ den Kopf sinken und begann zu weinen. Sein Kopf fühlte sich so an, als würde er jeden Moment explodieren. In der Hoffnung, seinen Vater, die Flugbegleiterin oder irgendein vertrautes Gesicht zu sehen, schaute er sich wieder um, aber da waren nur Fremde. Es wurden immer mehr, und sie schubsten ihn und drängten sich an ihm vorbei. Er hatte Angst, von der Menschenmenge niedergetrampelt zu werden, und begann, hilflos und voller Furcht, laut zu schreien.

INTERNATIONALER FLUGHAFEN CHARLES DE GAULLE, PARIS, FRANKREICH

Julian Granot warf einen Blick auf seine Armbanduhr, als er aus dem Flugzeug aus Oslo stieg. Er ging den Flughafenkorridor im Terminal 2D entlang zur zentralen Halle, wo die Passagiere sich auf den Weg zu weiteren Flügen innerhalb Europas machten oder sich zu den Gepäckförderbändern und zum Ausgang begaben.

Er blieb einen Augenblick lang stehen, um seine Tasche zurechtzurücken. Verflixt, er musste in Zukunft wieder effizienter packen, so, als wäre er noch im Dienst. Da hatte es geheißen, es sich bei jedem Gegenstand dreimal zu überlegen und nur das einzupacken, was wirklich absolut nötig war. Jeder gute Spion packte wie eine Frau – leichte Stoffe, die nicht knitterten, ein Minimum an Kleidungsstücken, die man gut miteinander kombinieren konnte. Er wurde nachlässig. Jetzt schon.

Julian sah sich missmutig um. Der Flughafen Charles de Gaulle war sehr ungünstig angelegt. Man musste ein Ortskundiger oder ein Vielflieger sein, um sich hier zurechtzufinden. Ja, beschloss er, das war die richtige Halle. Das Café, in dem er sich mit einem alten Freund verabredet hatte, musste hier in der Nähe sein.

Julian ging ein paar Schritte weiter in den öffentlichen Bereich hinein, als er plötzlich einen gellenden Schrei hörte. Er drehte seinen Körper wie ein Periskop und versuchte herauszufinden, woher das Geräusch gekommen war. Dann hörte er es noch einmal. Ein Kind. Zielstrebig marschierte er durch die große Halle, bis er einen kleinen Jungen im Alter von etwa sieben oder acht Jahren entdeckte. Der Kleine hatte seine Hände zu Fäusten geballt, und ein paar Menschen standen nutzlos neben ihm, wirkten desinteressiert oder starrten ihn mit einer Mischung aus Furcht und Abneigung an. Er ging auf den Jungen zu, blieb ein paar Schritte vor ihm zögernd stehen, um ihn nicht noch mehr zu verängstigen, und kniete sich schließlich vor ihn. Dann entdeckte er das Plastikschild am Hals des Jungen, das ihn als Minderjährigen ohne Begleitung auswies.

Er legte dem Kleinen seine Hände auf die Schultern. Jean-Paul schaute zu Julian auf und sah einen freundlichen Bär von einem Mann vor sich, der ihn mitfühlend musterte. Das Kind atmete zitternd ein, das Gesicht immer noch vor Schreck verzerrt, und brach in Tränen aus. Julian legte seinen Arm um den Jungen und drückte ihn an sich. Er war betroffen, wie klein und mager der Junge war und wie verzweifelt sich sein Schluchzen anhörte.

Wo, zum Teufel, steckt das Bodenpersonal, das den Jungen begleiten sollte, dachte Julian zornig. Das war ein grober Verstoß gegen die Vorschriften. Das Kind sollte eigentlich ständig vom Flughafenpersonal beaufsichtigt werden, bis es von seinen Eltern oder einem Betreuer abgeholt wurde.

Julians Gedanken wanderten zwanzig Jahre zurück zum Hauptbahnhof in Warschau, einem düsteren grauen Gelände in der damaligen Sowjet-Ära, wo er einmal zwei kleine Kinder allein und vollkommen aufgelöst auf einem Bahnsteig gefunden hatte. Er hatte zu der Zeit eine verdeckte israelische Operation geleitet, die russischen Juden half, mit ihren Familien aus der Sowjetunion zu flüchten. Als er zu dem Wagen neben sich hochschaute, sah er einen Mann und eine Frau, offensichtlich die Eltern der Kinder, im Inneren mit zwei Schaffnern kämpfen. Das Pärchen ruderte heftig mit den Armen und warf verzweifelte Blicke hinaus auf die

Kinder, die draußen allein waren. Julian erfasste die Situation sofort. Die Schaffner hatten bemerkt, dass die Familie alle ihre weltlichen Güter bei sich trug, und versuchten nun, sich mit Gewalt Bestechungsgelder zu erschleichen.

Eine solche Szene auf den Bahngleisen Osteuropas war unerträglich für Julian und seine israelischen Kollegen. Bevor er sich bewusst werden konnte, was er tat, hielt er sich bereits an dem Zug fest, während dieser den Bahnhof verließ. Er schlug das Fenster ein, und er und einer seiner Mitarbeiter zwängten sich hindurch, zogen die Notbremse und brachten den Zug zum Stehen. Dann gingen sie mit bloßen Händen auf die Schaffner los. Er wusste nicht, ob diese ihren Angriff überlebt hatten. Und es war ihm auch egal. Zwei weitere seiner Männer stürmten in den Zug. Die Eltern wurden hinausgeführt und zu ihren Kindern gebracht. Ihr Gepäck wurde ihnen zurückgegeben.

»Ah, wie ich sehe, geht es dir besser«, sagte Julian zu dem Jungen. Bei der Erinnerung an das bereits länger zurückliegende Erlebnis schlug sein Herz schneller. Er musste sich beruhigen, um dem Jungen helfen zu können. Glücklicherweise erinnerte er sich noch an einige französische Wörter, die er vor Jahren gelernt hatte. Der Junge rieb sich die Augen.

»Mein Name ist Julian, und ich werde dich dorthin bringen, wo du hingehörst. Darf ich mir dein Flugticket anschauen?«

Jean-Paul nickte.

Julian zog die Betreuungsformulare, das Ticket und den Reisepass heraus.

Er blieb in der Hocke sitzen, um Augenkontakt mit dem Jungen halten zu können. »Kommst du von einer Reise aus Prag nach Hause?«, fragte Julian.

Der Junge nickte wieder.

»Hast du deine Familie besucht?«

»Meine Maman«, erwiderte er.

»Und wer sollte dich hier abholen?«, fragte Julian.

»Papa.« Der Junge wurde wieder nervös, und sein Atem ging schneller. Als Julian das bemerkte, lächelte er ihm aufmunternd zu.

»Jean-Paul, alles wird gut. Ich werde mich um dich kümmern, okay? Wir werden jemanden finden, der dich zu deinem Papa bringt.« Der Junge nickte. »Hast du eine Telefonnummer von ihm?«

Jean-Paul griff in ein Fach seiner Schultasche und zog eine Visitenkarte heraus. Julian sah sie sich an. Michel Durand, Vizepräsident der Areva-Gruppe. Unter dem Namen stand eine Pariser Telefonnummer. Und auf die Rückseite der Karte war eine weitere Nummer gekritzelt.

»Ausgezeichnet.« Julian steckte die Karte in seine Brusttasche, stand auf und hob dann seine Tasche und die des Jungen hoch. »Zuerst einmal müssen wir die Leute finden, die sich eigentlich um dich kümmern sollten.« Er legte seine Hand auf Jean-Pauls Schulter und schob den Jungen zu dem tschechischen Ticketschalter hinüber. Das könnte eine Weile dauern, dachte er und warf, sich an sein Treffen erinnernd, einen Blick auf seine Armbanduhr. Alles im grünen Bereich. Ihm blieb noch genug Zeit.

IRANISCHE BOTSCHAFT, NEU-DELHI, INDIEN

Das Postwägelchen aus Metall rollte ratternd durch den Gang in die Abteilung Wissenschaft und Bildung. Der Bürobote reichte der Sekretärin einen Umschlag aus der Diplomatenpost, die über Nacht eingetroffen war. Die Frau trug einen *hidschab*, ein Kopftuch und einen kurzen, damit verbundenen Mantel, auch *manteau* genannt – das übliche Gewand der iranischen Städterinnen.

Die Sekretärin, die mit einem Angestellten der Botschaft verheiratet war, nahm das Kuvert entgegen und erhob sich sofort, um es in Hassan Safavis Büro zu bringen. Die iranische Regierung schickte Ehepaare ins Ausland, damit sie dort gemeinsam arbeiteten. Dadurch besaßen die Sicherheitsdienste mehr Kontrolle über das Botschaftspersonal. Außerdem verringerte die Anwesenheit der Ehefrau in der Stadt die Gefahr, dass ein Angestellter der Versuchung erlag, sich von einem feindlichen Geheimdienst anheuern zu lassen. Die Sekretärin legte den Brief auf Safavis Schreibtisch und verließ sein Büro.

Ohne sie eines Blickes zu würdigen oder sie zu grüßen, nahm Safavi das Kuvert. Es stammte von seinem Boss General Ali Mohammed Nafabedi, dem Sonderberater des Obersten Nationalen Sicherheitsrats. Er hielt das Kuvert gute fünf Minuten in den Händen, bevor er es mit einem Brieföffner aus Messing aufschlitzte.

Er kannte Nafabedi aus der Revolutionsgarde, wo sie sich beide hochgedient hatten. Nafabedi war intelligent und ehrgeizig, rücksichtslos und engagiert. Diese Operation war seine Idee. Und er, Safavi, war der Führungsoffizier, der überlastete Weichensteller zwischen Nafabedi und Mohammed Issa.

Issa war ein Auftragskiller, ein kampferfahrener Profi mit gut ausgebildeten Teams. Aber Issa war auch Sunnit, und Schiiten trauten Sunniten nicht über den Weg. Trotzdem hatte diese ungewöhnliche Paarung einige Vorteile. Mit Allahs Hilfe würde alles gut gehen. Die Operation hatte höchste Priorität und durfte auf keinen Fall misslingen. Der Brief war kurz – er bestand lediglich aus einer Zeile: »Issa soll seine erste Lieferung in die Wege leiten. Seine neuen Bedingungen werden wir anschließend besprechen.«

Welche Drecksarbeit muss ich hier erledigen?

Safavi verzog das Gesicht, als er sich vorstellte, wie er diesen Befehl weitergab. Issa würde in Wut geraten. Er wollte es ihm nicht persönlich sagen. Eigentlich wollte er sich nicht einmal im selben Raum mit diesem Mann aufhalten. Irgendetwas an ihm war unnatürlich – nicht nur sein künstliches Auge, sondern sein ganzes Gesicht. Es wirkte steif und merkwürdig glatt. Zu ebenmäßig. Safavi schüttelte sich und dachte über die Alternativen nach. Das Telefon war nicht sicher. Das Internet noch weniger, außer wenn er einen Verschlüsselungscode benutzte. Ein Kurier? Vielleicht.

Safavi stand auf, schloss seine Bürotür und ging zu seinem Wandsafe. Er schob das mit Stoff bezogene Wandpaneel, das die Tür verbarg, zur Seite und drehte an den Knöpfen, bis er hörte, wie das Schloss einrastete. Dann zog er die schwere Stahltür auf und legte den Brief in den Safe.

JAMA-MASJID-MOSCHEE, DELHI, INDIEN

Mohammed Issa schritt nach den Mittagsgebeten hinaus auf den großen Hof vor der Jama-Masjid-Moschee. Er betrachtete den roten Sandstein und den Marmor der alten Moschee und empfand großen Stolz beim Anblick dieses herrlichen, mit Inschriften zur Geschichte der Moschee verzierten Bauwerks aus dem Mogulreich. Auf einer Marmorplatte über der Gebetshalle standen, schlicht und elegant, die Worte »Der Führer«.

Die Kraft dieser Kundgebung erfüllte ihn mit Dankbarkeit für die Weisheit des Propheten und beschwichtigte seinen Ärger, als er seine Schuhe nicht fand. Die Moschee lag am Rand des Chandni Chowk, des traditionellen, hektischen indischen Markts, und war immer gut besucht. Er hatte seine modischen italienischen Slipper vor der Gebetshalle neben Hunderten anderer Schuhe hingelegt und verfluchte sich nun im Stillen, dass er ein solches Paar getragen hatte. Viele der hier Betenden müssten mehr als einen Jahreslohn dafür ausgeben.

Jama Masjid bedeutet »Moschee, die auf die Welt blickt«, und als sie 1656 fertiggestellt worden war, konnte kaum jemand bestreiten, dass Delhi tatsächlich das Zentrum der Welt war. Die Dynastie der Moguln, eine indo-islamische Macht, die vierhundert Jahre lang über einen Großteil des Subkontinents herrschte, hatte ihr goldenes Zeitalter erreicht, besaß großen kulturellen Einfluss und verfügte über Macht und Reichtum. Erbaut auf einer neun Meter hohen Erhebung, ragte die Moschee mit ihren zwei großen Toren, vier Türmen und zwei Minaretten in ihrer ganzen Pracht weit in den Himmel über Delhi.

Direkt daneben erstreckte sich das Rote Fort, der im prächtigen Mogulstil erbaute Palast des Mogul-Kaisers Shah Jahan. Von den vielen von Jahan erbauten Gebäuden war das Taj Mahal das bekannteste. Er hatte es als Mausoleum für seine Frau errichten lassen, nachdem sie bei der Geburt ihres vierzehnten Kindes gestorben war. Shahjahanabad, seine Residenzstadt, war die siebte muslimische Stadt im alten Delhi.

Gute Manieren – oder vielleicht etwas Komplexeres wie die Angst vor Allahs Zorn – hatten gesiegt. Niemand hatte seine Schuhe gestohlen; er hatte sie nur einfach ein Stück weiter weg von der Tür abgestellt, als er angenommen hatte.

Issa ging von der Moschee aus hinunter in die Stadt und zu seinem Büro. Er bahnte sich seinen Weg durch eine Menschenmenge aus Gassenkindern, Bettlern und Straßenhändlern. An jedem noch so kleinen, verfügbaren Fleck an der Straßenvorderseite befand sich irgendein Laden mit ordentlich aufgestapelten Waren. Auf den Fahrbahnen herrschte das übliche ohrenbetäubende Getümmel von Rikschas, Lastwagen, Bussen, Motorrädern und Autos. Issa fuhr sich mit der Hand über die Stirn. Er trug eine leichte Baumwollhose und ein kurzärmeliges Hemd und sah damit, bis auf seine Schuhe, aus wie ein Einheimischer. Die Schuhe waren ein Fehler gewesen, das erkannte er jetzt. Nicht nur, dass sie vor der Moschee aufgefallen waren – nun setzte sich der Staub auf die feinen Nähte und die verzierten Schuhkappen. Aber Sandalen konnte er nicht leiden. Als Kind hatte er unter einer quälenden Hautkrankheit gelitten, die ihm tiefe, offene Risse an den Füßen zugefügt hatte. Er wollte auf keinen Fall das Risiko eingehen, mit Bakterien, Pilzen oder anderen Parasiten in Berührung zu kommen. Bei dem Gedanken an die Schmerzen und die Peinlichkeiten, die mit dieser Krankheit, an der er in seiner Kindheit gelitten hatte, verbunden gewesen waren, lief ihm ein Schauder über den Rücken.

Nachdem er an einem Textilwarengeschäft mit dem Namen Pandit vorbeigegangen war, gelangte er zu einem Süßwarenladen, der, wie es hieß, bereits seit dreihundert Jahren, also seit der Zeit des Mogulreichs, das berühmte Gebäck *Jalebis* herstellte. Er stieg eine Treppe hinauf, die neben der Straße an einer Wand aus gesprungenen Keramikfliesen entlangführte, und drückte auf eine Klingel mit der Aufschrift »Gajendra Outsourcing«. Als er einen Blick nach oben warf und direkt in die Linse der dort angebrachten Kamera schaute, öffnete sich die Tür mit einem Klicken.

In dem großen Raum dahinter befanden sich etliche Computerterminals. Zehn Angestellte mit Kopfhörern saßen vor den Bildschirmen und transkribierten die Notizen von Ärzten. Die Aufzeichnungen wurden dreimal günstiger und dreimal schneller abgetippt und in die Arztpraxen geschickt, als die Arzthelferinnen das hätten bewerkstelligen können.

Issa wurde sofort von Mr Akash Vikram, dem Büroleiter, begrüßt. Mr Vikram verbeugte sich und brachte ihn in einen weiteren Raum, in dem sich sein eigentliches Büro befand.

Dort arbeiteten vier Männer. Sie bildeten Issas Führungsstab und leiteten seine Operationen, für die das Abtippen der medizinischen Aufzeichnungen im ersten Raum eine wunderbare Tarnung war.

CSA-SCHALTER, INTERNATIONALER FLUGHAFEN CHARLES DE GAULLE, PARIS, FRANKREICH

»Hier ist ein kleiner Junge, der seinem Betreuer entwischt ist«, sagte Julian zu dem Mann hinter dem Schalter der Fluggesellschaft Czech Air. »Es handelt sich um einen minderjährigen Passagier ohne Begleitung von Flug Nummer 0766, der heute Nachmittag aus Prag gekommen ist.«

Der Mann warf dem Jungen über den Schalter einen strengen Blick zu und schaute dann Julian an. Julian wusste, dass es eine ernste Angelegenheit war, wenn ein Minderjähriger von seinen Aufsichtspersonen getrennt wurde, und der Mann vom Bodenpersonal schien sich sofort zu wappnen. Sein Blick glitt zu den Papieren, die der Junge um den Hals hängen hatte.

»Kann ich bitte den Beutel sehen?«, fragte er. Julian streifte das Band über den Kopf des Jungen und reichte die Tasche über den Schalter. Der Angestellte überflog rasch die Dokumente, um sich zu vergewissern, dass es sich bei dem Jungen tatsächlich um einen Passagier der tschechischen Fluggesellschaft handelte. Ein verloren gegangenes Kind konnte sich zu einem legalen Albtraum und einem Fiasko in der Presse entwickeln.

»Und wer sind Sie?«, fragte er Julian.

»Ein Reisender. Ich habe ihn weinen hören und ihn ohne Begleitung im Terminal entdeckt.«

»Können Sie sich ausweisen?«

»Ja.« Julian reichte dem Mann seine Visitenkarte.

»Ich muss die Polizei rufen, da es sich um ein minderjähriges Kind handelt und Sie nicht mit ihm verwandt sind.«

»Ich verstehe.« Julian kannte sich zur Genüge mit den Vorschriften bei Fluggesellschaften aus. Der Mann griff zu seinem Telefon und berichtete seinem Vorgesetzten, dass das vermisste Kind von dem Flug aus Prag aufgetaucht sei.

Während sie vor dem bedrohlich wirkenden, grauen Schalter warteten, bemerkte Julian, wie die Anspannung des Jungen wuchs. Jean-Pauls Blick schoss von links nach rechts, und er ballte immer wieder seine Hände zu Fäusten. Julian legte ihm seine Hand auf die Schulter.

»Mach dir keine Sorgen, wir finden deinen Papa«, sagte er beruhigend. »Hey, gefällt dir dieses Spiel?« Er zog einen kleinen Rubik-Würfel aus der Tasche und reichte ihn dem Jungen. Jean-Paul streckte rasch seine Hand danach aus.

Ein Beamter von der Flughafenpolizei schlenderte auf die gelassene und wichtig anmutende Art eines Mannes, der es gewohnt ist, eine Waffe zu tragen, auf den Schalter zu.

»Also«, sagte er und schnalzte mit der Zunge, während er näher kam, »worum geht es denn?«

»Wir haben hier einen unbegleiteten Minderjährigen, der seiner Betreuungsperson entwischt ist«, erklärte der Angestellte der CSA. »Und wie unser Mitarbeiter in der Ankunftshalle sagt, ist niemand gekommen, um ihn abzuholen.«

»Ich bin niemandem entwischt«, meldete sich Jean-Paul zu Wort. »Als ich aufgewacht bin, war niemand da, also bin ich aus dem Flugzeug gestiegen.«

»Ich weiß, ich weiß«, sagte Julian, um dem Jungen zu zeigen, dass er auf seiner Seite war. »Du hast nur versucht, das Richtige zu tun.«

»Und wer sind Sie?«, fragte der Polizist Julian.

»Ich bin der Reisende, der diesen Jungen gefunden hat. Er war in Schwierigkeiten«, erwiderte Julian und ärgerte sich über diese dienstbeflissenen Männer, die das Wohlergehen oder die Gefühle des kleinen Jungen kaum zu interessieren schienen. »Ich bin durch die Ankunftshalle gegangen und konnte an seinen Reisedokumenten sehen, dass er als Minderjähriger unbegleitet geflogen war.«

»Und du hast diesen Mann vorher noch nie gesehen?«, fragte der Polizist Jean-Paul und deutete auf Julian.

Der Junge schüttelte den Kopf.

»Okay, ich muss ein paar Papiere ausfüllen. Würden Sie sich bitte ausweisen?« Julian reichte ihm seinen Pass. Der CSA-Mitarbeiter händigte ihm die Papiere des Jungen aus, und der Beamte begann mit den Eintragungen in seinen Formularen. Plötzlich kam eine erschöpft und besorgt wirkende Flugbegleiterin auf sie zugerannt. Jean-Paul erkannte in ihr sofort die Frau, die sich im Flugzeug um ihn gekümmert hat.

Er wandte sich ab und murmelte: »Wo waren Sie denn?«

»Es tut mir leid, Kleiner.« Sie sah ihn besorgt und gleichzeitig ein wenig verärgert an. »Du hast tief und fest geschlafen, und ich wollte dich nicht wecken. Also habe ich einem anderen Passagier geholfen, und als ich zurückkam, warst du verschwunden!« Sie wandte sich zuerst an den Mitarbeiter der Fluglinie und sprach dann mit dem Polizisten. Der Beamte bedankte sich bei Julian und erklärte ihm, dass er nun gehen könne.

Jean-Paul wirkte wieder verängstigt. »Hab keine Angst.« Julian ging vor ihm in die Hocke. »Diese Leute werden sich um dich kümmern und dich nach Hause bringen. Ein ganzes Team ist nur für dich da. Und sogar ein Polizist ist dabei. Frag ihn doch, ob du seine Mütze tragen darfst.«

Jean-Paul sah mit einem schwachen Lächeln zu ihm auf.

Julian erhob sich, und der Polizist legte seine Hand auf die Schulter des Jungen. Der diensthabende Leiter der Fluglinie eilte herbei, und Julian sah den Männern nach, wie sie mit dem Jungen davongingen. Er schüttelte angewidert den Kopf. Was er gerade erlebt hatte, war ein extremes Beispiel für schlechtes Urteilsvermögen, unzureichenden Service und die Missachtung der Sicherheitsvorschriften. Niemand hatte mit dem Jungen gesprochen, sich bei ihm entschuldigt oder versucht, ihn zu beruhigen. Der Dienstleiter war einzig und allein aus dem Grund gekommen, um den wütenden Vater zu beschwichtigen, falls dieser mit einer Klage drohen sollte. Die Krise, in der der Junge sich befunden hatte, war zu einem Problem des Kundendienstes geworden, mit dem sich der Leiter der Fluggesellschaft CSA im Flughafen beschäftigen würde.

Julian machte sich auf den Weg und versuchte, das Erlebnis abzuschütteln. Keiner von ihnen hatte den Jungen schreien hören, und er hoffte, er würde nie wieder einen solchen Schrei hören. Er warf einen Blick auf seine Armbanduhr. Hatte er seine Verabredung verpasst? Nein. Ihm war nicht mehr nach Kaffee zumute. Er würde mit seinem Freund in eine Bar gehen.

INSELSTAAT MALEDIVEN, VOR DER KÜSTE INDIENS

Das Erste, was Michel Durand sah, als er seine Augen öffnete, war ein großer Vogel mit einem grauen Kopf und einem schwarzen Streifen, der von seinen äußeren Augenwinkeln zu seinem Hinterkopf führte. An seinem s-förmigen Hals hing ein langer, nasser Bart. Der Vogel stand vor seinem Fenster.

Durand versuchte, sich zurechtzufinden. Er sah, dass er in einem von zwei Doppelbetten in einer Hütte mit Aussicht auf den Strand und das azurblaue Meer lag. Als er aufstand, pochte sein Kopf heftig. Er warf noch einmal einen Blick auf den Vogel und bemerkte, dass das Tier den Kopf drehte, um ihn im Auge zu behalten. Durand taumelte zur Fliegengittertür, und der fast einen Meter große Graureiher stakste zwei Schritte zurück, bevor er seine gewaltigen Schwingen ausbreitete und in Richtung Meer davonflog.

Das Häuschen lag am Rand eines Dickichts, keine zehn Meter von einem weißen Strand entfernt. Ringsherum befanden sich weitere flache Inseln, alle bewaldet und einige sehr klein. Er ging wieder in die Hütte hinein und hob einen Farbprospekt von einem der Nachttische auf. Als er ihn aufschlug, las er: »Ferienorte auf den Malediven locken Touristen mit dem Versprechen vom ›letzten Paradies auf Erden‹. Wenn Ihre Vorstellung vom Paradies eine unberührte, ruhige tropische Insel mit sich wiegenden Palmen, reinweißen Stränden und herrlichen türkisfarbenen Lagunen ist, dann werden Sie von den Malediven nicht enttäuscht sein.«

Durand warf die Broschüre auf den Boden. Die Malediven? Vor der Küste Indiens? Wie zum Teufel war er hierhergekommen? Langsam tauchten verschwommene Erinnerungen an einen warmen Körper und an zarte Haut auf. Eine Frau. Er erinnerte sich an ein Gesicht und an üppige Brüste. Ein tröstliches Gefühl durchflutete ihn.

Doch dann tauchte aus der Dunkelheit eine andere Empfindung auf. Er vergaß etwas. Irgendetwas musste erledigt werden. Er versuchte verzweifelt, sich aus dem Nebel zu kämpfen. Dann hörte er Wasser, ging in den hinteren Bereich der Hütte und entdeckte ein Badezimmer. Das Wasser in der Toilette lief. Sein Kopf schmerzte, und er war durstig. Er ging zum Waschbecken und trank aus dem Hahn. Neben dem Bad befand sich ein Schrank, in dem einige Kleidungsstücke aus weißer Baumwolle hingen; drei Hemden und zwei Hosen. Als er sie näher betrachtete, sah er, dass sie in seiner Größe waren. Eine düstere Vorahnung befiel ihn. Hatte jemand den Raum für ihn vorbereitet?

Er warf einen Blick auf seinen Arm und entdeckte einen hässlichen Bluterguss und einige Einstiche. Offensichtlich hatte er am Tropf gehangen. Und er trug ein T-Shirt und Shorts, die nicht ihm gehörten. Er ging zurück zur Tür. In dem Raum gab es weder ein Telefon noch einen Computer. Er klopfte seine Gesäßtasche ab. Seine Brieftasche war weg, ebenso wie sein Mobiltelefon. Er trat nach draußen, und die Tür fiel hinter ihm ins Schloss.

HOTEL VICTORIA, CONNAUGHT PLACE, NEU-DELHI, INDIEN

Mohammed Issas Fahrer lenkte den Wagen vor den Hintereingang des Victoria, ein Viersternehotel, das hauptsächlich von ortsansässigen indischen Geschäftsleuten besucht wurde. Streunende Hunde streckten sich unter den Bougainvilleen aus, die über den Zaun entlang der Straße wucherten. Das Victoria lag gute acht Kilometer von Issas Hauptbüro und dem lärmenden Chandni Chowk entfernt – perfekt für Issa, der es vorzog, dass zwischen seinem Büro und seiner Wohnung ein gewisser Abstand lag.

Der Fahrer hielt den Wagen an und öffnete Issa die Tür. Mittlerweile dämmerte es, aber die Temperatur war kaum gesunken. Erschöpft betrat Issa das Hotel durch die Küche. Ein hübsches Bestechungssümmchen für den Sicherheitsbeamten erlaubte es ihm, die Metalldetektoren, Durchleuchtungsgeräte und Überwachungskameras zu umgehen, die heutzutage in allen indischen Geschäftshotels installiert waren. Fünfsternehotels mied er inzwischen, da es dort von internationalen Geschäftsleuten und Geheimdienstagenten nur so wimmelte und die Videos der Überwachungskameras bis zu drei Monaten aufbewahrt wurden, nicht nur ein paar Tage, wie es in den örtlichen Hotels üblich war.

Issa fuhr mit dem Lift hinauf zu seiner Suite, die spärlich, aber exklusiv eingerichtet war. In dem großen, offenen Wohnzimmer lag ein antiker Afghan-Läufer auf dem Boden, und gegen die Wand gelehnte Seidenkissen luden wie ein Diwan zum Sitzen ein. Issa ging in sein Büro, das mit mehreren Computern, einem Bloomberg-Terminal und einem Satelliten-TV ausgestattet war. Sein Schreibtisch im Louis-XVI.-Stil passte nicht zum Rest des Apartments, aber er hatte ihn sich ausgesucht, zusammen mit einem darauf abgestimmten Seidenbrokatsessel. Als er auf den Schreibtisch zuging, betrat sein persönlicher Assistent den Raum.

»Ah, Mustafa, wie geht es dir?« Issa streckte seine Hand aus. Mustafa schüttelte sie, küsste sie dann und erwies damit seinem Boss seinen höchsten Respekt. Mustafa al Hatib war groß und dünn und trug eine weiße *dschallabija* und eine gestrickte Kappe.

»Ich bin erschöpft«, sagte Issa. »Bring mir Tee. Danach werde ich zu Bett gehen. Wir können morgen Vormittag unsere Pläne besprechen.«

Mustafa nickte und verbeugte sich. Er war Issas Buchhalter. Er führte die Bücher und half Issa dabei, seine Organisation zu leiten. Wenn Issa sich in Neu-Delhi aufhielt, bewohnte Mustafa das Zimmer des Dienstmädchens, um jederzeit seinem Boss zur Verfügung stehen zu können.

Issa ging in sein Schlafzimmer und riss sich seine Kleider vom Leib. Seine Füße schmerzten. Er sehnte sich nach einer Dusche, um den Schmutz von seinem Körper zu waschen. Indien war ein wundervolles Land und perfekt für seine Geschäfte, aber es war furchtbar dreckig. Es gab so viele Menschen hier. Und so viele Hindus. Er konnte Hindus nicht ausstehen, aber das spielte keine Rolle. Sie waren nützlich für ihn, und das machte sie erträglicher. Der Staub von Chandni Chowk bedeckte ihn von Kopf bis Fuß. Und sein Hautleiden machte ihm zu schaffen. Die Dusche tat ihm gut und linderte den Juckreiz. Nachdem er sich abgetrocknet hatte, nippte er an seinem Tee und ließ sich dann nackt auf das Bett fallen. Er nahm sich vor, nur ein paar Minuten auszuruhen.

Als er aufwachte, war es vier Uhr morgens und dunkel. Issa knipste rasch das Licht an und sah einen Zimmerservicewagen am Fußende seines Betts stehen. Er war verschlafen, unkonzentriert und wütend, dass jemand, während er schlief, sein Zimmer betreten hatte.

»Mustafa!«, brüllte er. Als er keine Antwort bekam, warf Issa sich seinen Morgenmantel über und ging ins Wohnzimmer. Es war leer, also marschierte er zu seinem Büro. Er ging hinein und sah Mustafa an seinem Computer sitzen. Sofort begriff er, dass hier irgendetwas nicht stimmte. Er legte dem jungen Mann seine Hand auf die Schulter und schwang ihn in seinem Stuhl herum. Angewidert schrie er auf, als er seinen eigenen antiken Dolch aus Mustafas Brust ragen sah. Mustafas rechte Hand war so weiß, dass sie bläulich schimmerte.

Issa wandte sich zornig ab. Seine Augen verengten sich zu Schlitzen, und seine Wangen röteten sich. Jemand hatte es gewagt, in seine Suite einzudringen? Mitten in der Nacht, während er sich im angrenzenden Zimmer aufhielt? Das war eine schwerwiegende Überschreitung aller Grenzen. Er taumelte, stützte sich rasch am Schreibtisch ab und richtete sich wieder auf. Wie war es möglich gewesen, auf so schreckliche Weise die Sicherheitsvorrichtungen zu umgehen? Er zog eine Schublade des Schreibtisches auf und nahm eine Pistole heraus. Vielleicht befand sich noch jemand in seinem Apartment.

Eine rasche Durchsuchung ergab, dass er allein war. Er

holte tief Luft und dachte nach. Dann ging er zurück in sein Büro und sah sich genau um. Erst jetzt entdeckte er, dass das Messer durch einen in einer Plastiktüte verpackten Brief gestoßen worden war.

Er zischte wütend und packte den Griff. Die Klinge kratzte mit einem widerlichen Geräusch an den Rippen entlang, als er das Messer herauszog, und er verzog angewidert das Gesicht. Wie schlau, den Brief in einen Plastikbeutel zu stecken, dachte er, sonst wäre das Blut eingesickert. Es handelte sich um einen dieser wiederverschließbaren amerikanischen Beutel, wie er sah. Er schürzte angeekelt die Lippen.

Issa schlitzte das Kuvert mit dem blutigen Messer auf. Er las den Brief. In einem merkwürdig förmlichen Arabisch wurde Issa vorgeschlagen, sich nicht um weitere Preisanpassungen zu bemühen, solange er nicht erfolgreich den nächsten Schritt seines Auftrags erledigt habe. Gezeichnet war das Schreiben von Hassan Safavi, dem Attaché der iranischen Botschaft in Neu-Delhi, der für Bildung und Wissenschaft zuständig war. Issas Kontaktperson.

Anstatt auf Englisch oder Französisch war die Nachricht auf Arabisch geschrieben. Und die Grammatik eines Schuljungen erzürnte ihn noch mehr.

Sein Puls raste. Adrenalin schoss wie ein Feuer durch seinen Körper. Ein Mord in seinem eigenen Heim? In der Nacht? Während er sich in derselben Wohnung befand?

Issa lief wie eine Raubkatze auf und ab, so wie er es vor vielen Jahren in seiner Zelle in Kairo getan hatte, und dachte nach. Sein Zorn beflügelte ihn. Wut machte ihn stark. Wenn mörderischer Zorn durch seine Adern floss, vertraute er seinem Instinkt. Dann wusste er, dass er sich auf dem richtigen Weg befand. Er wusste, dass er für Allah handelte, wenn ihn die reinigende Kraft der Wut beherrschte.

Oh, er würde den nächsten Schritt machen, da konnten

sie sich sicher sein. Die entsprechenden Leute warteten nur auf sein Zeichen.

Und ja, er würde mit Sicherheit seinen Preis erhöhen, um so viel, dass ihn nicht einmal die Iraner würden zahlen können. Glaubten die Iraner etwa, dass er, Issa, keine anderen Optionen hatte? Dass er keine anderen Kunden finden konnte? Diese Perser! Die Sassaniden waren von Kalif Umar vernichtet worden, und die Perser würden wieder klein beigeben müssen.

Issa hob seine Hände und legte sie auf die vielen Narben unter seinem Kinn, an die Stelle, die er unwillkürlich immer berührte, wenn er beunruhigt war. Eines wusste er genau: Der nächste Schritt in dem Plan würde Safavi einige Nerven kosten. Issa änderte seinen Plan komplett, und das würde Safavi den Schock verpassen, den er verdiente.

Er zog sein Handy aus seiner Jackentasche und befahl seinem Fahrer, ihn in zehn Minuten hinter dem Hotel abzuholen. Dann nahm er einen Koffer und legte ihn auf das Bett. Er öffnete den Zimmersafe, holte seine Pässe und seine Brieftaschen heraus und warf sie, zusammen mit seinem Laptop und der Festplatte seines Bürocomputers, in den Koffer. Mit einem Anruf bei seinem Büroleiter in Chandni Chowk stellte er sicher, dass ein Team die Leiche entfernen und seine Suite gründlich reinigen würde. Ein Verbrechen war begangen worden. Möglicherweise wurde ermittelt, und er musste alles tun, um den Schaden zu begrenzen.

HOTEL DE LA PAIX, 15. ARRONDISSEMENT, PARIS, FRANKREICH

Julian warf sich auf das Hotelbett. Das Zimmer war elegant, eigentlich sogar romantisch eingerichtet. Die Überdecke und die Vorhänge waren aus rotem Brokat mit einem goldfarbenen Blattmuster, das zur Tapete passte. Julian legte sein Blackberry auf das Bett, nahm sich ein Kissen und steckte es sich unter den Kopf.

Wie schön, dass ich allein hier bin, dachte er.

Er schwang seine Füße auf den Boden, stand auf und ging in das Badezimmer. Nachdem er sich Wasser ins Gesicht gespritzt hatte, betrachtete er sich im Spiegel. »Verdammt«, murmelte er, drehte seinen Kopf nach links und rechts und musterte sich abschätzend. Einige Dellen und Kratzer und ein paar Falten hier und da, aber was machte das schon aus? Er sah ein wenig mitgenommen aus, aber mit Sicherheit immer noch recht ansprechend.

Er runzelte die Stirn. Was hatte diese lächerliche Unsicherheit verursacht? Er konnte sich nicht an das letzte Mal erinnern, als er sich Gedanken über sein Aussehen gemacht oder sich kritisch im Spiegel betrachtet hatte.

Julian ging zurück in das Schlafzimmer. Wem wollte er eigentlich etwas vormachen? Es war nicht allzu schwierig herauszufinden, was ihn beunruhigte. Er konnte es einfach nicht fassen, dass Marie sich nicht einverstanden erklärt hatte, wieder mit ihm zusammenzuarbeiten.

Woran mochte es gelegen haben?

Vielleicht war sie es leid, dass er sie dirigierte und kontrollierte.

Aber ich musste sie beaufsichtigen, sonst wäre sie getötet worden oder hätte die Operation in den Sand gesetzt. Sie lebten in einer schlechten, brutalen Welt, und man konnte sie bei einem Einsatz doch nicht allein lassen. Sie konnte nicht einschätzen, ob sie verfolgt wurde. Sie hatte keine Waffenausbildung und kannte sich nicht mit Tarnung aus.

Und dann dachte er unwillkürlich daran, wie er sich gefühlt hatte, als sie an der Bar ihren Körper gegen seinen gepresst hatte.

Scheiße, er wollte ohnehin nicht mehr bei einer Operation mit ihr zusammenarbeiten. Er brauchte sie nicht als seine Agentin. Was er von ihr brauchte, waren ihr Wissen, ihre Recherchefähigkeiten und ihre Erfahrung darin, Geld von Terroristen aufzustöbern.

Er atmete tief durch. Das klang sogar in seinen eigenen Ohren lächerlich. Er schüttelte seine Gedanken ab, griff nach seinem Mobiltelefon und warf einen Blick auf die Uhrzeit. Nur noch fünf Minuten bis zu seinem Treffen. Er ging zum Fenster, schob die Spitzengardine zur Seite und schaute hinunter in den Garten. Ein Kellner bediente einige Gäste, die an schmiedeeisernen Tischen saßen. Während er die Szene betrachtete, kam sein Kontaktmann und setzte sich. Jean-Yves Richer war der stellvertretende Sicherheitsdirektor am Flughafen De Gaulle. Julian beobachtete, wie Richer sein Telefon hervorholte. Kurz darauf hörte er sein eigenes Telefon klingeln.

»Hier ist Winston Wolf«, meldete er sich. »Ich löse alle Probleme.«

Richer lachte. Er und Julian hatten sich vor Jahren den Film *Pulp Fiction* gemeinsam angesehen, um den Abschluss eines Projekts zu feiern. Sehr düster. Passend zu dem Job, den sie gerade beendet hatten – die Verhaftung eines Hisbollah-Agenten. Schwamm drüber.

»Gut«, erwiderte Richer, »denn ich habe ein Problem. Ich sitze im Garten deines Hotels und warte auf dich.«

»Das sehe ich«, sagte Julian. »Du bist zehn Minuten von mir entfernt, aber ich werde in zwei Minuten bei dir sein.«

Richer lachte wieder.

Julian zog sich lächelnd ein Jackett an und verließ sein Hotelzimmer. Es war immer noch ungewohnt für ihn, unbewaffnet zu sein. Automatisch überprüfte er mit einer Bewegung seines Ellbogens die Stelle an seiner Hüfte, wo sich normalerweise eine Glock .19 in einem versteckten Holster befand. Obwohl er bereits seit einem Jahr nicht mehr im Dienst war, fühlte er sich ohne seine Waffe immer noch nackt.

Instinktiv sah er sich gründlich um, während er auf den Tisch zuging, an dem sein Freund saß. Er richtete kurz seine Aufmerksamkeit auf den Rand des Gartens und registrierte seine Empfindungen, als würde er mit Wärmefühlern eine Farbdarstellung aufzeichnen. Es schien alles ruhig zu sein, aber einer der Kellner könnte bezahlt worden sein, um die Unterhaltungen der Gäste zu belauschen. Also war Vorsicht angebracht. Richer stand auf, als Julian sich ihm näherte, und streckte seine Hand aus. Keine Umarmung. Das bedeutete, dass sich auch Richer nicht ganz sicher war, ob die Luft rein war. Julian schüttelte seinem Freund lächelnd die Hand und setzte sich.

Richer hatte kantige Gesichtszüge, eine Boxernase und kurz geschnittenes Haar. Seine blauen Augen blickten scharf, beinahe kalt. Er war durchtrainiert, wie Julian anerkennend feststellte. Ein körperlich und geistig disziplinierter Mann, der sich immer unter Kontrolle hatte.

»Kaffee?«, fragte Richer. »Mit viel Milch und Zucker?«

Julian lachte. So trank Winston Wolf seinen Kaffee.

»Für mich schwarz«, erwiderte er, als Richer dem Kellner ein Zeichen gab.

Nachdem Julian es sich bequem gemacht hatte, schob Richer ihm über den Tisch eine braune Mappe zu.

»Hier ist das, worum du mich gebeten hast.«

»Danke«, erwiderte Julian. »Das weiß ich zu schätzen. Ach ja, hast du herausgefunden, was mit dem kleinen Jungen geschehen ist, von dem ich dir in meiner E-Mail berichtet habe? Der Kleine, den ich weinend am Flughafen gefunden habe?«

»Oh, du meinst den Durand-Jungen. Ja, habe ich. Sein

Vater hätte ihn abholen sollen, aber er ist nicht aufgetaucht. Der Junge hat uns eine Telefonnummer gegeben, und die Mitarbeiter der Czech Air haben bei ihm zu Hause angerufen, aber niemanden erreicht. Also sind sie zu der Adresse gefahren und haben dort nur eine Haushälterin angetroffen. Dann haben sie die Mutter angerufen, aber sie war unterwegs und hatte von nichts eine Ahnung. Anscheinend ist der Vater seit einigen Tagen vermisst.«

»Vermisst?«

Richer nickte.

»Was ist der Vater von Beruf?«

»Das ist ja das Merkwürdige«, erklärte Richer. »Er ist eine Spitzenkraft bei Areva. Du weißt schon, dieser multinationale Riese, der mit allen möglichen nuklearen Dingen zu tun hat. Er hat einige Jahre in einem Labor der Regierung gearbeitet und ist Experte auf dem Gebiet der Urananreicherung.«

Julian sah Richer an, während er diese Information verdaute. »Wird wegen eines möglichen Verbrechens ermittelt?«

»Noch nicht. Er hatte eine Freundin. Wir versuchen gerade, sie ausfindig zu machen.«

»Dann gab es für den armen kleinen Jungen kein glückliches Ende dieser Geschichte«, meinte Julian.

»Das kann noch kommen«, erklärte Richer. »Gerade wir müssen daran glauben, dass es immer eine Möglichkeit für ein Happy End gibt«, fügte er mit einem ironischen Lächeln hinzu. »Hier kommt unser Kaffee.«

CONSEIL D'ETAT, PARIS, FRANKREICH

Der Raum mit den vergoldeten Spiegeln, den über neun Meter hohen Decken und den exquisiten Möbeln war so groß, dass er den Namen Palais Royale wirklich verdiente. Dieser Salon war Teil eines Apartments, in dem der junge Alexandre Dumas gearbeitet hatte. Der mächtige Herzog von Orléans hatte ihn beschäftigt, nachdem er während der Restauration die Kontrolle über den Palast wiedererlangt hatte. Der Saal beschwor immer noch die Atmosphäre dieser Zeit herauf, obwohl die speziellen Machenschaften der damaligen Aristokratie längst Vergangenheit waren. Die sechs Männer, die sich heute hier versammelt hatten, machten keinen majestätischen Eindruck. Es waren Kämpfer und Polizisten, Mitglieder der Polizeipräfektur; Gendarmen und *Inspecteurs.* Stämmige Männer, die sich in einer Wirtschaft wohler fühlten als in einem Palast. Und sie hatten sich wegen einer heiklen Angelegenheit hier versammelt. Einer der besten Wissenschaftler des Landes war verschwunden.

Commissaire Pierre Valcourt von der Polizeipräfektur räusperte sich. Die anderen Männer verstummten sofort und rutschten auf ihren Stühlen hin und her, um ihn besser sehen zu können.

Valcourt strich mit dem rechten Zeigefinger langsam am unteren Rand seines üppigen Schnurrbarts entlang. Alle Augen waren auf diese Geste gerichtet, die überaus sinnlich und gleichzeitig zerstreut und ernst wirkte.

»Vor drei Tagen, also am Montag, wurden wir informiert, dass Monsieur Michel Durand nicht zu einem wichtigen Meeting bei Areva erschienen ist.« Valcourt richtete sich auf. »Gestern hat der Sicherheitsbeauftragte der Firma seine interne Untersuchung abgeschlossen und uns gebeten, eine Vermisstensuche einzuleiten. Die *police nationale* hat nun alle Krankenhäuser, Flughäfen, Bahnhöfe und andere Transitknotenpunkte in Frankreich entsprechend informiert. Inspecteur Ducasse, gibt es etwas Neues?«

Henri Ducasse, ein Inspecteur der Pariser Präfektur mit

strengen Gesichtszügen, saß neben Valcourt auf einem gepolsterten Stuhl. Er überflog seine Notizen, bevor er zu sprechen begann.

»Keine seiner Kreditkarten wurde benutzt. Er hat nicht versucht, eine Grenze an einem der Kontrollpunkte zu überqueren. Er ist irgendwie durch unser Raster gefallen.«

»Und was hat Ihr Gespräch mit dem Sicherheitsbeauftragten von Areva ergeben?«

»Durand ist Vizedirektor des Ressorts Forschung und Entwicklung. Er war an Verhandlungen auf höchster Ebene mit der Firma Orbiter über ein gemeinsames Projekt beteiligt, über das der Sicherheitsbeamte jedoch nur wenig wusste. Orbiter stellt Satelliten her und beschäftigt sich auch mit Waffensystemen.«

»Was ist Durands Fachgebiet?«, wollte Valcourt wissen.

»Urananreicherung«, erwiderte Ducasse und sah auf.

Valcourt nickte interessiert.

»Bitte fahren Sie fort.«

»Durand besitzt einige Kapitalanlagen.« Ducasse las in dem Dossier nach. »Sie scheinen alle gesetzlich einwandfrei zu sein, aber wir überprüfen sie trotzdem. Er hat in ein Hightech-Unternehmen der SAFRAN-Gruppe investiert. Außerdem besitzt er eine Ferienwohnung in Playa del Carmen, Mexiko, und Anteile an einer biotechnischen Firma namens Ivoire, die ein Kollege gegründet hat. Anscheinend hat er eine Geliebte«, fügte Ducasse hinzu. »Einem Kollegen hat er anvertraut, dass er Streit mit ihr gehabt habe, aber es gibt keine weiteren Informationen über das Mädchen. Das ist natürlich eine Sache, die wir verfolgen werden. Er hat eine Frau, die vorübergehend in Prag arbeitet, und einen kleinen Sohn. Der Junge besucht in Paris die Schule.«

»Das Mädchen«, sagte Valcourt. »Seit wann kennt er sie? Wo haben sie sich getroffen?«

»Wir versuchen gerade, das herauszufinden, Monsieur«, erwiderte Ducasse.

»Ausgezeichnet. Stellen Sie so viele Beamte dafür ab, wie Sie brauchen.«

Valcourt wandte sich an einen anderen seiner Führungskräfte. »Fourier, bitte nehmen Sie Kontakt zu Ihren Kollegen in Prag auf und bitten Sie sie, die Ehefrau zu befragen. Wir wollen wissen, ob sie eine Idee hat, wo ihr Mann sein könnte. Finden Sie heraus, ob Monsieur Durand irgendwelche gesundheitlichen Probleme hat, irgendwelche physischen oder psychischen Schwächen, die sein Verhalten beeinflussen könnten.«

Er drehte sich wieder zu Ducasse um. »Und Sie werden das Kindermädchen, die Haushälterin oder wen auch immer befragen, der Durands Haushalt hier in Paris führt.«

»Ja, Monsieur.«

»Und finden Sie heraus, ob Durand irgendwelche Feinde hat, ob er sich mit jemandem gestritten hat oder ob es Ärger mit dem Jungen gab.«

Captain Valcourt beendete das Treffen und strich noch einmal genüsslich über seinen Schnurrbart. Am nächsten Morgen um neun Uhr wollte er seine Mitarbeiter wieder hier versammelt sehen.

ARABISCHES MEER,
VOR DER KÜSTE VON MUMBAI, INDIEN

Vijay Bhopajee mochte Witze. Er hörte sie gern und genoss es auch, selbst welche zu erzählen. Und er sammelte sie – eines Tages wollte er seine Kollektion in einem Buch veröffentlichen. Allerdings war sein Manuskript bereits auf eine solche Größe angewachsen, dass es wahrscheinlich nicht mehr gedruckt werden konnte. Zwölfhundert Seiten und noch kein Ende in Sicht. Er wusste, er sollte seine Sammlung bearbeiten und kürzen, aber die Witze waren alle so gut, dass er das einfach nicht übers Herz brachte. Seine Freunde neckten ihn deshalb und fragten ihn oft, wie er mit seinem Projekt vorankäme. Dann erzählte er ihnen begeistert den neuesten Brüller, den er gehört hatte.

Die meisten Witze bezogen sich natürlich auf das bedauernswerte Dasein indischer Männer – dominiert von unnachgiebigen, unerbittlichen Ehefrauen. Andere betrafen die Armut in Indien. Viele dieser Witze waren ausgesprochen geschmacklos, und einer davon fiel ihm in seinem Dämmerzustand ein: Ein Mann sieht eine Frau, die in Mumbai auf einem Gehsteig entlanggeht und dabei eine Dose mit dem Fuß vor sich herstößt. »Was machst du da?«, fragt er. Sie erwidert: »Ich ziehe um.«

Und noch einer: Ein Mann lebt in einem hauptsächlich von Europäern bewohnten Stadtviertel in Delhi. Seine Nachbarn ärgern sich über ihn, weil er tagelang eine riesige Mülltonne am Straßenrand stehen lässt. Schließlich klingelt einer der Nachbarn an seiner Tür. »Ja?«, sagt der Mann. »Ich komme wegen Ihrer Mülltonne«, erklärt der Nachbar. »Oh, es tut mir leid«, erwidert der Mann. »Sie ist leider schon vermietet.«

Das war ein richtig guter Witz.

Dann fiel ihm noch einer ein, einer seiner Lieblingswitze. Gerade als er dachte, er hätte ihn wieder im Kopf, flogen die Worte davon wie Löwenzahnsamen. Er hatte Schwierigkeiten, sich zu konzentrieren. Seine Gedanken schienen ihm nicht zu gehorchen, und er döste wieder ein. Er hörte ein Rumpeln und hatte das Gefühl, als würde ihn der Wind hin und her reißen, aber er konnte sich nicht bewegen und seine Augen nicht öffnen.

Wäre Vijay Bhopajee fähig gewesen, sich umzuschauen,

wäre er mit seiner Unterkunft sehr zufrieden gewesen: eine hübsche Einzelkabine auf einem kleinen Frachter. Durch das offene Bullauge wehte frische Luft vom Meer herein. Er wäre dankbar gewesen, nicht mehr auf der ekelhaften Matratze in dem heruntergekommenen LKW zu liegen, um schließlich in der Nähe des Hafens abgeladen zu werden und dort als nackte Leiche zu enden. Es hätte ihm auch gefallen, dass eine ausgebildete Krankenschwester seine Lebenszeichen überwachte und ihn nach einigen Stunden zum Weitertransport auf ein Fischerboot mittlerer Größe begleiten würde.

Im Augenblick war es klar und mild, der Luftdruck war beständig, und die See war ruhig. Die Sonne erhob sich langsam am Horizont, schickte ihre ersten Strahlen über das Wasser und warf einen rosigen Schein über das östliche Arabische Meer.

15. ARRONDISSEMENT, PARIS, FRANKREICH

Julian verließ sein Hotel und trat auf die Straße hinaus. Nach zu vielen Stunden in Flugzeugen und Hotels waren seine Muskeln steif und schmerzten, also lief er die Rue Duranton hinunter. Auf der Straße verkauften etliche Händler ihre Waren, und die Gerüche und Farben machten ihn vor Freude beinahe ein wenig schwindlig. Auf einem Tisch lagen weiche, duftende Pilze, Fenchel und daumendicker Spargel. Ein Stück weiter gab es Käse und an einem anderen Tisch Schokolade und noch mehr in farbenfrohe Folien eingewickelte Süßigkeiten.

Er kaufte sich eine Papiertüte voll Erdbeeren und ging Richtung Südosten zum Parc Georges Brassens. Der Park war ein ungewöhnlicher Ort für Paris – nicht formell angelegt und übermäßig gepflegt, sollte er einfach dem Vergnügen der Anwohner dienen. Es gab Hügel, Wildblumen und

Grünflächen, auf denen Kinder herumrannten und spielten. Julian ging an einigen Beeten mit duftenden Pflanzen und sogar einem Gemüsegarten für Kinder vorbei, bevor er zu dem großen Buchladen Marché aux Livres abbog. Er blätterte in einigen englischsprachigen Büchern, bis ein alter, staubbedeckter Buchumschlag seine Aufmerksamkeit erregte – *Der Regenkönig* von Saul Bellow. Dieses Buch gefiel Julian sehr. Er nahm es und lächelte bei dem Gedanken an die Hauptfigur EH. Zeit, es noch einmal zu lesen. Der Verkäufer hob die Hand. Fünf Euro. Julian reichte ihm das Geld und nahm sein neues Buch an sich.

Er ging hinüber zu einer Parkbank. Dort zog er die Tüte mit den Erdbeeren hervor und steckte sich eine der köstlichen Beeren in den Mund, während er den Kopf in den Nacken legte, um ein paar Sonnenstrahlen einzufangen. Der Duft nach frischem Gras zog an ihm vorbei, und er atmete rasch ein, um ihn zu genießen. Er spürte ein Summen an seiner Brust und zog sein Mobiltelefon aus der Tasche. Eine Nachricht.

Er starrte auf die winzigen Ziffern. Es war zu hell, um sie erkennen zu können, also legte er seine Hand über das Display, um ein wenig Schatten zu erzeugen. Als er die Sprachnachricht abhörte, verzog sich sein Gesicht zu einem breiten Lächeln. Es war sein alter Freund Gaurav Kumar, mittlerweile Generalleutnant und Kommandeur des Verteidigungsnachrichtendienstes DIA, zuständig für das Südliche Kommando der indischen Armee.

Er war überrascht, dass Kumar ihn erreicht hatte. Und warum, um alles in der Welt, wollte er ihn jetzt sprechen?

Julian drückte einige Tasten auf seinem Telefon und lachte bei dem Gedanken an seine Erinnerungen. Vor einigen Jahren hatten die Vereinigten Staaten und die EU die pakistanische Armee mit einem modernen schwedischen Boden-

Luft-Radarsystem ausgestattet, um das pakistanische Regime zu stärken und sich für die Unterstützung der gemeinsamen Bemühungen gegen die Taliban in Afghanistan zu bedanken.

Aber dann war es zu einem Kollateralschaden gekommen, und Indien war nicht sehr glücklich über diese Entwicklung gewesen. Man hatte befürchtet, dass das pakistanische Regime, instabil, wie es war, eines Tages die Vereinbarungen mit den USA und der missachten und das Radarsystem gegen Indien verwenden könnte. Also hatte sich Indien an Israel gewandt und um Hilfe gebeten.

Eine israelisch-indische Sondereinheit wurde gebildet, und Julian oblag die Leitung. Kumar war sein indischer Kontaktmann. Julian organisierte die Lieferungen der technischen Geräte, indem er eine erfundene serbische Firma in der Türkei gründete. Mit entsprechenden Papieren wurde ein Radarsystem in Schweden bestellt und nach Serbien verschifft – mit der uneingeschränkten Zustimmung der schwedischen Regierung, obwohl sie damit gegen internationale Vereinbarungen verstieß. Das Radarsystem wurde auf ein dänisches Handelsschiff verladen und auf die Route Malmö–Barcelona–Limassol–Aschdod–Istanbul gebracht. In Istanbul sollte die Ware abgeladen und auf dem Landweg über Griechenland und Bulgarien nach Serbien gebracht werden. In Aschdod lud der »Besitzer«, die falsche serbische Firma in der Türkei, jedoch das Radarsystem ab und verlud es auf einen indischen Großfrachter, der chemischen Dünger nach Mumbai brachte.

Absurd. Aber es hatte funktioniert. Einer seiner eher verrückten und daher kaum durchschaubaren Pläne.

»Kumar! *Namaste.* Wie geht es dir?«, sagte Julian, als sein Freund sich meldete.

»*Shalom, shalom*«, erwiderte Kumar und brachte eines der

wenigen hebräischen Wörter an, die Julian ihm beigebracht hatte. »Und wie geht es dir, mein Freund?«

»Sehr gut, danke«, sagte Julian.

»Schön, freut mich, das zu hören.« Kumars Stimme klang plötzlich ernst. »Ich wünschte, wir könnten uns auf einen Whiskey treffen und über alte Zeiten reden, aber zu meinem tiefsten Bedauern rufe ich dich aus einem anderen Grund an.«

Julian murmelte zustimmend. Er fragte sich, ob er vielleicht gleich sein Beileid würde aussprechen müssen, und wappnete sich für diesen Fall.

»Ein Physiker von der DRDO wird vermisst«, erklärte Kumar. »Ein feiner Kerl. Er wurde zuletzt vor drei Tagen in einem Teeladen in Pune gesehen. Seitdem ist er nicht mehr in sein Labor gekommen.«

»Das tut mir leid, Gaurav. Aber ich bin im Ruhestand.«

»Ja, das weiß ich«, erwiderte Kumar, ohne mehr dazu zu sagen.

Julian erinnerte sich daran, dass DRDO für *Defense Research and Development* stand, das führende Labor für Verteidigungstechniken von Indiens Regierung.

»Und was hat der Mann bei der DRDO gemacht?« Julian war bewusst, dass ihre Mobiltelefone nicht sicher waren und er seine Fragen daher vorsichtig formulieren musste.

»Man könnte sagen, er war mit Festkörperphysik oder Nuklearphysik befasst, aber das wäre nur eine unvollständige Beschreibung.«

»Einer eurer führenden Wissenschaftler.«

»Ja. Vielleicht unser Oppenheimer. Allerdings nicht so berühmt. Er hat hier alles geregelt und organisiert – er war der Mann, der den Überblick über das Projekt hatte und es am Laufen hielt.«

Julian schwieg einen Moment, als ihm die Bedeutung

dieser Aussage klar wurde. »Vielleicht wollte er vor seiner Frau fliehen. Oder er hatte einen kleinen Streit mit seiner Freundin und hat beschlossen, für eine Weile unterzutauchen?«

»Das hält niemand für wahrscheinlich.«

»Ich verstehe.«

»Siehst du eine Möglichkeit, in den nächsten Tagen in mein Büro zu kommen, damit ich den Fall näher mit dir besprechen kann?«

»Du weißt, dass ich keinen Auftrag der israelischen Regierung mehr habe. Also auch kein Personal.«

»Das ist mir klar«, bestätigte Kumar in seinem korrekten Englisch, geprägt von den melodischen Doppellauten seiner Muttersprache Marathi. »Trotz der Einschränkungen sind wir der Meinung, dass du der richtige Mann für uns bist.«

Julian seufzte.

»Ich weiß, dass deine Motivation und dein Interesse an dieser Sache nicht sehr groß sein mögen«, fuhr Kumar fort, »aber wir sind bereit, dir ein wettbewerbsfähiges Honorar zu zahlen.«

Julian lachte leise. »Wettbewerbsfähig mit wem?«

»Mit unseren Gegnern.«

»Wenn du damit Angebote aus Pakistan meinst, bin ich mir nicht sicher, ob ich mir das leisten kann.«

»Wir könnten noch einige gebrauchte Teppiche drauflegen. Oder eine Wasserpfeife. Ich werde mich mal in der Asservatenkammer der Polizei umschauen.« Kumar lachte.

»Das klingt schon besser«, erwiderte Julian.

»Ich habe hier ein Rückflugticket liegen, das ich dir über Nacht zu jeder Adresse schicken kann, die du mir gibst«, erklärte Kumar.

»Du machst es mir fast zu leicht.«

»Genau das ist meine Absicht. Wir brauchen dich. Ich befürchte, dass sich das zu einer richtig üblen Sache entwickeln könnte.«

»Schick mir zwei Tickets«, sagte Julian. »Ich werde einen Kollegen mitbringen. Und reserviere einen Tisch für drei im Coffee House für übermorgen.«

HAMPSTEAD HEATH, LONDON

Marie saß bis zum Hals im Schaum in der Badewanne. Sie hatte ihr Haar zu einem unordentlichen Pferdeschwanz zusammengebunden und lehnte ihren Kopf gegen den Badewannenrand. Ihre hinter dem Nacken verschränkten Arme schwebten dicht unter der Wasseroberfläche.

Ihr Mobiltelefon klingelte. Marie hob ihre Hände aus dem Wasser, streifte den Seifenschaum ab und griff rasch nach einem Handtuch. Es gelang ihr gerade noch, ihr Telefon in die Hand zu nehmen, bevor sich der Anrufbeantworter einschaltete. Auf dem Display stand »Private Nummer«.

»Guten Morgen«, meldete sich eine vertraute, freundliche Stimme.

Sie setzte sich auf den Rand der Badewanne und zog sich ein großes weißes Handtuch um den Körper.

»Ich habe mich gefragt, ob du Lust hättest, ins Ausland zu verreisen.«

»Ich befinde mich bereits im Ausland«, erwiderte sie. »Ich bin in London, schon vergessen?«

»Stimmt, das bist du.«

»Denkst du etwa an einen exotischeren Ort?«

»Könnte man so sagen. Wie würde es dir gefallen, achtundvierzig Stunden in Indien zu verbringen?«

»Das ist allerdings exotisch. Um was zu tun?«

»Um das Verschwinden eines Wissenschaftlers zu untersuchen.«

»Aber du kannst mir am Telefon keine Details nennen.«

»Richtig.«

»Und du brauchst sofort eine Antwort.«

»Wenn du gleichzeitig mit mir dort eintreffen willst, dann ja. Und ich würde dir nicht empfehlen, auf eigene Faust nach Mumbai zu fliegen.«

Marie lächelte in sich hinein. Es gefiel ihr, dass er ihr anbot, sie zu beschützen.

»Als du mich vor Kurzem gefragt hast, ob ich wieder für dich arbeiten möchte, habe ich nicht direkt Ja gesagt.«

»Ich erinnere mich daran. Wahrscheinlich habe ich vergessen, dich über die Klausel in unserem Arbeitsvertrag in Kenntnis zu setzen, die dir verbietet, Aufträge abzulehnen.«

»Ich habe keinen Arbeitsvertrag mit dir.«

»Das habe ich wohl übersehen«, erwiderte Julian. »Ich mache mir sofort eine Notiz, um nicht zu vergessen, einen aufzusetzen.« Er schwieg eine Weile. »Außerdem habe ich ein Buch gekauft, über das wir sprechen sollten. Es heißt *Der Regenkönig*.«

»Von Saul Bellow?«

»Genau.«

»Du meinst das Buch über den gelangweilten Millionär aus Connecticut, der nach Afrika fährt, mit einem Löwen kämpft und der Häuptling eines afrikanischen Stammes wird?«, fragte sie.

Julian lachte. »Ich bin der Meinung, das Buch handelt von der Seele eines Israelis und davon, wie wir ständig für das auf absurde Weise Unmögliche kämpfen und an unser Ziel gelangen.«

Marie stimmte in sein Gelächter ein.

»Aber größtenteils handelt das Buch von einem narzisstischen, unangenehmen Widerling, der ständig nur ›Ich will‹ schreit«, meinte sie.

Julian zögerte. »Vielleicht sollte ich es anders ausdrücken. Er steht Autoritätspersonen skeptisch gegenüber. Er ist bereit, Risiken einzugehen, große Risiken, selbst wenn er dabei scheitern könnte. Er liebt Abenteuer und das Leben, und am Ende verzeichnet er einen Erfolg, den sich niemand in seinen kühnsten Träumen hätte vorstellen können.«

Marie lächelte. »Deine Interpretation gefällt mir«, sagte sie.

»Dann kommst du also mit mir nach Indien?«, fragte er.

»Julian?«

»Ja?«

Marie atmete tief durch. Julian wartete.

»Ich habe den Auftrag nicht bekommen, für den ich mich beworben habe«, sagte sie. »Also habe ich im Augenblick keine Story.«

»Vielleicht finden wir dort eine für dich«, meinte Julian.

»Ich verpflichte mich aber nicht für mehr als für die Reise nach Indien.«

»Okay. Deine Regeln gelten. Mach dich bereit für einen Flug heute Abend von Heathrow nach Mumbai. Du musst beim indischen Konsulat ein Visum beantragen. Es wird schnell gehen, weil die Genehmigung bereits in Delhi erteilt wurde. Ich werde dir eine SMS mit dem Namen deiner Kontaktperson dort schicken und dir weitere Informationen zukommen lassen, sobald ich mehr weiß. Leichtes Gepäck genügt. Und mach dich auf hohe Temperaturen gefasst. Wir sehen uns morgen Vormittag in Mumbai.«

Er legte auf, bevor sie die Möglichkeit hatte, auch nur ein einziges weiteres Wort zu sagen.

FLUGHAFEN WEST CHESTER COUNTY, WHITE PLAINS, NEW YORK

Margaret Donovan spürte den Aufprall, als der Jet auf der Landebahn aufsetzte. Der Sanitäter öffnete seinen Gurt und griff nach dem Infusionsständer, der nicht richtig an dem Bett befestigt worden war und sich durch den Ruck gelöst hatte. Als er ihren Venenzugang überprüfte, schnalzte er besorgt mit der Zunge. Die Nadel war seitlich verrutscht, allerdings nicht ganz aus der Vene geglitten. Er erneuerte das Pflaster und bemerkte, dass Margaret langsam wieder zu Bewusstsein kam. Ihre Augenlider flatterten, und sie bewegte ihre Beine.

Margaret hatte das Gefühl, als steckte Watte in ihren Ohren, und ihre Gedanken schienen sich auf merkwürdige Weise in geometrische Figuren zu verwandeln. Einige formten sich zu Dreiecken, und aus anderen wurden Prismen, die schon bald wieder davonschwebten. Während sie die Formen in ihrem Blickfeld betrachtete, fragte sie sich, ob es sich um ihre eigenen Gedanken handelte. Oder sah sie die Chemie des Gedächtnisses? Waren Erinnerungen Kristalle, eingebunden in bestimmten Strukturen? Speicherte das Gedächtnis Kristallformationen ab?

Es fiel ihr schwer, sich zu konzentrieren. Worüber hatte sie gerade nachgedacht? Oh, ja. Sah sie ihre Erinnerungen als Formen vor sich? Diese Möglichkeit löste Euphorie in ihr aus. Sie warf einen Blick auf den weißen Kittel neben sich. Jemand gab ihr eine weitere Injektion, dann tauchte sie wieder in einen Nebel ein. Der weiße Mantel verschwamm vor ihren Augen und verschwand dann.

Das Flugzeug fuhr zu seiner Parkposition und blieb stehen. Die Crew bereitete sich darauf vor, Lebensmittel und anderen Nachschub aufzunehmen, und nach Übergabe der nötigen Papiere wieder zu starten. Das erste Ziel war Tanger, wo das Flugzeug aufgetankt werden würde. Dann würde ein Zwischenstopp in Dschidda folgen. Sobald das medizinische Personal Margarets Zustand überprüft und die Weiterreise genehmigt hatte, würden sie zu den Malediven weiterfliegen. Dort würde Margaret ihre neuen Kollegen Michel Durand und Vijay Bhopajee treffen.

PARADEPLATZ, TEHERAN, IRAN

Der Technologe der IRGC, Ali Reza Targouny, und sein Vorgesetzter Hassan Safavi standen auf dem asphaltierten Paradeplatz. Etwa tausend Würdenträger hatten sich in der Mitte des Flughafens Mehrabad zu einer Militärparade versammelt. Daneben ragte der gigantische Shayad Aryamehr empor. Das fünfzig Meter hohe Monument war 1971 im Auftrag von Mohammad Reza Schah Pahlavi zum Gedenken an das 2500-jährige Jubiläum der persischen Monarchie erbaut worden. Nach der Revolution im Jahr 1979 benannten die Mullahs das Denkmal in Azadi-Turm oder Freiheitsturm um. Der Turm stellt eine moderne Kombination aus islamischer Architektur und dem Stil der Sassaniden dar und scheint gleichzeitig nach vorn in die Zukunft und zurück in die Vergangenheit zu blicken. Er erhebt sich in der Wüste wie eine Hängebrücke, die direkt in den Himmel führt. Safavi stellte mit einem Anflug grotesken Humors fest, dass ihn die Struktur an seinen Magen erinnerte – er war sicher, dass darin ein knotenartiges Geschwür heranwuchs.

Targouny und Safavi standen im VIP-Bereich der Tribüne, umgeben von anderen Offiziellen der Garde. Safavi, gerade erst aus Neu-Delhi zurückgekommen, war angespannt und in sich gekehrt. Er war immer noch erschüttert von dem Mord an Issas Assistenten in Delhi. General Nafabedi hatte diesen Mord beschlossen und angeordnet und dabei Safavi aus dem Weg gestoßen, als wäre er ein Ziegenbock. Er hatte ihn nicht einmal vorgewarnt oder ihm die Chance gegeben, sich dagegen auszusprechen. Ohne Weiteres hatte er die blutige Tat in Issas eigenem Heim durchführen lassen, um Issa auf das Äußerste zu reizen.

Und wer musste diesen Schlamassel beseitigen? Er natürlich. Targouny wartete auf die Lieferung der Ware und konnte diesen Stress kaum mehr ertragen. Er war noch jung und unerfahren. Safavi konnte ihm nicht helfen. Er verstand die Regeln nicht mehr und wusste nicht genau, wo er im Augenblick stand.

In einiger Entfernung, am Rand der Flugzeugpiste, standen weitere Mitglieder der Regierung und des Militärs und beobachteten alles, was sich abspielte. Jeder Mann fixierte das eine oder andere Ziel – Bosse, Feinde, Neidobjekte. Targouny und Safavi konzentrierten sich auf den obersten Führer und beobachteten gespannt, wie er sich bewegte, mit wem er sprach, welche Gesten er machte. Diese Einzelheiten würden in den nächsten Wochen unter den Offizieren der Garde genau analysiert und besprochen werden.

Viele der höheren Offiziere waren in Gedanken mit der schockierenden Explosion des Hubschraubers in Semnan beschäftigt. Alle Eingeweihten waren entsetzt über das Ausmaß der verloren gegangenen, wissenschaftlichen Erkenntnisse. Sie konnten kaum an etwas anderes denken. Aber offiziell war das Unglück nicht geschehen. Es hatte keinen Hubschrauberabsturz gegeben. Auch keine Beerdigungen, keine Todesanzeigen. Die Ziele blieben bestehen, und die Pläne wurden eingehalten. Die höheren Regierungskreise glaubten, dass der Westen nichts herausfinden konnte, wenn sie selbst es verleugneten. Natürlich bestand weiterhin der unverminderte Druck, die Arbeit weiterzuführen.

Der Raketentestflug hatte eine Woche später ohne großes Aufsehen stattgefunden. Westliche Satelliten hatten mit Sicherheit Spuren entdeckt und erkannt, dass ein Testflug durchgeführt worden war, aber wie üblich waren Analytiker skeptisch, was die iranischen Behauptungen bezüglich Treffsicherheit und Sprengladungen betrafen. Gut, dachte Safavi, sollten sie ruhig skeptisch sein. Unsicherheit spielte dem Iran nur in die Hände.

Amerikanischen Satelliten entging nichts. Wahrscheinlich wussten die Amerikaner, dass in Semnan ein Hubschrauber abgestürzt war, aber sie hatten keine Ahnung, wer darin gesessen hatte. Sie konnten unmöglich erraten, welch klaffende Lücke dadurch im iranischen Nuklearprogramm entstanden war.

Unruhe am östlichen Ende des Platzes erregte Safavis Aufmerksamkeit. Ein großer Sattelschlepper tauchte dröhnend auf; auf der Ladefläche befand sich eine dreißig Meter hohe Sajil-2. Es handelte sich um eine Feststoffrakete mit einer Reichweite von knapp zweitausend Kilometern; das genügte, vom westlichen Iran aus Berlin zu erreichen. Der Lastwagen bremste vor der Tribüne ab, und die Rakete wurde in eine aufrechte Position gebracht, beinahe so, als sollte sie den obersten Führer begrüßen, der mittlerweile auf den höchsten Punkt der Tribüne gestiegen war.

Eine Band stimmte die Nationalhymne an, und Hunderte kostümierte Tänzer reihten sich so auf, dass sie mit ihren Overalls in den Farben Rot, Grün und Weiß die iranische Flagge darstellten. Nach der Hymne spielte die Band revolutionäre Kampflieder, und Safavi beobachtete, wie sich eine Gruppe von Tänzern mit roten, weißen und blauen Trikots ein wenig abseits zu einer Darstellung der amerikanischen Flagge formierten. Aus der Menge ertönten Pfiffe und Buhrufe. Dann tauchte eine dritte Tänzergruppe auf, die, gekleidet in hellblaue und weiße Trikots, den Davidstern darstellten, die Flagge der verachteten Zionisten. Die Menge grölte lauter und stimmte Kampfparolen an.

Safavi sah interessiert zu, wie die erste Gruppe in den Nationalfarben des Irans die Gestalt eines langen, kunstvoll verzierten Dolchs annahm, dessen Spitze sich auf die Mitte der anderen beiden Flaggen richtete.

Die Zuschauer brachen in Jubel aus, trampelten mit den Füßen auf den Boden und schrien beim Anblick des Dolchs, dem historischen Symbol der Vergeltung, ihre Erregung laut hinaus. Safavi warf einen Blick zu Targouny hinüber und erwartete, einen ironischen Gesichtsausdruck oder zumindest Überdruss angesichts dieser tendenziösen Zurschaustellung zu sehen, doch er stellte überrascht fest, dass sein Kollege das Spektakel aufmerksam verfolgte. Seine Lippen verzogen sich zu einem wilden Lächeln, und er entblößte seine Zähne, während er wie gebannt den obersten Führer anstarrte. Safavi war peinlich berührt, dass er Targouny in einem Moment erwischt hatte, in dem dieser sich unbeobachtet fühlte, und sah rasch zur Seite. *Sie haben einen Esel aus ihm gemacht.*

Trommelwirbel ertönten, und die Menge raste. Ajatollah Ali Khomeini stieg in seinem wallenden schwarzen Umhang und mit dem vertrauten Turban auf dem Kopf von der Tribüne. Er ging über die Piste auf die Rakete zu. Der oberste Führer schritt aufrecht und erhaben an den Tänzern vorbei und gab ihnen mit einem ernsten, entschlossenen Blick seine Anerkennung zu verstehen. Nachdem er die Rakete bewundert hatte, wandte er sich zu den Offizieren und Würdenträgern um und nickte und lächelte denen zu, die es verdient hatten. Safavi blickte verstohlen auf den obersten Führer, als er an ihm vorbeischritt, und bemühte sich, ihm nicht in die Augen zu schauen. Ein Anflug von Furcht überfiel ihn, als der Ajatollah seinen brennenden Blick über die Zuschauer gleiten ließ. Der alte Mann konnte sich dazu entscheiden, ihm eine Medaille an die Brust zu heften, aber ebenso mühelos seine Hinrichtung anordnen.

Es hing alles von den Ergebnissen ab.

MADAP-TUNNEL, AUTOBAHN MUMBAI-PUNE, MAHARASHTRA, INDIEN

Das Gesicht des LKW-Fahrers glänzte schweißnass, das Weiße in seinen Augen hob sich leuchtend von seinem schwarzen Haar und seiner braunen Haut ab. Er warf einen Blick in den Rückspiegel. Auf der Mumbai-Pune-Autobahn in Richtung Norden waren Hunderte Autos und Lastwagen unterwegs, und alle wollten durch den Madap-Tunnel fahren, eine dreihundert Meter lange Röhre, die durch den felsigen Hügel vor ihm führte.

Die erste betonierte Autobahn in Indien hatte sechs Spuren, war gebührenpflichtig und stellte ein Musterbeispiel für moderne Bautechnik dar: solide gebaut, gut entwässert und erfolgreich betrieben. Und sie sah gut aus – an der gesamten Länge von dreiundneunzig Kilometern waren am Rand Sträucher und Büsche gepflanzt, und alles wurde von Hunderten Arbeitern instand gehalten. Die Autobahn war ein Vorzeigeobjekt von Maharashtra und verband die Hauptstadt Mumbai mit dem Bildungs- und Industriezentrum Pune im Norden.

Der Fahrer hatte die Anweisung erhalten, den Tunnel gleichzeitig mit einem bestimmten Bus zu erreichen.

Im Laderaum seines LKWs befanden sich sechs Tonnen Agrardünger, abgepackt in hundertzwanzig Säcke à fünfzig Kilo. Zwischen den Säcken lag eine Sechs-Kilo-Tüte mit Acetonperoxid, auch bekannt als TATP, ein instabiles weißes

Kristallpulver, das schon durch einen Funken elektrischen Stroms detoniert.

Neben seiner linken Hand befand sich am Armaturenbrett ein Schalter, mit dem er das Pulver entzünden konnte. Schweißtropfen rannen über seine Stirn, als er begann, seine Gebete zu murmeln. Sein Blick hastete zwischen dem sich hinter ihm nähernden Bus und dem Tunnel, der durch den steilen Felsen vor ihm führte, hin und her. Um seine Nerven zu beruhigen, dachte er an das, was ihn erwarten würde: das ewige Leben im Paradies, umgeben von lächelnden, willigen Jungfrauen, den Huris. Siebenundzwanzig Jahre der Frustration, der Armut, des Versagens und der Verzweiflung würden durch eine Flamme ausgelöscht und in Erfolg verwandelt werden.

Kurz vor dem Tunnel verlangsamte er das Tempo, bis der Bus aufgeholt hatte und direkt neben ihm fuhr. Er warf einen Blick hinüber und sah durch das große Fenster auf der rechten Seite einen jungen Mann, der seine Kopfhörer zurechtrückte, und eine Frau, die in einem Taschenbuch blätterte. Hinter den beiden saß ein älteres Paar. Die Frau trug einen pinkfarbenen Sari und las in einer Zeitung.

Der LKW-Fahrer verstärkte seinen Griff um das Lenkrad und begann zu rufen: »*Allahu akbar!!!*« Der Rhythmus hypnotisierte ihn und ließ noch mehr Adrenalin durch seine Adern fließen, während er auf den Tunnel zufuhr. Als er sich hundert Meter in der Röhre befand, zog er den Hebel nach unten. Der LKW detonierte mit solcher Wucht, dass der Großteil des Busses und seine Passagiere, in winzige Teilchen zerfetzt, in die Luft flogen. Die Explosion brachte die Hauptpfeiler des Tunnels zum Einsturz, in dem sich an einem normalen Tag zweihunderttausend Menschen befanden.

ANKUNFT IN MUMBAI, INDIEN

Der Kopilot der Jet-Airways kündigte den Anflug auf Mumbais internationalem Flughafen Chhatrapati Shivaji an. Marie schaute auf und beobachtete, wie die Flugbegleiterinnen sich auf die Landung vorbereiteten. Sie schob ihre Einreisekarte in ihren Reisepass, packte ihr Buch und ihre Zeitungen ein und ging in Gedanken noch einmal ihre Anweisungen durch: Sie würde Julian nach der Einreisekontrolle vor dem Ausgang des Terminals treffen.

Die Landung verlief reibungslos, und die Passagiere verließen rasch das Flugzeug. Marie zog ihren Trolley durch den Zoll und folgte den Zeichen zum Ausgang. Am Ende der Halle drangen Sonnenstrahlen durch die Schwingtüren. Als sie näher kam, sah sie, dass das Glas von Kofferkulis so zerkratzt war, dass es das Licht in alle Richtungen streute.

Sie sah sich blinzelnd nach Julian um. Er saß auf einem Plastikstuhl direkt vor der Tür, genau dort, wo er gesagt hatte, dass sie ihn finden würde. Marie hielt den Atem an. Er wirkte merkwürdig schmal und in sich zusammengesunken, ganz anders, als sie es erwartet hatte. Sie ging auf ihn zu, und als er aufsah und sie entdeckte, erhob er sich. Er umarmte sie und drückte ihr einen Kuss auf die Stirn. Sie lachte.

»Was war das denn?«, fragte sie.

»Ein Kuss.«

»Als wäre ich ein kleines Mädchen!«, erwiderte sie.

Julian sah sie gequält an. Marie war verärgert, doch dann bemerkte sie, dass sein Gesicht von Kummerfalten durchzogen war.

»Alles in Ordnung?«, erkundigte sie sich.

»Wir mussten unsere Pläne ein wenig ändern.«

»Was ist passiert?«

»Gestern Abend ist eine Autobombe nördlich von hier

hochgegangen. Eine gewaltige Bombe. In einem Tunnel an der Autobahn von Mumbai nach Pune. Sie hat über zweihundert Menschen getötet, etwa eintausend wurden verletzt. Der Tunnel ist zerstört, und die Straße ist überall aufgerissen.«

Marie atmete tief durch. Da war es wieder, dieses Gefühl, das sie in Stücke zu reißen schien. Sie versuchte, es zu ergründen. War es Angst? Eigentlich nicht. Vielleicht Grauen.

»Weiß man, wer das getan hat?«

Julian schüttelte den Kopf und steckte seinen Laptop in seine Tasche. »Sie bergen die Leichen und suchen nach Überlebenden. Die Autobahn ist kilometerlang verstopft. Wahrscheinlich haben sie Probleme, mit den Rettungsfahrzeugen durchzukommen.« Er hängte sich seine Tasche über die Schulter. »Also können wir nicht nach Pune fahren«, fuhr er fort. »Kumar entschuldigt sich dafür. Er hat uns eine Übernachtung in Mumbai gebucht und uns für morgen Vormittag Erste-Klasse-Fahrkarten für den Zug reserviert.«

Julian zog seinen Koffer hinter sich her und ging auf die Tür zu. Marie lief neben ihm her. Er trat einen Schritt vor sie und öffnete die zerkratzten Glastüren für sie. Als sie nach draußen ging, spürte sie die Hitze wie einen Schlag ins Gesicht.

»Wow«, stieß sie hervor und atmete vorsichtig ein. Die heiße Luft schien ihre Lungen zu versengen. Die Temperatur war unmenschlich, nicht von dieser Welt. Vor dem Ausgang stand eine geschlossene Front von Fahrern, alle in kurzärmeligen weißen Hemden und mit Schildern in der Hand. Auf einem stand »Mr Julian«. Julian und Marie gingen zu ihm hinüber. Der Fahrer bedeutete ihnen mit einer Geste, ihm zu einer Reihe brandneuer Toyota-Minivans zu folgen.

Marie griff nach ihrer Reisetasche, um sie in den Wagen zu heben, aber Julian legte ihr die Hand auf den Arm.

»Lass das ihn machen.« Er deutete mit einer Kopfbewegung auf den jungen Mann in der orange-schwarzen Uniform. »Das ist sein Job«, erklärte er. »Du nimmst nur deine Computertasche und deine Handtasche an dich. Beobachte alles gut und passe dich den örtlichen Gepflogenheiten an.«

Marie begleitete Julian zu dem Fahrzeug und kletterte auf den Rücksitz, während der junge Mann ihr Gepäck einlud. Der Fahrer entfernte sich vom Flughafen. Vor ihnen erstreckte sich Mumbai. Kaskaden von Bougainvilleen schmückten Gebäude und Zäune. An den blühenden Bäumen entlang der Straßen hingen unzählige kleine zarte Blüten: Frangipani, Betelpalmen, Samtkassia, violette Kreppmyrte. Und doch hatte man überall den Eindruck, als sei vieles begonnen, aber noch nicht fertiggestellt worden – frisch gegossene Betonwände ragten zwischen den von Hand gefertigten Bambusgerüsten empor. Auf den Straßen wimmelte es von kleinen, kastenförmigen schwarz-gelben Taxis, die irgendwie an Sowjetzeiten erinnerten.

»Importieren sie ihre Taxis aus Russland?«, erkundigte sich Marie und deutete auf die allgegenwärtigen quadratischen Autos.

Julian lächelte. »Ich glaube, das sind eigentlich Fiats, aber das Design erinnert an die 1950er Jahre in Moskau, richtig?« Julians Telefon klingelte. Er entschuldigte sich. Aus seiner Unterhaltung schloss Marie, dass er mit Kumar sprach.

Marie sah aus dem Rückfenster und entdeckte eine Frau, die neben einem Kochtopf auf dem Gehsteig kauerte. Hinter ihr stand eine an den Seiten offene Hütte, verhängt mit blauen Plastikplanen. Entlang der Straße folgten noch etliche solcher Konstruktionen. Als der Wagen weiterfuhr, sah Marie, dass sich diese Baracken über eine riesige Fläche erstreckten, beinahe so weit das Auge reichte.

Julian berührte sie am Arm. Er telefonierte immer noch,

aber er deutete auf die Straße vor ihnen, wo zwei große Ochsen mitten im Verkehr dahintrotteten. Ihr glänzendes schwarzes Fell spannte sich über die gewaltigen, prähistorisch anmutenden Knochen und breiten Lenden. Sie waren vor einen Karren mit Holzrädern gespannt, auf dem sich frisches Gemüse türmte.

Julian beendete sein Gespräch und legte sein Blackberry zur Seite. »Das sind sehr viele Eindrücke auf einmal, richtig?«

Marie stimmte ihm zu. Sie wies auf die mit blauem Plastik bedeckten Hütten. »Wohnen dort drin Menschen?«, fragte sie.

Julian nickte.

»Was glaubst du, wie viele Leute in solchen Baracken leben?«, fragte sie nach einigen Minuten.

»Etwa siebzehn Millionen Menschen sind dort registriert. Dazu kommen noch ungefähr zehn Millionen, die nicht gemeldet sind.«

Sie sah ihn ungläubig an. »Siebenundzwanzig Millionen Menschen leben in diesen mit Plastikplanen abgehängten Hütten?«

»In einigen gibt es fließendes Wasser, manche haben Strom und einige sogar einen Fernseher«, erwiderte Julian. »Nicht alle Menschen, die hier leben, sind arm. Achtzig Prozent können lesen und schreiben. Einige gehören der Mittelklasse an, aber es gibt in Mumbai einfach nicht genügend Wohnungen für alle.«

»Warum ist das so?«, fragte sie verständnislos.

»Das hat viele Gründe. Veraltete Mietverordnungen, schlechte Infrastruktur, komplizierte Landrechte. Mumbai ist ein Rätsel. Zum einen lebt in dieser Stadt die am schnellsten anwachsende Mittelschicht auf der ganzen Welt. Hier wohnen wohlhabende Bollywood-Stars und einige der reichsten Familien weltweit: die Ambani-Brüder, die Mittals und die Birla-Familie. Und gleichzeitig leben die meisten Einwohner Mumbais in Slums.«

Marie schüttelte den Kopf. Julians Telefon klingelte wieder. Der Wagen hielt an einer Ampel, und Marie sah ungefähr fünfzig Menschen, die in der Mitte eines Kreisverkehrsplatzes kampierten und dort unter der darüber hinwegführenden Autobahn vor der Sonne Schutz suchten. Marie beobachtete ein kleines Mädchen, das am Boden hockte und aus einer mit Papier umwickelten Waffel Eis leckte. Daneben lag ein schlafendes Baby, die Arme über dem Kopf ausgestreckt, auf dem Boden, nur wenige Zentimeter vom Verkehr entfernt. Marie erschrak, als sie sah, wie nahe der Kopf des Säuglings den Autoreifen war.

»Schau, Julian.« Sie zupfte ihn am Ärmel. »Das Baby kann jederzeit in den Verkehr rollen.«

Julian nickte. »Und dann werden die Eltern wehklagen und trauern – und es als eines der Dinge in ihrem Leben betrachten, auf die sie keinen Einfluss haben. Und schon bald zwei oder drei weitere Kinder in die Welt setzen.«

Marie zog ihre Augenbrauen hoch.

»Wie auch immer«, fuhr Julian fort. »Bis zum Jahr 2020 wird Indien die Welt beherrschen.« Er schüttelte mit einem bewundernden Lächeln den Kopf, was Marie nicht so recht verstand. »Gemessen am Bruttosozialprodukt nimmt das Land den zehnten Platz in der Welt ein, aber es wächst schneller als China. Es besitzt weltweit die zweitgrößte erwerbstätige Bevölkerung. Es wird nicht mehr lange dauern, bis seine Mittelklasse größer sein wird als die gesamte Bevölkerung der Vereinigten Staaten. Natürlich hat das Land Probleme, daran besteht kein Zweifel. Armut, Analphabetismus, Korruption. Aber Indien ist eine Demokratie. Man muss sich einmal diese Macht vorstellen: eine funktionierende, dynamische Demokratie, bestehend aus fast eineinhalb Milliarden Menschen.«

»So, wie du dich anhörst, solltest du für die indische Handelskammer arbeiten«, meinte sie und sah ihn zweifelnd an.

»Abwarten«, erwiderte er.

Marie wandte ihre Aufmerksamkeit wieder den verschiedenen Szenarien zu, die Schönes, aber auch Armseliges zeigten. So viele Menschen. Und alle waren in Bewegung, hatten es eilig, arbeiteten. Der Wagen fuhr an einer weiteren Frau vorbei, die auf dem Gehsteig kochte. Sie trug einen blaugoldenen Sari, den sie mit beinahe königlichem Gleichmut vor ihrem Körper zusammenhielt.

FLUGHAFEN TANGER IBN BATTOUTA, TANGER, MAROKKO

Margaret Donovan wurde von der Stimme eines jungen Mannes geweckt, der sie aufforderte aufzustehen. Er hielt ihre Hand und half ihr, die Beine über die Seite der Transportliege zu schwingen. Um sie herum befanden sich medizinische Geräte, aber das jagte ihr keine Angst ein. Der Mann sprach weiter auf sie ein, und obwohl seine Worte von sehr weit weg zu kommen schienen, versuchte sie, das zu tun, was er ihr sagte. Sie sah eine Tür, die zu einer Treppe führte, und am Ende dieser Treppe erstreckte sich eine asphaltierte Flughafenpiste in den strahlenden Sonnenschein.

Oh, sie befand sich also in einem Flugzeug. Das war merkwürdig. Sie hatte die Kleidung an, mit der sie heute Morgen zur Arbeit fahren wollte. Wie um alles in der Welt war sie in ein Flugzeug gekommen?

Der Mann redete immer noch auf sie ein. Er wollte, dass sie ein wenig herumlief, damit ihr Kreislauf wieder in Gang kam. Er sagte, es habe ihr nicht gutgetan, so lange zu liegen.

Sie nickte. »Nein, lange liegen ist nicht gut«, stimmte sie ihm zu. »Muss wieder zu meinem Experiment.«

Sie wollte auf die Tür zugehen, doch er hielt sie zurück. »Nein, wir gehen im Flugzeug auf und ab«, erklärte er. »Hier im Mittelgang.«

»Wo sind wir?«, erkundigte sich Margaret. »Das Licht ist sehr grell.«

»Marokko«, antwortete der Mann. »Wir legen hier einen kurzen Aufenthalt ein, um unsere Vorräte aufzufüllen.«

»Oh«, sagte Margaret, »sind wir zu einer Konferenz hergekommen?«

»Ja, sicher«, erwiderte er. »Sie machen das sehr gut. Gehen Sie einfach weiter, Margaret. Danach lassen wir Sie wieder schlafen.«

Schlafen während einer Konferenz? Das ergab keinen Sinn, aber sie setzte einen Fuß vor den anderen. Während sie den Mittelgang entlangstolperte, stellte sie fest, dass sich in dem Flugzeug keine anderen Passagiere befanden. Am Cockpit drehte der Mann sie um, und sie gingen zurück zum Krankenzimmer. Ein vages Gefühl sagte ihr, dass sie widersprechen sollte, aber das hatte keine Eile. Sie ließ den Mann gewähren und ging mit ihm auf und ab, bis er glaubte, dass sie genug Bewegung gehabt hatte. Nachdem sie sich wieder auf das Bett gesetzt hatte, befestigte er etwas an ihrem Handgelenk und machte sich an dem Beutel zu schaffen, der an einem Infusionsständer hing. Plötzlich wurde sie sehr, sehr müde.

Der Sanitäter half ihr dabei, sich hinzulegen, und zupfte das Bettlaken zurecht. Kurz darauf kam sein Kollege zurück. Er hatte eine kleine Holzkiste mit Mandarinen und zwei Plastikbecher mit starkem schwarzem Kaffee mitgebracht.

HOTEL OBEROI, MUMBAI, INDIEN

Der schwarze Minivan bog in eine Straße ein, die an einer sichelförmigen Bucht entlangführte. Von der Straße bis zum Wasser erstreckte sich eine breite Promenade mit Quecksilberdampflampen, und die Jogger ließen vermuten, dass dieser Ort internationalen Reisenden vorbehalten war. Julian und Marie wurden in die opulent ausgestattete Lobby des Hotels Oberoi geführt. Ihr Fahrer schwenkte ein paar Papiere und geleitete sie durch einen Metalldetektor zur Rezeption. Ihr Gepäck wurde außer Sichtweite diskret durch ein Röntgengerät geschoben.

Marie setzte sich auf einen Sessel, und Julian machte sich auf den Weg, um sie anzumelden. Sie schaute, vorbei an einem großen Piano, zu den vorderen Fenstern hinaus auf die geschwungene Küstenlinie vor Mumbai. Während sie in der eleganten, kühlen Lobby wartete, versuchte sie gedankenverloren, sich vorzustellen, wie viele der mit blauen Plastikplanen bedeckten Hütten in diesen Raum passen würden.

Julian kam mit ihren Schlüsselkarten und in Begleitung einer Hotelangestellten zurück. Das Namensschild an ihrem Blazer verriet, dass sie »Bhadra« hieß. Sie hatte große dunkle Augen und perfekt geschwungene Brauen. Lächelnd bat sie Julian und Marie, ihr zum Aufzug zu folgen. Sie drückte auf den Knopf und blieb dann anmutig und beinahe übertrieben höflich stehen.

Sie warteten ein paar Minuten, doch der Aufzug kam nicht.

Bhadra drückte noch einmal sorgfältig auf den Knopf, und Marie stellte fest, wie sehr sich ihre Haltung von der einer Amerikanerin unterschied – sie wirkte weder lässig noch unbekümmert oder sogar gereizt. Eher förmlich, beherrscht, gefasst. Höflich wie eine Geisha. Mittlerweile hatten sich einige Gäste vor den Aufzügen versammelt.

»Ich nehme gern die Treppe«, sagte Marie leise zu ihr. »Wissen Sie, in welchem Stockwerk unsere Zimmer liegen?«

Die Frau antwortete unangenehm berührt: »Im vierten Stock, aber es gibt keine Treppe.«

Marie warf einen Blick auf die Fahrstühle. Es musste eine Treppe geben, für den Fall, dass die Aufzüge außer Betrieb waren. »Die Treppen sind nur für den Notfall gedacht«, fügte die Frau entschuldigend hinzu, als hätte sie Maries Gedanken gelesen. Sie warteten weiter. Allmählich wurde die Situation peinlich.

»Was ist hier los?«, flüsterte Marie Julian zu.

»Eine Störung.« Er stellte sich näher zu ihr.

»Woher weißt du das?«

»Die Lichter an der oberen Leiste der Aufzüge brennen nicht. Und die Angestellten an der Rezeption unterhalten sich über ihre Mobiltelefone. Schau sie dir an.« Er deutete mit einer Kopfbewegung in ihre Richtung. Marie warf verstohlen einen Blick zur Rezeption. Julian hatte recht. Er legte seine Hand auf ihre. »Wir müssen einfach warten«, sagte er leise. »Das kommt schon wieder in Ordnung.«

Nachdem einige weitere Minuten verstrichen waren, ging Julian quer durch die Lobby und kam kurz darauf mit einem glänzenden grünen Apfel in der Hand zurück. Er hob ihn an die Lippen und biss mit einem lauten, krachenden Geräusch hinein. Alle blickten auf ihn, und auch Marie starrte ihn an. Er hatte ihr eindringlich eingeschärft, niemals rohe Früchte zu essen, die möglicherweise mit Wasser aus einer örtlichen Quelle gewaschen worden waren. Sie fragte sich, was er damit bezweckte. Als er ihr den Apfel anbot, schüttelte sie den Kopf.

Marie wurde immer unruhiger. Es konnte Stunden dauern, bis der Aufzug repariert war. Sie schob ihre Tasche von einer Schulter auf die andere. Der Flug hatte sie erschöpft, und sie wollte sich hinlegen. Sie warf einen Blick auf ihr Mobiltelefon. Allmählich fiel ihr das Stillstehen schwer, also schlenderte sie von den Aufzügen weg durch die Lobby, überflog die Speisekarte des Restaurants und betrachtete den Schmuck und die Uhren in den Auslagen der Luxusgeschäfte. Sie begriff nicht, warum sie nicht einfach die Treppe hinaufgehen und sich in ihrem Zimmer hinlegen konnte.

Nach einigen Minuten kehrte sie an Julians Seite zurück. Sie spürte, dass sie ihn verstimmt hatte, also sagte sie lieber nichts. Endlich gingen die Kontrolllichter am Aufzug wieder an, und die Fahrstühle kamen nach unten in die Lobby. Julian, Marie und Bhadra fuhren hinauf in den vierten Stock, und Marie wurde in ihr Zimmer geleitet. Sie ließ sich auf einen Stuhl fallen und zog ihre Schuhe aus. Dann öffnete sie eine Flasche Wasser und trank gierig. Ihr Blick fiel auf ihr Gepäck. Irgendjemand hatte die Treppe benutzt, aber ihr hatte man das nicht gestattet. Sie öffnete ihren Koffer und zog eine Bluse und Shorts heraus.

Es klopfte an der Tür, und als sie öffnete, stand Julian vor ihr.

»Fühlst du dich besser?«, erkundigte er sich.

Sie schaute ihn wortlos an und ging zurück in das Zimmer. Er folgte ihr.

»Du musst lernen, hier in Indien geduldig zu sein«, erklärte er. »Es gibt einiges zu lernen. Du musst dich ruhig verhalten, so viel wie möglich aufnehmen, und erst dann sprechen und handeln. Dieses Land unterscheidet sich sehr von allen Orten, an denen du bisher gewesen bist. Mit der übereifrigen Art der Amerikaner kommst du hier nicht weit. Damit machst du nur … wie sagt man? Die Pferde scheu.«

Marie verdrehte die Augen. »Ich wollte nur die Treppe nehmen.«

»Als ich zum ersten Mal hier war, trug ich Jeans und habe fürchterlich geschwitzt«, fuhr Julian fort. »Mir war so heiß, dass ich dachte, ich würde sterben. Und dann sah ich, dass die Männer hier diese weiten Oberteile – *kurtas* – und weite Hosen trugen. Da habe ich mir gesagt, ich liege falsch, und sie haben recht.«

Marie sah ihn gereizt an und blieb vor ihm stehen.

»Ich wollte mich bewegen. Ich wollte die Treppe hinauf und in mein Zimmer gehen. Mir geht es besser, wenn ich Bewegung habe. Ist das ein Verbrechen?«

Julian schüttelte aufgebracht den Kopf. »Du bist immer auf einen Kampf aus«, stellte er fest. »Wenn du dich allein in einem Zimmer befindest, dann kämpfst du eben gegen dich selbst.«

»Das ist nicht fair«, erwiderte sie betroffen.

Julians Gesichtsausdruck veränderte sich, sein Gesicht rötete sich, und er wirkte zornig.

»Woher willst du wissen, dass dir im Treppenhaus nicht jemand auflauern wollte?«, fragte er mit gepresster Stimme, ohne laut zu werden.

»Wer denn?«

»Irgendjemand, der von unserer Ankunft wusste und uns nicht hier haben will. Jemand, der dich gut genug beobachtet hat, um zu wissen, dass du sofort die Treppe hinaufstürmen würdest.«

Maries Magen krampfte sich zusammen. Es war ihr nicht in den Sinn gekommen, dass ihre Ankunft hier irgendjemanden interessieren könnte. »Wenn uns wirklich jemand aufhalten wollte, warum dann nicht gleich in der Lobby?«, fragte sie stirnrunzelnd.

»Zu viele Zeugen. Hast du nicht bemerkt, dass ich durch

die Lobby gegangen bin, um mir einen Apfel zu holen? Ich wollte, dass man mich sieht. Die Leute sollten sich an mich erinnern. Und ich habe dir den Apfel angeboten, um eine Szene zu schaffen, an die sich später irgendjemand erinnern würde. Jeder Europäer in der Lobby ist zusammengezuckt, als ich in den Apfel gebissen habe. Genau deshalb habe ich das getan. Du darfst nicht unachtsam werden, vor allem nicht, wenn du müde bist. Denn dann bist du am verletzlichsten.«

Marie spürte, wie sich ihr Gesicht vor Scham rötete. Und dann vor Zorn.

»Meine Güte, Julian.« Sie wandte sich von ihm ab. »Du verstehst das einfach nicht.«

»Was verstehe ich nicht?«

»Du hast mich gefragt, ob ich wieder mit dir zusammenarbeiten möchte, und ich habe nicht zugestimmt. Aber du hast mich beschwatzt und mich dazu überredet, mit dir nach Indien zu reisen. Du hast die Sache als vergnügliche, kurze Reise dargestellt. Interessant, aber nicht gefährlich. Noch nicht. Also habe ich mich dafür entschieden.« Sie sah zu ihm auf, und ihre Augen weiteten sich, als würde sie zögern.

»Und kaum bin ich hier angekommen, geht alles Schlag auf Schlag. Letzte Nacht ein katastrophaler Anschlag auf der Autobahn. Und dann das hier …« Ihre Stimme verlor sich. »Wir sind gerade in unseren Zimmern angekommen«, fuhr sie schließlich fort, »und schon bist du wütend, weil ich nicht an die Möglichkeit gedacht habe, dass mir jemand im Treppenhaus auflauern könnte! Was zum Teufel soll das werden?«

Sie verstummte und starrte auf ihre nackten Füße.

»Also, was willst du?«, fragte Julian. »Ein langweiliges Leben hinter einem Schreibtisch?«

»Nein.« Sie sah ihn herausfordernd an und ballte ihre

Hände zu Fäusten. »Ich will kein langweiliges Leben führen.«

»Marie«, begann er, doch sie unterbrach ihn.

»Ich bin kein Feigling«, erklärte sie und trat einen Schritt auf ihn zu. »Und ich habe keine Angst davor, mein Leben zu verlieren.«

»Niemand will, dass du dein Leben verlierst.« Julian schüttelte den Kopf.

»Bitte lass mich aussprechen.« Sie fuhr mit der Hand durch die Luft. »Ich habe kein Problem damit, mein Leben für meine Arbeit oder für etwas Wichtiges zu riskieren – für etwas, woran ich glaube. Darüber habe ich in den letzten Tagen viel nachgedacht. Seit du mich angerufen hast.«

»Worum geht es dann?« Er richtete sich auf. »Was beunruhigt dich?«

»Es geht um etwas, was mir in letzter Zeit immer wieder durch den Kopf geht. Viel zu oft, seit Obaidi und der Sache in New York.« Ihre Stimme brach.

»Was?«

»Es geht darum, wofür ich töten würde.« Sie sagte es so leise, dass er sie nicht verstand.

»Wie bitte?«

Sie hob ihren Kopf. »Bevor ich wieder für dich arbeite, muss ich verstehen, wofür ich töten würde«, sagte sie lauter.

Er sah sie an. Ihre Worte schockierten ihn so sehr, dass er nicht sofort darauf antworten konnte.

»Ich hoffe, das wird nicht nötig werden«, erwiderte er schließlich.

In ihren Augen lag ein Ausdruck der Verwirrung.

»Obaidi wollte mich umbringen. Weißt du noch?«

»Natürlich«, antwortete er. »Aber er hat es nicht getan. Er hat den Fehler begangen, *deine* Waffe dafür zu wählen.«

»Richtig. Und ich habe ihn niedergeschlagen.«

»Und er ging wieder auf dich los, und du hast dich verteidigt. Du hast ihn außer Gefecht gesetzt und dich dann in Sicherheit gebracht.«

»Aber genau darum geht es. Ich habe die Sache nicht zu Ende gebracht.« Marie sah ihn an und kämpfte mit den Tränen. »Ich hatte nicht den Mut dazu.«

Ihre Worte machten Julian zutiefst betroffen.

»Ich habe nicht einmal daran gedacht, es zu tun«, fuhr Marie fort. »Wer weiß, wie viele Menschen er seit damals umgebracht hat. Wenn ich ihn getötet hätte, hätte ich diese Menschenleben retten können.« Ihre Gefühle schnürten ihr die Kehle zu. »Aber ich habe es nicht getan«, sagte sie. »Meine Gedanken kreisten nur darum, so schnell wie möglich von ihm wegzukommen.«

Julian atmete tief durch und sah ihr in die Augen.

»Du hast ihn nicht umgebracht, weil du keine Mörderin bist.«

Marie sah auf.

»Und ich danke Gott dafür«, fügte er hinzu.

»Und warum hast *du* ihn nicht getötet?« Sie hob ihr Kinn und schaute ihn herausfordernd an.

»Weil ich ebenso wenig ein Killer bin. Ich behaupte nicht, dass ich noch niemals getötet habe. Regierungen ordnen die Tötung von Menschen an, die eine ernste Bedrohung darstellen – so wie euer Präsident es mit Osama bin Laden getan hat. In demokratischen Ländern werden solche Befehle nur in speziellen Fällen und nach sorgfältiger Abwägung und langer Beratung von vielen Leuten gegeben. Ich hatte keinen Befehl, Obaidi zu töten. Jemanden umzubringen ist keine Kleinigkeit. Selbst wenn es sich um einen Mörder handelt.«

Marie schwieg.

»Niemand hat von dir erwartet, dass du Obaidi tötest.«

Maries Wangen leuchteten hellrot. Einen Augenblick lang schien sie erleichtert, doch dann verdunkelten sich ihre Augen, und auf ihrem Gesicht zeichneten sich deutlich Schmerz und Verwirrung ab.

»Aber er hat auch meinen Vater umgebracht!«, stieß sie mit gepresster Stimme hervor. »Verstehst du das denn nicht? Ich hätte es für ihn tun sollen!« Und dann brach alles aus ihr heraus. Sie begann zu schluchzen, Tränen liefen ihr über das Gesicht, und sie zitterte am ganzen Körper. Sie zerfleischte sich selbst, weil sie nicht versucht hatte, das Unrecht von damals zu sühnen, diese Untat, die verhindert hatte, dass sie ihren Vater kennenlernte und dass, was noch schlimmer war, er sie nie kennenlernen konnte.

Julian hatte plötzlich das Gefühl, als läge ein kalter Stein in seinem Magen. Es traf ihn wie ein Blitz aus heiterem Himmel. Er hatte nicht erkannt, welche Bürde diese Frau auf ihren Schultern trug – eine ungerechte Last, die sie sich selbst auferlegt hatte. Rasch ging er zu Marie hinüber, zog sie auf die Füße und nahm sie in den Arm.

»Marie«, sagte er etwas lauter, um ihren Tränen Einhalt zu gebieten, »es ist in Ordnung, alles ist in Ordnung. Dein Vater hätte nicht gewollt, dass du seinen Tod rächst. Gerade von dir hätte er das nicht erwartet. Und von mir auch nicht. Es gibt andere Wege, um geliebte Menschen in Erinnerung zu behalten. Dazu muss man nicht töten.«

Sie sah zu ihm auf, und er verstärkte den Griff um ihre Oberarme.

»Ich möchte dir etwas erzählen«, fuhr er fort. »Ich habe in all den Jahren sehr oft über Aris Tod nachgedacht. Es ist mir nie gelungen, ihn auf angemessene Art und Weise zu würdigen. Für mich hat das alles keinen Sinn ergeben, bis ich dich kennengelernt und erfahren habe, dass du seine Tochter bist. Du bist das himmlische Geschenk, das seinem

Tod einen Sinn gibt. Für mich. Und für seine Familie. Du gehörst jetzt zu dieser Familie. Er ist bei einer Mission für sein Land in Madrid gestorben. Und in Madrid hat er auch deine Mutter getroffen und sich in sie verliebt. Wäre er nicht an diesem Ort gewesen, dann gäbe es dich nicht. Das ist der Sinn, den ich für mich herausgefunden habe. Du bist es, was seinem Opfer eine Bedeutung verleiht.«

Marie schluchzte noch eine Weile, und er hielt sie fest in seinen Armen. Als sie sich beruhigt hatte, schob sie ihn sanft von sich, ging ins Badezimmer und spritzte sich Wasser ins Gesicht. Als sie zurückkam, waren ihre Augen immer noch gerötet und geschwollen.

»Und was soll ich damit nun anfangen?«, fragte sie.

Julian wusste nur, was er jetzt am liebsten getan hätte: Mit jeder Faser seines Körpers sehnte er sich danach, sie hochzuheben, zum Bett zu tragen und dann kein Wort mehr zu sagen, bis sie beide erschöpft waren. Und sie dann noch einmal zu lieben. Doch seine Vernunft meldete sich wieder, und er versuchte, seine Gedanken beiseitezuschieben, bemerkte jedoch, dass Marie in seinem Gesicht nach einer Antwort suchte.

Er atmete tief durch. »Du musst herausfinden, wie du sein Leben und das Opfer, das er gebracht hat, würdigen kannst. Ich würde nur allzu gern sagen, dass ich immer da sein werde, um dich zu beschützen, was auch immer geschehen mag. Aber wir beide wissen, dass nicht immer alles verläuft wie geplant. Ich will die Konflikte und Schwierigkeiten dieser Arbeit nicht herunterspielen. Sie ist gefährlich und nicht einfach, und es ist nicht immer klar zu erkennen, was die Wahrheit und was das Richtige ist.«

Marie sah ihn an, dann öffnete sie die Knöpfe ihrer Bluse. Bevor er begriff, was sie vorhatte, rutschte ihr das Oberteil über die Schultern. Julian sah sie sprachlos an. Er hatte sich schon oft überlegt, wie sie wohl unter ihrer Kleidung aussehen mochte, aber keine seiner Fantasien kamen der Realität nahe.

Sie schmiegte sich an ihn.

»Wir müssen wohl alles so nehmen, wie es kommt«, meinte sie. Und dann sprachen beide einige Zeit kein Wort mehr.

PRIVATVILLA, ISLAMABAD, PAKISTAN

Der Fahrer des weißen Isuzu-Geländewagens legte unsanft den ersten Gang ein, als er den Wagen auf dem Hügel hinaufjagte. Das Fahrzeug schlitterte über den holprigen Feldweg, und er packte das Lenkrad fester, um nicht in die tiefen Furchen zu geraten. Mohammed Issa saß bekleidet mit einer traditionellen arabischen *dishdasha* mit der dazu gehörenden Kopfbedeckung auf dem Rücksitz und umklammerte den Türgriff, um sich festzuhalten. Es war heiß und staubig in Islamabad, und Issa fühlte sich unwohl. Er konnte es kaum erwarten, sein Ziel, eine Villa in einigen Kilometern Entfernung, zu erreichen. Er rief dem Fahrer eine unwirsche Bemerkung zu. Der Mann war ihm von einer Kontaktperson in der Direktion des ISI, des pakistanischen militärischen Nachrichtendienstes, zur Verfügung gestellt worden. Neben dem Fahrer saß einer von Issas Leibwächtern. Ein zweiter hatte neben ihm auf dem Rücksitz Platz genommen. Der Fahrer riss das Steuer scharf herum, um einem Schlagloch auszuweichen – allerdings mit geringem Erfolg. Issa fluchte laut.

Das Fahrzeug rumpelte den Hügel hinauf und holperte und schlitterte an einer Gruppe von kastenförmigen Betonhäusern vorbei. Issa kurbelte das Fenster herunter und sog die heiße, süß duftende Luft ein. Ein Hauch von Eukalyptus weckte Erinnerungen und lenkte ihn von der Fahrt ab, die ihm sämtliche Knochen im Leib durchrüttelte. Nach einer Weile kam eine elegante Villa in Sicht.

Der Fahrer lenkte den Wagen vor das Haus, neben dem sich eine über eine kurze Auffahrt erreichbare Doppelgarage befand. Die Tür stand offen und gab den Blick frei auf zwei neue Modelle, einen BMW 7er High Security und einen Range Rover Autobiography.

Issa griff nach seiner Aktentasche, und seine Leibwächter positionierten sich neben dem Wagen, bevor er ausstieg. Er ging zur Tür und klopfte an, gekränkt, dass sein Gastgeber ihn nicht bereits erwartete. Nach wenigen Sekunden hörte er jedoch Schritte, und die Haustür wurde von zwei jungen Mädchen geöffnet. Sie trugen die traditionelle Kleidung Pakistans, den farbenfrohen *salwar kamiz*, ein langes Hemd über einer weiten Hose. Hinter ihnen hörte Issa den schweren Schritt eines Mannes und eine Stimme, die die Mädchen davonscheuchte.

»Willkommen, willkommen«, dröhnte Asad Qassimi. »*Salam alaikum.*« Mit einem strahlenden Lächeln umarmte er Issa. »Kommen Sie bitte herein. Nur hereinspaziert. Ich war gerade hinten im Garten und habe Ihren Wagen nicht vorfahren hören. Wie war Ihre Reise?« Qassimi bedeutete Issas Leibwächtern, ebenfalls einzutreten.

Er drehte sich um und führte sie durch das neue Haus, das mit einer Mischung aus westlichen und traditionell pakistanischen Möbeln eingerichtet war. Sie gingen durch eine große, moderne Küche hinaus auf eine wunderschöne Terrasse, die einen atemberaubenden Blick auf schneebedeckte Gipfel bot.

»Bitte, setzen Sie sich, Mr Issa, und entspannen Sie sich.« Qassimi deutete auf einen Gartenstuhl. Sofort erschien eine Frau mit einigen Gläsern Mangosaft auf einem Tablett. Die

Leibwächter stellten sich in respektvoller Entfernung an den Rand der Terrasse.

Der Saft befeuchtete auf angenehme Weise Issas ausgetrocknete Kehle, und er hielt kurz inne, um sich die Umgebung anzuschauen.

»Das ist ein wunderschönes Plätzchen, Mr Qassimi«, sagte er. Im Norden und Westen lagen die Margalla Hills mit den schönsten Parklandschaften Pakistans. Dahinter befand sich der geheimnisvolle Himalaja, was wörtlich in etwa Ort des Schnees bedeutete. »Es scheint, als hätte Ihre Arbeit bemerkenswerte Früchte getragen«, fügte Issa hinzu.

Qassimi nickte und lächelte stolz.

Issa wusste, dass Qassimi schon seit Langem eine wichtige Position auf dem Schwarzmarkt innehatte, den A. Q. Khan aufgebaut hatte. Issa konnte Khan nur beneiden – er verkaufte nukleare Komponenten und Technologien, Stück für Stück und im Wert von vielen Millionen Dollar, an Nordkorea, Libyen und den Iran. Khan war ein starker Mann, ein Moslem, der stolz den Westen bespuckte. Er stand für das Beste in ihnen allen, davon war Issa überzeugt. Sie sollten alle für seine Gesundheit beten.

Seit Khans Verhaftung hatte Qassimi, der schon lange im Hintergrund agiert hatte, die Leitung übernommen. Issa brauchte ihn; er musste herausfinden, ob die Versorgungsleitungen noch funktionierten. Aber er musste vorsichtig vorgehen. Wenn die Iraner sich in diesen Markt eingeschlichen hatten, konnte er nicht auf Erfolg hoffen. Vielmehr würde er sich auf den Weg zu seiner eigenen Hinrichtung begeben. Issas Mund wurde wieder trocken, und er trank noch einen Schluck von dem Saft. Seine Hand, die das Glas hielt, zitterte, und dieser Anblick machte ihn wütend.

Er trank den süßen Nektar aus. Geschäft war Geschäft. Er hatte seinen iranischen Händler um eine kleine Änderung der Vereinbarung gebeten – um eine kleine Preiserhöhung.

Jeder wusste, dass sie hinter ihrem Zeitplan zurückblieben und sich verzweifelt bemühten, den Schein zu wahren. Es war dumm von ihnen, sich nicht einzugestehen, dass die Fassade des Regimes bröckelte. Selbst in der Öffentlichkeit war das bekannt. Und daher brauchten sie seine Hilfe mehr als je zuvor.

Er hatte schließlich nur darum gebeten, ein kleines zusätzliches Spielzeug in seine nukleare Spielzeugkiste zu legen. Ihre Reaktion war brutal und völlig ungerechtfertigt gewesen. Niemand ging so mit Issa um. Sie würden in den Flammen ihres eigenen Hochmuts verbrennen. Er wandte sich Qassimi zu und lächelte.

»Ich weite meine Geschäfte auf Pakistan aus«, begann Issa. »Und ich habe einige Produkte, die Sie sehr interessant finden könnten.«

Qassimi senkte den Kopf und betrachtete nachdenklich seine Hände.

»Kommt darauf an, was Sie zu verkaufen haben«, erwiderte er.

»Ich verkaufe Wissen.«

Qassimi sah auf. Sicherlich meinte er damit nicht, dass er selbst über Fachwissen verfügte. Ging es um Unterlagen? Oder um Computerdiscs? Waren sie echt oder gefälscht?

»Auch hier kommt es darauf an, was Sie anbieten.«

»Das Know-how, um Pakistans nukleare Stärke auf das Niveau Indiens anzuheben.«

Qassimi schwieg. Damit war die Wasserstoffbombe gemeint.

»Ich würde gern wissen, ob die alten Geschäftswege noch offen und funktionsfähig sind oder nicht«, fügte Issa hinzu.

Qassimi sah ihn an. »Ich glaube, sagen zu können, dass

jeder bisher produktive Kanal es immer noch ist oder wieder dazu gemacht werden kann.«

Issa verstummte. Er war sich nicht sicher, ob er Qassimi verraten sollte, was genau er anzubieten hatte: drei Wissenschaftler, die alle ein gewisses Expertenwissen besaßen und damit den richtigen Leuten dabei helfen konnten, alles zu bauen, was sie wollten.

Qassimi beobachtete Issa sorgfältig und rief dann nach Tee. Er schaute zu den Bergen hinauf. Nach wenigen Minuten stellte die Frau ein Tablett auf einen Tisch zwischen die beiden Männer, schenkte eine heiße bernsteinfarbene Flüssigkeit in zwei Gläser und verließ die Terrasse wieder. Die Sonne ging unter, und die Luft wurde merklich kühler. Issa war die Stille auf seltsame Weise angenehm. Der eindringliche Ruf zum Nachmittagsgebet schallte über die altertümliche Landschaft. Qassimi schaute auf. »Bevor wir beten, möchte ich Ihnen sagen, dass es durchaus Käufer geben könnte – abhängig von Ihrem Angebot und dem Preis.«

»In Pakistan?« Issa stand auf.

»Ja. Hier ist vieles im Wandel begriffen, und die Regierung ist gespalten. Der ISI und das Militär arbeiten nicht immer Hand in Hand. Und Geld fließt aus vielen verschiedenen Richtungen in dieses Land.« Qassimi deutete auf einen ausgetretenen Fußpfad, der vom Ende seiner Terrasse wegführte. »Islamabad ist ein Markt für alles. Dort finden sich Käufer und Verkäufer aus aller Herren Länder.«

Issa folgte seinem Gastgeber auf dem schmalen Pfad und atmete tief die süße Abendluft ein. Nach wenigen Minuten kamen sie zu einer kleinen Moschee mit weiß getünchten Lehmwänden, einer winzigen Kuppel und einem Minarett. Davor saß ein Junge auf einem Baumstamm, der ein halbes Dutzend Schafe hütete. Die Männer streiften ihre Schuhe ab und gingen zum Gebet hinein.

Issa schloss seine Augen und wartete, bis die Stimmen in seinem Körper nachhallten. Die Gebete überspülten ihn wie Wellen und drangen in ihn ein.

CHHATRAPATI-SHIVAJI-BAHNHOF, MUMBAI, INDIEN

Julian und Marie stiegen in dem Gewimmel der morgendlichen Pendler aus dem Wagen, und Marie schaute an dem Gebäude aus roten Ziegeln nach oben. Es war so riesig, dass sie das Gefühl hatte, einige hundert Meter zurücktreten zu müssen, um es vollständig sehen zu können. Es war gewaltig, beeindruckend und überwältigend. »Da haben die Briten aber richtig auf den Putz gehauen«, sagte sie, als sie sich von dem Wagen entfernten. »Ich muss mir praktisch mit beiden Händen die Ohren zuhalten, um die Schreie ›EMPIRE!‹ nicht zu hören.«

Julian lachte. »Sprechen Gebäude öfter mit dir?«, fragte er.

»Normalerweise nicht, aber dieses tut es! Sieh dir nur den Glockenturm an.« Sie fuhr mit dem Arm durch die Luft. »Die Uhr hat einen Durchmesser von mindestens viereinhalb Metern. Und sie hat römische Ziffern.«

Marie schien an diesem Vormittag recht gut gelaunt zu sein, so als wären die Schatten verschwunden.

Das Bahnhofsgebäude war mit aufwändig geschnitzten Pfauen, Affen und Elefanten verziert. Örtliche Künstler hatten ihre eigenen Ornamente an die imposante Sandsteinfassade des viktorianischen Kolosses angebracht. Auf allen drei Ebenen sah man Wasserspeier an Kuppeln und runde und spitze Türmchen sowie durchbrochene Verzierungen an offenen Bogengewölben.

Aber die übergreifende Botschaft war unmissverständlich: Die Züge Ihrer Königlichen Hoheit würden in diesem großen, nicht immer präzise funktionierenden Land pünktlich abfahren. Oben auf der Kuppel thronte die Skulptur einer Frau mit einer Fackel in der einen und einem Rad in der anderen Hand.

»Der Name der Frau mit dem Rad lautet ›Fortschritt‹«, erklärte Julian. »Nur für den Fall, dass du das nicht schon erraten hast.«

Sie lächelte, während sie an zwei gewaltigen Statuen von liegenden Tieren, einem Löwen und einem Tiger, vorbeigingen und sich dem Haupteingang näherten. Im Inneren des Gebäudes wartete eine ganz andere Realität. Die imposante Darstellung britischer Ordnung, Macht und Korrektheit wich hier Elend und Not. Hunderte Menschen lagen, kauerten oder saßen auf dem Boden. Einige hatten Gepäck dabei und wollten auf Reisen gehen. Andere schienen hier nur Unterschlupf zu suchen. Ein Kleinkind lag ausgestreckt auf dem Boden, nackt bis auf ein Hemdchen. Keine Windel oder Höschen, nichts, um es vor dem harten Boden oder den unvorsichtigen Füßen der Passanten zu schützen. Maries Gesicht rötete sich, und sie sah rasch zur Seite.

Auf ihrem Weg zu den Bahnschranken kamen sie an einigen Zügen vorbei, die so voll besetzt waren, dass die Männer – und Marie bemerkte, dass es nur Männer waren – buchstäblich aus den offenen Türen heraushingen. Eine Masse von strahlend weißen Hemden, braunen Gesichtern und schwarzen Haaren. Pendlerzüge. Daneben hatten sich Soldaten mit Enfield-Gewehren aus den 1930er Jahren postiert.

Plötzlich tauchte ein grauhaariger Mann mit einem roten Fes, einer bauschigen Hose und einer Tunika neben ihnen auf.

»Wie viel?«, fragte Julian.

»Fünfzig«, erwiderte der Mann, griff nach Maries Reisetasche und hob sie auf seinen Kopf, bevor Julian widersprechen konnte. Der Gepäckträger schob sich rasch durch die Menge und vorbei an den Passagieren, die aus den ankommenden Zügen heraussprangen. Schließlich blieb er neben einem silberfarbenen Zug stehen und deutete auf ein Stück Papier, das an der Seite eines Wagens befestigt war. Der Zug hieß Deccan Express, und auf dem Zettel waren die Reisenden aufgelistet, die reserviert hatten.

»Nein, der ist es nicht.« Julian schüttelte den Kopf. Der Gepäckträger lief zum nächsten Wagen weiter.

Julian überflog die nächste Liste und fand seinen und Maries Namen. Sitze 44 und 45.

»Mit den Zügen in Indien läuft alles sehr gut.« Julian lächelte zufrieden, als er ihre Sitzreservierung bestätigt sah. Der Träger hob Maries Tasche auf die Gepäckablage. Marie reichte ihm einen Hundert-Rupien-Schein, doppelt so viel, wie er verlangt hatte. Umgerechnet waren das etwa zwei Dollar. Der Mann verschwand auf dem Bahnsteig in der Menge.

Der Strom im Zug war nicht eingeschaltet – die Klimaanlage lief nicht, und die Sonne brannte auf das Metalldach. Nachdem sie einige Sekunden auf dem blauen Plastiksitz geschwitzt hatte, stand Marie auf. Sie konnte kaum atmen. Schließlich stellte sie sich an die Verbindungstür zwischen diesem und dem nächsten Wagen, wo sie ihre Taschen im Auge behalten konnte und in den Genuss des leichten Luftzugs kam. Sie trank einen Schluck aus ihrer Wasserflasche und bot sie Julian an, der neben ihr stand. Er schüttelte den Kopf und deutete auf seine eigene Flasche. Instinktiv reduzierten beide ihre Bewegungen auf ein Minimum. Eine Frau mit einem hübschen Sari aus gelbem Chiffon ging zu ihrem Sitz und wirkte dabei frisch und elegant. Diese helle wehende Kleidung war wie geschaffen für dieses Land, dachte Marie. Sie stieg aus dem Zug.

Auf dem Bahnsteig beobachtete Marie einen Mann mit

einem zweirädrigen Holzkarren. Er stand zwischen den Deichseln, wo normalerweise ein Zugtier eingespannt war, und als er einen Augenblick lang stehen blieb, verrutschte seine Ladung nach hinten, und er wurde nach oben gezogen, sodass seine Füße in der Luft baumelten. Ein paar Minuten strampelte er schweigend, bis jemand kam und ihm half, den Karren wieder hinzustellen. Marie wollte zu Julian hinüberschauen und lachen, aber selbst dafür war ihr zu heiß.

Endlich begann der Zug zu schnaufen, und der Wagen erwachte zum Leben. Die Lichter gingen flackernd an, und die Klimaanlage begann zu pumpen. Die Temperatur änderte sich jedoch kaum. Marie warf Julian einen Blick zu, aber sein Gesichtsausdruck war nicht zu deuten. Erst nach fünf weiteren Minuten wurde die Luft erträglich, und die Passagiere stiegen nach und nach ein. Marie setzte sich neben Julian.

Zwei Soldaten der indischen Armee in weißen Hemden und gebügelten Khakihosen, bewaffnet mit Schlagstöcken und Pistolen, gingen durch den Wagen.

»Wahrscheinlich haben sie die Sicherheitsvorkehrungen wegen des Bombenanschlags erhöht«, raunte Julian Marie zu.

Marie beugte sich zu Julian hinüber, damit sie leise sprechen konnte. »In Mumbai leben Moslems und Hindus, richtig?«

Er nickte.

»Millionen von ihnen.«

»Ja.«

»Und sie bekämpfen einander nicht ständig.«

»Nein. Es gab einige schlimme Krawalle. Und es gibt Leute, die behaupten, das geschehe immer öfter. Meistens leben sie jedoch friedlich miteinander.«

»Es ist erstaunlich, dass das funktioniert, wenn sie so dicht nebeneinander leben müssen«, meinte sie.

»Inder sind im Allgemeinen sehr friedliebende Menschen. Das sieht man, und man kann es spüren.«

Ein Mann ging mit Metallschüsseln durch den Wagen. Er wandte sich auf seinem Weg durch den Mittelgang abwechselnd nach links und nach rechts, um Essensbestellungen entgegenzunehmen. Als er an ihnen vorbeikam, winkte Julian ab.

Marie sah ihn an und zog die Augenbrauen hoch.

»Ich bin sicher, dass es großartig schmeckt, aber wir würden uns von diesem Essen nicht wieder erholen«, erklärte Julian. »Dafür sind unsere Mägen nicht gemacht.«

Marie murmelte etwas vor sich hin.

»Schau ihm zu«, forderte Julian sie auf. »Er macht sich keine Notizen, aber er wird gleich alles kochen und jedem das richtige Gericht bringen.«

»Toll«, erwiderte sie. »Julian, du hast gesagt, sie sind alle friedliebend, aber es gibt eine Menge Anschläge hier. Hindus bekämpfen Moslems und umgekehrt. Tausende wurden bereits getötet.«

»Und wo warst du, bevor du hierhergekommen bist?«, fragte Julian.

»In London.«

Er wandte sich ihr zu. »Und London ist sicherer? Bist du mit der U-Bahn oder mit dem Bus gefahren, als du dort warst? Erinnerst du dich daran, was im Juli 2005 passiert ist? Und muss ich dich an Spanien erinnern? Oder an den elften September in New York City?«

Marie schwieg. Julian gelang es immer wieder, sie zum Nachdenken zu bringen.

»Jetzt, wo Amerika seine Sicherheitsvorkehrungen verstärkt hat, trifft der Terrorismus Europa, Asien und den Irak mit voller Wucht. Davor kannst du nicht davonlaufen. Das ist jetzt unsere Welt.«

AABPARA-MARKT, ISLAMABAD, PAKISTAN

Mohammed Issa hielt Ausschau nach einem Mann, der in einer der Gassen zwischen der Municipal und der Garden Road aus Holz geschnitzte Tierfiguren verkaufte. Um ihn herum boten Hunderte Verkäufer ihre Waren feil: Teppiche, Wasserpfeifen, Stoffe, Koffer, Kunstgegenstände, Gemüse. Als er an einem Blumenstand vorbeiging, stieg ihm der Duft von üppig gewachsenen Gardenien in die Nase. In seinem tiefsten Inneren war er ein sinnlicher Genussmensch, und er befand sich ständig in einem Konflikt, weil er aus philosophischen Gründen jegliches Interesse an der sinnfälligen Welt ablehnte. In diesem Fall erlaubte er sich jedoch das Vergnügen, das schwere Parfum einzuatmen, und rief sich ins Gedächtnis, dass die Natur von Allah geschaffen worden war.

An seinem Ziel angekommen, bog Issa um eine Ecke und entdeckte ein Regal vor sich, in dem etliche aus Palisanderholz geschnitzte Tierfiguren ausgestellt waren. Elefanten, Löwen, Tiger. Die Schnitzereien waren bewunderungswürdig; sie stellten auf moderne Weise mit den geschmeidigen, abstrakten Formen das grundlegende Wesen der Tiere dar. Ein alter Mann in einem weißen *salwar kamiz* und einem gestrickten Pullunder saß mit gekreuzten Beinen im Yogasitz vor seiner Ware. Er hatte hohe, markante Wangenknochen, und auf seinem Gesicht lag ein Lächeln.

Issa ging mit einem Gruß auf ihn zu, und der Mann drehte, weiterhin lächelnd, seinen Kopf in Richtung von Issas Stimme. Bei näherem Hinsehen erkannte Issa, dass der Mann blind war. Seine Augen waren gebrochen und wirkten wie zwei Sternsaphire, außen strahlend blau und dort weiß vernarbt, wo die Pupillen hätten sein sollen. Issa stellte sich vor, und der Mann streckte seine Hand aus. Issa war ein wenig verwirrt und wusste nicht, was von ihm erwartet wurde, nahm jedoch dann die Hand des Mannes in seine. Sie war schwielig und hart, als hätte der Mann hundert Jahre lang schwere körperliche Arbeit verrichtet. Mit Issas Hilfe stand der Mann auf und drängte sich dann so schnell durch die Menschenmenge, dass Issa laufen musste, um mit ihm Schritt halten zu können. Die Männer bahnten sich ihren Weg zwischen den vielen Käufern hindurch und liefen schmale Gassen entlang. Schließlich ging es eine wackelige Treppe hinauf in den zweiten Stock eines vierstöckigen Gebäudes. Vor zwei Leibwächtern in Jeans und Lederjacken blieben sie stehen, und Issa erstarrte. Ihm war befohlen worden, allein zu kommen, ohne Bewacher. War er jetzt verletzlich? War das etwa eine Falle? Die Gelassenheit seines blinden Begleiters beruhigte ihn, und er ließ sich von den Leibwächtern durchsuchen. Als sie fertig waren, telefonierten sie, und Issa hörte, wie die Riegel einer Stahltür zurückgeschoben wurden. Die Tür schwang nach innen auf, und Issa wurde durch einen kurzen Gang in ein Büro geführt. An einem einfachen Lehrerpult saß ein Pakistaner mit spröder Haut, schwarzem Haar und einem ungepflegten Bart.

»Willkommen in Pakistan und in Islamabad, Mr Issa«, begrüßte ihn der Mann. Er stand auf und ging um den Schreibtisch herum.

Issa schätzte ihn auf etwa einen Meter achtzig. Mit seinem kurzärmeligen weißen Hemd und der schwarzen Hose wirkte er wie ein Technokrat, obwohl er aus einer Bauernfamilie in den Bergen stammte und Schmuggler war. Hinter ihm stand auf einer Anrichte ein viktorianischer Drahtkäfig mit einem großen weißen Vogel.

Sher Khan beherrschte den Schwarzmarkt in Islamabad und kontrollierte den Handel mit Frauen, Opium, Waffen und Gold. Issa war in Anbetracht von Khans enormem Reichtum und großer Macht ein wenig überrascht von der Schlichtheit des Büros. Sicher spendete er einen Großteil seines Profits der örtlichen Moschee.

Khan küsste Issa zur Begrüßung und lud ihn ein, auf dem niedrigen, mit einer gewebten Decke drapierten Sofa Platz zu nehmen. Einer der Wachleute trug ein Tablett aus Rosenholz herein und stellte es vor den Männern auf den Boden. Dann schenkte er Tee in Gläser und verließ den Raum.

In Khans schmalem Gesicht zeichneten sich tiefe, von Sonne und Wind geprägte Falten ab. An seinen Bewegungen erkannte Issa den behänden Schmuggler aus den Bergen. In seiner Hand hielt er eine Gebetskette, die er rhythmisch durch seine Finger gleiten ließ.

»Wie gefällt Ihnen unsere Stadt?«, fragte er und nickte Issa zu.

»Sehr gut«, erwiderte Issa. »Islamabad hat mir schon immer gefallen.« In Wahrheit verabscheute er die Stadt und hoffte, dass ihm das nicht anzumerken war.

»Gut, gut«, sagte Khan. »Bitte lassen Sie es mich wissen, falls Sie während Ihres Aufenthalts irgendetwas benötigen. Ich kann Ihnen alles besorgen, was Sie wünschen.« Er wischte sich den Mundwinkel mit seinem Handgelenk ab und reichte Issa seine Visitenkarte. »Man hat mir gesagt, Sie hätten etwas zu verkaufen«, fügte er schließlich hinzu.

»Ja, das stimmt«, erwiderte Issa. »Ein wertvolles und faszinierendes Warenpaket. Es könnte seinem Besitzer großen Ruhm einbringen.«

»Ruhm für Allah ist alles, wofür wir arbeiten«, erwiderte Khan und spielte entspannt und selbstbewusst mit den Perlen seiner Gebetskette. Er lehnte sich zurück und richtete seinen Blick unverwandt auf seinen Gast.

»Wir alle wissen, wie schwierig es sein kann, Fortschritte auf dem Gebiet der Technologie zu machen«, sagte Issa. »Und was ich habe, garantiert einen Erfolg in diesem Bereich.«

Khan nickte schweigend.

»Und weil es sich um ein seltenes und wertvolles Produkt handelt, ist es möglicherweise von Interesse für eine große und mächtige Gruppe«, fügte Issa hinzu.

»Und welches Wissen würde dieses Produkt dem Käufer bringen?«, erkundigte sich Khan.

»Das Wissen, wie man das ultimative Werkzeug für Allah bauen kann.« Issa schloss die Augen, als würde er in Gedanken die letzten Worte eines Gebets sprechen.

Khan schwieg wieder einige Sekunden. »Und wann könnte diese Ware geliefert werden?«

»Noch diese Woche«, antwortete Issa.

»Und ist ein besonderer Umgang damit nötig?«

»Ja, so wie es bei einem ungewöhnlichen Produkt erforderlich ist.«

Khan starrte Issa eine Weile an und wartete auf eine weitere Erklärung, die jedoch nicht kam. Keiner der beiden Männer senkte den Blick.

»Dieses Wissen wäre für jedermann nützlich?«

»Nein. Wie ich schon sagte: Der Käufer braucht ausreichende Ressourcen und den entsprechenden Hintergrund, um die Waren angemessen nutzen zu können.«

Khan schwieg nun so lange, dass Issa sich unbehaglich fühlte. Dann spielte er wieder mit seinen Gebetsperlen und fragte: »Und der Preis?«

»Fünfundvierzig Millionen US-Dollar«, erwiderte Issa.

Khan zuckte nicht mit der Wimper.

»Möchten Sie mir mehr Informationen dazu geben?«

»Es geht um eine sehr empfindliche und wertvolle Fracht. Sie benötigt eine besondere Handhabung und eine große Infrastruktur.«

Zum ersten Mal wirkte Khan beeindruckt. »Ich muss einige Anrufe erledigen.«

»Natürlich.« Issa erhob sich.

DECCAN EXPRESS, ZWISCHEN MUMBAI UND PUNE

Julian stellte seinen Laptop auf das Ablagebrett vor sich und steckte dann gedankenverloren seine Finger in die Brusttasche seines Hemds. Er zog eine Visitenkarte heraus.

»Scheiße«, fluchte er.

»Was ist los?« Marie sah von ihrem Buch auf.

»Ich werde wohl allmählich alt. Ich habe vergessen, das hier den Behörden im De Gaulle zu geben.«

»Hm?«

»Ich habe diese Karte von einem kleinen Jungen bekommen, der sich am Flughafen De Gaulle verlaufen hatte.« Julian atmete tief durch.

»Haben ihn seine Eltern verloren?«

»Schlimmer. Die Fluglinie hat ihn verloren – er reiste allein.«

»Und er hatte eine Visitenkarte bei sich?«

Julian schüttelte gereizt den Kopf. »Ich habe einen verängstigten Jungen in der Ankunftshalle gefunden. Die Flugbegleiterin hatte ihn aus den Augen verloren, und er lief dort ganz allein herum. Als er schließlich zu weinen aufgehört hatte, habe ich ihn nach der Telefonnummer seiner Eltern gefragt, und er hat mir diese Karte gegeben. Ich habe sie in meine Tasche gesteckt und nicht mehr daran gedacht.«

»Oje«, sagte Marie.

»Aber jetzt weiß ich etwas, was ich zu dem Zeitpunkt noch nicht wusste. Nämlich, wer der Vater des kleinen Jungen ist. Wie sich herausgestellt hat, handelt es sich um einen

Wissenschaftler mit Verbindungen zur Atomwirtschaft. Und er hat seinen Jungen nicht abgeholt, weil er ebenfalls verschwunden ist.«

Marie erstarrte. »Ein zweiter Wissenschaftler.«

Julian zuckte die Schultern. »Ja. Aber wir haben noch nichts darüber herausgefunden.«

Marie dachte nach. »Wirst du die Karte nach Frankreich zurückschicken?«, fragte sie schließlich.

»Ich weiß leider nicht, wer den Fall untersucht.«

»Aber du könntest es herausfinden.«

»Wahrscheinlich.«

»Also warum tust du es nicht?«

»Vielleicht möchte ich die Sache selbst in die Hand nehmen.«

»Oh.« Marie wartete ein paar Sekunden. »Und was hält dich davon ab?«, erkundigte sie sich dann.

»Wenn ich herausfinden will, wem diese Telefonnummer gehört, brauche ich technische Unterstützung und ein Einsatzteam. Der Anruf müsste zurückverfolgt werden, und ich bräuchte jemanden, der vor Ort ist, um denjenigen zu identifizieren, der den Anruf entgegennimmt. Das kann ich nicht von Indien aus machen. Das Büro in Paris könnte das erledigen.«

»Wie lange würden sie brauchen, um ein solches Team zusammenzustellen?«

»Die Leute könnten übermorgen vor Ort sein.«

»Bist du auf irgendeine Weise verpflichtet, diese Nummer an die französischen Behörden weiterzugeben?«

»Nein«, erwiderte Julian. »Vielleicht.«

»Und wenn du einfach die Nummer anrufst und dich als Verkäufer eines Zeitschriftenabonnements ausgibst?«

»Das wäre sehr unprofessionell«, meinte Julian. Er faltete ein Blatt Papier um die Karte und schob sie in seine Computertasche. »Das würde am anderen Ende der Leitung Verdacht erregen. Sie würden sich fragen, welcher Verkäufer sie wohl aus Übersee kontaktiert. Und das könnte zu einer Panikreaktion führen, und die betreffende Person könnte abtauchen. Solange ich die Nummer zurückhalte und nichts unternehme, richte ich keinen Schaden an. Aber, und das ist ein großes Aber …«

»Was?«

»Ich riskiere damit, dass sie verschwinden, bevor ich eine Möglichkeit habe, dort anzurufen.«

»Wann hast du die Karte bekommen?«, erkundigte sich Marie.

»Vor zwei Tagen.«

»Und wenn du die Nummer zurückhältst, wirst du auch in den kommenden beiden Tagen keine Untersuchungen durchführen können?«

»Genau.«

»Schwierige Sache. Aber du solltest deinen eigenen Rat befolgen.«

»Und der wäre?«

»Gib niemals eine Information ohne Gegenleistung her.«

Julian lachte laut auf.

»Gut erkannt.«

Er beugte sich wieder über seinen Laptop.

»Was tust du jetzt?«, wollte sie wissen.

»Bevor ich mich entscheide, mache ich meine Hausaufgaben. Das Büro hat mir einige Akten zusammengestellt. Ein Dossier über Firmen, hinter denen sich möglicherweise Terrororganisationen verbergen, oder Unternehmen, die versuchen zu verschleiern, dass sie die Sanktionen gegen den Iran umgehen.«

»Was hast du mit ihnen vor?«, fragte sie.

»Das ist mein neuer Job. Ich überprüfe, ob europäische Firmen die aktuellen Sanktionen einhalten, und sehe mich nach allem um, was verdächtig erscheint. Ich informiere mich über die Geschäftsgrundlagen jedes Unternehmens und versuche herauszufinden, ob irgendwelche Ausgaben nicht dazu passen und möglicherweise andere Aktivitäten vertuscht werden sollen.«

»Zum Beispiel?«, erkundigte sie sich.

»Nehmen wir an, eine Firma gibt sich als Wiederverkäufer von Computerteilen aus.« Er sah Marie an. »Ergibt es dann einen Sinn, wenn sie Rechnungen für gemietete Jeeps in Ruanda bezahlen? Möglicherweise. Vielleicht gab es eine Firmenreise nach Ruanda. Dann müssten sich allerdings weitere Ausgaben finden lassen, die das bestätigen. Wenn du auf Dokumente stößt, aus denen hervorgeht, dass Mutter Teresa General Norman Schwarzkopf für die Bewachung ihrer Herbergen anheuern möchte, dann weißt du, dass etwas nicht mit rechten Dingen zugeht. Außer General Schwarzkopf hätte Absichten geäußert, demnächst in ein Kloster einzutreten.«

»Und Mutter Teresa wäre wieder am Leben«, fügte Marie hinzu. »Und zurück auf unserer Erde.«

»Ja, entschuldige, ich habe vergessen, dass sie bereits gestorben ist.«

»Ich bin sicher, dass ihre Arbeit in ihrem Sinn weitergeführt wird«, meinte Marie.

»Und du hast mit eigenen Augen in Mumbai gesehen, wie gut das funktioniert, nicht wahr?«

Marie zuckte die Schultern. »Ich nehme an, selbst ein einziges Leben ist die Mühe wert.«

»Wie es so schön heißt: Wer auch immer nur ein einziges Leben rettet, verdient eine so große Anerkennung, als hätte er die ganze Welt gerettet.« Marie sah ihn an.

»Du musst zuerst das Puzzle zusammenfügen«, fuhr Julian fort, während er durch die Seiten scrollte. »Schau dir die Umrisse und Konturen an und finde heraus, wie die Firma arbeitet, wie sie ihre Einkünfte erwirtschaftet und welche Ausgaben sie hat. Dann musst du zum Kleinkrämer werden – wie nennt ihr das im Amerikanischen? Erbsenzähler. Sei misstrauisch und pedantisch. Illegitime Transaktionen verstecken sich hinter rechtmäßigen Abläufen. Du musst die unrechtmäßigen entdecken und dann herausfinden, was sie bedeuten.«

Marie nickte. »Das hört sich so an, als suchtest du nach Matroschkas, diesen russischen Puppen – also Gebilden, bei denen eine Firma verbirgt, was sie eigentlich tut, indem sie sich mit Tochtergesellschaften und Scheinfirmen umgibt.«

»Ganz genau.«

»Tja, das ist eigentlich die Arbeit eines Wirtschaftsjournalisten – also mein Aufgabengebiet.«

»Na dann«, erwiderte Julian. »Würdest du mir helfen, die Unterlagen durchzusehen?«

Sie zuckte die Schultern. »Warum nicht?«

Julian grinste. Das war einfach gewesen. Sie mit Arbeit zu versorgen war die beste Methode, um sie von Ärger fernzuhalten. Und mit ein wenig Glück würde sie gar nicht mehr aufhören wollen, wenn sie erst einmal zu arbeiten angefangen hatte.

HAUPTBAHNHOF PUNE, INDIEN

Als Marie und Julian in Pune aus dem Zug stiegen, schlug ihnen feuchtheiße, stickige Luft entgegen. Der Monsun war schon zwei Wochen überfällig, und die Luftfeuchtigkeit war unerträglich hoch. Man spürte, dass alle sehnlich auf die Stürme und die damit verbundene Erleichterung warteten. Sie gingen durch den großen Bahnhof, vorbei an Dutzenden im Augenblick leeren Schaltern, und verließen das einstöckige Betongebäude. Julian entdeckte den hellbraunen Range Rover. Als sie darauf zugingen, sprang der Fahrer heraus und öffnete die Beifahrertür. Ein dünner, gepflegter Mann stieg aus dem Wagen. Julian umarmte ihn. Kumar wandte sich Marie zu und berührte ihre Fingerspitzen mit seinen. »Es freut mich, Sie kennenzulernen, General«, sagte sie.

»Das Vergnügen ist ganz auf meiner Seite. Willkommen in Pune«, erwiderte er mit einem klaren englischen Akzent. Er sah aus wie eine indische Ausgabe von Alec Guinness. »Nun, wie gefällt Ihnen unser Land?«

Marie hielt kurz inne. »Ich bin überwältigt von den vielen neuen Eindrücken«, sagte sie schließlich.

»Indien ist ein Land der großen Gegensätze.« Kumar neigte leicht den Kopf.

Er trat zur Seite und bedeutete ihnen mit einer Geste, in den Wagen zu steigen.

»Bitte sehr. Ich werde euch in euer Hotel bringen. Dort könnt ihr euch ausruhen, und dann werden wir in Julians Lieblingsrestaurant zu Mittag essen.«

Sie stiegen in den Wagen, und Kumar hob eine Blumenkette vom Rückspiegel und reichte Marie die duftenden Blüten. Jasmin, dachte sie. Sie roch daran, lächelte anerkennend und gab sie Kumar zurück.

»Diese Blume wird von jungen Mädchen als Haarschmuck getragen. Als ich meine Frau kennenlernte, trug sie jeden Tag Blumen im Haar.«

»Das ist reizend«, sagte Marie. »Und jetzt?«

Kumar lachte. »Sie trägt sie nicht mehr. Jetzt steckt sie ihr Haar hoch.« Er klang weder verärgert noch enttäuscht. Das war eben eine Tatsache. Das Leben änderte sich. Kumars Telefon klingelte. Er hob ab und sprach schnell und bestimmt.

Sie fuhren an Frangipanibäumen vorbei, die vor orange- und pinkfarbenen Blüten strotzten. Das Blattwerk strebte der Sonne entgegen und bildete ein Baumkronendach, während die unteren Äste eher kahl waren. Dazwischen standen Banyanbäume mit prachtvollen, an Wasserfälle erinnernde Wurzelgeflechten. Zwischen den Lastwagen, Autos und Motorrädern knatterten überall dreirädrige Gefährte, die mit Flüssiggas betrieben wurden und gewaltige Rauchwolken ausstießen.

»Sind das Rikschas?«, fragte Marie Julian.

Er nickte und deutete auf eine Rikscha, in der hinter dem Fahrer eine ganze Familie Platz gefunden hatte. Das Gefährt sah aus wie ein breiter Motorroller mit Sitzen. »Du kannst dir vorstellen, wie heiß ihnen ist«, sagte er. »Keine Klimaanlage, und die Auspuffgase der anderen Fahrzeuge werden ihnen direkt ins Gesicht geblasen. Aber sie können fahren und müssen nicht zu Fuß gehen. Das ist hier ein großer Luxus.«

Pune war nicht so groß wie Mumbai. Es gab breite, von Bäumen bestandene Alleen, und die Gebäude waren kleiner und weniger dicht aneinandergedrängt. Der Verkehr war jedoch ebenso chaotisch, und Autos, Motorräder und Rikschas drängten ständig hupend aneinander vorbei. Marie deutete überrascht auf ein Mädchen auf einem Motorrad.

»Dies ist eine Universitätsstadt«, erklärte Julian, »mit mehr Gleichberechtigung. Hier sieht man auch Frauen Motorräder und Autos fahren.«

»Pune wird auch das Oxford des Ostens genannt«, warf Kumar ein. Er hatte sein Telefonat beendet und drehte sich auf seinem Sitz zu ihnen um. »Wir haben wunderbare Colleges, technische Institute, medizinische Hochschulen und ein Film- und Fernsehinstitut.«

Sie fuhren auf den von Bäumen gesäumten Boulevards zu einer Hauptverkehrsstraße. Die Stadt war bezaubernd – eine altmodische britisch-indische Garnisonsstadt mit vielen Restaurants und Geschäften.

»Es war ein schreckliches Szenario«, sagte Kumar, an Julian gewandt. Anscheinend wollte er noch etwas hinzufügen, doch er verstummte.

»Haben die Ermittlungen bereits begonnen?«, fragte Julian.

»Ja. Es gibt einiges, was ich dir nach dem Mittagessen zeigen möchte.«

Sie bogen in eine Seitenstraße ab und fuhren eine halbkreisförmige Auffahrt entlang bis zur Eingangstür eines mehrstöckigen, weiß getünchten Gebäudes. Ein großer, gut gebauter Mann in der kunstvoll gefertigten, traditionellen Kleidung der Sikhs und mit einem Turban auf dem Kopf bewachte den Eingang.

»Willkommen im Royal Palace Hotel«, sagte er, während er auf den Wagen zuging und sich verbeugte. Sie stiegen alle aus und wurden sofort wieder von der Hitze schier erdrückt. Kumar wandte sich an Julian.

»Ich habe jetzt ein paar Dinge zu erledigen. Sicher wollt ihr hineingehen und euch ein wenig frisch machen. Ist es dir recht, wenn ich euch in einer Stunde abhole?« Julian nickte und trat näher an ihn heran, um ein paar Worte mit ihm zu wechseln. Einige junge Männer tauchten auf, um sich um ihr Gepäck zu kümmern, und nachdem Julian sich von Kumar verabschiedet hatte, wurden sie von dem Empfangsportier in eine freundliche, wie ein Atrium gestaltete Lobby mit Restaurant geführt. Marie bemerkte, dass dem Portier der Schweiß über die Stirn lief.

»Der arme Kerl«, flüsterte sie Julian zu.

»Mit dem Geld, das er in diesem Job verdient, ernährt er fünfundzwanzig Familienmitglieder. Und falls er ihn aufgeben würde, würden sich Hunderttausende darum prügeln.«

INSELSTAAT MALEDIVEN, VOR DER KÜSTE INDIENS

Michel Durand wachte am zweiten Tag seiner Gefangenschaft auf der Insel auf, als ihm die Sonne in die Augen schien. Er blinzelte in das grelle Licht, als ihm plötzlich die Situation bewusst wurde, in der er sich befand. Rasch schwang er seine Beine aus dem Bett. Der Steinboden war kalt, und als er mit seinen Füßen nach den Schlappen tastete, hörte er ein Geräusch hinter sich. Es klang, als würde jemand einen Stuhl durch den Raum schleifen. Er drehte sich um und sah, dass auf dem zweiten Bett in dem Zimmer ein grauhaariger dunkelhäutiger Mann lag, der schnarchte.

Durand sprang auf und starrte den Mann an. Wie, um alles in der Welt, hatten sie diesen Mann hierhergebracht, ohne dass er wach geworden war? Er sah an sich herunter und stellte fest, dass er in seinem Bademantel eingeschlafen war. Und er hatte nicht einmal die Bettdecke über sich gezogen. Er warf einen Blick auf die Sonne. Sie stand hoch am Himmel, und das bedeutete, dass er länger als üblich geschlafen hatte. Die Frau, die ihm sein Essen gebracht hatte, musste ihm irgendetwas daruntergemischt haben.

Er ging zu dem Mann hinüber. Es schien ein Inder oder Pakistaner zu sein – so genau konnte Durand es nicht bestimmen –, und er atmete schwer.

Durand schüttelte den Mann am Arm. »Hallo. Aufwachen«, sagte er. »Wachen Sie auf.«

Der Mann bewegte sich leicht.

Durand rüttelte noch einmal an seinem Arm, beugte sich über den Mann und sagte laut: »Hallo, alter Knabe, wachen Sie auf!«

Bhopajees Augenlider flatterten.

Durand schüttelte ihn weiter, bis der Mann zu Bewusstsein kam. Er wischte sich mit der Hand über die Lippen und tastete vorsichtig über seine Mundwinkel.

»Was, zur Hölle, tun Sie hier?«, fragte Vijay Bhopajee auf Hindi. Als er den verwirrten Gesichtsausdruck des Mannes sah, tat er das, was die meisten gebildeten Inder getan hätten: Er wiederholte seine Frage auf Englisch.

»Ich hielt es für besser, Sie zu wecken«, erklärte Durand. Sein Englisch hatte einen starken Akzent, war aber gut verständlich.

»Nun, das ist Ihnen gelungen«, sagte Bhopajee. »Sehr gut. Und wo bin ich?« Sein Mund war trocken.

Durand ging zu den Fenstern neben der Tür, hob die Reisebroschüre auf, die er an seinem ersten Morgen auf einem kleinen Tisch gefunden hatte, und wedelte damit durch die Luft.

»Das ist alles, was ich weiß.« Er kehrte zurück und warf den Prospekt auf das Bett.

Bhopajee stützte sich auf seine Ellbogen. Sein Kopf dröhnte, und sein Rücken schmerzte. Eigentlich schmerzte sein gesamter Körper – sein Rücken, seine Schultern, seine Beine. Stöhnend griff er nach der bunten Broschüre.

»Die Malediven?«, fragte er. »Vor der Küste Indiens?«

»Scheint so.«

Bhopajee sah Durand an. »Wer sind Sie?«

»Michel Durand.«

»Ich nehme an, Sie sind Franzose. Warum sind Sie hier?«

»Ich habe keine Ahnung.«

Bhopajee setzte sich auf, schwang seine Füße auf den Boden, stand auf und sackte zusammen. Durand griff nach ihm, zog ihn an den Armen hoch und setzte ihn wieder aufs Bett.

»Ich hole Ihnen Wasser.«

Durand ging in das Badezimmer und kam mit einem Glas zurück. Das Zimmer war aufgeräumt und sauber. Die Frau, die auch das Essen brachte, hatte es geputzt. Er reichte Bhopajee das Wasser und bemerkte, dass dessen Gesicht blass war. Er ließ ihn trinken.

»Wie heißen Sie?«

»Bhopajee, Vijay. Technisches Institut in Pune.« Er sah auf und fügte hinzu: »In Indien.«

»Der Name ist mir bekannt«, erwiderte Durand. »Womit beschäftigen Sie sich dort?«

»Mit Nuklearmaterial. Mehr kann ich leider dazu nicht sagen.«

»Merkwürdig«, sagte Durand, »das tue ich auch.« Er sah, dass dem Mann der Schweiß auf der Stirn stand.

Bhopajee sah Durand verzweifelt an. »Ich bin Diabetiker und befürchte, dass mein Blutzucker zu niedrig ist.« Er kratzte sich an seinem Bauch. »Meine Haut juckt«, fügte er hinzu. »Ich fühle mich schwach, und ich muss pinkeln. Wo ist das Klo?«

Durand deutete auf die Tür neben ihnen. Bhopajee schleppte sich hinüber und urinierte geräuschvoll bei offener Tür.

»Ich nehme an, dass wir bald unser Essen bekommen«, sagte Durand. »Es wird regelmäßig gebracht, und es schmeckt nicht schlecht. Wird Ihnen das helfen?«

»Kommt darauf an, was es ist«, erwiderte Bhopajee und verließ das Badezimmer. »Ich muss eine bestimmte Diät einhalten.« Schuldbewusst dachte er an seine letzte Mahlzeit – das Gebäckstück im Café.

»Erinnern Sie sich daran, wie Sie hierhergekommen sind?«, wollte Durand wissen.

»Ja.« Bhopajee setzte sich in einer Ecke auf einen Korbstuhl. »Ich ging nach dem Nachmittagstee zurück in mein Labor und wurde plötzlich in einen Wagen geschubst. Man hat mich geschlagen und nach unten gedrückt, sodass ich keine Luft mehr bekam. Dann haben sie mich in einen schmutzigen Van gestoßen. Danach kann ich mich an nichts mehr erinnern, bis Sie mich aufgeweckt haben.« Bhopajee entdeckte einige Flaschen Fruchtsaft auf dem Nachttisch zwischen den Betten. Er nahm sich eine Flasche Pfirsichsaft und öffnete sie.

Durand stand auf, marschierte zornig durch den Raum und stieß die Fliegengittertür zum Strand auf. Er starrte auf das ruhige und wunderschöne Wasser und die flachen, unbewohnten Inseln, die sich um ihn herum ausbreiteten wie Bakterienkolonien, die sich auf Agar entwickelten. *Was, um Himmels willen, ging hier vor? Er musste weg von hier.*

Er ballte die Hände zu Fäusten, drehte sich um und ging zurück in das Häuschen.

»Ich hätte meinen Sohn vom Flughafen abholen sollen und bin nie dort angekommen.« Durand hielt inne. Als er sich der Tatsachen bewusst wurde, überwältigten ihn seine Gefühle. Er war entführt und mit einem anderen Wissenschaftler zusammengesperrt worden. Aus Gründen, die sie beide nicht kannten. Er dachte an seinen kleinen Jungen, stellte sich seine Angst vor, als er allein am Ausgang stand und niemanden entdeckte, der ihn abholen würde. Seine schlimmste Befürchtung. »Der Junge hasst es, allein zu fliegen.«

Durand begann zu schluchzen. Die in ihm widerstreitenden Emotionen überwältigten ihn: Der Zorn auf seine Frau, weil sie die Gastprofessur in Prag angenommen hatte, Schuldgefühle, weil er den Jungen ermutigt hatte, sie zu besuchen, damit er mehr Zeit mit seiner Geliebten verbringen konnte. Davon verriet er natürlich nichts. Stattdessen riss er sich nach ein paar weiteren gequälten Schluchzern zusammen und murmelte: »Es tut mir leid.«

»Halten Sie durch.« Bhopajee sah Durand besorgt an.

»Wir dürfen die Hoffnung nicht verlieren, und wir müssen Geduld haben. Ich bin sicher, wir werden schon noch schlau aus der Sache. Wir müssen alle Details zusammentragen, die wir haben. Wo waren Sie, als man Sie gefangen genommen hat?«

»Ich war in Paris. Als ich dort eine Wohnung verlassen habe, wurde ich in einen Aufzug gestoßen. Man hat mir eine Spritze verpasst und mich auf eine Trage gelegt. Ich erinnere mich daran, dass ich wie gelähmt war – ich konnte meine Glieder nicht mehr bewegen. Und dann wachte ich hier auf.«

»Was sind Sie von Beruf?«

»Ich bin Ingenieur und Geschäftsmann. Zurzeit arbeite ich für Areva, ein großes multinationales Unternehmen, das sich auf Atomenergie spezialisiert hat.«

»Ah, dann arbeite ich auf einem ähnlichen Gebiet«, meinte Bhopajee.

»Jetzt weiß ich, wer Sie sind«, sagte Durand. »Sie sind der Begründer des thermonuklearen Programms in Indien.«

»Ja.« Bhopajee nickte. »Ich schätze, das bin ich.«

Durands Knie gaben nach, und er ließ sich auf das Bett sinken. »Mein Spezialgebiet ist die Urananreicherung durch Gaszentrifugen.«

»Oh, ja, ich habe schon oft gehört, dass die Malediven unbedingt Atomenergie brauchen.« Bhopajee konnte es selbst unter diesen Umständen nicht lassen, einen Scherz zu machen.

»*Merde*«, sagte Durand, als er den Ernst ihrer Lage begriff. Sie waren beide Experten für Kernreaktionen.

»Gefangen mit einem Spaßvogel. Das tut mir nicht gut.«

»Es ist besser zu lachen als zu weinen, mein Freund«, meinte Bhopajee. »Das hilft, einen klaren Kopf zu behalten.«

ROYAL PALACE HOTEL, PUNE, INDIEN

Marie fuhr in einem der Lifte mit zwei Glaswänden nach unten in die Lobby. Sie entdeckte Julian und Kumar an einem Tisch und eilte rasch über den Marmorfußboden auf sie zu. Beide Männer erhoben sich, um sie zu begrüßen.

»Wollen wir gehen?«, fragte Kumar. Als sie das Hotel verließen, stürzte sich die Hitze wie ein wildes Raubtier auf sie.

Kumar führte sie durch eine kurze Gasse zum Stadtzentrum und dann auf eine geschäftige Straße mit dem Namen M. G. Road. Dort hatten die indischen Streitkräfte des Southern Command ihr Hauptquartier auf einem ehemaligen, aus der Kolonialzeit stammenden britischen Militärgelände.

Kumar verlangsamte seinen Schritt und trat neben Marie. »Wir haben hier in Pune nicht nur viele Colleges und Institute, sondern auch Produktionsstätten für Autos und Motorräder. Und wir stellen ein Fünftel aller LKWs mittlerer Größe und Schwerlaster des gesamten Bedarfs in der Welt her.«

»Das ist beachtlich«, meinte Marie.

»Tata Motors hat das billigste Auto der Welt hergestellt. Es kostet nur zweieinhalbtausend Dollar«, fügte Julian hinzu.

»Der Jahresumsatz liegt bei über zehn Milliarden Dollar, soviel ich weiß«, erklärte Kumar.

»Hat Mercedes Benz nicht auch einen Montagebetrieb hier? Ich glaube, darüber etwas gelesen zu haben«, sagte Marie.

»Ja, das ist richtig«, bestätigte Kumar. »Honda, General Motors, Volkswagen und Fiat haben ebenfalls Werke hier. Die Kosten für die Herstellung eines Wagens sind hier recht günstig. Die Personalkosten belaufen sich hier nur auf acht bis neun Prozent des Umsatzes, während sie in den Industrienationen bei dreißig bis fünfunddreißig Prozent liegen.«

Sie überquerten die Straße und betraten den gegenüberliegenden Bürgersteig. Die Innenstadt bestand überwiegend aus zwei- und dreistöckigen Häusern. Viele waren aus Holz gebaut, und einige stammten eindeutig aus der britischen Kolonialzeit. Auf der unteren Ebene der Gebäude befanden sich meist Geschäfte verschiedener Art, Cafés und Boutiquen. Eine junge Frau in einem wunderschönen Sari aus luftigem, gelbem Stoff, ein Baby auf der Hüfte, hielt Kumar an und bat ihn um Geld.

Er schüttelte den Kopf und wies sie in einer Sprache zurecht, die Marie nicht verstand. Die Frau war offensichtlich anderer Meinung, doch nach ein paar Bemerkungen ging sie schließlich davon.

»Ich war viele Jahre lang für dieses Stadtviertel zuständig«, erklärte Kumar. »Die Leute hier betrachten mich als Vaterfigur, aber diese Lady hat mich nicht erkannt und nicht begriffen, dass ich mich an sie erinnere. Sie gehört zu einer Familie von Bettlern. Letzte Woche habe ich sie mit einem anderen Baby gesehen.«

»Das war nicht ihr Baby?«, fragte Marie.

»Sie bezahlt jemanden dafür, dass sie es sich ausleihen und mit sich herumtragen kann, wenn sie bettelt. Ihr Clan verdient sich seinen Lebensunterhalt mit Betteln. Die Babys wachsen bereits als Bettler auf. Das ist alles, was diese Leute können, und damit bin ich nicht einverstanden.«

Kumar warf einen Blick nach oben, als sie sich einem zweistöckigen Gebäude näherten. Dann zeigte er auf den Eingang.

»Wir sind da«, erklärte er. »Das ist das Lieblingsrestaurant Ihres Bosses.« Er zwinkerte Julian zu, und Julian nickte erfreut.

Sie stiegen eine Treppe hinauf und wurden an einen Tisch geführt. Ein Kellner brachte ihnen einige Wasserflaschen, und Marie und Julian tranken durstig aus ihren Gläsern. Kumar nippte nur an dem Wasser, und Marie bemerkte, dass er im Gegensatz zu ihr und Julian auf dem kurzen Weg hierher nicht in Schweiß ausgebrochen war. Er winkte den Ober zu sich und sprach in Hindi auf ihn ein. Nach wenigen Minuten standen kleine Teller mit winzigen Zwiebeln, scharfen grünen Pfefferschoten und reifen Limonen in Miniaturgröße vor ihnen auf dem Tisch. Dazu gab es Saucen zum Dippen und einen Korb mit indischem Fladenbrot, *Roti* genannt.

Kumar übernahm die Bestellung. Er orderte Gemüsebällchen mit Minze-Chutney, *dal tadka*, ein indisches Linsengericht, gekochtes Gemüse mit Knoblauch und grünem Chili, *dosa*, eine Art Pfannkuchen aus fermentiertem Teig aus Reismehl – eine örtliche Delikatesse –, und *Sambar*, ein südindisches Currygericht. Wie Julian Marie erzählt hatte, war Kumar praktizierender Hindu und strenger Vegetarier. Als er die Bestellung aufgegeben hatte, fügte er noch einen Satz hinzu: »*Sab Ekdum Garam laana lekin teekha nahin.*« Der Ober verschwand mit einem Lächeln, und Marie fragte: »Was haben Sie zu ihm gesagt?«

»Ich habe ihn gebeten, das Essen sehr heiß zu servieren, es aber nicht zu stark zu würzen«, erklärte Kumar lächelnd. »Ausländer vertragen es nicht, wenn das Essen zu scharf gewürzt ist.«

Die Gerichte standen schon bald auf dem Tisch. Sie schmeckten köstlich und rochen intensiv nach den Gewürzen, die jedoch auf der Zunge nicht zu scharf waren. Nachdem sie ihr Mahl beendet hatten, bestellte Kumar Nachspeise für alle. »Das müsst ihr unbedingt probieren, bevor wir gehen«, sagte er und schob Marie eine Schüssel zu. »Es heißt *gajar ka halwa*. Karottenpudding mit Kardamom und Orangen. Und das hier ist *gulab jamun*, kleine runde Kuchen, getränkt in süßem Sirup.« Marie und Julian kosteten von beidem.

»Das war großartig«, sagte Julian, wischte sich seinen Mund mit einer Serviette ab und zwinkerte Marie zu.

Kumars Handy klingelte. Er meldete sich mit einem kurzen, dienstfertigen Gruß, in dem der Militäroffizier erkennbar wurde.

»Okay«, sagte er, nachdem er aufgelegt hatte. »Sie sind bereit.«

Julian sah Marie erwartungsvoll an. Sie nickte, und alle standen auf.

Der Land Rover hielt an der Bordsteinkante, und Kumar öffnete die hintere Tür für Marie und Julian, während der Fahrer die Beifahrertür für Kumar aufriss. Kumar zog sich an einem Haltegriff nach oben und stieg in den Wagen.

»Gibt es schon eine Lösegeldforderung?«, erkundigte sich Julian.

Kumar schüttelte den Kopf.

»Und wie lange geht das nun schon?«

»Drei Tage.«

»Eine lange Zeit, um Lösegeld zu fordern, oder?«, meinte Julian.

»Allerdings.«

»Vielleicht ist irgendetwas schiefgelaufen? Möglicherweise haben sie ihren Gefangenen versehentlich getötet?«

»Das würde sie nicht unbedingt davon abhalten, Lösegeld zu fordern«, erwiderte Kumar.

»Das stimmt. Aber es könnte sie ausbremsen. Oder vielleicht haben sie festgestellt, dass sie den Falschen erwischt haben.«

»Alles ist möglich. Deshalb brauchen wir dich für die Ermittlungen.«

Die M. G. Road verbreiterte sich auf ihrem Weg zum Campus der Universität zu einem Boulevard. Kumar beugte sich in seinem Sitz vor. »Okay«, sagte er und deutete auf das Café *Coffee Day* mit einer pinkfarbenen Glasscheibe am Eingang. »Dort wurde Bhopajee zuletzt gesehen.« Der Fahrer lenkte den Wagen an den Straßenrand und hielt an.

»Von hier aus müssen wir zu Fuß weiter«, erklärte Kumar. Sie stiegen aus dem Wagen und gingen in das Café. Es war klein und schmal; die Fußböden waren mit Linoleum ausgelegt, und es gab nur einige wenige Tische und eine Kühlvitrine mit Gebäckstücken. Julian bestellte drei Tassen Kaffee, ging ein wenig auf und ab und sah sich in dem Raum um. Schließlich reichte er Marie und Kumar drei Papierbecher mit einem starken schwarzen Gebräu. Sie gingen hinaus auf die Straße und steuerten auf eine Gegend mit massiven Stein- und Holzhäusern zu, die aussah, als sei sie früher einmal Teil der ehemaligen britischen Soldatensiedlung gewesen.

»Auf seinem Rückweg zum Labor müsste Professor Bhopajee hier die Straße überquert haben«, erklärte Kumar. »Sein Arbeitsplatz liegt etwa einen Kilometer entfernt in dieser Richtung.« Er deutete mit einer Handbewegung auf die Mitte eines benachbarten, von Bäumen beschatteten Stadtviertels. »Das war seine Abkürzung zur Universität.«

Sie gingen an einer Frau in einem Sari und mit nackten Füßen vorbei, die auf dem Gehsteig Müll in einen offenen Abflussgraben fegte. Sie sah sehr jung aus, und ihre Haut war von der Sonne tief gebräunt. Kumar blieb stehen und deutete auf eine Stelle, die von Absperrbändern der Polizei markiert war. »Dort hat ein Zeuge gesehen, wie ein Honda Accord angehalten hat und dann mit hoher Geschwindigkeit davongebraust ist.«

»In welche Richtung ist der Wagen gefahren?«, fragte Julian. Kumar deutete nach Osten.

»Und wo befindet sich die Auffahrt auf die nächste Autobahn?«

Kumar dachte kurz nach. »Das ist die kürzeste Strecke. Ja, bis zur Hauptstraße und dann direkt auf die Autobahn. Es gibt noch einen anderen Weg, aber der ist länger.«

»Also gut«, sagte Julian. »Wenn Bhopajee sich von dem Café aus auf den Weg gemacht hat und wenn die Erinnerung des Zeugen korrekt ist, dann fuhr der Wagen auf der falschen Straßenseite, als er anhielt und jemand Bhopajee hineinzog.«

»Bhopajee ist ein Gewohnheitsmensch«, erklärte Kumar. »Seine Studenten und Kollegen sind seinen üblichen Weg viele Male mit uns abgegangen, und sie alle sind sich einig, dass er die Straße jeden Tag an der gleichen Stelle überquerte.«

»Dann wurde er offensichtlich über einen längeren Zeitraum genau beobachtet«, stellte Julian fest. »Die Entführer wussten, dass er sich an dieser Stelle auf der linken Straßenseite befinden würde.«

Kumar nickte.

»Und sie haben sich anscheinend irgendetwas zur Ablenkung einfallen lassen, wenn auch nur kurzfristig, um einen Unfall zu vermeiden.«

»Wahrscheinlich«, stimmte Kumar ihm zu.

»Wurde der Honda gefunden?«, erkundigte sich Julian.

»Ja. Umgespritzt in einer Werkstatt ungefähr fünfundzwanzig Kilometer von hier entfernt.«

»Gab es irgendwelches Beweismaterial im Inneren des Wagens?«

»Er war sorgfältig gereinigt worden, aber die Ermittler fanden ein paar Haare. Und einige andere Spuren.«

»Zum Beispiel?« Julian sah Kumar fragend an. Seine Intuition sagte ihm, dass man ein wichtiges Beweisstück gefunden hatte.

»Eine benutzte Prepaid-SIM-Karte von Vodafone«, antwortete Kumar. »Sie wurde vor drei Wochen an einem Straßenkiosk gekauft.«

Julian berührte Maries Arm. »Diese Art von SIM-Karten werden benutzt, wenn man vermeiden möchte, dass die Telefonate zurückverfolgt werden können. Wenn man die Karte ständig auswechselt, kann man den Besitzer nur sehr schwer ermitteln und die getätigten Anrufe kaum nachvollziehen. Damit wird oft ein improvisiertes Kommunikationswerk erstellt.«

»Genau diese Taktik wurde auch von pakistanischen Terroristen bei den Anschlägen in Mumbai am sechsundzwanzigsten November angewandt, wie du vielleicht weißt«, fügte Kumar mit einem Blick auf Julian hinzu. »Die Terroristen haben auf diese Weise untereinander und mit ihren Anführern in Islamabad kommuniziert.«

»Sonst noch etwas?«, fragte Julian.

»Es wurden Reifenspuren von einem anderen Fahrzeug am Fundort entdeckt. Wahrscheinlich handelte es sich um einen Van. Die Polizei ist auf der Suche danach.«

»Ich glaube nicht, dass es sich hier um irgendeine zweitklassige Erpresseraktion handelt, mein Freund«, sagte Julian.

»Nein, das war eine höchst professionell ausgeführte und gut durchdachte Aktion«, stimmte Kumar ihm zu.

BÜRO DES VERTEIDIGUNGSNACHRICHTENDIENSTES DIA, SOUTHERN COMMAND, PUNE

Kumar führte Marie und Julian zu seinem Büro, das sich in einem modernen, von einem blühenden Garten umgebenen Betongebäude befand. Sie gingen an der Sicherheitskontrolle vorbei und stiegen eine Marmortreppe hinauf. Kumar bat sie, auf zwei Stühlen gegenüber seinem Schreibtisch Platz zu nehmen. Ständig traten Beamte ein, die Akten auf Kumars Schreibtisch legten. Das Telefon auf seinem Tisch klingelte ununterbrochen. Überall herrschte Hochbetrieb. Sie befanden sich im Zentrum der Ermittlungen über den Bombenanschlag auf der Autobahn.

»Wir gehen – vielleicht fälschlicherweise – davon aus, dass die Bombenleger Mitglieder von Laschkar e-Taiba sind«, sagte Kumar und überflog einige Ausdrucke auf seinem Schreibtisch.

»Die LeT ist der pakistanische Zweig der al-Qaida«, erklärte Julian Marie. »Tätig in Indien.«

Ein Oberstleutnant erschien an der Tür. Kumar bedeutete ihm mit einer Handbewegung einzutreten, und der Offizier teilte ihm leise etwas mit. Kumar nickte. »Sehr gut. Wir kommen sofort.«

Er stand auf. »Wir haben einige Aufnahmen von Überwachungsbändern, die von unseren Agenten in den letzten Wochen in der Nähe von einschlägigen Geschäften aufgenommen wurden, um Waffenhändler in Islamabad zu beobachten«, erklärte er. »Die Agenten suchten nach bekannten oder verdächtigen Mitgliedern von Laschkar e-Taiba, um festzustellen, ob sie irgendetwas mit der Explosion auf der Autobahn zu tun haben könnten. Ich bin gebeten worden, mir die Aufnahmen anzuschauen. Vielleicht möchtet ihr mich dabei begleiten?« Julian stand auf und nickte.

»Das hat zwar nichts mit Bhopajee zu tun«, fuhr Kumar fort, »aber Marie könnte es interessant finden.«

Julian führte Marie in einen kleinen Raum, indem er sie leicht am Ellbogen berührte. Er war sich bewusst, dass selbst eine so unschuldige Berührung für ihn sehr gefährlich werden konnte. Einige Offiziere kamen herein, und einer von ihnen legte eine CD in einen Laptop. Marie und Julian saßen mit Kumar direkt davor, und die anderen Beamten stellten sich um sie herum auf.

Die ersten Aufnahmen erschienen auf dem Bildschirm. Sie waren in Farbe, und die merkwürdig fließenden Bewegungen der digitalen Filme wurden immer wieder ruckartig durch Szenenwechsel unterbrochen. Männer und Frauen erschienen und verschwanden wieder. Ihre Schritte wurden zu großen Sprüngen, bevor sie sich der Kamera näherten und dann vom Bildschirm verschwanden. Während die Filme liefen, unterhielten sich die Beamten. An einem bestimmten Punkt spulten sie das Band zurück, um einen Mann, der durch eine Tür ging, besser erkennen zu können. Anscheinend war er ihnen bekannt. Ein weiterer Mann wurde hinzugezogen, und er schien die Identifikation zu bestätigen. Offiziere und Angestellte gingen, Unterlagen in der Hand, ein und aus. Dann war ein anderer Ort auf dem Band zu sehen. Dieses Mal wurde die Straße mit einem Weitwinkelobjektiv gefilmt, sodass auch die anliegenden Gebäude auf beiden Seiten erkennbar waren. Die Kamera zoomte auf einen im Dunkel liegenden Gang. Man konnte fast nichts erkennen, bis ein Markt im Freien sichtbar wurde. Ein Mann in einem Anzug ging vorbei.

Marie packte Julians Hand. Er war überrascht über eine solche Geste in der Öffentlichkeit und zog rasch seine Hand zurück. Doch dann sah er, dass ihr Gesicht angespannt und verängstigt wirkte.

»Was ist los?«, flüsterte er ihr zu.

»Ich glaube, ich habe gerade Obaidi gesehen.«

»Was?«

»Der Mann sah aus wie Mansour Obaidi.« Angst ergriff sie bei dem Gedanken, dass er ihr so nahe sein könnte.

Julian sprach mit Kumar, und Kumar ließ das Video zurückspulen und noch einmal in Zeitlupe ablaufen. Der

Mann, den Marie erkannt hatte, erschien wieder und wurde nun Bild für Bild gezeigt. Als sein Gesicht auf dem Monitor auftauchte, war sich Marie ganz sicher.

»Das ist er«, sagte sie mit gepresster Stimme und beugte sich auf ihrem Stuhl vor. »Sieh ihn dir an.« Julian betrachtete die glatten Wangen, die straffe Haut und die unübersehbare Narbe unter seinem rechten Auge.

Kumar bat darum, die Szene noch einmal abzuspielen und das Bild vom Gesicht des Mannes einzufrieren. Julian hatte Obaidi nicht so oft aus der Nähe gesehen wie Marie, daher dauerte es bei ihm länger, die Gesichtszüge zusammenzufügen. »Schau dir seine Augen an«, flüsterte Marie und packte Julians Arm. Sie war schockiert und gleichzeitig fasziniert, als sie sah, welche Verletzung ihre Waffe auf seiner Wange hinterlassen hatte. Ihr stand wieder deutlich vor Augen, wie er sich auf sie gestürzt hatte, als sie nach alten Briefen gesucht hatte. Er hatte einen Ständer mit ihren alten Fechtutensilien umgeworfen, eines ihrer Florette abgebrochen, daraus eine Waffe mit einem gezackten, spitzen Ende gemacht, und dann war er damit auf sie losgegangen. Adrenalin schoss durch ihren Körper, als sie sich daran erinnerte, wie sie sich selbst ein Florett geschnappt und ihn damit niedergestreckt hatte. Und daran, wie er sich noch einmal auf sie stürzte und sie ihn auf die einzige Weise aufgehalten hatte, die sie beherrschte.

Julian sah, dass Marie blass wurde, und er flüsterte Kumar zu, wen sie auf diesem Video zu erkennen schien. Kumar schüttelte zornig den Kopf, als entsetzte ihn die Vorstellung, dass dieser Mann sich in seinem Land aufhielt.

Kumar bat darum, die Szenen mit Obaidi zu markieren und abzuspeichern. Einige der Männer scharrten mit den Füßen und unterhielten sich leise.

»Wir müssen nach diesem Mann Ausschau halten«, erklärte Kumar.

Julian warf einen Blick zu Marie hinüber. Sie wirkte angespannt und konzentriert.

Was, zum Teufel, tat Obaidi in Islamabad?

Auf den anderen Videos war er nicht mehr zu entdecken. Als die Lichter wieder angingen, bedeutete Kumar Julian und Marie, ihn in sein Büro zu begleiten. Dort ging Julian auf und ab. »Gaurav, bitte doch deine Männer, die Aufnahmen von Obaidi mit den Überwachungsvideos aller Einwanderungsstellen für internationale Passagiere in den Flughäfen von Mumbai, Delhi, Bangalore und Kalkutta zu vergleichen. Ich möchte feststellen, ob Obaidi im letzten Monat nach Indien eingereist ist. Und bitte schick mir alle Übereinstimmungen.«

»Selbstverständlich. Das werde ich sofort veranlassen«, erklärte Kumar. »Es beunruhigt mich sehr, deinen Mann Obaidi auf einem Waffenmarkt in Pakistan zu sehen.«

»Glaubt ihr, Obaidi könnte seine Hand bei der Explosion an der Autobahn im Spiel gehabt haben?«, fragte Marie. »Würde er sich mit einer anderen Terrorgruppe zusammentun? Das passt eigentlich nicht zu ihm.«

»Wir wollen keine voreiligen Schlüsse ziehen«, warnte Kumar. Julian lächelte. So kannte er Kumar: nüchtern, rational und regelkonform.

»Obaidi hat eine unverkennbare Methode, wenn es um Bomben geht«, erklärte Julian. »Ich werde dir unsere Analysen schicken, damit du sie mit der Busexplosion vergleichen kannst.«

»Vielen Dank. Unsere Kriminaltechniker arbeiten derzeit daran. Wir müssen abwarten, was sie herausfinden.«

»Ich muss dir ja nicht sagen, dass Laschkar eine hochentwickelte Organisation ist«, sagte Julian zu Kumar. »Der Amerikaner David Headley, der die Ziele für die Anschläge in Mumbai am sechsundzwanzigsten November ausgesucht hat, war zu dieser Zeit auch für die Drug Enforcement Agency, die amerikanische Drogenvollzugsbehörde, tätig. Er war ein Dreifachagent, und die Amerikaner hatten keine Ahnung davon. Die Möglichkeit, dass die LeT einen ausländischen Agenten wie Obaidi nutzt, kann man nicht ausschließen. Aber noch wissen wir nichts darüber.«

»Nicht viel«, stimmte Kumar ihm zu. »Nicht, bis die Analysen durchgeführt wurden.«

»Gaurav, ich muss dir noch etwas sagen. Ein weiterer Wissenschaftler ist verschwunden. Ein Franzose, der für Areva arbeitet.«

Kumar runzelte die Stirn, und in seine großen braunen Augen trat ein zorniger Ausdruck. »Wann war das?«, erkundigte er sich.

»Etwa zur gleichen Zeit, als Bhopajee verschwand. Er war ebenfalls Atomforscher. Ein Experte auf dem Gebiet der Gaszentrifugen.«

Kumars Miene verdüsterte sich.

»Ich bin mittlerweile von der französischen Forschungsgruppe Meridien angeheuert worden und leite ihre Abteilung Naher Osten, also ist es mir möglich, ihre Kapazitäten bei der Recherche über den Fall Bhopajee zu nutzen. Das erweitert meine Möglichkeiten um einiges. Ich bin der Meinung, Marie und ich sollten so schnell wie möglich nach Paris zurückkehren und von dem dortigen Büro aus mit dir in Verbindung bleiben. Martin Surplice leitet es jetzt.«

Kumar nickte. »Vom Nachrichtendienst DGSE?«, fragte er.

»Ja.«

»Ein guter Mann.« Kumar stand auf, als einer seiner Stabsmitarbeiter und zwei Offiziere an der Tür erschienen. Sie wollten mit ihrem Chef sprechen.

»Marie, es tut mir leid, dass diese Reise so kurz war.« Kumar reichte Marie die Hand. »Ich hätte Ihnen gern gezeigt, wie schön Pune ist, aber die Besichtigungstour wird warten müssen, bis die Zeiten besser geworden sind.« Er schüttelte auch Julian die Hand. »Ich werde dir alle Übereinstimmungen auf den Kontrollbändern zukommen lassen.« Sein Telefon klingelte, und Julian und Marie wurden zur Tür begleitet.

AUF DEN MALEDIVEN

Michel Durand stand vor seiner Hütte und bewunderte die beschauliche Szene vor ihm. Die Sonne wärmte seine Haut und drohte, ihn dazu zu verführen, diesen Moment zu genießen, doch er wehrte sich dagegen. Er durfte sich nicht gehen lassen; er musste nachdenken. Was, in aller Welt, machte er hier? Durand drehte sich zu dem Häuschen um und sah, wie Bhopajee aufstand und wieder in das Badezimmer ging. Er stemmte frustriert die Hände in die Hüften. Sein Instinkt sagte ihm, er sollte versuchen zu fliehen. Auf seine Entführer zu warten, das war ein schrecklicher Fehler.

Er ging wieder hinein und ließ die Fliegengittertür hinter sich zufallen. Bhopajee kam nach einigen Minuten aus dem Badezimmer, und Durand ließ seinen Mitbewohner an sich vorbei nach draußen gehen.

»Ich glaube, wir sollten versuchen zu flüchten«, meinte er, als er ihm zum Strand gefolgt war und nun beinahe mit den Füßen im Wasser stand.

»Wie, zum Teufel, sollten wir das bewerkstelligen?«, fragte Bhopajee und betrachtete mit hochgezogenen Augenbrauen die friedliche Umgebung. »Es gibt etliche Sicherheitsvorkehrungen auf dieser Insel.« Er deutete auf einen drei Meter hohen Pfosten, der etwa zwanzig Meter von der Hütte entfernt in den Himmel ragte. »Sehen Sie diese Aluminiumzylinder? Darin befindet sich ein virtueller Zaun aus Mikrowellen.« Dann zeigte er auf eine Palme. »Dort drüben hängt eine Infrarotkamera. Die Form ist unverkennbar.«

»Und in unserem Zimmer befindet sich eine Dome-Kamera«, fügte Durand hinzu. »Aber man kann sie ausschalten.«

Bhopajee drehte sich um und warf einen Blick auf die Hütte. »Ich nehme an, Sie haben auch die Videoüberwachungsanlage in der Ecke der Veranda bemerkt?«

Durand ballte seine Hände zu Fäusten. »Was schlagen Sie also vor? Sollen wir hier warten, bis wir erfahren, was man mit uns vorhat?«

Bhopajee sah auf den Ozean hinaus. Für seine Begriffe reagierte Durand zu impulsiv und unüberlegt. Andererseits war Kampf der Kernpunkt des Überlebens. Er war zwar nicht mehr der Jüngste, aber noch nicht alt genug, um einfach aufzugeben.

»Woran haben Sie gedacht?«, erkundigte er sich bei Durand.

»Der Koch und der Fahrer kommen drei Mal am Tag hierher. Wir könnten sie überwältigen und ihr Boot nehmen.«

»Und wohin sollten wir damit fahren?«

»Irgendwohin.«

»Du lieber Himmel, sie würden uns mit zwei Dutzend Männern in Rennbooten verfolgen lassen. Das sind Profis.«

Durand fuchtelte frustriert mit den Händen durch die Luft. »Jeder macht mal einen Fehler. Vielleicht schläft jemand ein. Oder verhält sich unklug.«

»Theoretisch gebe ich Ihnen recht. Aber ich weiß nicht, wohin wir fahren sollten. Sollen wir den Indischen Ozean in einem Ruderboot überqueren? Wir befinden uns siebenhundert Meilen von Sri Lanka entfernt. Wir würden mit ziemlicher Sicherheit sterben. Wahrscheinlich von Haien aufgefressen werden.«

»Vielleicht würde uns ein privates Sportboot oder ein Touristendampfer aufnehmen. Möglicherweise würde uns ein Zubringerflugzeug entdecken. Wer weiß? Besser, als bei einer Flucht von der Hand dieser Verbrecher zu sterben.«

»Aber eine Flucht bedeutet den sicheren Tod, glauben Sie nicht? Ohne Nahrung auf dem Meer. Ich würde es bestimmt nicht schaffen – ich bin Diabetiker.«

»Du lieber Himmel! Brauchen Sie Insulin?«

»Ja.«

»Dann sind Sie ohnehin erledigt, Flucht hin oder her. Sie werden sterben. Ich sollte mich allein auf den Weg machen.« Durand begann, auf dem weißen Sand auf und ab zu laufen.

»Das kann schon sein«, erwiderte Bhopajee. »Allerdings wissen unsere Entführer anscheinend über meine Krankheit Bescheid, denn im Badezimmer befindet sich ein Vorrat an Insulin und allem Zubehör, was ich benötige.«

HOTEL SERENA, ISLAMABAD

Der Mann, der sich Mohammed Issa nannte, ging im Wohnzimmer seiner Suite in Islamabad auf und ab. Er setzte sich auf einen mit silbernem Brokatstoff bezogenen Sessel, nahm eine Ausgabe der *Pakistan Times*, überflog sie kurz und legte sie auf einen Beistelltisch, bevor er wieder aufstand. In dem Raum war es bis auf das Summen der Klimaanlage ganz still, aber Issa war erschöpft und entnervt von den Anstrengungen der letzten Tage. Jetzt, wo er anscheinend eine Lösung für sein Problem gefunden hatte, sehnte sich sein Körper nach Ruhe und Erholung. Vielleicht sollte er die stärkende Behandlung in Anspruch nehmen, die Mr Khan ihm angeboten hatte. Issa versuchte, sich die Annehmlichkeiten vorzustellen, aber seine Gedanken rasten und ließen ihm keine Ruhe.

Sein Instinkt hatte ihn nach Pakistan geführt, und Qassim hatte ihn an Khan verwiesen. Khan war der Mann, den er sich vorgestellt hatte – ein Schmuggler aus dem Volk, der sich in der kriminellen Unterwelt durch seine Verbindungen, seine Brutalität und seinen Scharfsinn nach oben gearbeitet hatte.

Vielleicht würde Khan sich für ihn einsetzen. Aber wer konnte das schon sagen? Wenn man sich mit seinen Waren auf den Basar begab, wusste man nie genau, ob sich dafür ein Käufer finden würde. Als er die wunderbaren Schnitzereien des blinden Mannes gesehen hatte, war ein Hoffnungsschimmer in ihm aufgekeimt. Einen gnädigen Moment lang hatte er ihn für einen Boten einer positiven Entwicklung der Dinge gehalten. Er sprach rasch ein Dankesgebet zu Allah und ließ dann in Gedanken noch einmal die Details seines Treffens Revue passieren.

Issa war erfreut, dass Khan den geforderten Preis nicht abgelehnt hatte, obwohl der Betrag, das wusste er, sehr hoch angesetzt war.

Aber dann dachte er über die Ruhe seines Gesprächspartners nach. War das normal? Hätte Khan nicht viel aufgeregter oder alarmierter reagieren müssen? Während Issa darüber nachdachte, rötete sich sein Gesicht plötzlich von den Wangen bis unter die Haarwurzeln. Was wäre, wenn die Iraner sich bereits an Khan gewandt hatten? Wenn sie Issa in Verdacht hatten, dass er ein Doppelspiel trieb, und die Nachricht bereits verbreitet hatten? Haltet Ausschau nach einem außergewöhnlich wertvollen Produkt.

Könnte das Khans mangelnde Überraschung über den Preis erklären?

Issa erhob sich rasch von seinem Stuhl und nahm das Telefon in die Hand. Plötzlich erkannte er, dass er wie ein wehrloses Opfer in diesem Hotel saß und auf Khans Antwort wartete. Er wollte die Rezeption anrufen und um seine Rechnung bitten. Doch als er bereits den Hörer am Ohr hatte, änderte er seinen Entschluss. Khan hatte sicher seine Leute am Empfang sitzen. Er wollte ihn nicht warnen, also ließ er den Hörer wieder sinken. Er musste nachdenken. Wenn er überstürzt abreiste, würde er sich verraten. Sicher beobachteten Khans Männer ihn. Wenn nicht im Empfangsbereich des Hotels, dann irgendwo in der Nähe.

DAS BÜROGEBÄUDE DES UNTERNEHMENS MERIDIEN, PARIS, FRANKREICH

Julian saß hinter seinem Schreibtisch und starrte aus seinem Fenster auf die Seine, die sich an den schimmernden gläsernen Bürotürmen in dem Viertel La Défense vorbeischlängelte. Das war der Geschäftsbezirk von Paris, sauber, betriebsam und gut funktionierend, strotzend vor modernen Gebäuden und gewagter Architektur. Von seinem Fenster aus konnte er sogar das riesige schwarze Dreieck des Areva-Gebäudes sehen, wo Michel Durand arbeitete. Oder gearbeitet hatte. Julian schüttelte den Kopf und versuchte, sich zu konzentrieren. Sein Blick kehrte zurück zu dem Fluss mit seinen unbegradigten, natürlichen Ufern, an denen Grünpflanzen wucherten. Nur wenige Kilometer westlich floss die Seine durch ländliches Gebiet.

Julian und Marie waren am Tag zuvor aus Indien zurückgekommen, hatten ein paar Stunden geschlafen und waren dann gleich in das Büro gefahren, um ihre Arbeit aufzunehmen. Julian spürte, wie ihn der Jetlag mit ganzer Wucht zu erdrücken schien. Marie hielt sich irgendwo in dem Gebäude auf. Hélène, die gute Seele des Unternehmens, hatte sie unter ihre Fittiche genommen und half ihr bei der Beschaffung ihres Dienstausweises und der Zugangscodes zum Computer.

Es klopfte an der Tür. Julian wandte sich um und sah Surplice an der Tür stehen.

»Komm rein, komm rein.« Julian erhob sich, um ihn zu begrüßen.

»Hast du den Ärger immer im Gepäck, oder verfolgt er dich?«, fragte Surplice. »Kaum triffst du in Mumbai ein, schon explodiert ein Bus im Madap-Tunnel.«

Julian schüttelte den Kopf. Sie setzten sich an einen weißen Saarinen-Tisch. »Es gibt einiges zu berichten.«

Surplice legte eine ungeöffnete Zigarettenschachtel auf den Tisch und sah Julian an.

»Du hast sie also anscheinend wieder rekrutiert«, sagte er. »Ganz so, wie es deiner Art entspricht.«

»Nein, so kann man es nicht sagen«, widersprach Julian. »Sie hat noch nicht eingewilligt. Aber im Moment arbeitet sie.«

»Ich habe gesehen, wie Hélène ihr alles gezeigt hat.«

»Ja, sie braucht zuerst Zugang zu den Datenbanken. Dann folgt ein ziemlich anstrengendes Trainingsprogramm, das ich für sie ausgearbeitet habe.« Er reichte Surplice das Trainingskonzept.

Surplice las laut vor: »Überwachungsübungen, Verfolgen von Verdächtigen, Verhalten bei der Verfolgung der eigenen Person, Kommunikation.« Er nickte anerkennend.

»Hélène hat mich um zusätzliches Personal gebeten, um dein Programm durchzuführen«, erklärte Surplice und gab ihm das Blatt Papier zurück. »Ich habe Suzette de Laye dafür eingeteilt, das Trainingsprogramm zu leiten. Deine junge Mitarbeiterin wird anschließend eine lange Erholungspause brauchen. Unter Suzettes Führung wird sich dein Programm sehr anstrengend gestalten.«

»Für anschließende Ferien wird keine Zeit bleiben«, meinte Julian. »Aber es wird ihr und uns zugutekommen. Dieses Training wird Maries Fähigkeiten fördern.«

Surplice rückte das Zigarettenpäckchen vor sich zurecht und legte das Feuerzeug darauf. »Pune«, sagte er schließlich.

»Ja«, erwiderte Julian. »Vijay Bhopajee. Ein führender Nuklearwissenschaftler und Vater der indischen Wasserstoffbombe. Er ist auf seinem Weg zur Arbeit verschwunden; er wurde in ein Auto gezerrt und dann in einen Van umgeladen. Meiner Meinung nach eine höchst professionell ausgeführte Entführung. Aber merkwürdigerweise gibt es keine Lösegeldforderung. Das ist in Indien sehr ungewöhnlich.«

»Und wir vermissen unseren Wissenschaftler Michel Durand«, sagte Surplice. »Hast du die angeforderten Polizeiberichte erhalten?«

Julian ließ den Blick über seinen Schreibtisch gleiten. »Ich glaube nicht.«

»Ich werde sie dir besorgen«, bot Surplice an. »Möglicherweise haben nicht alle deine E-Mail-Adresse. Ich werde mich darum kümmern.«

Surplice verstummte nachdenklich, während Julian fortfuhr: »In dem verlassenen Wagen wurde eine Prepaid-SIM-Karte von Vodafone gefunden.«

»Hältst du das für einen Hinweis auf die LeT?«, fragte Surplice.

»Nicht unbedingt«, erwiderte Julian.

»Wie deuten die Inder das Bombenattentat auf den Bus?«, wollte Surplice wissen.

»Die Vorgehensweise sieht nach der LeT aus«, antwortete Julian. »Sechs Tonnen Kaliumchloriddünger auf einem LKW wurden mit reinem TATP entzündet.« Julian schob Surplice einige Fotos zu, die Kumar ihm besorgt hatte.

»Der Selbstmordattentäter sprengte die Bombe, während

er neben dem Bus herfuhr«, fügte Julian hinzu. »Etwa hundert Meter nach der Tunneleinfahrt.«

»Was für ein Chaos.« Surplice sah sich die Fotos an. »Es wird Monate dauern, bis die Straße wieder befahrbar ist.«

»Die kriminaltechnischen Untersuchungen sind im Gang«, sagte Julian. »Aber in Indien ticken die Uhren anders. Übrigens ist Kumar zum Kommandeur des Verteidigungsnachrichtendienstes DIA befördert worden.«

»Sehr gut«, erwiderte Surplice. »Das hilft uns sicher weiter.« Er war beeindruckt von Julians guten Verbindungen.

»Du hast erwähnt, dass du noch etwas anderes entdeckt hast.«

Julian nickte. »Während wir bei ihm waren, hat er uns gefragt, ob wir mit ihm gemeinsam einige Überwachungsvideos anschauen möchten. Seine Männer haben sie auf einem Waffenmarkt in Islamabad aufgenommen. Ich habe mir nicht viel davon versprochen, aber Marie ist etwas aufgefallen, was uns alle erschreckt hat.«

»Was war das?«

»Auf einem der Videos war Mansour Obaidi zu sehen, wie er vor drei Tagen in Islamabad das Büro eines bekannten und bedeutenden Waffenhändlers betrat.«

Surplice warf Julian einen scharfen Blick zu. »Was zum Teufel …?«

»Ich habe Kumar gebeten, diese Aufnahme mit allen Überwachungsvideos zu vergleichen, die an den großen Flughäfen in Indien von einreisenden Passagieren aufgenommen werden.«

»Stand Obaidi jemals in Verbindung mit Laschkar e-Taiba?«, fragte Surplice.

»Nein. Laut Kumars Berichten deutet bisher nichts darauf hin«, erwiderte Julian.

»Und war Obaidi jemals an einer Entführung beteiligt?«

»Nicht dass ich wüsste. Er bastelt eigentlich Bomben, aber er schöpft alle Möglichkeiten aus. Einen Großteil seines Vermögens hat er mit dem amerikanischen Öl-für-Lebensmittel-Programm unter Saddam gemacht und natürlich während und nach dem ersten Golfkrieg.«

Surplice schüttelte den Kopf.

Sie hörten ein Geräusch an der Tür. Eine kleine Frau mit weißen Locken, strahlend blauen Augen und einer gestärkten weißen Bluse mit einem Peter-Pan-Kragen betrat den Raum. Um ihren Hals hing eine Brille an einer Perlenschnur, und sie trug einen gut geschnittenen Wollrock und flache Schuhe.

Marie folgte ihr. Sie hatte sich einige Umhängebänder mit Namensschildern um den Hals geschlungen und hielt etliche Aktenmappen in den Händen.

»Bereit, sich in die Arbeit zu stürzen?«, fragte Surplice Marie.

Sie nickte. »Ich habe jetzt den Zugangscode zu dieser unglaublichen Datenbank«, erklärte sie mit einem breiten Lächeln.

»Wenn Sie ihn von Hélène bekommen haben, dann haben Sie bereits den härtesten Teil Ihres Trainings hinter sich gebracht«, meinte Surplice.

ALTER SOUK, ISLAMABAD, PAKISTAN

Sher Khan wippte mit seinem Stuhl vor und zurück und betrachtete den Albinovogel, der in seinem Käfig hin und her flatterte.

Issa hatte etwas sehr Großes zu verkaufen. Wenn jemand etwas darüber wusste, dann waren es Khans tschetschenische Kontaktpersonen, die Mittelsmänner, die das gesamte Gebiet der ehemaligen Sowjetunion beherrschten. Sie hatten mehr Einblick in alle Vorgänge als die russische Regierung, das FSB, die Nuklearinspektoren der UN oder die Amerikaner. Sie wussten, wer kaufte und wer verkaufte – und ob es sich um eine rechtmäßige Transaktion zwischen zwei Ländern oder um ein geheimes Abkommen mit Schwarzmarkthändlern handelte. Und sie kannten die Ware.

Khan hob einen Sonnenblumenkern vom Tisch auf und warf ihn in den Käfig. Der Vogel sprang zur Seite, um dem Wurfgeschoss auszuweichen. Khan schleuderte einen weiteren Kern in den Käfig und lachte, als der Vogel von seiner Stange auf den Boden des Käfigs und wieder zurück auf seine Stange hüpfte, seine Federn sträubte und den Kopf ruckartig auf und nieder bewegte.

Er griff nach seinem Telefon und bat seine Sekretärin, ihn mit Ivan in Grosny zu verbinden.

»Ivan«, meldete er sich. »*Priviet, kagdillah?*«

Ivan lachte über die kaum verständliche Aussprache der russischen Wörter.

»*Salam alaikum*, mein Freund«, erwiderte Ivan. »Sher Khan, Herr der Berggipfel, wie geht es dir?«

»Mit Gottes Hilfe bin ich am Leben«, sagte Khan. »Und wenn es Gottes Wille ist, werde ich auch morgen noch leben.«

»Und wenn Gott dir einen Wunsch bewilligt, was kann ich dann für dich tun?«

»Sag mir, was dir über ein sehr großes Geschäft hier in der Gegend bekannt ist.«

»Welche Art von Geschäft?«

»Eine Transaktion im Wert von fünfundvierzig Millionen Dollar. Eine sehr heikle Sache. Mit hohem Risiko verbunden.«

»Genosse Khan«, begann Ivan. »Nichts kann so geheim sein, dass darüber in meiner Umgebung nicht zumindest geflüstert wird. Aber ich weiß von nichts. Ich habe nichts gehört. Nicht einmal ein Murmeln. Nein, da muss ich leider passen.«

»Gut, mein Freund. Das ist alles, was ich wissen wollte.«

»Khan, besuche uns doch bald einmal. Es ist sehr schön hier in Grosny. Kein Sand.«

Khan lachte und legte auf. Der Anruf hatte sich gelohnt. Er schloss daraus, dass Russland nicht hinter diesem Geschäft steckte. Ivan hätte es ihm gesagt, selbst wenn er daran nicht beteiligt war.

Welche anderen Länder könnten sich einen Deal in dieser Höhe leisten? Der Iran, die Türkei, Katar, Indonesien, Kuwait, die Vereinigten Arabischen Emirate und der Libanon, zusammen mit Bahrain und Saudi-Arabien?

Und welches dieser Länder könnte tatsächlich Interesse an der Ware haben, die Issa verkaufen wollte? Illegale Waffen oder etwas Hochtechnisches, das sie nicht von den Amerikanern bekamen. Das schloss alle Golfstaaten bis auf den Iran und den Irak aus. Der Libanon war politisch nicht genügend homogen, um einen solchen Kauf zu tätigen. Der Irak kämpfte immer noch darum, auf eigenen Füßen zu stehen, und die Amerikaner beobachteten das Land zu genau, als dass eine solche Anschaffung möglich wäre. Damit blieb nur der Iran übrig. Nur der Iran konnte eine solche Summe hinlegen und wäre bereit, damit etwas auf dem Schwarzmarkt zu kaufen.

Khan stand auf und ging in seinem Büro auf und ab. Was hatte Issa vor? War er töricht genug, sich mit dem Iran einzulassen? Wollte er die Iraner aus dem Geschäft drängen, oder trieb er ein doppeltes Spiel mit ihnen? Khan wurde es flau im Magen. Okay, wenn es darum ging, war er raus aus der Sache. Er hatte nicht vor, einen vier Tonnen schweren Elefanten zu reizen, indem er ihn in den Hintern piekste.

Sher Khans weißer Vogel zirpte ängstlich. Khan drehte sich zu ihm um und beobachtete fasziniert die ruckartigen Kopfbewegungen des Vogels, den Ausdruck seiner instinktiven Angst. Wovor fürchtete er sich? In dem Käfig konnte ihm doch nichts passieren! Warum hatte der Vogel Angst? Er musste den ganzen Tag nichts anderes tun, als Wasser zu trinken und Vogelfutter zu fressen. Wenn er nur ein so leichtes Leben hätte! Ein Schauder überlief ihn. Er wollte nichts mit Issa und seinem Plan zu tun haben. Absolut nichts.

Khan nahm sein Mobiltelefon in die Hand und wählte die Nummer des Hotels Serena.

»Mohammed Issa«, sagte er zu der Telefonistin.

Er wurde durchgestellt.

»Mr Issa«, begann Khan, »ich habe über Ihr Angebot nachgedacht. Leider kann ich nichts für Sie tun.«

Issas Gesicht erschlaffte. Das war nicht die Antwort, die er erwartet hatte. Er spürte, wie sein linkes Bein zu zittern begann. Es hatte sich sicher bereits herumgesprochen. Jetzt würde ihm niemand mehr helfen wollen, nicht gegen die Iraner. Er würde einen anderen Weg finden müssen. Es gab immer eine andere Lösung.

»Vielen Dank, Mr Khan. Möge Gott mit Ihnen sein«, erwiderte er.

»Und mit Ihnen, Mr Issa.« Khan dachte bei sich, dass Issa alle Hilfe brauchen würde, die er bekommen konnte.

AUF DEN MALEDIVEN

Das kleine weiße Boot tuckerte auf die Insel zu. Bhopajee und Durand beobachteten erwartungsvoll von der Hütte aus, wie der Bootsmann mit dem Bug voran auf den Strand zusteuerte. Sie sahen zu, wie das Dienstmädchen vorsichtig in die sanften Wellen stieg und mit der Hand das Tuch festhielt, das auf dem Tablett mit ihrem Essen lag. Dann stapfte sie über den Sand auf sie zu. Der Steuermann zog das Boot an den Strand und setzte sich daneben in den Sand. Durand erhob sich rasch und beschmierte die Kameralinse in ihrem Zimmer mit Seife.

Bhopajee saß an dem weißen Rattantisch, als das Dienstmädchen die Fliegengittertür aufstieß. Wie üblich begrüßten die beiden Männer sie mit einem Hallo in verschiedenen Sprachen, die sie nicht zu verstehen schien. Allerdings schenkte sie ihnen ein herzliches Lächeln und stellte das Tablett auf den Tisch. Während sie die Teller anrichtete und Durand dabei den Rücken zuwandte, warf ihr der Franzose ein Bettlaken über den Kopf und zog es fest um ihren Körper. Sie schrie gellend auf, doch Bhopajee stand rasch auf und stopfte ihr einen bereits vorbereiteten Knebel aus einem zerrissenen Kopfkissenbezug in den Mund. Sie warfen einen Blick aus dem Fenster. Der Aufpasser saß immer noch im Sand. Durand half Bhopajee, die Knoten festzuzurren. Dann schleppten sie die Frau, die sich heftig wehrte, hinter das von der Tür am weitesten entfernte Bett. Mit einem weiteren in Streifen zerrissenen Laken fesselten sie sie an Armen und Beinen.

Wie abgesprochen wankte Bhopajee zur Tür hinaus, als fühle er sich nicht gut. In der Nähe des Bootes ließ er sich in den Sand fallen. Der Steuermann wurde aufmerksam, drehte sich um und ging auf ihn zu. Bhopajee begann, zu zittern und mit den Armen zu rudern. Durand blieb kurz stehen, um die Linse der Kamera auf der Terrasse zu verschmieren, und rannte dann, schreiend und eine Flasche Insulin schwenkend, aus der Hütte. Als er den Aufpasser erreicht hatte, knieten sich beide neben Bhopajee auf den Boden. Doch dann drehte sich Durand rasch um und bedrohte den Steuermann mit der Spritze, die er in seinem Ärmel versteckt hatte. Er stach ihn damit ins Gesicht und in den Hals. Der Mann war völlig überrumpelt, und Bhopajee und Durand stürzten sich gemeinsam auf ihn. Er war stark, aber klein, und den Männern gelang es, ihm die Arme auf den Rücken zu drehen. Sie fesselten ihn mit weiteren Stofffetzen an Armen und Beinen.

Durand lief zurück zu dem Häuschen und sammelte hastig alle Insulinvorräte, Spritzen, verbliebenen Bettlaken und Decken ein, nahm auch die soeben gelieferte Mahlzeit und das Wasser mit und schleppte alles zum Boot. Dann half er Bhopajee über das Seitendeck, sprang hinterher, schob das Boot ins Meer und ließ den Motor an. Sie steuerten auf den offenen Ozean hinaus.

MERIDIEN RESEARCH, PARIS, FRANKREICH

Marie legte ihre Aktenordner auf den runden weißen Tisch in Julians Büro und atmete tief durch, bevor sie sich auf den Tulpenstuhl setzte.

»Diese Firma hat einen unglaublichen Computer.« Sie schüttelte bewundernd den Kopf. »Dort findet man Informationen über alle Spionagedienste dieser Welt. Mit einem Knopfdruck kommt man an alle Informationen der Telefongesellschaften heran. Selbst finanzielle Unterlagen sind kein Problem.« Sie beugte sich vor und umklammerte die Armlehnen des Stuhls. »Ein Traum«, sagte sie lächelnd. »Ich fühle mich wie gedopt.«

»Es freut mich, dass es dir Spaß macht«, meinte er. Sie sah zur Seite. Seine Bemerkung ließ so viele Deutungen zu, die sie ignorieren musste, solange sie sich in diesem Büro aufhielten.

Julian stand auf und legte einen Stapel Faltmappen auf den Tisch. »Alle diese Dokumente sind ebenfalls in die Datenbank eingespeichert. Das sind die Unterlagen, die ich im Zug von Mumbai nach Pune bearbeitet habe und in die du bereits einen Blick geworfen hast.«

»Die Akten, in denen ich nach versteckten Aktivitäten suchen sollte?«

»Richtig. Oder nach irgendetwas Verdächtigem.« Julian nickte. »Schau sie dir an. Da drin findet sich einiges. Wenn du etwas entdeckst, was du für wichtig hältst, und wenn du weiter nachbohren möchtest, können wir uns auch zusätzliche Informationen kaufen. Lass es mich einfach wissen.«

»Kaufen? Von wem?«

»Zum Beispiel von Banken.«

»Wie machst du das?«

»Die Franzosen treffen sich wöchentlich mit ihren Kollegen der EU, der Vereinigten Staaten und Russlands. Sie tauschen alle Einkaufslisten mit den Informationen aus, die sie für Untersuchungen von Kriminalfällen und terroristischen Anschlägen brauchen. Damit gehen die Regierungen dann zu ihren offiziellen Agenturen oder Subunternehmen und erteilen ihre Aufträge.«

Marie nickte und machte sich eine Notiz.

»Für Meridien arbeiten einige Sicherheitsexperten und IT-Fachleute, die früher für die Regierung tätig waren, also können wir rechtmäßig vertretbare Anfragen an Organisationen in Frankreich und in der EU stellen. Wenn wir das tun, verschleiern wir natürlich unsere wahren Interessen, indem wir mehr Informationen anfordern, als wir eigentlich für unseren Fall benötigen. Wenn wir uns zum Beispiel für ein bestimmtes Konto in der Bank Paribas interessieren, erkundigen wir uns nach vier Konten.«

»Nach vier?«

»Um unser wahres Interesse zu verbergen.«

»Selbst vor den Banken und den Sicherheitsleuten?«

»Ja. Man weiß nie, wo möglicherweise Maulwürfe stecken.«

»Meine Güte«, sagte sie. Intrigenspiele gibt es wohl überall, dachte sie.

»Vergiss das vorläufig«, fuhr er fort und sah auf die Ordner auf dem Tisch. »Ich habe die Firmen aufgeteilt.« Er deutete auf ihren Stapel. »Diese haben oberste Priorität. Sie stehen unter dem Verdacht, illegale Netzwerke zu betreiben. Bitte fang damit an.«

»Okay.«

»Wir treffen uns in drei Stunden wieder.« Er strich über ihren Arm und drückte einen Moment lang ihre Hand. Sie lächelte, überrascht von seiner Berührung. »Kaffee bekommst du am Ende des Gangs auf der rechten Seite.«

LAL-MASJID-MOSCHEE, ISLAMABAD, PAKISTAN

Mohammed Issa beugte sich im hinteren Teil der Moschee über seinen Gebetsteppich. Das Gebäude war sehr alt und so gebaut, wie es ihm gefiel: aus Ton und Lehm, mit runden, altmodischen Formen, die ihn an seine Jugend in Ägypten erinnerten. Es roch nach Erde und Menschen, nach Schweiß und Papier, und das spendete ihm Trost wie damals, als er mit seinem Großvater und seinen Onkeln eine Moschee besucht hatte. Die Männer, die sich hier versammelten, kannten einander alle und nahmen ihre üblichen Plätze ein. Issa ging ganz nach hinten, wo sich Neulinge niederließen, und suchte sich eine Stelle abseits der Menge.

Wenn ihn etwas beunruhigte, fühlte er sich Gott immer am nächsten. Er fühlte sich auf besondere Weise mit dem Propheten Mohammed verbunden und konnte seine Strapazen, seinen Schmerz und sein Leid nachempfinden. Der Gedanke an ihn gab ihm Kraft, die durch seine Adern strömte und ihm half, den Kampf zu führen, den der Prophet nicht führen konnte, weil er betrogen und abgedrängt worden war, bezwungen von Mächten, die größer und stärker waren als er.

Issa konnte sich derart damit identifizieren, dass die Gefühle zu seinen eigenen wurden. Aber welcher Moslem konnte das nicht? Das war das Schöne an dieser Religion.

Aber diese Pakistaner waren schwer einzuschätzen. Sie waren so stark auf Indien konzentriert und bemerkten gar nicht, dass der Iran ihnen bereits im Nacken saß. Nun, wenn er keinen Sunniten finden würde, der an seiner Ware interessiert war, dann würde er vielleicht die Seiten wechseln. Das war zwar nicht seine übliche Vorgehensweise, und er war sich nicht sicher, was dabei herauskommen würde, aber ihm war klar, dass er von den Iranern wegkommen musste.

Issa kniete nieder und versuchte, nur noch an Allah zu denken. Die üblichen Techniken, die er anwandte, um seinen Kopf freizubekommen, klappten heute nicht. Er beschloss, eine Sure ständig zu wiederholen und sich nur darauf zu konzentrieren. Schon bald war die Moschee von Stimmen erfüllt. Und plötzlich war sein Geist frei, und er befand sich im Einklang mit Gott. Am Ende des Gebets war ihm klar geworden, was er tun musste – wie immer, wenn er sich Gott hingab.

MERIDIEN RESEARCH, PARIS, FRANKREICH

Marie drehte ein weiteres Blatt aus dem großen Stapel um und seufzte. Die Buchstaben verschwammen vor ihren Augen und tanzten über das Papier. Sie wurde müde. Wie lange hatte sie schon nicht mehr geschlafen? Sie stand auf, ging den Gang hinunter und holte sich einen starken Espresso. Nachdem sie ein Päckchen Zucker hineingerührt hatte, trank sie ihn in einem Schluck aus und ging zu ihrem Arbeitsplatz zurück.

Die Akte enthielt Unterlagen über einen Aluminiumhändler in Luxemburg, einen Metallfabrikanten im Piemont, Italien, und eine Spedition in Ägypten. Und über einen Mikrochip-Hersteller.

Die Firma im Piemont schien Scharniere und andere Teile für Maschinen zur Metallfertigung herzustellen. Das Luxemburger Unternehmen hatte eine Menge Tochtergesellschaften, deren Tätigkeiten ihr nicht klar waren. Sie klebte grell orangefarbene Haftnotizzettel mit Fragezeichen darauf. Was die Spedition genau machte, konnte sie nicht herausfinden, da alle Unterlagen in Arabisch ausgestellt waren.

Blieb noch Channel Microchip. Registriert auf der Insel Jersey. Das wirkte auf den ersten Blick etwas merkwürdig. Wer vertrieb auf den Kanalinseln Mikrochips? Eine vernünftige Firma würde sich sicher zum Verkauf von Mikrochips keine kleine Insel aussuchen.

Marie hatte Kreditkartenabrechnungen aus den USA gefunden. Mietwagen. Hotels. Sie versuchte bereits seit einer Stunde, einen sinnvollen Grund für die ersten dieser Belege aus den Vereinigten Staaten herauszufinden. Der Kaffee hatte keine spürbare Wirkung gezeigt. Ihre Gedanken schweiften wieder ab, bis sie jemanden an ihrer Bürotür hörte.

»Zeit für eine Pause«, erklärte Julian. »Du arbeitest schon seit drei Stunden daran.«

»Sehr gut.« Marie stand auf. »Und keine Minute zu früh. Ich bin total kaputt. Wie wäre es mit einem kleinen Spaziergang?«

Julian sah sie zweifelnd an.

Marie verzog das Gesicht, und Julian ließ sich umstimmen. »Also gut. Lass uns gehen.«

Auf der Straße war es immer noch warm, aber die Sonne

ging bereits unter. Eine milde Brise strich über den Fluss, und sie nahm den Geruch des lehmigen Ackerlands dahinter wahr. »Oh, das tut gut«, stellte sie fest. »Ich fühle mich schon viel besser.«

»Gut«, erwiderte Julian. »Dann können wir ja jetzt in eine Bar gehen.«

Marie lachte. »Zumindest hast du mir zehn Schritte gegönnt. Besser als nichts. Erkläre mir doch noch einmal, warum du nichts von körperlicher Betätigung hältst.«

»Ich habe schon mehr davon gehabt, als ich für den Rest meines Lebens brauche.« Julian betrachtete die eleganten Bars, an denen sie vorübergingen, und zog Marie weiter. Sie entfernten sich vom Geschäftszentrum, und Julian blieb vor einem altmodischen Bistro stehen. »Einige der Busfahrer essen hier zu Mittag«, erklärte er. »Nette Leute.« Er hielt ihr die Tür auf. Der Raum mit der hölzernen Bar und den kleinen Tischen mit den Baumwolldecken wirkte freundlich. Sie gingen in den hinteren Teil, der kaum besucht war, und Julian bestellte eine Flasche Rosé.

»Erzähl mir von einer der körperlichen Anstrengungen, die dich für immer abgeschreckt haben«, forderte Marie ihn auf.

Julian sah sie seufzend an. Der Kellner brachte den Wein und zwei Gläser, und Julian trank einen Schluck.

»Nun, da gab es zum Beispiel einen Einsatz, bei dem wir einige Tage durch die Wüste zu unserem Zielort marschieren mussten. Wir gingen nur nachts, wenn es dunkel war. Während des Tages lagen wir in den Löchern, die wir uns geschaufelt hatten. Wir zogen uns Tarnnetze über den Kopf und schmorten von Sonnenauf- bis Sonnenuntergang in der sengenden Sonne, immer die Angst im Nacken, dass ein Kamel über uns hinwegtrampeln oder eine Schlange uns beißen würde. Sobald es dunkel war, aßen wir etwas und liefen weiter bis zum nächsten Tag.«

»Wohin seid ihr denn gegangen?«, wollte Marie wissen.

Julian warf ihr einen gereizten Blick zu.

»Okay, vergiss es. Ich habe nicht daran gedacht.«

»Du kannst dir nicht vorstellen, wie heiß und unbequem das war«, fuhr er mit seiner Geschichte fort. »Wir unterhielten uns miteinander, um den Mut nicht zu verlieren, und beschrieben uns gegenseitig detailliert, wie sich am Hintern eine frische Brise anfühlen würde.«

Marie schüttelte den Kopf und riss ihre Augen auf.

»Willst du noch mehr hören?« Er zog seine Augenbrauen hoch und sah sie herausfordernd an.

»Immer gerne.«

»Bei einem anderen Einsatz durften wir an einem bestimmten Ort keinerlei Spuren hinterlassen. Jemand musste daher einen Container mit unseren Hinterlassenschaften tragen. Ich sage dir nicht, wie viele Personen wir waren – aber es waren einige. Und wir hatten einige Tage an diesem Ort verbracht. Wegen meiner Größe und meiner Figur wurde ich dazu verurteilt, den Tank auf dem Rücken zu tragen. Als wir von diesem Einsatz zurückkehrten, war ich fast tot. Wir gingen zurück über die Grenze nach Israel, und meine Beine gaben nach. Ich war erledigt. Der Lastesel war zusammengebrochen. Ich konnte keinen Schritt mehr weitergehen. Die Jungs mussten mir helfen, den Tank auf den Laster zu laden, der uns abholte. Aber wir haben es geschafft.«

Marie stieß die Luft durch die Zähne aus.

»Wenn du dich jahrelang so geschunden hast, hast du keine Lust mehr darauf, dich anzustrengen, wenn es nicht unbedingt sein muss. Ich weiß, das ist nicht gut.«

»Schon klar«, sagte sie, »das verstehe ich. Aber ich bin trotzdem froh, dass wir das Büro mit der Neonbeleuchtung verlassen haben.« Marie hob ihr Glas. »Auf dich. Und auf den Lastesel.«

»Der Lastesel bin ich.«

»Wir sind alle Lastesel«, meinte sie.

Der Kellner brachte ihnen ein Körbchen mit Brot. Marie riss das Endstück des Baguettes ab.

»Also, hast du etwas Interessantes in den Akten gefunden?«, erkundigte Julian sich.

Sie bewegte den Kopf leicht hin und her. »Ich weiß es nicht. An einigen Sachen muss ich noch arbeiten, und es gibt vieles, was ich nicht verstehe.«

»Okay.«

»Aber etwas kommt mir merkwürdig vor.«

»Was?«

»Es geht um einen Mikrochip-Hersteller auf den Kanalinseln. Klingt das nicht seltsam? Ich meine, wer vertreibt solche Waren von einer Insel aus?«

»Niemand – außer er heißt Stavros Niarchos und besitzt eine Schiffsflotte.« Julian griff nach der Speisekarte.

»Genau«, stimmte Marie ihm zu. »Und ich habe Abrechnungen dieser Firma aus den Vereinigten Staaten gefunden. Kosten für Mietwagen und Hotels in Seattle, Washington.«

»Das ist nicht ungewöhnlich für ein Mikrochip-Unternehmen«, meinte er. »Sie verkaufen ihre Ware in Seattle. Oder besuchen dort eine Konferenz. Hast du Hunger?«

»Ja, ich könnte etwas zu essen vertragen. Aber weißt du, was an den Belegen komisch war? In einem Zeitraum von drei Wochen wurden drei Wagen bei drei verschiedenen Autovermietungen gebucht. Und die Zimmer wurden in drei verschiedenen Hotels reserviert.«

Julian sah von der Karte auf.

»Drei verschiedene Hotels?«, fragte er. »In derselben Stadt? Das ist ein Warnsignal.«

»Inwiefern?«

»Nun, falls es sich nicht um die Woche der World Series

handelte und das Finale in Seattle stattfand, kann ich mir keinen Grund vorstellen, warum eine Firma ihre Angestellten in drei verschiedenen Hotels in der gleichen Gegend unterbringen sollte.«

»Und was bedeutet das?«

»Das ist eine klassische Methode, wenn jemand sein Vorgehen verschleiern möchte. Man schickt zwei oder drei Männer los, um einen Ort auszukundschaften. Sie wohnen in verschiedenen Hotels, um eine Überwachung zu erschweren. Sie lassen sich nicht miteinander sehen. Eine normale Firma bringt ihre Angestellten bei einer Geschäftsreise nicht in verschiedenen Hotels unter. Vor allem schon deshalb nicht, weil man für drei Buchungen in einem Hotel üblicherweise einen Preisnachlass erhält.«

»Wow.« Marie starrte ihn an.

»Um welches Datum handelt es sich?«

»Äh, das weiß ich nicht. Ich glaube, ich habe Abrechnungen von vor sechs Monaten gesehen. Und dann noch welche jüngeren Datums.«

Julian wirkte alarmiert.

»Ich habe noch mehr Unterlagen aus Seattle von dieser Firma entdeckt«, fuhr Marie fort.

»Worum ging es da?«

»Es gibt einen Antrag auf Landegenehmigung für ein Privatflugzeug auf einem zivilen Flughafen in Seattle. Und einen Antrag auf Zufahrt eines Rettungswagens zur Startbahn desselben Flughafens. Ich habe auch eine Rechnung des Rettungsdienstes an Channel Microchip gefunden. Aufgeführt sind die Kosten für den Transport einer Patientin vom Krankenhaus zu einem Flugzeug auf dem King County Airport, dem Zivilflughafen in Seattle.«

Julian klappte die Speisekarte zu.

»Und die Daten?«

»Der Transport zum Flugzeug fand vor zehn Tagen statt.«

»Und eine Patientin wurde zu diesem Privatflugzeug gebracht?«

»Ja.«

Julian sah Marie an. Er blieb eine Weile regungslos sitzen und presste den Zeigefinger seiner rechten Hand auf seine Lippen. Offensichtlich war er in Gedanken ganz weit weg.

»Hast du noch Kontakt zu deinem Kumpel Morgan Ensley?«, fragte er schließlich.

»Hin und wieder. Warum?«, fragte Marie. Morgan war ein FBI-Agent in Texas, mit dem sie bereits zusammengearbeitet hatten.

»Wenn wir zurück im Büro sind, dann frag ihn, ob er dieses Privatflugzeug ausfindig machen kann«, sagte Julian. »Die Registrierung müsste auf den Dokumenten stehen. Ich möchte wissen, welche Strecken dieser Jet in den vergangenen zwei Wochen geflogen ist. Und bitte frag ihn auch, ob in der Gegend um Seattle eine Wissenschaftlerin vermisst wird.«

EINHEIT 345, REVOLUTIONSGARDE, TEHERAN, IRAN

Die Einheit 345 der Revolutionsgarde war auf einem kleinen Militärgelände am Stadtrand von Teheran, fünfzehn Kilometer südöstlich vom Internationalen Flughafen Teheran, stationiert. Wie bei den meisten Einrichtungen der Garde war die offiziell genannte Funktion – Hauptquartier der Einheit – nur eine Tarnung für die eigentlichen Aktivitäten. In diesem Fall ging es um globale Operationen von hoher Priorität.

Hassan Safavi betrat das Vorzimmer des befehlshabenden Offiziers und sah sich in dem vertrauten Raum um. Die fensterlosen Mauern waren mit beigefarbenen Seidenvorhängen mit grünen Schleifen verkleidet, die gleichzeitig geschmacklos grell und nichtssagend wirkten. Gepolsterte Stühle in verschiedenen hellen Grüntönen waren an den Wänden aufgestellt, und neben einem Bild des Obersten Führers hing, ein wenig nach oben versetzt, ein Bild des Präsidenten.

Safavi war am Morgen mit Flug 513 der Emirates Air aus Neu-Delhi angekommen. Der Flug hatte die ganze Nacht gedauert, und er war müde und sehnte sich verzweifelt nach einer Zigarette. Er ging ein paar Mal auf und ab und setzte sich dann auf einen der dick gepolsterten Stühle. Er fühlte sich lächerlich, weil seine Füße kaum den Boden berührten, also stand er rasch wieder auf. Ihm fiel auf, dass der Teppich schmutzig war. Zu Nafabedis Tür führte ein ausgetretener Pfad.

Er tastete nach einem Kieselstein in seiner Tasche und versuchte, seine Gier nach Nikotin zu unterdrücken, indem er den Stein gegen seine Nagelhaut presste. Das Büro war ihm verhasst. Es erinnerte ihn an sein Training für die Revolutionsgarde vor fast dreißig Jahren und an die brutalen Nächte, die sie eingesperrt in Kellerverliesen verbracht hatten, um zu lernen, mit Entbehrungen und Folter fertigzuwerden. Damals hatten sie sich auf den Kampf gegen Iraker vorbereitet, und die Iraner wussten sehr gut, wozu die Iraker unter Saddam Hussein fähig waren. Die Offiziere der Garde mussten darauf vorbereitet sein, möglicherweise gefangen genommen und vom irakischen Geheimdienst gefoltert zu werden. Safavi war dankbar, dass er dieses Training überlebt hatte. Als Belohnung war er einer Spezialeinheit zugeteilt worden.

Über die Jahre hinweg hatte Nafabedi ihn hin und wieder für nützlich erachtet und ihn in seiner Nähe behalten. Safavi hatte das Gefühl, dabei die Rolle des unterwürfigen Hundes zu spielen, und Nafabedi war sein verhasster Herr. Er hatte jedoch keine Ahnung, wie er diesen Kreislauf aus Enttäuschung, Erniedrigung und Zorn durchbrechen sollte. Seine Versetzung war eine Gnadenfrist und eine Belohnung gewesen. Nicht, dass er ein Problem mit der Regierung hätte, Allah bewahre! Er hatte einfach nur die Freiheit genossen, die er in seinem Leben weit weg von der Hofintrige verspürte. Nicht hier leben zu müssen, das kam in der Tat einer Beförderung gleich. In der Botschaft war er der Chef. Er hatte eine umfassende Macht und bei seinen Operationen Zugang zu den Märkten in ganz Europa und dem Osten. Die Geschäfte, die er nebenher abwickelte, erhöhten sein Einkommen nicht unerheblich. Natürlich profitierte auch sein Boss durch zahlreiche Schmiergeldzahlungen.

Trotzdem fühlte sich Safavi bei dem Gedanken an das bevorstehende Treffen unwohl. Er war immer noch wütend, dass Nafabedi sich in *seine* Operation eingemischt hatte. Auf *seinem* Gebiet. Anstatt Issa damit gefügig zu machen, hatte er nur die Lieferung verzögert. Aber Nafabedi würde seinen Fehler niemals zugeben. Wie immer würde er, Safavi, dafür bezahlen müssen.

Als er schließlich in das Büro des Generals gerufen wurde, war sein Hemd durchgeschwitzt. Allah sei Dank, dass seine Frau ihn dazu überredet hatte, ein dunkles Jackett zu tragen. Niemand würde die Schweißflecken sehen.

Nafabedi stand in seiner üblichen Felduniform hinter seinem Schreibtisch. Seine riesige Brille bedeckte den Großteil seines Gesichts und ließ nur seine fleischige Nase und sein spitzes Kinn frei. Er bevorzugte verspiegelte Gläser, hinter denen man seine Augen nicht genau erkennen konnte. Ein durch und durch unangenehmer Mensch, dachte Safavi und sah einen Augenblick lang zur Seite. Nafabedi bedeutete ihm mit einem Fingerschnippen, näher an den Tisch zu treten. Er erhob sich nicht, um ihn zu begrüßen – ein eindeutiges

Zeichen des Unmuts und für Safavi das erste Anzeichen, dass nicht alles gut laufen würde. Nafabedi ließ ihn einige Minuten warten, bevor er endlich etwas sagte.

Er hält sich wohl für ein Geschenk Gottes.

»Dein Kontaktmann Mohammed Issa treibt anscheinend ein Spiel mit uns«, begann er schließlich.

Safavi wurde blass. Er legte die Hände auf den Rücken und trat von einem Bein auf das andere.

Nafabedi blätterte in den Unterlagen auf seinem Schreibtisch, und Safavi schwitzte.

»Du verstehst sicher, wie wichtig diese Mission für die Islamische Republik Iran ist.« Nafabedi sprach jedes Wort langsam und betont aus. Er hatte Safavi immer noch nicht in die Augen gesehen. Dann umklammerte er plötzlich die Lehnen seines Stuhls und richtete sich halb auf. Seine Stimme klang gepresst.

»Wir können unsere Projekte ohne dieses Geschäft nicht zum Abschluss bringen!«, brüllte er und schlug mit der Hand auf den Tisch. »Wir sind bereits zeitlich in Verzug, und unser Präsident drängt darauf, dass wir unseren Zeitplan einhalten!«

Safavi taumelte bei diesem verbalen Angriff seines Vorgesetzten einen Schritt zurück.

»Wir stehen kurz vor der Fertigstellung und dürfen jetzt nicht versagen! Verstehst du das?« Nafabedi hatte die Kontrolle über seine Stimme wiedererlangt. »Ich habe beschlossen, dass du eine andere Operation durchführen wirst.«

Safavi sank in sich zusammen und machte sich auf den Schlag gefasst.

»Du wirst herausfinden, wo Issa seine wertvollen Güter aufbewahrt, und sie ihm wegnehmen.«

Safavis Herz begann zu donnern wie die Hufe einer Herde wilder Pferde.

»Wenn du dir diese Aufgabe nicht zutraust«, fügte Nafabedi hinzu und sah aus, als wolle er etwas Widerwärtiges ausspucken, »dann habe ich kein Problem damit, jemand anderen zu finden, der diese heilige Arbeit übernimmt.«

Er steckte in großen Schwierigkeiten. Falls es irgendwelche politischen Probleme geben würde – und es gab eine Million Möglichkeiten dafür –, dann würde man ihn hinrichten, um an ihm ein Beispiel zu statuieren. Was, wenn die Geiseln getötet wurden? Das würde einen Riesenskandal auf internationaler Ebene nach sich ziehen. Er war absolut entbehrlich, das hatte man ihm soeben mitgeteilt. Was immer er auch tat, auf ihn warteten Tod und Schmach. Er richtete sich auf und salutierte.

»Das wird nicht nötig sein«, sagte Safavi. »Betrachte die Sache als erledigt.« Er vollführte eine zackige Drehung und ging rasch zur Tür hinaus. Niemand wehrte sich, wenn ihm eine Axt in den bloßen Nacken gedrückt wurde. Aber die meisten vergaßen eine Demütigung niemals. Oder ihren Entschluss, sich zu rächen. *Die Vergeltung wird noch kommen.*

BÜRORÄUME DER MERIDIEN, LA DÉFENSE, FRANKREICH

Marie nahm mit einem Blick auf die Wanduhr ihr Telefon in die Hand und wählte die Nummer des FBI-Agenten.

»Ensley«, meldete sich eine Männerstimme.

»Morgan! Bist du das?«, rief sie.

»Ja?«, erwiderte er zögernd.

»Morgan, hier ist Marie Peterssen. Schon lange nichts mehr von dir gehört. Zieh dir die Hose hoch, mein Freund, ich sitze hier bei einem alten Kommandanten, der eine Frage an dich hat.«

»Wo, zum Teufel, steckst du, Marie? Ich versichere dir, dass ich meine Hose anhabe. Ich überwache gerade das Haus einer Gang. Aber mein Haar reicht mir bis zu den Schultern, ich trage einen langen Bart und sitze in einem verbeulten Pick-up.«

»Ist das deine Tarnung, Morg«, fragte sie. »Hinterwäldler?«

»Ja, so in etwa. Ich mime einen Harleyfahrer, der in seinem Truck sitzt. Wir werden uns die Typen gleich schnappen. Kann ich dich zurückrufen?«

»Sobald du Zeit hast. Du siehst ja meine Nummer.«

»Okay, jetzt habe ich mein Zeichen bekommen. Ich muss los.«

Marie legte auf. In diesem Moment betrat Julian ihr Büro. Seine Stimmung hatte sich während des Mittagessens enorm gebessert. Oder um welches Essen es sich auch immer gehandelt haben mochte. Ihre innere Uhr war völlig aus dem Gleichgewicht geraten.

»Hey«, begrüßte sie ihn, »du siehst aus wie eine Katze, die gerade einen Kanarienvogel verspeist hat.«

»Ich habe Neuigkeiten.« Er drehte einen Stuhl zu sich herum, setzte sich darauf und rollte zu Marie hinüber, bis er Knie an Knie mit ihr dasaß. Ihr Herzschlag beschleunigte sich bei dieser Nähe zu ihm, und sie unterdrückte den Impuls, ihn zu berühren. Im Büro durften sie ihre Zuneigung zueinander nicht zeigen. Er legte ihr für eine Sekunde die Hand auf das Knie und zog sie dann schnell wieder zurück. Marie ging davon aus, dass seine Nachrichten sehr positiv waren, denn für Julian, der sich immer absolut unter Kontrolle hatte, kam das beinahe einer hysterischen Aufregung gleich.

»Erinnerst du dich an die Karte von dem kleinen französischen Jungen?« Er lehnte sich zurück und legte seine Hände auf die Armlehnen. »Die Karte, die ich vergessen hatte und erst im Zug nach Pune wieder in meiner Hemdtasche entdeckt habe?«

»Ja«, antwortete Marie. »Der Junge, dessen Vater vermisst wird. Ein französischer Wissenschaftler.«

»Genau. Und obwohl ich lange über deinen Ratschlag nachgedacht habe, keine Informationen zu verschenken, habe ich mich doch dazu entschieden, die Karte der französischen Polizei zu übergeben. Das erschien mir am praktischsten. Sie verfügen über alle Möglichkeiten, den Besitzer der Telefonnummer ausfindig zu machen.« Julian sah sie mit einem unergründlichen Ausdruck in den Augen an, so als gäbe es noch andere Dinge zu sagen, die jedoch zu kompliziert waren, um sie jetzt auszusprechen oder sie vielleicht sogar jemals in Worte zu fassen.

»Und?«

»Ich bin begeistert, dass die französische Polizei ihre Hausaufgaben gemacht hat. Sie haben die handgeschriebene Telefonnummer identifiziert. Es ist die Nummer eines Mobiltelefons, die bei der Anmietung eines Apartments in Le Marais hinterlassen wurde. Die Polizei hat sich die Wohnung angesehen. Sie wurde offensichtlich ausgeräumt, gereinigt und sterilisiert. Allerdings nicht komplett. Niemand schafft es, auch das letzte Beweisstück zu entfernen. Die Polizei hat einige Haare und Hautschuppen gefunden. Und die DNA von Michel Durand.«

Marie schüttelte schweigend den Kopf, während sie das alles zu begreifen versuchte.

»Noch interessanter ist, dass die Wohnung von einer Frau namens Nathalie Ansari gemietet wurde«, fuhr Julian fort. »Das Mobiltelefon, dessen Nummer sie im Mietvertrag angegeben hat, wurde jedoch von einer Frau namens Jacqueline Atika gekauft, einer Angestellten eines kleinen Dienstleistungsbetriebs am Flughafen in Marseille. Diese Firma bietet

Putzdienste und Catering an und organisiert Landegenehmigungen und Ähnliches für Privatjets.«

Marie kritzelte Notizen auf ihren Block und schaute dann auf.

»Und das ist noch nicht alles.«

»Was noch?«, fragte Marie.

»Die Polizei hat Spuren von Kosmetika der Frau im Badezimmer des Apartments gefunden und hält die Wohnung für ein Liebesnest. Und da Michel Durand vermisst wird, nehmen sie an, dass diese Frau als Venusfalle eingesetzt wurde. Sie hat Durand in dieses Apartment gelockt und seine Entführung vorbereitet.«

»Eine Venusfalle. Bedeutet das …?«

»Ja«, bestätigte Julian.

»Dann war Durands Affäre eine Falle?«

»Sieht ganz so aus.«

»Das ist ziemlich peinlich«, meinte Marie.

»Mehr als das.«

»Ich weiß. Ein Fehler, der tödlich sein könnte. Und wahrscheinlich ist sie im Auftrag von irgendjemandem aktiv geworden.«

»Vermutlich«, erwiderte Julian.

Marie schüttelte den Kopf und kniff die Augen zusammen. »Hat die Polizei sie festgenommen und verhört?«

»Noch nicht.«

»Warum nicht?«

»Ich nehme an, sie wollen sie beobachten. Und das ist auch in unserem Sinn. Ich habe gerade mit Martin Surplice darüber gesprochen, und wir haben beschlossen, dass ich nach Marseille fahre, um selbst mehr über sie herauszufinden.«

»Ich könnte mitkommen.« Marie richtete sich auf. »Möglicherweise wirkt die Anwesenheit einer Frau weniger bedrohlich auf sie.«

»Hast du denn noch etwa eine Woche Zeit?«

»Ich glaube schon.« Sie runzelte die Stirn, als sie begriff, wie gut er seinen Köder ausgelegt und wie schnell sie danach geschnappt hatte. Sie hatte ihrem Redakteur in London erklärt, dass sie hinter einer Story her sei, und hatte ihm angeboten, die Kosten dafür selbst zu übernehmen – in der Hoffnung, dass ihm das seine Entscheidung erleichtern würde. Er hatte widerwillig zugestimmt.

Sie warf einen Blick auf die Akten mit den Bankauszügen. »Und was machen wir mit dem Papierkram?«

»Wir nehmen alles mit nach Marseille. Aber zuerst müssen wir dir beibringen, wie du von einer Außenstelle aus mit den analytischen und logistischen Methoden von Meridien arbeiten kannst.«

Sie starrte ihn verständnislos an.

»Und du brauchst ein wenig Training, um dich an meine Aktivitäten anzupassen und um dich mit den Leuten der DGSE abzustimmen. Wenn du damit einverstanden bist.«

»Sprichst du von einem Einsatztraining?«

»Ich kann das für dich organisieren, wenn du möchtest.«

Marie riss aufgeregt die Augen auf. »Was genau wird da trainiert?«

»Die Verfolgung eines Verdächtigen, wie man sich verhält, wenn man selbst verfolgt wird, wie man jemanden überwacht. Und auch, wie man die Kommunikationsmittel des Teams nutzt.«

»Das klingt toll«, sagte sie. »Richtig cool. Also gut, wann?«

»Wenn du nichts anderes hörst, dann melde dich morgen früh pünktlich um acht Uhr bei Hélène. Eine ihrer Mädchen wird dir alles beibringen, was du wissen musst.«

»Wirst du dabei sein?«, erkundigte Marie sich. »Während des Trainings?«

»Ja, aber du wirst es nicht immer bemerken.«

AUBERGE IMOGÈNE, AIX-EN-PROVENCE, FRANKREICH

Philippe Saucony hievte seine knochige Gestalt aus dem Sessel. Das durch die Fenster strömende Licht verwandelte seine Farbe von Gold in ein getüpfeltes Blau. Alles war ruhig. Einige der Männer, die Saucony zu seiner ersten Konferenz zu sich gerufen hatte, waren bereits in ihre Büros zurückgekehrt. Sie würden durch verschlüsselte E-Mails miteinander in Kontakt bleiben.

Die meisten waren allerdings wieder zurückgekommen: Marc Boucheron, der Brigadegeneral von CASSIC und ein langjähriger Vertrauter, Thomas Eclat, sein wichtigster diplomatischer Berater für den Nahen Osten, und Colonel Guy Robert, ein Experte auf dem Gebiet der Herstellung von Atomwaffen. Und zwei neue Männer hatten sich zu ihnen gesellt: Martin Surplice, Sauconys früherer Stellvertreter, der jetzt das Unternehmen Meridien Research leitete, und sein neuer Mann für den Nahen Osten: Julian Granot. Saucony wollte bei diesem Treffen nur Personen dabeihaben, denen er absolut vertrauen konnte. Angesichts des Drucks und – er wagte kaum, dies zu denken – der Konkurrenz durch Monsieur le Président, musste er unbedingt die Situation besser begreifen und seine Möglichkeiten ausloten.

»Sie kennen alle Martin«, sagte Saucony und ging zu seiner Bar aus Marmor hinüber. »Heute hat er uns seinen Freund und neuen Kollegen Julian Granot mitgebracht.« Er drehte sich zu dem neuen Mann um. »Monsieur Granot kann bereits einige beachtliche Erfolge im Kampf gegen den Terrorismus verzeichnen. Von einigen haben wir in den letzten Jahren schon gehört, und ich bin sicher, wir sind alle darauf erpicht, seinem Beispiel zu folgen.« Er stellte Julian die anderen Männer vor.

»Was möchten Sie trinken, Marc?«, fragte er, richtete seinen Blick auf seinen jüngeren und agileren Kollegen und zog fragend seine buschigen Augenbrauen hoch.

»Ein Glas Chateauneuf-du-Pape wäre wunderbar, Philippe. Danke.«

»Ausgezeichnete Wahl. Und Sie, Thomas?«

»Ich hätte gern einen Single Malt aus der Flasche, die Sie gerade in der Hand halten, wenn es keine Umstände macht.«

»Sehr gern.« Saucony schenkte den Scotch in ein altes Glas aus Baccarat-Kristall, das im Schein des Kronleuchters funkelte.

»Guy?«

»Ich schließe mich Thomas an. Vielen Dank.«

Surplice, der die Bestände in Sauconys Bar kannte, bat um einen Frapin-Cognac, und Julian tat es ihm interessiert gleich.

Nachdem Saucony alle mit Getränken versorgt hatte, ging er zu einem blauen Sofa, setzte sich und stellte sein Scotchglas auf einen kleinen Mosaiktisch.

»Messieurs«, begann er und sah aus dem Fenster in das mittlerweile graue Licht. Die Zypressen an der Einfahrt wirkten wie magere Wachen.

»Ich möchte unsere vorherige Unterhaltung wieder aufgreifen. Und ich komme gleich zur Sache. Meiner Meinung nach besteht kein Zweifel daran, dass der Iran an der Entwicklung neuer Atomwaffen arbeitet. Sie haben in Technologien investiert, die unmöglich zivil genutzt werden können, wie zum Beispiel in diese nukleare Sprengkapsel. So etwas braucht man nur, wenn man eine Waffe entwickeln möchte.« Er sah auf. »Ich glaube, niemand hier wird mir in diesem Punkt widersprechen.«

Die Männer nickten oder murmelten ihre Zustimmung.

»Ich möchte, dass wir einige Szenarien durchspielen. Wir

müssen annehmen, dass der Iran früher oder später – wohl eher früher – über Raketen mit einer hochentwickelten Treffsicherheit verfügen wird, richtig?«

Die Männer nickten erneut.

»Also, was wird Teheran damit tun?«, fuhr Saucony fort. »Werden sie sie in der muslimischen Welt zur Schau stellen, ähnlich wie bei den Maiaufmärschen auf dem Roten Platz zu Zeiten der Sowjetunion?«

»Ab und zu ganz sicher«, meinte Boucheron.

»Natürlich. Aber können wir – und unsere Verbündeten – davon ausgehen, dass das alles sein wird, was sie damit vorhaben? Ich glaube nicht, dass sie so viele Mittel in dieses Nuklearprojekt gesteckt haben, um lediglich damit zu prahlen, dass sie mehr zu bieten haben als die Araber. Sie müssen irgendwelche Umstände herausgefunden haben, unter denen der Besitz dieser Waffen einen strategischen Sinn ergibt.«

»Die Waffen sollen Israel abschrecken«, meinte Eclat.

»Richtig«, stimmte Saucony ihm zu. »Israel muss iranische Atomwaffen am meisten fürchten. Tatsächlich überrascht es mich, dass Jerusalem noch nicht versucht hat, diese nuklearen Anlagen außer Betrieb zu setzen.«

»Woher wollen Sie mit Sicherheit wissen, dass wir das nicht schon längst getan haben – und auf eine so schlaue Weise, dass die Iraner es nicht bemerkt haben?«, sagte Julian und erntete allgemeines Gelächter.

»Washington würde das nicht zulassen«, meinte Robert.

»Die Israelis haben kein Problem damit, den Amerikanern zu sagen, dass sie sie mal können«, warf Boucheron ein. »Das ist eine ihrer Eigenschaften, die mir an ihnen am besten gefällt.«

»Umso erstaunlicher ist es, dass Israel bisher nicht reagiert hat«, meinte Saucony.

»Ich würde nicht sagen, dass die Israelis nichts unternommen haben«, erklärte Robert. »Sie sabotieren Gerätschaften und fangen Lieferungen ab. Vielleicht verbreiten sie auch Computerwürmer. Und wenn man iranischen Quellen Glauben schenken möchte, dann haben sie in Teheran am helllichten Tag Attentate auf Wissenschaftler verübt.«

Die Männer sahen Julian an. Er lächelte. »Kein Kommentar, Messieurs. Ich möchte Sie daran erinnern, dass ich keine offizielle Position mehr bekleide.«

»Trotzdem ist das keine Generaloffensive, kein Doppelschlag, der der Welt zeigt, wer hier überlegen ist«, sagte Boucheron. »Man fragt sich, ob Israel etwas über das Programm der Iraner weiß, was wir nicht wissen. Vielleicht überschätzen wir den Fortschritt, den sie erzielt haben.«

»Möglicherweise«, erwiderte Saucony. »Aber wir müssen mit dem Schlimmsten rechnen. Und der schlimmste Fall wäre eine atomare Auseinandersetzung zwischen Israel und dem Iran. Sollte das passieren, sitzen wir alle innerhalb weniger Tage tief in der Scheiße – wir alle, Frankreich, Großbritannien, die Vereinigten Staaten, Russland, China.«

»Und Indien und Pakistan«, fügte Eclat hinzu.

»Die auch«, bestätigte Saucony. »Wir sprechen hier von einer Katastrophe. Die Ölquellen würden versiegen. Die Folge wäre ein wirtschaftliches Chaos.« Er beugte sich vor und griff nach seinem Glas. Nachdem er einen großen Schluck Scotch getrunken hatte, stellte er das Glas wieder auf den Tisch. »Worauf ich hinauswill, ist Folgendes: Unter welchen Bedingungen würde Teheran beschließen, eine Bombe abzuwerfen, selbst wenn klar wäre, dass ein Gegenangriff unvermeidlich ist und ein unkalkulierbares Blutbad in der Zivilbevölkerung anrichten würde?«

Marc Boucheron atmete tief durch und schien abzuwarten, ob Saucony noch etwas hinzufügen wollte. Anscheinend war das nicht der Fall.

»Möglicherweise schätzen wir die Bedeutung, die die Entwicklung einer Atomwaffe für den Iran hat, nicht richtig ein. Es gibt nichts, was für den Iran wichtiger wäre, um seinen arabischen Nachbarn, die sie ohnehin für geringwertiger halten, Überlegenheit zeigen zu können, als Waffen.«

»Und wir dürfen auch nicht vergessen«, warf Thomas Eclat ein, »dass der politische Teil der islamischen Welt sich stark gedemütigt fühlt. Sie haben es satt, sich vom Westen herumstoßen zu lassen, und sind das Gefühl leid, dass sie nicht wirklich zählen. Es ist eine traurige Tatsache, dass der Besitz von Atomwaffen unabdingbar ist, wenn man ernst genommen werden möchte. Und auf der Bühne der Welt ist man damit Mitglied eines elitären Clubs. Die wirklich bedeutenden Länder, die ständigen Mitglieder des UN-Sicherheitsrats – Frankreich, Großbritannien, die Vereinigten Staaten, China und die Russische Föderation –, sind alle im Besitz von Atomwaffen. Der Iran weiß, dass er ohne solche Waffen nicht in diesen Kreis aufgenommen wird. Der Besitz allein erkauft einen gewissen Status, selbst wenn man sie niemals einsetzen würde.«

Saucony wandte sich ihm zu. »Sie glauben also, es geht den Iranern bei dem Besitz einer eigenen *force de frappe* lediglich um den symbolischen Wert?«

»Ja, das glaube ich«, bestätigte Boucheron.

»Dann sollten wir uns also deshalb keine Sorgen machen?«

»Doch, das sollten wir schon«, entgegnete Robert. »Der Iran hat gegenüber den Vereinigten Staaten und Israel massive Drohungen ausgesprochen. Ahmadinedschads rüde Ausdrucksweise lässt darauf schließen, dass er zumindest einiges von dem, was er gesagt hat, ernst meint. Wir erweisen uns also einen schlechten Dienst, wenn wir seine extremen religiösen Standpunkte ignorieren, die auch ein gewisses Weltuntergangsszenario in der Zukunft beinhalten. Möglicherweise hält er es für seine religiöse Pflicht, die Sache zu beschleunigen.«

»Dann wären die Ziele wohl im Westen angesiedelt?«, fragte Saucony bedrückt. »Ganz sicher die Vereinigten Staaten und Israel, aber vielleicht auch Großbritannien, Frankreich oder sogar Deutschland?«

»Bevor wir uns die möglichen Ziele vorstellen, sollten wir uns vor Augen führen, dass die Macht des iranischen Präsidenten beschränkt ist. Der einzige Mann, der wichtige Entscheidungen fällt, ist der geistliche Führer Khomeini, der angeblich ein sehr pragmatischer Mensch ist«, sagte Eclat.

»Allerdings deuten einige Ereignisse in letzter Zeit darauf hin, dass der Präsident seine Macht weiter ausbauen konnte«, gab Boucheron zu bedenken. »Und die religiöse Hierarchie verliert ihre Macht an das Militär und an die Revolutionsgarde.«

»Wenn der Ajatollah wirklich so pragmatisch ist, wie Sie sagen, frage ich mich, wie der Iran seiner Meinung nach eine möglicherweise im eigenen Land hergestellte Atombombe an ein Ziel bringen will«, warf Saucony ein und wischte damit Boucherons Behauptung vorläufig vom Tisch. »Ich möchte bei diesem Punkt bleiben. Selbst wenn die symbolische Bedeutung einer Atombombe von höchster Bedeutung ist, so kann sie wohl kaum als Symbol dienen, wenn sie nicht funktionstüchtig ist. Oder wenn man sie zumindest dafür hält. Das will ich damit sagen.« Saucony lehnte sich auf seinem Stuhl zurück.

»Natürlich ist es ausschlaggebend, ob man eine Rakete zielgerichtet abschießen kann«, warf Robert ein. »Das ist der Schlüssel dazu, warum nie tatsächlich die Gefahr eines nuklearen Schlagabtausches zwischen den Vereinigten Staaten von Amerika und der Sowjetunion bestand.«

»Können Sie das näher erläutern?«, fragte Saucony.

»Jeder nannte es das Konzept des Gleichgewichts des Schreckens«, antwortete Robert. »Aber das trifft eigentlich nicht ganz zu. Beide Seiten hatten ihre landgestützten Interkontinentalraketen in gehärteten Bunkern gelagert. Diese Bunker halten allem stand, außer einem direkten Treffer. Wobei ›direkter Treffer‹ mit einer Detonation in einem Radius von fünfzig Metern Entfernung vom Mittelpunkt eines angenommenen Kreises um das Silo definiert wird.

In einem solchen Fall bedeutet ›Treffsicherheit‹, dass man mit neunzigprozentiger Sicherheit annehmen kann, dass die Hälfte der eigenen Raketen innerhalb des Kreises auftrifft. Das war immer eine beängstigende Herausforderung, nicht zuletzt, weil niemand genau vorhersagen konnte, wie die Richtung einer Rakete bei dem Flug über den magnetischen Norden beeinflusst werden würde. Daher wagte es niemand, den ersten Schritt zu tun, weil keiner sich sicher sein konnte, einen Vergeltungsschlag des anderen abwehren zu können.«

»Genau«, bestätigte Saucony. »Bei jeder Einschätzung der nuklearen Rüstungsbestrebungen im Iran, sei es jetzt oder in Zukunft, müssen wir die Treffgenauigkeit der Waffen in Betracht ziehen. Das ist der wesentliche Punkt. Ich werde mich hier weiterhin auf landgestützte Raketen beziehen, denn der Iran wird keine ballistischen Atomraketen in Flugzeugen transportieren. Flugzeuge sind groß und langsam und bieten ein hervorragendes Ziel für Abfangjäger. Sie werden sie auch nicht in U-Boote verladen, denn sie besitzen keine dafür geeigneten Boote, und selbst wenn sie es täten, könnte der Feind ohne Probleme die Straße von Hormus blockieren.«

»Also, Marc«, fuhr Saucony fort, »wie treffsicher genau ist die neueste Rakete der Iraner, die sie, wie wir wissen, soeben getestet haben? Diese Shahab-3 oder die Sajil-2?«

»Die aktuellen Versionen? In etwa auf drei Kilometer genau.«

»Ah, ich verstehe«, sagte Saucony. »Wenn der Iran also die Innenstadt von Tel Aviv bombardieren will, kommt es nicht so sehr auf die Treffsicherheit an. Wenn sie allerdings den Atomreaktor in Dimona treffen wollen, müssen sie genau sein. Wenn jemand die Kommandozentrale des Verteidigungsministeriums außerhalb von Tel Aviv vernichten will, muss man das Ziel ganz genau treffen können. Und wenn man Israels atomar bestückte Raketen zerstören will, braucht man dafür selbst etliche Raketen, und alle müssen punktgenau funktionieren.«

»Die Treffsicherheit kann mithilfe eines GPS-Navigationssystems auf einen Umkreis von fünfzig Metern verbessert werden«, merkte Robert an.

»Okay, also können sie möglicherweise bei einigen nuklear bestückten Raketen eine gute Treffgenauigkeit entwickeln. Aber Israel verfügt über – wie viele? – ungefähr zweihundert Atomsprengköpfe. Die Jericho-2 hat eine Reichweite von etwa tausendfünfhundert Kilometern – nicht genug, um Teheran von der Negev-Wüste aus zu erreichen. Aber die Jericho-3 hat bereits eine Reichweite von ungefähr achttausend Kilometern, ist allerdings nur mit einem einzigen nuklearen Sprengkopf bestückt. Das reicht aus, um jedes islamische Land außer Indonesien zu erreichen. Kurz gesagt, Israel verfügt über gewaltige Möglichkeiten für einen Vergeltungsschlag, und sie werden noch größer werden.«

»Sie wollen damit also sagen, dass nur ein Irrer daran denken würde, eine mit Atomsprengköpfen bestückte Rakete auf Israel abzufeuern«, mischte Julian sich ein.

»Richtig«, bestätigte Saucony.

»Und was, wenn Ahmadinedschad dieser Verrückte ist?«, fragte Julian.

»Offenkundig würde ein Versuch, eines der genannten Länder anzugreifen, zur sofortigen Vernichtung des Iran führen«, erklärte Robert. »Großbritannien verfügt über U-Boote mit Raketen, die mit mehreren Atomsprengköpfen bestückt sind. Und sie haben landgestützte Interkontinentalraketen, einen fähigen Geheimdienst und eine lange Geschichte mit dem Iran. Sie würden genau wissen, wo man bei einem Vergeltungsschlag ansetzen muss. Und die Vereinigten Staaten? Keine Chance. Es ist unmöglich, Amerikas Kapazitäten für einen Gegenschlag außer Kraft zu setzen. Die USA haben Atomwaffen zu Land, zu Wasser und in der Luft. Wenn Russland schon keine Möglichkeit sah, die Atomkräfte der USA mit einem mannigfaltigen Angriff zu bekämpfen, dann wird das mit Sicherheit auch dem Iran nicht gelingen – nicht jetzt und nicht in der Zukunft.«

»Dann frage ich Sie noch einmal«, meldete sich Saucony wieder zu Wort. »Wie könnte sich der Iran seine Atombomben zunutze machen, wohl wissend, dass sie weder über Treffgenauigkeit verfügen noch eine überwältigende Macht garantieren. Und das auf eine Weise, bei der nicht der eigene Untergang vorprogrammiert ist?«

»Indem sie sie an eine Terroreinheit oder eine Verbrecherorganisation weitergeben«, sagte Julian.

In dem Raum wurde es still.

»Und welches Land setzt seit dreißig Jahren Terroristen ein, um seine Ziele in der Außenpolitik durchzusetzen?«, fuhr Julian fort und sah allen Männern im Raum nacheinander in die Augen. »Der Iran«, fügte er hinzu und beantwortete damit seine eigene Frage. »Ich glaube, die eigentliche Bedrohung liegt darin, dass solche Waffen an Terroristen weitergegeben werden könnten. Internationale Beziehungen über einen Erfüllungsgehilfen. Mittels Terror. Gegen wen soll sich dann der Gegenangriff richten? Das ist es, worüber wir alle in diesem Zimmer uns Gedanken machen sollten.«

LA DÉFENSE, PARIS, FRANKREICH

Suzette de Laye hatte den Rang eines Majors, und das wurde von allen anerkannt. Sie war fünfundzwanzig Jahre lang Gruppenleiterin in der DSPD, der Sicherheitsabteilung des Verteidigungsministeriums, und Kommandeur des Geheimdienstes in Frankreich gewesen. Jetzt war sie pensioniert und arbeitete für Meridien als Ausbilderin in den Bereichen Überwachung, Industriespionage und Terrorismusbekämpfung.

Eine gut aussehende Brünette mit langem Pony und hohen Wangenknochen. Suzette überflog skeptisch ihre Unterlagen. Das Mädchen würde Stärke beweisen müssen, um die kommenden zwei Tage zu überstehen. Mehr Zeit stand nicht zur Verfügung. Wie aus den internen Dokumenten zu ersehen war, sollte Marie danach bereits bei einer Operation in Marseille eingesetzt werden.

Suzettes Sekretärin meldete sich über die Sprechanlage. Ihr »Spezialprojekt«, Marie Peterssen, sei eingetroffen. Suzette warf einen Blick auf die Uhr. Pünktlich. Das war gut.

»Schicken Sie sie herein.«

Suzette schaute auf, als Marie durch die Tür kam.

Gepflegte Erscheinung. Intelligentes Gesicht. Noch konnte sie nicht beurteilen, ob das ein Vor- oder ein Nachteil für sie sein würde. Aber das würde sich bald herausstellen.

»Wie lautete das Kennzeichen auf dem Nummernschild des Wagens, der neben dem Kiosk parkte und bei dem das Licht gebrannt hat?«, fragte Suzette Marie, als sie nebeneinander die Straße entlanggingen. Zuerst fühlte sich Marie von diesen Fragen überfordert. Sie hatte keine Ahnung, worauf sie achtgeben musste. Zu Beginn stellte sie nur Vermutungen an – ihre Antworten waren reine Spekulation. Doch im Verlauf des Tages lernte sie vorherzusehen, an welchen Fahrzeugen Suzette interessiert sein könnte. Und dann konnte sie sich auf ihr Gedächtnis verlassen. Französische Nummernschilder begannen mit zwei Buchstaben, gefolgt von drei Zahlen und zwei weiteren Buchstaben. Manchmal reichte es schon aus, wenn sie sich die Kombination teilweise gemerkt hatte.

Suzette bombardierte sie mit Fragen und zwang sie dazu, aufmerksam zu sein und ihr Gesichtsfeld zu erweitern. *Nummernschild des braunen Wagens, der gerade an der Ampel abgebogen ist. Wie viele Autos warteten am Taxistand?* Manchmal musste Marie sich drei verschiedene Nummernschilder merken. Es war frustrierend, wenn sie versagte, aber je mehr sie übten, umso fordernder wurde Suzette und umso besser wurde Marie.

Nach einer Stunde setzte Suzette Marie unter Stress, bevor sie ihr Fragen stellte. Zum Beispiel, wenn sie eine verkehrsreiche Straße überquerten. Marie musste aufpassen und sich Dinge merken, während sie durch eine andere Aufgabe abgelenkt war – eine komplizierte Sache, bei der sie sich in Gefahr begab.

Sie streiften durch die Stadt. Suzette erledigte ein paar Bankgeschäfte und kaufte sich anschließend eine Zeitung. Dann wollte sie von Marie die Haarfarbe des Mannes wissen, der vor dem Kiosk hinter ihnen in der Schlange gestanden hatte. »Und welche Farbe hatte das Kleid der Frau, die Ihnen den Kaffee verkauft hat? Und sehen Sie die Frau, die hinter Ihnen geht und jetzt einen roten Schal trägt?«

Marie sah sich unauffällig nach der Frau um.

»Haben Sie sie heute schon einmal gesehen?«

»Nein«, antwortete Marie.

»Doch. Sie war blond, trug eine Sonnenbrille und saß in einem Café an der Place des Vosges. Wir sind an ihr vorbeigegangen, als sie gerade ihren Hund beruhigt hat.«

Die Ausbilderin war streng, aber fair. Sie brachte Marie einiges über Tarnung bei und erklärte ihr, wie kleine Veränderungen am Kopf und am Gesicht die Wahrscheinlichkeit, wiedererkannt zu werden, drastisch verringerte. »Wenn Sie jemandem folgen, müssen Sie sich etwas anderes einprägen als seine Kleidung. Wie geht derjenige? Welche Kopf- oder Schulterhaltung hat er?«

Dann kehrte Suzette die Situation um. Nun wurde Marie verfolgt. »Vergessen Sie nicht, dass Veränderungen an Ihrem Gesicht die größte Wirkung haben. Setzen Sie sich eine Sonnenbrille oder einen Hut auf, legen Sie sich einen Schal um den Hals. Tragen Sie eine Perücke.« Suzette reichte ihr eine Strohtasche mit einigen Utensilien. Nachdem es Marie gelungen war, ihr Aussehen damit rasch zu verändern, forderte Suzette noch mehr von ihr. Wenn sie von einem Experten verfolgt wurde, reichte es nicht aus, sich zu verkleiden. Marie musste ihren Gang ändern. Und ihre Gestik. Sie musste eine ganz andere Person darstellen, um einen Verfolger abschütteln zu können.

Um fünf Uhr, nach acht Stunden Observationsübungen und einer Prüfung nach der anderen, war Marie so erschöpft, dass sie kaum mehr sprechen konnte. Suzette führte sie zu einem Café mit Tischen im Freien und bestellte einen Kaffee für sie. Als sie ihn getrunken hatte, reichte ihr die Ausbilderin eine Pappschachtel.

»Das ist ein Geschenk von uns«, sagte sie lächelnd. »Betrachten Sie es als Ihre Rettungsleine. Stellen Sie sich vor, Sie wären eine Astronautin, die im Weltall schwebt und durch diese Leitung mit dem Raumschiff verbunden ist und gleichzeitig Luft bekommt. Behandeln Sie das Gerät mit Respekt, denn es kann Ihnen das Leben retten.«

Marie öffnete die Schachtel und entdeckte etwas, das aussah wie ein neues iPhone. Aber es unterschied sich stark von herkömmlichen Geräten; es war mit allen Finessen ausgerüstet, von denen ein Technikfreak nur träumen konnte. Suzette zeigte ihr, dass es ein GPS besaß, einen GPRS-Locator, eine Hochgeschwindigkeitskamera, mit der man tagsüber und auch nachts Aufnahmen machen konnte, eine Infrarotkamera und eine Bluetooth-Vorrichtung, die es Julian oder einem anderen Partner ermöglichte, über Kopfhörer ständig mit ihr in Verbindung zu sein. Marie lächelte. Zum ersten Mal an diesem Tag.

»Wenn Sie mit Ihrem Kollegen sprechen wollen, dann drücken Sie einfach auf diesen Knopf«, erklärte Suzette und deutete darauf. »Sie müssen keine Nummer eintippen. Finden Sie heraus, wie Sie diesen Knopf unbemerkt drücken können, wenn sich das iPhone in Ihrer Tasche befindet. Wenn Sie sich in Schwierigkeiten befinden, dann kann er alles mithören.

Dies ist eine spezielle Anfertigung, die von der europäischen Luft- und Raumfahrtbehörde EADS für den französischen Geheimdienst entwickelt wurde«, erklärte Suzette. »Die Sondereinheiten der Polizei benutzen es ebenfalls. Wir nennen es BAF. Einige der Jungs, die schon länger dabei sind, bezeichnen es als *bafar*, was im Portugiesischen ›Verwirrung stiften‹ bedeutet. Sie halten nicht viel von neuer Technologie.«

»Dinosaurier.« Marie lachte zögernd. Sie war erleichtert, als die Majorin in ihr Lachen einstimmte. Sie steckte sich den Stöpsel des Bluetooth ins Ohr und schaltete das Gerät ein.

Zu ihrer großen Überraschung hörte sie Julians tiefe Stimme.

»Schlägst du dich wacker?«, fragte er.

»Die Majorin macht mich fertig.«

»Genau das ist ihr Job. Aber du wirst das schon schaffen.«

Suzette zeigte ihr, wie sie sich mit dem Smartphone in den

Computer bei Meridien einloggen konnte und wie sie abschalten konnte, wenn es Schwierigkeiten gab. Das war sehr wichtig, wie Suzette ihr einschärfte, denn sie könnte sonst ihre Teamkollegen gefährden. Nach ein paar weiteren technischen Details schickte Suzette sie nach Hause. Sie empfahl Marie, sich gründlich auszuschlafen, um am nächsten Tag fit für ihren ersten praktischen Test »aus dem wirklichen Leben« zu sein. Sie würde in die Welt hinausgehen und sich dort bewähren müssen.

SKI DUBAI, DUBAI EMIRATES MALL, VEREINIGTE ARABISCHE EMIRATE

Mohammed Issa hob die Tasse mit Pfefferminztee an seine Lippen und nippte an dem Tee. Die warme Flüssigkeit beruhigte seine Kehle und weitete seine Brust. Von dem Café hatte man einen guten Ausblick auf die Skipiste in der Halle des Einkaufszentrums, wo einige Männer den kurzen, mit Kunstschnee bedeckten Hügel im Slalom hinunterfegten. Er betrachtete die Szene und lachte in sich hinein. Was für ein Unsinn, auf dem heißen Sand der arabischen Wüste eine Skipiste zu bauen. Wenn man genügend Öl zu verkaufen hatte, konnte man Sand in Schnee verwandeln und aus der arabischen Wüste eine schweizerische Gebirgslandschaft machen. Man konnte das Klima auf jedem Ort der Welt verändern. Für eine gewisse Zeit.

Die Macht des Öls. Aber diese Macht war alt. Noch ermöglichte sie es, Skipisten in Hallen zu bauen, und erlaubte es den Prinzen in Saudi-Arabien und Katar, sich ihre eigenen Kunstmuseen zu errichten und ihre eigenen Inseln zu schaffen, aber diese Zeit, in der Öl wie Wasser floss, würde bald vorbei sein. Gottes Geschenk an die muslimische Welt war begrenzt. Wenn das Öl versiegte, würde die Macht in den

Händen derer liegen, die im Besitz des nächsten Wunders waren.

Die Welt würde schon bald nicht mehr das Öl der Araber stehlen können. Und dann würden sie auf ihre »Ökoenergie« zurückgreifen und die Araber zurück in die Wüste schicken. Jetzt war die Zeit für den weltweiten Dschihad gekommen. Sie würden sich für die Vergangenheit rächen, für den Diebstahl von Gottes Geschenk an die Moslems. Und sie würden abrechnen für die Zukunft, in der die neue Energiequelle die Moslems bedeutungslos machen würde. Sie würden sich die Welt zurückerobern und dabei Rache und Vergeltung üben.

Viele erkannten die Wahrheit dieser These, aber wer konnte den Erfolg garantieren? Ein Mann wie Issa war da im Vorteil.

Es war seine heilige Pflicht, dabei zu helfen, die Revolution in die Tat umzusetzen. Allerdings nicht so, wie die anderen sich das vorstellten. Die Perser glaubten, sie könnten die Ägypter übertrumpfen und die Führung übernehmen, doch eher würden sich ihre Straßen in Friedhöfe verwandeln. Er würde sich von den persischen Dieben weiterhelfen lassen, solange das möglich war, und sie dann loswerden und seinen Weg allein weitergehen. Diese arroganten Kyros-Anbeter. Sie besaßen die Frechheit, sich einzubilden, sie seien stärker als die mächtigen Ägypter. Sie würden schon bald eines Besseren belehrt werden.

Issa schaute auf und sah drei Männer zu seinem Tisch kommen. Der erste wirkte elegant, trug einen braunen Anzug und hatte einen beträchtlichen Taillenumfang. Sein Haar war braun und über seinen buschigen Augenbrauen streng nach hinten gekämmt. Hinter ihm gingen zwei Leibwächter in Lederjacken und Stoffhosen. Issa stand langsam auf, lächelte und umarmte den Geschäftsmann, so wie es in arabischen Ländern bei der Begrüßung üblich war. Sie setzten sich, und Issa rief einen Kellner zu sich und bestellte Fruchtsaft.

»Möge Gottes Gnade Ihnen Gesundheit und Reichtum bescheren«, sagte Issa, rückte den Kragen seines Hemds zurecht und bewunderte die fein gewebte, ägyptische Baumwolle.

»Das Gleiche wünsche ich Ihnen«, erwiderte Arslan, ein Tschetschene, der in den meisten Hauptstädten der Welt Agenten beschäftigt hatte. Er war ehrgeizig und skrupellos und hatte einen unstillbaren Hunger. Er verkehrte mit Drogenschmugglern, Menschenhändlern, Revolutionären, Kleinkriminellen und Waffenhändlern. Arslan war perfekt und eine notwendige Kontaktperson.

»Der Druck auf Pervez Whalabadi hat sich ausgezahlt – er hat wunderbar mit uns zusammengearbeitet«, erklärte Arslan. Er sprach über den Mittelsmann, den er in die französische Botschaft in Islamabad eingeschleust hatte. »Wir haben ihm seine Frau ohne größere Beeinträchtigung wieder zurückgebracht, nachdem er seinen Job zufriedenstellend erledigt und die Uhr abgeliefert hatte.« Arslan hatte ihr die Zunge herausschneiden lassen.

»Sehr gut«, sagte Issa. »Und der nächste Schritt?«

»Die Treffen mit den Franzosen werden arrangiert.«

»Bitte halten Sie mich ständig auf dem Laufenden.«

»Ja, Mr Issa. Natürlich.«

»Und vergessen Sie nicht, dass ich am Ende der Verhandlungen einen Vertrag sehen möchte. Einen schriftlichen Vertrag.«

Arslan sah Issa besorgt an.

Das war sehr ungewöhnlich in diesem Metier, aber die Situation erforderte es. Er musste sich selbst schützen und daher mit seinen Gewohnheiten brechen. Er würde Schutz bei einer unvermuteten Gruppe suchen müssen, in einer

Welt, in der man großen Wert auf Worte legte, die auf Papier niedergeschrieben waren. Die Ungläubigen vertrauten auf eine dauerhafte und unveränderbare Sprache. Sie verstanden nicht, dass Wörter lebten und sich ihre Bedeutung mit den Umständen änderte, so wie ein Tier seine Farbe veränderte, um seinen Feinden zu entgehen. Wörter waren wie die Musik des Winds, der in der Nacht über die Wüste strich.

»Darauf muss ich bestehen«, fügte Issa ruhig hinzu. »Ich will einen Vertrag, in dem meine Bedingungen klar und deutlich aufgeführt sind.« Er würde die Anschauungen der Ungläubigen zu seinem eigenen Zweck nutzen.

Arslan zog die Augenbrauen hoch und seufzte. Er nahm ein Glas, das in seinen fleischigen Händen wie ein Kinderbecher aussah, und nippte vorsichtig an dem Pfirsichsaft.

»Ich werde Ihnen in den nächsten Tagen die Details zusenden«, erklärte Issa.

»Ihr Wunsch ist mir Befehl«, erwiderte Arslan. Er stand auf und verbeugte sich, bevor er den Raum verließ.

LA DÉFENSE, PARIS, FRANKREICH

Um neun Uhr verließ Marie die Büroräume des Meridien mit einer Schultertasche und einem Schlapphut auf dem Kopf. Sie bog rechts in die Rue Rouselle ein und versuchte, ihre Umgebung genau wahrzunehmen und auf Bewegungen zu achten – langsame und schnelle –, vorausschauend zu sein und Wiederholungen zu erkennen, so wie ihre Ausbilderin es ihr beigebracht hatte. Ihr Auftrag bestand darin, das Büro zu verlassen, durch die Stadt zu schlendern und in vier Stunden wieder zurückzukehren. Und ihr Ziel war es, dabei einige Verfolger von Meridien abzuschütteln.

Sie ging vier Blocks entlang, überquerte die Straße und mischte sich unter die Menschen, die dort auf den Bus wartete. Als der Bus am Straßenrand hielt und die Sicht von der anderen Straßenseite versperrte, löste sie sich rasch aus der Schlange, huschte in eine nahegelegene Gasse und bog von dort in eine andere Straße ein.

Als sie das Restaurant wiedererkannte, in dem sie mit Julian gewesen war, beschloss sie übereilt, es zu betreten. Doch sie bereute ihren Entschluss sofort und spürte, wie ihr der Schweiß auf der Stirn ausbrach. Wenn sie nicht durch einen Hinterausgang verschwinden konnte, würde sie sicher entdeckt werden, sobald sie das Lokal durch den Vordereingang wieder verließ. Sie hatte sich selbst eine Falle gestellt. Vielleicht.

Im Restaurant ließ sie sich an einen Tisch führen und ging dann zur Toilette. In der Kabine nahm sie ihren Hut ab und setzte sich eine Sonnenbrille auf. Sie kramte in ihrer Tasche und zog ein Jackett heraus, das sie gegen ihren Regenmantel austauschte. Dann dachte sie an das, was Suzette ihr beigebracht hatte: *Verändern Sie Ihr Aussehen. Tragen Sie Ihr Haar anders, setzen Sie sich einen Hut oder eine Sonnenbrille auf. Sogar kleine Veränderungen am Gesicht oder am Kopf sind sehr wirkungsvoll.*

Beeil dich, trieb sie sich selbst an und zwang ihre Finger dazu, sich schneller zu bewegen. Ihr war bewusst, dass ein Mitglied des Teams, das sie verfolgte, jederzeit das Restaurant betreten konnte.

Als Marie die Toilette verließ, ging sie mit raschen Schritten und einer entschlossenen Miene durch die Küche, in der geschäftiges Treiben herrschte, wich einem Kellner mit heißen Suppenterrinen aus und lief an zwei verblüfften Tellerwäschern vorbei. Sie hielt den Blick starr auf ihr Ziel, die Fliegengittertür, gerichtet. Dort angekommen, zog sie die Tür auf und lief hinaus. Die frische Luft kühlte den Schweiß auf ihrem Gesicht.

Auf der Straße spähte sie rasch an einer Reihe Mülltonnen vorbei. Niemand war zu sehen. Sie wandte sich nach links und ging zehn Schritte, bis sie an die nächste Kreuzung kam, und bog rechts in die Straße ein. Ihr Herz klopfte heftig. Schließlich erreichte sie eine geschäftige Straße. Vor einem Lebensmittelladen drehte sie sich schnell um und ging hinein. Sie stellte sich neben einen Stand mit Zeitschriften und behielt die Tür im Auge. Es waren erst zwanzig Minuten vergangen. Wie sollte sie die restlichen zweihundertzwanzig überstehen?

Sie trat wieder auf die Straße hinaus und stellte sich erneut an einer Bushaltestelle in die Schlange. Dieses Mal stieg sie in den Bus und ging nach hinten durch. Ihre Bluse war durchgeschwitzt. Sie musterte rasch alle Fahrgäste und versuchte zu erkennen, ob jemand interessiert an ihr war. Nur ein Mann, der eine Zeitung las, kam ihr verdächtig vor.

Der Bus holperte weiter, und an den nächsten Haltestellen stiegen nur ältere Fahrgäste ein. Sie fuhr bis zum belebten Port Maillot. Von dort bog der Bus in die Avenue de la Grande Armée ein und hielt an. Dutzende drängten sich in den Bus, und Marie stieg erst aus, als der Fahrer kurz davor war, die Türen zu schließen.

Sie überquerte die Straße, ging bis zur Rue Denis Poisson und bog dort links ab. Da sie so sehr darauf konzentriert war, alles in ihrer Umgebung wahrzunehmen, hatte sie schon bald das Gefühl, dass sie von jedem hier verfolgt wurde. Je mehr sie darüber nachdachte, umso ängstlicher wurde sie. Jeder hatte sich in einen potenziellen Gegner verwandelt, und sie konnte Freund nicht mehr von Feind unterscheiden.

»Beruhige dich, entspann dich und gerate nicht in Panik«, hatte Julian ihr an diesem Morgen geraten. »Das ist eine normale Reaktion. Um die Kontrolle wiederzuerlangen, musst du dich selbst beobachten. Und dann gegensteuern. Suche dir ein Café und bestelle dir einen Kaffee und ein Stück Kuchen. Atme den Duft des Kaffees ein, esse den Kuchen, mach das Beste aus diesem Augenblick und genieße ihn, bis du deine Panik wieder unter Kontrolle hast. Dann geh weiter.«

Marie lief am Café La Maison vorbei, das Tische im Freien aufgestellt hatte. Dort konnte sie die Menschen beobachten, die in ihre Richtung gingen. Es war ein kleines Lokal und fast leer. Sie zögerte kurz, ob sie sich im Freien oder im Inneren des Cafés einen Tisch suchen sollte. Schließlich setzte sie sich draußen hin und tat genau das, was Julian ihr geraten hatte. Sie bestellte Kaffee und ein Stück Apfelkuchen und atmete tief das Aroma des Kaffees ein. Als sie sich beruhigt hatte, ließ sie sich den Kuchen schmecken. Nach einer halben Stunde verließ sie das Café und ging die Rue Brunel hinunter zurück zur Hauptstraße. Marie warf einen Blick über die Straße auf die Bushaltestelle, beschloss dann jedoch, nicht denselben Weg zurückzufahren, sondern zu improvisieren.

Sie betrat die nahe gelegene U-Bahn-Station. Mit der anderen Jacke, ohne Kopfbedeckung und mit der Sonnenbrille sah sie ganz anders aus als bei ihrem Aufbruch. Die Fahrt zurück dauerte fünfundzwanzig Minuten. Sie stieg in der Nähe des Büros aus, ging die restliche Strecke zu Fuß und betrat das Gebäude durch die Vordertür. Als sie mit dem Aufzug auf dem Weg in den fünften Stock war, stieg die Spannung in ihr. Sie hatte niemanden gesehen. Niemand hatte sie in die Enge getrieben. Vielleicht war es ihr gelungen, die ganze Mannschaft abzuhängen.

Suzette saß auf einem Stuhl hinter der Eingangstür zu den Büroräumen der Meridien und sah sie ausdruckslos an.

»Hi«, begrüßte Marie sie und bemühte sich, sich ihre Aufregung nicht anmerken zu lassen.

»Gehen wir zur Nachbesprechung in den Unterrichtsraum«, sagte sie und stand auf. »Wir werden uns die Videos anschauen, die Yvonne und Philippe von Ihrem Ausflug gemacht haben.«

Marie erstarrte. Videos? Wie konnte das sein? Sie hatte niemanden bemerkt. Nirgendwo. Sie versuchte, den unangenehmen Stich zu ignorieren, den sie verspürte, denn in den letzten Tagen des harten Trainings hatte sie große Zuneigung zu Suzette empfunden. Marie respektierte und bewunderte sie für ihr Wissen und ihre Intelligenz. Und sie wusste, dass alles, was Suzette ihr jetzt sagen würde, mit Sicherheit richtig war.

Suzette hielt ihr die Tür auf, und Marie betrat den abgedunkelten Unterrichtsraum. Am Konferenztisch saßen ein Mann und eine Frau und nickten Marie zu. Sie hatte beide noch nie zuvor gesehen. Suzette nahm Platz und schaltete den Laptop ein, mit dem sie die Bilder an die Wand warf. Die erste Aufnahme zeigte Marie, als sie am Anfang ihres Unternehmens mit beunruhigter Miene aus der Toilette des Restaurants kam. *Sie waren von Anfang an hinter ihr her gewesen.* Ihr Magen krampfte sich zusammen. Einige Bilder waren aus nächster Nähe aufgenommen, so als habe der Fotograf direkt neben ihr gestanden. Marie wurde beinahe übel, als sie diese Aufnahmen sah. Suzette fuhr mit der Diashow fort und erklärte bei jedem Bild Schritt für Schritt, wie Maries Verhalten auf der anderen Seite des Spiegels wahrgenommen worden war.

»Das Restaurant war eine schlechte Idee«, stellte Suzette fest. »Wir wussten, dass Sie mit Julian schon einmal dort gewesen waren, und hatten deshalb jemanden dort drin platziert.« Marie errötete vor Scham. »Dass Sie sich umgezogen haben, war jedoch gut, und das Verlassen des Lokals durch die Hintertür hat Ihnen eine Vorsprung eingebracht. Damit haben wir nicht gerechnet. Das war sehr mutig.« Marie atmete tief durch.

»Dass Sie sich an der Bushaltestelle in die Schlange eingereiht haben, war auch gut, und wir haben Sie sogar für eine Weile verloren, nachdem Sie in den Bus gestiegen waren.« Suzette zeigte die nächsten Bilder. Die Straßen von Paris, die Schlange der Wartenden an der Bushaltestelle. »Aber durch Ausschlussverfahren fanden wir heraus, wohin Sie gegangen waren. Wir fanden Sie beim Kaffeetrinken in einem Straßencafé. Durchzuatmen und sich wieder unter Kontrolle zu bringen, das ist eine gute Idee, aber gehen Sie beim nächsten Mal in das Café hinein. Nachdem wir festgestellt hatten, dass Sie in den Bus eingestiegen waren, haben wir unsere Teammitglieder an jeder Bushaltestelle aussteigen lassen. Wären Sie in dem Lokal gesessen, hätten wir Sie vielleicht nicht entdeckt. Die Metro war ein guter Einfall für den Rückweg, aber Sie hätten sich nach Ihrem Aufenthalt in dem Café noch einmal umziehen sollen.«

Marie nickte beeindruckt. Sie versuchte, die Fassung nicht zu verlieren, aber sie war überwältigt und außer sich.

»Also habe ich den Test nicht bestanden?«, fragte sie mit schwacher Stimme.

»Solange Sie sich in der Ausbildung befinden, können Sie nicht bestehen oder durchfallen, Marie. Es geht darum, Sie für Ihren Job fit zu machen. Das Training soll Ihre Wahrnehmungsfähigkeit erhöhen, Ihnen helfen, sich mit Taktiken von Verfolgern vertraut zu machen und Vertrauen in die Fähigkeiten aufzubauen, die Sie bereits erworben haben – wie, zum Beispiel, Ihre Spuren zu verwischen, Ihr Aussehen zu verändern, zu verschwinden und als andere Person wieder aufzutauchen. In einigen Sachen waren Sie gut, in anderen nicht. Aber Sie sind lernfähig.«

Am Ende der Besprechung hatte Marie das Gefühl, als

habe sie die gesammelten Informationen einer Enzyklopädie in sich speichern müssen. Sie atmete tief durch und lachte, weil sie dabei ein wenig gezittert hatte. Suzette lächelte sie an. »Alles in allem war es in Ordnung.«

Marie spürte, wie Adrenalin mit Höchstgeschwindigkeit durch ihre Blutbahnen schoss.

AUF DEN MALEDIVEN

Durand saß im Heck des Boots und beugte sich ungelenk nach vorn, um den Motor voll aufzudrehen. Er steuerte vom Strand und ihrem kurzzeitigen Zuhause weg. Bhopajee hockte im Bug und hielt die Vorräte fest.

»Wohin?«, rief Durand.

»Im Nordosten liegt Indien. Im Westen der offenen Ozean«, brüllte Bhopajee zurück. Durand nickte. Seine Hände und Beine zitterten vor Aufregung bei dem Gedanken an den Kampf und an ihre Flucht. Sie hatten es geschafft! Sie hatten ein schwaches Glied in der Kette gefunden und es geknackt.

»Dann also nach Nordosten!« Er atmete tief die salzige Luft ein und steuerte auf das Meer hinaus.

Jetzt mussten sie nur noch die Elemente besiegen.

Und dafür sorgen, dass sie nicht wieder gefangen genommen wurden.

Seiner Meinung nach war beides durchaus möglich.

16. ARRONDISSEMENT, PARIS, FRANKREICH

Marie stand an der Kreuzung der Avenue Victor Hugo und der Rue Leroux und sah an dem Wohnhaus nach oben. Suzette stand, beide Hände in den Taschen, neben ihr.

»Schauen Sie sich den Balkon im vierten Stock an«, forderte Suzette Marie mit ihrer nüchternen, tiefen Stimme auf. »Es ist der zweite an der rechten Seite des Gebäudes.«

Marie zählte die Balkone ab und merkte sich denjenigen, den Suzette sich ausgesucht hatte.

»Ich möchte, dass Sie auf diesen Balkon gehen und dort Ihren Hut abnehmen, sodass ich es von hier aus sehen kann. Das ist Ihre Aufgabe. Denken Sie daran, dass Sie sich nur mit einer guten Geschichte den Zutritt verschaffen können. Das und Ihr Verstand sind alles, was Sie zur Verfügung haben. Sie haben dreißig Minuten Zeit.«

Verdammt. Wie sollte sie überhaupt herausfinden, zu welchem Apartment dieser Balkon gehörte?«

Marie machte sich auf den Weg. Bewegung half ihr dabei, besser denken zu können. Sie ging an zwei oder drei Häusern vorbei und entdeckte ein Schreibwarengeschäft. Rasch kaufte sie sich dort einen Notizblock, ein Klemmbrett und ein paar Stifte. Danach besorgte sie sich an einem Kiosk einige Frauenmagazine. Ein paar Türen weiter erstand sie in einer schicken Drogerie Parfum und Make-up und ließ sich alles in Geschenkpapier und hübsche Tüten verpacken.

Dann kehrte sie zu ihrem Ziel zurück und betrat die Eingangshalle. Sie knöpfte ihren Mantel auf, schüttelte ihr Haar zurecht und ging auf den Mann am Empfang zu. In flüssigem Französisch erklärte Marie ihm, dass sie Kosmetikartikel an ihre Kundinnen lieferte. Sie hob kurz ihre Einkaufstüten und ging zielstrebig zum Aufzug. Glücklicherweise hatte sie sich für Schuhe mit hohen Absätzen entschieden. Er musterte sie kurz und ließ sie passieren.

Marie stieg in den Lift und ließ sich von ihrem Instinkt und dem Reiz des Unbekannten leiten. Doch dann konzentrierte sie sich; ihr war klar, dass sie diese Hürde nur mit rationaler Überlegung nehmen konnte. Um Fehler zu vermeiden, musste sie sich an das halten, was sie wusste. Im vierten

Stock stieg sie aus und schaute auf die Nummern an den Wohnungstüren. Sie versuchte, sich anhand des Verlaufs des Flurs zu orientieren. Nachdem sie das Plakat mit den eingezeichneten Notausgängen studiert hatte, stellte sie fest, dass es sich bei der Wohnung, auf die Suzette gedeutet hatte, um die mit der Nummer 4D handeln musste. Sie überprüfte es noch einmal. Ja, sie war sich ganz sicher.

Sie stellte ihre Einkaufstüten neben der Tür ab, nahm ihr Klemmbrett in die Hand und klopfte. Ein alter Mann öffnete die Tür. Mit Kosmetikartikeln würde sie hier nicht weiterkommen.

Marie richtete sich auf und stellte sich als Gebäudetechnikerin vor, die damit beauftragt sei, das Mauerwerk der Hausfassade zu begutachten. Ihre Firma wolle ein Angebot zur Reparatur der Außenwände abgeben. Sie fragte ihn, ob er in letzter Zeit undichte Stellen an seinen Balkontüren festgestellt habe.

Der Mann sah sie verblüfft an. Ja, bestätigte er, er habe tatsächlich Probleme damit. Er habe sich schon mehrere Male beschwert, aber bisher habe sich noch niemand darum gekümmert. Er murmelte frustriert etwas vor sich hin und bedeutete ihr, in seine Wohnung zu kommen, damit er ihr den Schaden zeigen konnte.

Die Räume waren dunkel und stickig. Sie zog einen Stift aus ihrer Tasche und begann energisch, sich Notizen zu machen. Es gab keine bessere Methode, sich bei jemandem beliebt zu machen, als ihm aufmerksam zuzuhören.

»Könnten Sie mir bitte die Stellen zeigen, wo es Probleme gab?«, bat sie, und er führte sie zu einigen Holzdielen mit Wasserschaden vor den Balkontüren.

Sie schnalzte mitfühlend mit der Zunge.

»Da dringt offensichtlich Regenwasser ein. Darf ich mal auf den Balkon gehen?«

Er öffnete die Schiebetür. Marie trat auf den Balkon hinaus, blieb einen Augenblick stehen und hielt Ausschau nach Suzette. Als sie sie auf der gegenüberliegenden Straßenseite entdeckt hatte, nahm sie ihren Hut ab und wartete ein paar Sekunden, während der Mann die Balkontür öffnete und schloss. Er zeigte ihr einige Stellen, wo der Putz bröckelte, und Marie sah sich alles genau an und machte sich erneut Notizen.

Als sie fertig war, führte der Mann sie zurück in sein dunkles Apartment und vorbei an einem kleinen Tisch, an dem er gerade Tee getrunken hatte.

Sie erklärte ihm, dass sie ihren Bericht sofort weiterleiten würde, und dankte ihm für seine Mühe. Noch bevor sie die Wohnung verließ, schüttelte sie ihm die Hand, um zu verhindern, dass er ihre Parfümerietaschen vor der Tür entdeckte. Als er die Tür hinter ihr geschlossen hatte, hob sie die Tüten rasch auf und warf sie in den Müllschacht. Sie stieg in den Lift, bemühte sich, ihre Aufregung zu verbergen, und dachte daran, was Suzette ihr über Überwachungskameras in Aufzügen und an öffentlichen Orten gesagt hatte.

Sie hatte ihren Job gut gemacht, und das wusste sie auch.

INTERNATIONALER FLUGHAFEN MARSEILLE, PROVENCE

Julian ging rasch durch das Flugzeug nach vorn und bahnte sich im Terminal seinen Weg zu einem kleinen, nicht gekennzeichneten Gebäude im Norden. Dort befanden sich die Büros der regionalen Niederlassung der SGSE sowie die örtliche Polizeipräfektur.

Der Himmel war tiefblau und mit großen Sternen übersät. Er sog die salzige Luft ein und erinnerte sich an das angespannte, leicht schwindelerregende Gefühl, das er immer bei der Ankunft an einem fremden Ort empfunden hatte, wenn er mit einer ganz oder teilweise gefälschten Identität Dinge herausfinden musste, die im alltäglichen Leben niemals jemand entdecken würde.

In der Präfektur fragte Julian den diensthabenden Beamten nach Pierre La Ville, und schon nach wenigen Minuten kam ein kräftiger Mann mit einer breiten Brust, die Schultern gestrafft, auf ihn zu. Julian bemerkte, dass er elegant gekleidet war. Diese Franzosen, dachte er und lachte in sich hinein. Selbst die Polizisten. Ein perfekt geschnittenes Sakko, eine elegante Hose und schicke Lederslipper.

Das Büro war im neuen europäischen Schick eingerichtet. Keine mittelalterlichen Verliese mit Stahltischen mehr. Alle Behördenbüros von Portugal bis zum Baltikum sahen gleich aus. Skandinavisch-modern. La Ville bot Julian einen Stuhl vor seinem glänzenden Schreibtisch aus Kiefernholz an. Julian war sich sicher, dass an der Unterseite ein Schild mit der Aufschrift »Aus verantwortungsvoll bewirtschafteten Wäldern« zu finden war. La Ville schaute Julian an.

»Hatten Sie einen guten Flug?«

»Der Jet kam ein wenig zu steil und zu schnell nach unten«, erwiderte Julian. »Aber der Pilot konnte das auf der Landepiste noch ausgleichen.«

Der Beamte verzog das Gesicht. »Das ist nicht angenehm«, meinte er und kramte in einigen Unterlagen, bis er fand, was er gesucht hatte. Dann stützte er seine Ellbogen auf den Tisch, faltete die Hände und sah Julian an.

»Ich habe Anweisung aus Paris erhalten, Sie zu unterstützen, und zwar mit allem, was Sie brauchen könnten. Ich habe Teams und Einsatzwagen. Und natürlich stehen Ihnen unsere Datenbanken zur Verfügung. Ich kann jede Suche koordinieren und über unsere verschiedenen Abteilungen laufen lassen. Und hier ist Ihr Ausweis für den Flughafen

Marseille.« Er beugte sich über den Schreibtisch und reichte Julian einen Ausweis an einem Band, der das offizielle Logo des Flughafens trug.

»Mit dieser Karte haben Sie freien Zugang zu allen kontrollierten Bereichen. Ihr persönlicher Zugangscode für alle verschlossenen Türen ist 1111, leicht zu merken, wie ich hoffe.«

»Danke, ich weiß Ihre Bemühungen zu schätzen«, sagte Julian.

La Ville lächelte und reichte Julian seine Visitenkarte.

»Wenn Sie Fragen haben, wenden Sie sich bitte an mich.«

La Ville war der Kommandant der Präfektur. Kompetent, gut organisiert, gewissenhaft. Julian stellte fest, dass er an alles gedacht hatte. Meridiens Einfluss reichte weit. Wie es schien, würde die Zusammenarbeit mit den örtlichen Behörden problemlos ablaufen.

»Brauchen Sie einen Wagen?«, fragte La Ville.

»Ich werde mir zuerst einmal einen mieten«, meinte Julian.

»Die Autovermietungen befinden sich im Terminal.« La Ville stand auf.

»Da wäre noch etwas«, sagte Julian. »Ich möchte Sie bitten, mir bei der Koordination beim Abschalten der Sicherheitscodes an den Türen zum Personalbereich hinter Gate B4 zu helfen. Das ist aus operativen Gründen nötig. Morgen zwischen zwei und vier Uhr nachmittags.«

»Ich werde mich darum kümmern«, versprach La Ville. »Viel Glück.«

INTERNATIONALER FLUGHAFEN MALE, HULHULÉ, MALEDIVEN

Die Gulfstream V schwebte wie ein Vogel im Wind ihrem Ziel entgegen. Und das war auch gut so. Der Sanitäter, der sich um Margaret Donovan kümmerte, wollte nicht noch mehr Betäubungsmittel in den Infusionsbeutel spritzen und keine weiteren Verletzungen durch den Heparin-Lock und an ihren Venen riskieren. Sie war schon viel zu lange in Narkose – es wäre nicht mehr sicher, den Zustand weiter beizubehalten. Jetzt war sie am Ende ihrer langen Reise angelangt und durfte wieder zu Bewusstsein kommen. Er entfernte die Tropfinfusion mit dem Betäubungsmittel und hängte einen weiteren Beutel mit Traubenzuckerlösung an den Schlauch.

Der Jet rollte auf das Terminal zu und kam zum Stehen. Nachdem der Pilot die Motoren abgestellt hatte, schoben der Sanitäter und sein Assistent die Trage aus dem Flugzeug und zu einem wartenden Krankenwagen. Davor standen zwei Männer und rauchten. Sie trugen keine Krankenpflegerkleidung, sondern Jeans und Windjacken, die nur teilweise ihre Waffen verbargen. Lächerlich, dachte der Rettungssanitäter, der Margaret während des Flugs betreut hatte. Wer waren diese komischen Vögel?

Dann wurde er durch die wunderschöne Insel abgelenkt, auf der sie gerade gelandet waren. Es war warm, und am Himmel war keine Wolke zu sehen. Ein perfekter tropischer Tag. Die Sonne ging im Westen über dem Meer unter und warf einen orangefarbenen Schimmer auf das Wasser. Ein Traum, dachte er und sah sich, überwältigt von der Schönheit der Umgebung, einige Minuten lang um. Auf dem Schild an dem einstöckigen Gebäude stand »Internationaler Flughafen Malediven«.

»Ihr übernehmt sie jetzt?«, fragte er die Raucher. Der größere nickte.

»Wird sie von medizinischem Personal erwartet?«, fügte er hinzu. Er war davon ausgegangen, dass ihre Reise aus medizinischen Gründen notwendig war, doch wer hatte schon jemals von besonderer medizinischer Versorgung auf den Malediven gehört?

Die Raucher tauschten einen Blick. »Ja, wir haben hier Ärzte, die sich um sie kümmern werden. Machen Sie sich keine Gedanken«, sagte der eine und grinste den anderen an. Dann meldete der erste sich wieder zu Wort. »Wir haben hier alles unter Kontrolle«, versicherte er und trat zu der fahrbaren Krankentrage. »Wir übernehmen sie jetzt.«

Die Rettungssanitäter drehten sich um und gingen zum Flugzeug zurück, wie man es ihnen befohlen hatte, aber derjenige, der mit den Männern gesprochen hatte, hatte ein ungutes Gefühl.

»Diese Männer gefallen mir nicht«, sagte er zu seinem Kollegen, während sie in das Flugzeug stiegen und sich wieder auf ihre Plätze setzten. »Das war kein medizinisches Personal.«

»Wir haben sie abgeliefert, wie man es uns aufgetragen hat«, erwiderte der andere. »Zerbrich dir darüber nicht den Kopf.«

»Mir gefällt das nicht. Ich werde in unserem Bericht erwähnen, dass sie nicht von einem medizinischen Fachmann abgeholt wurde.«

»Hey, du weißt doch, dass diese Nebenjobs nicht immer ganz sauber sind.«

»Was meinst du damit?«, fragte der erste Sanitäter.

»Was denkst du denn, warum wir dafür den doppelten Lohn bekommen?«

»Weil wir hin- und zurückfliegen müssen, ohne Pause und ohne Ablösung.«

»Junge, bist du naiv.« Der Kollege machte es sich auf seinem Sitz bequem und holte sich ein Getränk aus einer Kühlbox.

»Was soll das heißen?«

Der andere schüttelte nur den Kopf.

»Lass uns von hier verschwinden.« Er rief dem Piloten zu, dass sie startbereit seien.

INTERNATIONALER FLUGHAFEN MARSEILLE, FRANKREICH

Marie stieg die Gangway zur Rollbahn hinunter. Eine plötzliche Brise trug die salzige Seeluft zu ihr herüber und wirbelte ihren Regenmantel hoch. Sie lächelte und atmete tief durch. Vor ihrem geistigen Auge sah sie den Hafen im Südwesten vor sich, das schwarzblaue Wasser und die weißen Boote, die an ihren Liegeplätzen schaukelten.

Sie reihte sich in die Schlange der Passagiere zum Terminal ein und bog dann in die Damentoilette ab. Aus ihrer Aktentasche zog sie einen gefälschten Ausweis, der sie als Flugbegleiterin der Ryanair ausgab, und einen ebenfalls gefälschten Ausweis des Flughafens Marseille. Beide hingen an den blau-gelben Bändern der Billigfluggesellschaft. Nachdem sie sich beide Bänder über den Kopf gezogen hatte, sah sie aus wie eine Flugbegleiterin, die gerade nicht im Dienst war.

»Bleiben Sie ruhig, und machen Sie alles so wie an den letzten Tagen Ihres Trainings«, hatte Suzette sie ermahnt, bevor sie Meridien verlassen hatte. »Sie sind gut, und ich bin sicher, Sie werden diesen Job großartig erledigen. Aber erlauben Sie sich keine dummen Fehler.«

Marie steckte sich den Ohrstöpsel ihres neuen drahtlosen

Bluetooth ins Ohr. Dann zog sie ihr BAF heraus und warf einen letzten Blick auf die Karte des Flughafenterminals, die Julian ihr gegeben hatte. *Betrachten Sie das als Ihre Rettungsleine.*

Sie ging in das Terminal zurück und zog ihren kleinen Rollkoffer hinter sich her. Bereits nach wenigen Sekunden hörte sie Julians Stimme in ihrem Ohr.

»Wie ich gehört habe, hast du den Kurs bei Meridien bestanden«, sagte er. »Tut mir leid, dass ich nicht dabei war und zusehen konnte.«

Marie lächelte stolz. »Ich hatte eine Heidenangst«, verriet sie ihm. »Aber ich wollte dich auf keinen Fall enttäuschen.«

Julian lachte. »Ich habe nie an deinem Erfolg gezweifelt.«

Marie genoss diese Bemerkung kurz, bevor sie fragte: »Okay, wohin soll ich jetzt gehen?«

»Du verlässt den Gate-Bereich und gehst zum Hauptgang in der Ankunftshalle«, befahl Julian. »Dort folgst du den Zeichen zur Gepäckausgabe.«

Auf ihrem Weg durch das Terminal achtete Marie auf alle Zeichen auf Französisch und Englisch und orientierte sich an der Karte, die sie im Gedächtnis abgespeichert hatte. »Ich bin jetzt im Hauptgang und habe gerade Gate B12 im Ankunftsbereich passiert.«

»Sehr gut. Bleib auf der rechten Seite. Wenn du an Gate B 4 vorbeigegangen bist – das ist das letzte Gate in dieser Halle –, siehst du kurz vor der Gepäckausgabe eine Tür mit der Aufschrift ›Bodenpersonal – kein Zutritt für Unbefugte‹. Dort gehst du hinein. Stoße die Tür selbstbewusst auf, so als hättest du allen Grund der Welt, dich dort aufzuhalten.«

»Bist du sicher, dass ich keinen Zugangscode für das elektrische Schloss brauche?«, fragte Marie.

»Nein, das Schloss ist außer Betrieb«, erklärte Julian. »Siehst du den Flughafenwachmann auf der anderen Seite der Halle? Er sitzt auf einem Stuhl, liest Zeitung und bewacht diese Tür.«

Marie war angespannt. Sie wusste aus dem Vorgespräch mit Julian, dass sie, gemäß der EU-Sicherheitsbestimmungen, jederzeit von einem Flughafenangestellten aufgehalten und zur Verifizierung ihres Flughafenausweises aufgefordert werden konnte.

Als sie die Tür erreichte, war der Sicherheitsbeamte in seine Zeitung vertieft. Marie holte Luft, lehnte sich gegen die Tür und schob den in Hüfthöhe angebrachten Metallriegel zurück. Dabei schenkte sie dem Wachmann ein Lächeln. Er schaute auf, peinlich berührt, dass sie ihn beim Lesen erwischt hatte, und winkte sie durch.

Vor ihr lag ein beigefarben gestrichener Gang mit weißem Linoleumboden und hellblauen Türen auf beiden Seiten. »Freue dich nicht zu früh«, meldete sich Julian. »Vergiss nicht – das war erst deine erste Hürde. Du befindest dich jetzt unbefugt in diesem Bereich und spielst eine Flugbegleiterin der Ryanair, die nach ihrem Einsatzplan sucht.«

Sie begann zu schwitzen. Doch dann hörte sie Julians beruhigende Stimme: »Du machst das sehr gut. Wie du an dem Wachmann vorbeigekommen bist, hat mir gut gefallen.« Er beobachtete sie über die Videoüberwachung, aber das wusste sie nicht. Sie glaubte, dass er sie nur über die BAF-Tonübermittlung begleitete. Als sie weiterging, hielt sie das BAF so in ihrer Hand, wie man es ihr beigebracht hatte, damit sie auf ihrem Weg damit auch Videoaufnahmen und Bilder machen konnte.

»Auf der dritten Tür zu deiner Linken sollte stehen: ›Alliance Airport Services‹.«

Hinter dieser Tür saß eine Frau an ihrem Schreibtisch, telefonierte und griff nach einigen Unterlagen in einem Ablagekorb. Ihr Haar war glatt und voll und fiel ihr in einem weichen

Bob bis auf die Schultern. Sie trug einen schwarzen Pullover mit Stehkragen und einen grauen Rock und erinnerte an eine Schönheit aus den 1950er Jahren – elegant, geheimnisvoll und verführerisch. Marie schätzte sie auf etwa fünfunddreißig Jahre. Die Ähnlichkeit mit dem Foto, das Julian ihr von Nathalie Ansari, der Frau, die das Apartment im Marais gemietet hatte, gegeben hatte, war nicht zu übersehen. Ja, das musste sie sein. Maries Gesicht rötete sich vor Aufregung. Sie konnte es kaum erwarten, Julian zu informieren, aber sie musste warten, bis sie außer Hörweite war. An der Bürotür hing ein Schild mit dem handgeschriebenen Vermerk: ›Falls das Büro nicht besetzt ist, rufen Sie bitte Mademoiselle Jacqueline Atika an.‹ Darunter stand eine Telefonnummer.

Marie ging rasch weiter und hörte kurz darauf Julians Stimme.

»Geh zum Ende des Gangs und halte Ausschau nach einem Flucht- und Rettungswegeplan. Manchmal findet man sie an einer Korkwand. Oder in einem Glaskasten. Ich möchte, dass du die Stecknadelkamera dort anbringst. Niemand wird sie auf dem Plan bemerken.«

Marie entdeckte die Skizze, die er meinte, in etwa drei Metern Entfernung auf der gegenüberliegenden Seite. Marie blieb kurz davor stehen und tat so, als betrachte sie den Plan. Dann vergewisserte sie sich, dass sie nicht beobachtet wurde, zog die Kamera aus ihrer Tasche und steckte sie in das Brett. Als das Gerät befestigt war, betrat sie die nächste Damentoilette. Ihr Herz raste. Sie sah sich in der Toilette um. Niemand da.

»Julian, ich befinde mich in der Damentoilette, also kann ich reden. Die Frau in dem Büro der Alliance ist identisch mit der Frau auf dem Foto, das du mir gegeben hast.«

»Großartig!« Julians Stimme klang aufgeregt. »Gut gemacht.«

»Und an der Tür hängt ein Schild mit dem Hinweis, dass man Jacqueline Atika anrufen möchte, wenn das Büro nicht besetzt ist. Darunter steht eine Telefonnummer. Ich habe alles gefilmt und Fotos gemacht.«

»Prima«, lobte er sie. »Ich sehe mir gerade das Bild an, das die Stecknadelkamera überträgt«, fügte er hinzu. Sie wusste, dass die Kamera wie ein an das Internet angeschlossenes Mobiltelefon funktionierte. Die Batterie würde sie etwa einen Monat lang versorgen.

»Es sieht ganz gut aus, aber könntest du die Kamera ein kleines Stück nach unten versetzen und auf die Tür der Alliance-Büros richten?«

»Ich werde es versuchen«, erwiderte sie.

»Jetzt?«

»Okay, ich gehe sofort los.«

Marie verließ die Toilettenräume, ging zu dem Plan an der Wand hinüber und rückte die Fischaugenlinse zurecht. Dann wischte sie die Linse mit dem Saum ihrer Bluse ab, um ihre Fingerabdrücke zu entfernen, und trat einen Schritt zurück.

»So ist es gut«, sagte Julian. Marie machte sich auf den Rückweg. Im Gang kam ihr eine Frau in einer rot-schwarzen Uniform entgegen. Marie nickte ihr zu. »*Bonjour Madame.*« Die Frau erwiderte den Gruß.

Marie ging rasch durch die Metalltür. Wieder überraschte sie den nachlässigen Wachmann, doch dieses Mal schenkte sie ihm keine Beachtung, sondern ging direkt weiter in Richtung Gepäckausgabe.

In der Ankunftshalle atmete sie tief durch. »Ich bin zurück«, flüsterte sie in das BAF.

»Sehr gut, Marie. Das hast du großartig gemacht«, erwiderte Julian.

»Funktioniert die Kamera?«

»Ja, perfekt. Jetzt bist du bis heute Abend allein auf dich gestellt. Pass auf, dass du nicht in Schwierigkeiten gerätst.«

»Ich werde mich bemühen«, erwiderte sie.

»Ich meine es ernst.« Julian dachte an ihre gemeinsame Arbeit in Bagdad, wo sie Ärger praktisch angezogen hatte wie ein Magnet.

»Ich bin hier zu Hause, Julian«, erwiderte sie. »Hier kenne ich mich aus, also mach dir keine Sorgen.«

»Es tröstet mich wenig, dass du dich auf vertrautem Gebiet befindest. Das führt dazu, unachtsam zu werden.«

»Ich bin wachsam«, versicherte sie. »*En garde!*«

Julian lachte. »Okay, bis bald.« Sie hörte, wie er auflegte.

Marie stieg in den Flughafenshuttle und war in fünf Minuten an ihrem Hotel angelangt; das Pullman Marseille Provence lag direkt am nordöstlichen Rand des Flughafenbereichs. Es verfügte über einige Tennisplätze, und aus dem großen blauen Pool inmitten einer gepflegten Rasenfläche stieg Dampf auf. Der Zubringerbus hielt vor dem Haupteingang, und Marie stieg aus. Die Lobby mit den weißen Wandplatten und Tischen aus Plastik und den mit Kissen in modernem Pink und Lila gepolsterten Sitzgruppen erinnerte an ein angesagtes Kaufhaus.

Marie ließ sich ihre Schlüsselkarte geben, fuhr mit dem Aufzug in den dritten Stock und ging zu ihrem Zimmer. Sie stellte ihre Tasche ab und brachte ihre Toilettenartikel ins Bad. Ihr Adrenalinspiegel war immer noch so hoch, dass sie nicht still sitzen konnte. Schließlich holte sie sich einen Pullover aus ihrem Gepäck, lief die Treppe zur Lobby hinunter, verließ das Hotel und winkte ein Taxi heran. Sie bat den Fahrer auf Französisch, sie zum Angestelltenparkplatz des Flughafens zu bringen. Es war halb fünf Uhr, beinahe Zeit für die meisten Angestellten, Feierabend zu machen.

Der Taxifahrer nahm die Hauptstraße zum Flughafen, folgte dann den Schildern und bog auf den Parkplatz des Hauptterminals ein. Marie bat ihn, ein paar Runden an der Einzäunung entlangzufahren, bis sie sich einen Überblick über das Gelände verschafft hatte. Dann wies sie ihn an, an einer Stelle anzuhalten, von der aus sie einen guten Blick auf das Flughafengebäude hatte. Er zuckte die Schultern und murmelte etwas Unverständliches. Es klang nicht sehr erfreut.

»Es geht um meinen Mann«, log Marie. »Er hat eine Affäre.«

Der Taxifahrer schnaubte und gestikulierte heftig. Dann zog er eine Zeitung hervor. Marie beobachtete, wie einige Personen zu ihren Autos gingen. Sie warf rasch einen Blick nach Norden, um zu prüfen, ob ihr Hotel von hier aus in Sicht war. Als sie sich wieder zum Terminal wandte, zuckte sie zusammen. Da war sie. Nathalie Ansari oder Jacqueline Atika, einen schwarzen breiten Schal über den Schultern, kam direkt auf Marie zu. Marie beobachtete, wie sie an einer Reihe geparkter Wagen vorbei Richtung Osten ging. Sie trug Schuhe mit hohen Absätzen und einen schmalen schwarzen Bleistiftrock. Über ihrer Schulter hing eine Designertasche. Sie trat zu einem Wagen und schloss die Tür auf.

»Okay, das ist sie«, sagte Marie grimmig. »Dort drüben. Sie steigt gerade in ihren Wagen.« Der Fahrer sah auf.

»Halten Sie Abstand, damit sie uns nicht entdeckt«, fügte Marie hinzu und beugte sich nach vorn. »Aber fahren Sie nahe genug ran, sodass ich ihr Nummernschild erkennen kann.«

Die Frau fuhr los, und der Taxifahrer folgte ihr, missmutig vor sich hin murmelnd.

Marie konzentrierte sich auf das Nummernschild, prägte es sich ein, bis sie einen Stift in ihrer Tasche fand und es rasch auf ein Stück Papier kritzeln konnte. Hatte sie es richtig notiert? Ja.

»Welches Modell ist das? Wissen Sie das?«, fragte sie den Taxifahrer.

»Das ist ein Renault Clio GT«, antwortete er. »Wahrscheinlich Baujahr 2005.«

»Danke«, erwiderte sie. »Bitte fahren Sie mich zurück zu meinem Hotel.«

Ihr Herz pochte heftig. Sie hatte ein weiteres Stück des Puzzles gefunden.

TANGER, MAROKKO

Die Gassen in dem alten Suk waren dunkel und still. Nach der Übergabe von Margaret Donovan auf den Malediven waren die beiden Sanitäter wieder in Tanger gelandet. Der Pilot musste seine vorgeschriebene Ruhezeit einhalten, und das Flugzeug wurde aufgetankt. Leicht beschwipst von ein paar Bier an der Hotelbar, wurden sie auf der Promenade vor dem Hotel von zwei gut gekleideten, jungen Männern angesprochen. Sie benahmen sich unaufdringlich und respektvoll, ganz anders als die üblichen Bettler und Abzocker, die hier ständig die Touristen belästigten. »Möchten Sie ein wenig Spaß haben? Sich in einer Bar amüsieren?«

Die Sanitäter warfen sich einen Blick zu und zögerten lange genug, um den Männern Gelegenheit zu geben, ihnen ihren Vorschlag noch schmackhafter zu machen.

»Ausländische Mädchen. Günstige Drinks. Amerikanische Musik.« Es war schwer, den beiden zu widerstehen. Sie waren so ruhig und wohlerzogen, dass die Sanitäter ihnen schließlich in den Suk zu einem Club folgten. Das verrauchte und schummrige Lokal war von Europäern und Amerikanern bevölkert, die Wände waren mit goldfarben getupften

Stoffen verkleidet. Hinter der Bar hingen Glitzerschmuck und leuchtend bemalte Metallfiguren, und aus den Boxen dröhnte Musik. Die Sanitäter setzten sich an einen Tisch und bestellten sich Bier. Zuerst fühlten sie sich in dieser Umgebung ein wenig unsicher, aber nach dem zweiten oder dritten Drink stieg ihre Stimmung. Sie sahen mit geringem Interesse zwei holländischen Mädchen zu, die miteinander tanzten, und blieben für sich. Sie hatten ihren Job erledigt und ihr Geld dafür bekommen, und am Morgen würden sie nach Hause fliegen.

Gegen drei Uhr früh zahlten sie ihre Rechnung und verließen das Lokal. Draußen diskutierten sie kurz, wie sie zum Hotel zurückkommen sollten, und machten sich dann, ein wenig unsicher auf den Beinen, auf den Weg. Sie konnten sich nicht mehr daran erinnern, durch welche Straßen die Männer sie hierhergeführt hatten.

Ein paar Meter von der Bar entfernt blieben sie vor einem Friseurladen stehen, und der eine zog seine Zigarettenschachtel heraus. Als er sich nach vorn beugte, um mit der hohlen Hand die Flamme zu schützen, erhielt er den ersten Schlag. Ein dicker, muskulöser Arm legte sich von hinten um ihn und rammte ihm ein Messer direkt unter dem Brustbein ins Herz. Der Mörder schüttelte ihn wie eine Stoffpuppe und schob die Klinge noch tiefer in seinen Körper, während zwei andere Männer seinen Kollegen am Schopf packten, seinen Kopf nach hinten zogen und ihm die Kehle durchschnitten. Innerhalb weniger Minuten war er verblutet.

FLUGHAFEN MARSEILLE PROVENCE, MARSEILLE, FRANKREICH

»Lust auf einen Donut?«, fragte Marie.

Sie warteten in Julians Mietwagen vor dem Angestelltenparkplatz des Flughafens. Es war fast fünf Uhr, Zeit für Nathalie/Jacqueline, nach Hause zu gehen.

»Donuts? Du willst Donuts?« Er dachte bereits darüber nach, wie er das Problem lösen und ihr eine Freude machen konnte, vergewisserte sich jedoch dann, ob er sie richtig verstanden hatte. »Esst ihr Amerikaner Donuts nicht zum Frühstück?«

»War nur ein Scherz«, erklärte sie. »Die Polizisten in New York trinken ständig Kaffee und essen Donuts, wenn sie in ihren Streifenwagen sitzen. Zumindest wird das behauptet.«

»Wenn sie dauernd Kaffee trinken, gestaltet sich die Überwachung aber schwierig«, meinte Julian.

»Wieso?«

»Weil sie dann ständig pinkeln müssen und dabei leicht ihre Tarnung auffliegt.«

Marie lachte. Sie parkten nun schon seit fast zwei Stunden an dieser Stelle.

»So ist es manchmal«, stellte er fest. »Langweilig. Dabei verliert man leicht die Konzentration. Aber dank deiner Hilfe wissen wir, wie ihr Wagen aussieht. Das heißt aber nicht, dass ich es gutheiße, was du getan hast. Du hättest Atika nicht ohne mich ausspionieren sollen. Es war gefährlich und hätte die gesamte Operation gefährden können. Du konntest nicht wissen, von wem sie möglicherweise beobachtet wird, und hättest in irgendetwas hineingezogen werden können.«

»Okay, schon gut.« Marie ärgerte sich über diese Kritik, obwohl er nicht ganz unrecht hatte.

»Ich weiß, dass du gern unabhängig bist, aber du musst dich an bestimmte Vorgehensweisen halten. Du musst die Regeln verinnerlichen, sonst könntest du die gesamte Mission zum Scheitern bringen. Wenn Atika dich nun gesehen hätte und misstrauisch geworden wäre? Vielleicht wäre sie getürmt, und wir hätten ihre Spur verloren. Oder wenn jemand aus ihrem Team dich gesehen und dich umgebracht hätte?«

»Okay«, wiederholte sie, »schon gut, Julian. Ich wollte uns Zeit sparen. Hier ist eine große Sache im Gang – das hast du mir gesagt. Ich wollte dir nur helfen.«

Plötzlich richtete sie sich in ihrem Sitz auf. »Das ist sie«, sagte sie angespannt. »Da vorn.«

Julian richtete seinen Blick auf die Straße vor ihm, als ein grauer Renault an ihnen vorbeifuhr. Hinter dem Steuer saß die Frau aus dem Alliance-Büro.

In dem Moment, in dem der Wagen der Frau sich in Bewegung setzte, leuchtete der Bildschirm auf, den Marie in den Händen hielt. Der magnetische Peilsender, den Julian vor einigen Stunden unter Atikas Wagen befestigt hatte, sendete ein Signal.

»Einen Moment noch«, sagte Julian. »Das GPS muss sich erst synchronisieren. Jetzt kann der Spaß beginnen. Dann wollen wir mal sehen, ob uns die neue französische Technologie dabei helfen kann, an ihr dranzubleiben.«

Sie folgten ihr in einem Abstand von ungefähr fünfundsiebzig Metern auf der Zufahrtsstraße und bogen mit ihr auf die Autobahn ab, die zum Alten Hafen führte.

»Ah, gut, sie fährt in die Altstadt. Mit ein wenig Glück werden wir ein anständiges Abendessen bekommen«, meinte er, und Marie lächelte. Julian war immer äußerst konzentriert, aber das hielt ihn nicht davon ab, auch an die schönen Dinge des Lebens zu denken.

Marie sah sich die Umgebung an. Neben ihnen senkte sich ein mit roten Tondächern verzierter Hügel bis hinunter zu der alten Ufermauer. Auf der anderen Seite der Bucht erhob sich die Felseninsel Île d'If mit der massiven Festung, die an den fiktiven Grafen von Monte Christo erinnerte, aus dem Wasser.

»Oh, sie biegt ab«, stellte er fest, als Atika die Autobahn verließ. Marie schaute auf ihr Display und las ihm die angezeigten Anweisungen vor.

»Jetzt beginnt der schwierige Teil.« Julian packte das Lenkrad mit der rechten Hand und stützte seinen Ellbogen auf den Fensterrahmen. »Für die Verfolgung eines Fahrzeugs braucht man eigentlich zwei Wagen, aber wir müssen uns allein behelfen.« Marie rührte sich nicht und schwieg. Julian war jetzt von Kopf bis Fuß angespannt, das sah sie aus dem Augenwinkel an seinen Oberschenkeln und seinen Oberarmen, während sie ihren Blick weiter auf das Display gerichtet hielt. Atika war zwar keine Raserin, aber sie wechselte ständig von rechts nach links wie jemand, der mit dem Weg und der Stadt vertraut war. Nur zweimal verschwand sie aus ihrer Sicht, und Marie las Julian laut die Anweisungen vor, bis sie sie wieder eingeholt hatten.

Nach zwanzigminütiger Fahrt fuhren sie einen Hügel hinauf zu einer Apartmentanlage mit Blick auf das Meer. Atika bremste ab und parkte ihren Wagen vor dem Gebäude. Julian fuhr an ihr vorbei und hielt Ausschau nach einer günstigen Stelle, von der aus sie die Frau weiter beobachten konnten.

Er entschloss sich, die Überwachungsobjekte zwischen ihnen aufzuteilen. Marie sollte den Vordereingang des Gebäudes und Atikas Wagen im Blick behalten, während er sich gründlich auf der Straße umsah und Autos, Passanten, die Schaufenster der Läden und die Eingänge der Häuser in der Umgebung nach irgendwelchen Informationen absuchte, als wäre er ein Fischer, der sein Netz durch jeden noch so kleinen Strudel im Wasser zog. Und schließlich entdeckte er, wonach er gesucht hatte. Zwei Männer in einem dunkelgrünen Peugeot, der etwa sechzig Meter vor ihnen neben Atikas Wohnhaus parkte. Er sah, wie einer der Männer aus dem Auto stieg, sich streckte und sich dann eine Zigarette anzündete. Der Mann ging ein paar Schritte auf und ab, trat gegen einen Kieselstein und sah sich – anscheinend gedankenverloren – um.

»Ich wusste es«, sagte Julian leise und richtete seinen Blick auf die Männer. »Das sind französische Polizisten. Sie observieren sie ebenfalls.«

Marie schaute auf und folgte seinem Blick. Sie sah einen korpulenten Mann rauchend neben seinem Wagen stehen. »Aber wenn sie hier sind, warum sind wir es dann auch?«

Julian runzelte die Stirn. »Die örtliche Polizei befürchtet wahrscheinlich, dass wir nicht alles, was wir herausfinden, an sie weiterleiten. Ich kann es ihnen nicht übel nehmen. Es ist ganz typisch für Polizeibeamte örtlicher Dienststellen. Sie können es nicht leiden, wenn ein Fremder – noch dazu einer, der Verbindungen zur Regierung hat – in ihrem Revier wildert. Also haben wir wohl zwei separate Operationen hier. In einigen Punkten sind unsere Ziele wahrscheinlich gleich, aber nicht in allen.«

»Könnten wir in Verdacht geraten, falls sie uns entdecken?«

»Nur kurz. Sauconys Büro steht mit ihnen in Kontakt. Du musst die Hierarchie bedenken. Die Polizei arbeitet für uns.«

Marie schwieg, während sie das verdaute.

Julian warf einen Blick auf seine Armbanduhr. »Achtzehn Uhr dreißig. Ich frage mich, ob sie heute noch einmal weggeht.«

»Soll ich nachschauen, ob der Name Atika auf einem der Briefkästen oder auf dem Klingelbrett steht?« Sie mussten sich vergewissern, ob Nathalie Ansari jetzt tatsächlich den Namen Jacqueline Atika benutzte.

»Nicht, solange die Polizei da ist«, erwiderte Julian. »Das müssen wir jetzt aussitzen. Wir werden ein paar Stunden warten, um zu sehen, ob sie das Haus noch einmal verlässt.«

Julian öffnete die Wagentür. »Warte hier«, befahl er. »Ich bin in ein paar Minuten zurück. Wenn sie herauskommt, ruf mich an.«

Er überquerte die Straße und ging zu einem der kleinen Imbissbuden am Straßenrand. Nach drei Minuten kehrte er mit einer nach Kräutern duftenden Papiertüte und frisch gebackenem Brot zum Wagen zurück. Er zog zwei in öliges graues Papier gewickelte Sandwiches heraus: gegrillter Thunfisch, Zitronen- und Tomatenscheiben auf einem Baguette, bestrichen mit *Harissa*, einer scharfen marokkanischen Gewürzpaste.

»Das ist ein perfekter tunesischer Snack«, meinte er.

Marie lachte. Sie ließen sich das Essen schmecken. Die Sandwiches waren köstlich und würzig, und der Fisch war so frisch, als wäre er soeben aus dem Meer gezogen worden.

Nach ungefähr dreißig Minuten sahen sie, wie der Wagen mit den Polizisten sich von dem Apartmentgebäude entfernte und die Straße hinunterfuhr.

Diese plötzliche Abfahrt überraschte Julian.

»Das ist mein Einsatzzeichen«, erklärte Marie. »Soll ich jetzt nachschauen?«

»Also gut«, erklärte sich Julian einverstanden.

Marie stieg aus dem Auto, überquerte die Straße und ging durch den überdachten Teil des Parkplatzes auf den Haupteingang zu. Die Briefkästen waren vor der Tür in die Wand eingelassen und trugen Nummern, aber keine Namen. Sie schaltete ihr BAF auf Videomodus, um alles aufzunehmen, und ging weiter zu der Sprechanlage neben der Eingangstür, auf der sie eine Namensliste entdeckte. Sie war schwer zu entziffern, und einige Namen fehlten. Wo war Jacqueline Atika? Während sie die Liste von oben nach unten durchging, verließ ein Pärchen das Gebäude. Marie hielt die Tür mit dem Fuß auf, bis sie schließlich auf der Liste den

Eintrag J. Atika, Apartment 5F, gefunden hatte. Das war sie.

Sie schlüpfte in das Haus und ließ die Tür hinter sich ins Schloss fallen. Rasch durchquerte sie die moderne Eingangshalle mit Marmorwänden und huschte neben den Aufzügen die Treppe in den fünften Stock hinauf. Die Gänge waren grün gefliest, dunkel und muffig.

Als sie 5F gefunden hatte, versuchte sie, sich zu orientieren und herauszufinden, auf welcher Seite des Hauses die Wohnung lag. Sie schaute aus dem Gangfenster und sah das Fischrestaurant. Marie lief die Treppe wieder hinunter und kehrte zum Wagen zurück.

»Apartment 5 F«, berichtete sie Julian. »Es liegt im vorderen Teil, und wir können es von hier aus sehen.«

HAUPTQUARTIER DER REVOLUTIONSGARDE, EVIN-GEFÄNGNIS, TEHERAN, IRAN

Hassan Safavi ließ seinen Blick an dem furchterregenden Steingebäude nach oben wandern und spürte, wie sein Magen sich zusammenkrampfte. Erstaunlich, wie Gefühle sich in körperliche Reaktionen verwandeln konnten. Vielleicht lag diese Schwäche in der Familie. Er schüttelte rasch diese Vorstellung ab und versuchte, sich zu beruhigen. Seine Gedanken wanderten zurück nach Neu-Delhi. Seiner Meinung nach waren die Inder reizende Menschen, dankbar für das Leben und seine Schönheiten. Selbst den Ärmsten schien es zu gelingen, den alltäglichen Pflichten ein wenig Freude abzugewinnen.

Was in diesem Gebäude vor sich ging, hatte jedoch nichts Schönes an sich. Das Hauptquartier des Bataillons, das gleichzeitig als Vernehmungszentrum und Gefängnis diente, war jetzt voll von politischen Häftlingen. Er atmete tief durch, bevor er auf einen der Wachposten zuging. Nachdem er seinen Ausweis vorgezeigt hatte, wurde er durch die Vordertüren begleitet.

Er musste ein Team für seine neue Aufgabe zusammenstellen, und die Personalakten im Evin waren dafür ein Anfang. Als er das moderne Betongebäude betrat, eilten ein paar junge Männer, überströmend von nervöser, dunkler Energie, an ihm vorbei nach draußen. Basidsch-Milizen, dachte er. Diese Jungen wurden im Alter von vierzehn oder fünfzehn Jahren in abgelegenen Dörfern rekrutiert und auf Motorrädern oder in kleinen Lastwagen mit Schlagstöcken und Faustfeuerwaffen auf die Straßen Teherans geschickt. Da sie mit den Stadtbewohnern nicht verwandt waren und nicht durch Familienbande gehindert wurden, bildeten sie effektive Überfallkommandos, die Andersdenkende terrorisierten und gewaltsam unterdrückten.

Die Basidsch-Miliz war nur eine Einheit einer riesigen Organisation hier im Evin. Safavi ging quer durch die graue Eingangshalle aus Marmor. Auf der linken Seite befand sich die Tür zu den Zellenblöcken. Safavi wandte sich nach rechts zum Vernehmungszentrum. Er ging an einer Aufzugbatterie aus Aluminium vorbei und zeigte seinen Ausweis den Männern am Empfangstisch vor. Sie winkten ihn durch eine Reihe von Türen, die sich mit einem elektrischen Summen öffneten und hinter ihm mit dem ernüchternden Geräusch von einrastenden Schlössern zufielen.

Safavi lief durch die Gänge zum Büro seines alten Kollegen Samoud, der sich gerade auf einem Wandmonitor ein Video anschaute. Entsetzt stellte Safavi fest, dass der junge Mann, der verhört wurde, der Sohn eines bekannten Geistlichen war. Furcht durchfuhr ihn und ließ ihn kurz erzittern. Das System kehrt sich um, dachte er. Wir greifen uns selbst an. Wie meine Tochter, wenn sie sich Schnitte beibringt. Seine Knie wurden weich, und einen Augenblick lang schwankte er leicht.

Am liebsten hätte er diesen Raum verlassen, wäre aus dem Gebäude gerannt und nie wieder zurückgekommen, doch er starrte wie gelähmt auf den jungen Mann auf dem Bildschirm, der mit matter, monotoner Stimme die Verbrechen Verrat und Spionage gestand. Safavi hustete, um die Aufmerksamkeit seines Freundes auf sich zu lenken. Samoud drehte sich um.

»Hassan, wie geht es dir? *Salam alaikum.*« Er stand auf und umarmte seinen alten Schulfreund, als wäre kaum Zeit vergangen, seit sie zum letzten Mal auf dem Schulhof Kricket gespielt hatten.

»Ist das dort auf dem Bildschirm Omidis Sohn?«, fragte Safavi.

Samoud nickte grimmig. »Ja, aber wir werden sein Geständnis nicht veröffentlichen können. Es war alles umsonst.«

»Wie meinst du das?«, wollte Safavi wissen.

»Sie sind zu weit gegangen. Der Junge ist heute Morgen gestorben. Verblutungsschock. Sein Vater will dafür jemanden büßen sehen, und ich weiß nicht, wohin das führen wird. Glaub mir, das war nicht meine Idee.«

Sie haben Omidis Sohn gefangen genommen und zugelassen, dass er zu Tode geprügelt wurde? Wer hat das angeordnet?

»Samoud, du gehörst zu den Aufsichtspersonen.« Safavi senkte seine Stimme zu einem Flüstern. »Wie konnte das passieren?«

»Wir schützen die Revolution vor Feinden«, erwiderte Samoud steif, in seinem Blick lag plötzlich eine wilde Entschlossenheit. Safavi wurde blass. Er sollte vorsichtiger sein, sonst würde er sich bald selbst auf der falschen Seite der Gitterstäbe befinden.

Samoud drehte den Ton des Videos leise, ließ das Band aber im Hintergrund weiterlaufen. »Nun sag mir, Hassan«, forderte Samoud ihn auf, »was kann ich für dich tun?«

»Ich muss ein Team für ein spezielles Projekt im Ausland zusammenstellen. Der Codename lautet Operation Tag der Abrechnung. Ich brauche vier Männer, die Erfahrung mit Auslandseinsätzen haben. Sie werden in Frankreich eingesetzt, also wäre es gut, wenn sie Französisch sprächen.«

»Ich werde meinen Personalassistenten anrufen«, erklärte Samoud, erleichtert, sich um Geschäftliches kümmern zu können. »Er soll die entsprechenden Akten heraussuchen.«

Er nahm sein Telefon zur Hand und gab einige Befehle auf Farsi durch. »Wir werden eine Tasse Tee trinken, während wir warten.«

Safavi stellte fest, dass auf dem Bildschirm die Liveübertragung aus dem Verhörraum zu sehen war. Eine Gruppe junger Basidsch-Mitglieder hatte sich dort versammelt. Sie wirkten alle aufgeregt und nervös. Nach einigen Minuten wurde ein schreiendes junges Mädchen in den Raum geschleift. Sie hatte einen Schuh verloren, und ihr Umhang klaffte auseinander. Samoud drehte die Lautstärke mit einer Fernbedienung nach oben. Einer der Basidschis drückte die junge Frau gegen die Wand und begann, sie zu betatschen. Das ist wahrscheinlich das erste Mal, dass er eine Frau berührt, dachte Safavi. Sein Gesicht rötete sich. Möglicherweise sogar das erste Mal, dass er sich überhaupt einer Frau nähert. Sie stieß laute, durchdringende Schreie aus.

Also machen sie das immer noch, dachte Safavi.

Das iranische Gesetz untersagte es, eine Jungfrau hinzurichten, da im Koran stand, dass eine Jungfrau direkt in den Himmel kommen würde. Um das Urteil des Gerichts vollstrecken zu können, bewilligten die Imams eine Ehe auf Zeit, mit dem alleinigen Zweck, den Männern zu erlauben, dem Mädchen gegen ihren Willen ihre Jungfräulichkeit zu nehmen. Was immer dieses Mädchen auch getan hatte, es würde zur Unterhaltung der Wärter dienen, bis es am nächsten Morgen aufgehängt wurde.

»Wie kannst du das zulassen?« Safavi drehte sich zu Samoud um. »Das ist nicht der Islam, für den wir gekämpft haben. Das ist schlimmer als alles, was der Schah getan hat. Du lässt deine eigenen Leute foltern?«

Safavi hatte in jungen Jahren selbst einmal an einer solchen Hochzeitsfeier teilgenommen. Als er die junge Frau am nächsten Morgen zu ihrer Hinrichtung aus der Zelle geholt hatte, waren ihre Augen so glasig und getrübt gewesen, als wäre sie bereits tot. Ihr Körper war mit blutigen Kratzern übersät. Sie hatte sich die Haut mit den Fingernägeln blutig gekratzt, als hätte sie versucht, sich von der Pest zu befreien. Wenn er daran dachte, erfassten ihn Scham und Selbstverachtung.

»Du kennst die Regeln«, erwiderte Samoud. »Wir dürfen keine Jungfrau hinrichten. Morgen wird sie sterben.«

»Hör auf damit! Sei ruhig! Das ist falsch, Samoud. Warum lässt du das zu?«

»Haben die Feinde unseres großen Märtyrers Hussein innegehalten, bevor sie ihn und seine Angehörigen zu Tode gequält haben?«, fragte Samoud mit blitzenden Augen. »Haben die sunnitischen Hunde gezögert, bevor sie ihre Mordgelüste an uns ausgelebt haben?«

»Wohin wird dich eine solche Denkweise führen?«, zischte Safavi leise. »Wo wird das enden?«

»Im Sieg.« Samoud lächelte. »Mögen meine Worte und Taten die Wiederkunft des Mahdi beschleunigen.« Er stand auf. »Nur weil wir gute Freunde und zusammen aufgewachsen sind, werde ich vergessen, was du gerade gesagt hast, und so weitermachen, als wäre nichts geschehen.«

»Ich arbeite für General Nafabedi persönlich«, entgegnete Safavi. »Du hast keinen Grund, meine Legitimität anzuzweifeln.«

Ein Assistent betrat mit etlichen Akten in den Händen den Raum. Ein zweiter folgte mit Tee.

»Hier sind die Unterlagen«, sagte Samoud. »Lass mich wissen, an welchen Männern du interessiert bist, dann organisiere ich ein Gespräch mit ihnen. Danach kannst du dir dein Team zusammenstellen. Ich muss dich warnen, Hassan. Im Iran hat sich einiges geändert. Pass auf, was du sagst. Abweichende Meinungen jeglicher Art werden hier nicht mehr toleriert.«

In Safavis Kopf drehte sich alles. Er war sich nicht sicher, welchen Standpunkt sein früherer Kamerad Samoud vertrat, aber was er sagte, klang beängstigend. Er hatte Samoud anders eingeschätzt, aber vielleicht war er zu lange weg gewesen und hatte nicht mitbekommen, wie sehr der Druck sich verstärkt hatte. Safavi ließ sich auf einen Stuhl fallen. Seine Knie waren weich, und er hatte plötzlich große Angst vor der Zukunft.

HOTEL PULLMAN, MARSEILLE, PROVENCE

Marie nippte in dem sonnengesprenkelten Café an ihrem Kaffee, als sie Julian auf das Hotelrestaurant zukommen sah. Er trug einen Strohhut und eine Brille. Sie lachte, als er sich einen Stuhl heranzog.

»Du siehst sehr … nun ja … richtig farblos aus«, meinte sie.

»Tatsächlich?«, fragte er und sah sie ernst an.

»Wie ein Tourist aus England.«

»Sehr gut. Dann wird niemand auf mich achten.«

Sie kicherte. »Wahrscheinlich nicht.«

»Du solltest dich auch verkleiden«, empfahl er ihr.

Marie nickte. »Natürlich. Sobald wir abreisen.«

Maries BAF klingelte. Sie warf einen Blick auf das Display.

»Das ist Morgan«, sagte sie aufgeregt zu Julian. Er nickte.

»Hi, Morg«, meldete sie sich. »Du schläfst noch nicht? Wie spät ist es bei dir? Zwei Uhr nachts?« Julian rutschte auf seinem Stuhl hin und her, und Marie warf ihm einen raschen Blick zu und wandte sich dann wieder ab. Er benahm sich immer besitzergreifend und ungeduldig, wenn Morgan im Spiel war – selbst jetzt, wo er sich am anderen Ende einer Telefonleitung knapp zehntausend Kilometer entfernt von hier befand.

»Wir haben hier gerade einen Einsatz gehabt, daher bin ich noch hellwach«, erwiderte er. »Aber für dich, Babe, würde ich zu jeder Tages- und Nachtzeit aufstehen, das weißt du doch.«

Marie lachte laut.

»Hey, hör zu«, fuhr er fort. »Ich habe etwas für dich herausgefunden. In Seattle wurde ein verlassener Toyota gefunden. Er ist auf eine Margaret Donovan zugelassen, die an der Universität von Washington arbeitet. Sie wird seit zehn Tagen vermisst. Der Wagen wird bereits von Spurenermittlern untersucht.«

Marie schaute Julian an und kniff die Augen zusammen. »Eine Wissenschaftlerin von der Universität Washington wird vermisst.«

»Was ist ihr Fachgebiet?«, wollte Julian wissen.

»In welcher Abteilung hat sie gearbeitet?«, fragte Marie. »Julian ist hier bei mir.«

»Kernenergietechnik.«

Marie warf Julian einen raschen Blick zu.

Er bedeutete ihr mit einer Geste, ihm das Handy zu geben. »Hallo, Morgan. Hier ist Julian.«

»Hallo, Boss.«

»Wie geht es dir?«, fragte Julian ernst. Sie waren sich beide bewusst, dass sie über eine ungesicherte Leitung sprachen und er sich vorsichtig erkundigen musste.

»Es geht mir gut«, erwiderte Morgan. Das war gelogen, und beide Männer wussten es. Morgan Ensley war nach ihrer erfolgreichen Operation vor einem Jahr abgemahnt und auf ein Abstellgleis geschoben worden. Keine Organisation befürwortete Alleingänge.

»Und wie läuft es bei dir, Julian?«

»Ich wurde noch großzügiger belohnt als du – ich musste meinen Standort wechseln und ins Ausland gehen. Aber das ist in Ordnung«, antwortete Julian. »Meine derzeitige Begleitung sorgt für bessere Arbeitsbedingungen.«

Marie warf Julian einen Blick zu und schüttelte den Kopf. Manche Dinge änderten sich nie. Sie traten in Wettstreit um sie.

»Das bezweifle ich nicht«, meinte Morgan.

Julian unterbrach ihn rasch. »Was meinst du, Morgan, wo würde dieser Fall landen?« Er legte eine betont lange Pause ein. »Unter normalen Umständen.«

»Ich nehme an, jeder würde das Risiko, das etwas durchsickert, so gering wie möglich halten wollen«, erwiderte Morgan langsam.

»Ja«, stimmte Julian ihm zu. »Die örtlichen Strafverfolgungsbehörden sind vielleicht nicht die ideale Einrichtung, um den Fall zu bearbeiten.« Obwohl er nicht frei sprechen konnte, versuchte Julian, Morgan wissen zu lassen, dass es sich um eine Sache von höchster Wichtigkeit handelte und daher mit Fingerspitzengefühl behandelt werden musste. Und streng vertraulich war.

»Also wird das Büro möglicherweise den Fall übernehmen wollen«, fuhr Morgan fort.

»Ich bin der Ansicht, dass es dafür Gründe gibt«, sagte Julian.

»Das kann schon sein.«

»Natürlich ist die Universität sicherlich sehr besorgt und bedacht darauf, dass ihre Mitarbeiterin so schnell wie möglich gefunden wird«, fügte Julian hinzu.

Morgan schwieg kurz. »Jemand könnte zu dieser Universität gehen und den Leuten sagen, dass das FBI bereits ermittelt. Damit könnte man ein wenig Zeit gewinnen.«

»Das klingt vernünftig«, meinte Julian. »Liegt die Universität in deinem Bereich?«

»Oh, ja. Unser Büro ist wahrscheinlich schon damit befasst.«

»Dann informierst du uns über die weitere Entwicklung?«

»Ja, Sir.«

»Ich warte auf deine Rückmeldung«, erklärte Julian. »Bis dann haben wir sicher auch weitere Informationen für dich.« Er gab Marie das Telefon zurück. Sie verabschiedete sich von Morgan und beendete das Gespräch.

»Und nun sind wir zu dritt«, stellte sie fest.

Julian trank seinen Kaffee aus. »Pack deine Sachen. Wir ziehen in ein anderes Hotel in der Stadt.«

»Warum?«, fragte Marie.

»Weil morgen Samstag ist und Atika wahrscheinlich nicht am Flughafen arbeiten wird. Wir suchen uns ein Hotel in der Nähe ihrer Wohnung.«

»Julian, auf der ganzen Welt verschwinden Wissenschaftler, und wir starren auf einen Bildschirm, der uns die GPS-Daten des Wagens einer Büroleiterin in Marseille zeigt.«

»Atika ist der Schlüssel.« Julian schürzte die Lippen.

GENERALDIREKTION FÜR ÄUSSERE SICHERHEIT (DGSE), PARIS, FRANKREICH

Philippe Saucony saß wieder an seinem Schreibtisch im *Centre Administratif des Tourelles*, CAT, dem französischen Pendant zur CIA. Wegen seiner Nähe zum Französischen Schwimmverband wurde das Hauptquartier des DGSE auch *La Piscine* genannt. Die Büros waren alt und beengt. Es hatte bereits Pläne für einen Umzug und eine Neumöblierung gegeben, aber sie waren an Budgetbeschränkungen gescheitert. Saucony störte das nicht. Ihm gefielen seine Räume so, wie sie waren: nüchtern, spartanisch und funktionell. Auch seine Agenten sollten so sein: rationell und effizient, wie die Amerikaner zu sagen pflegten. Und unnachgiebig. So behandelte Saucony auch seinen Boss, Monsieur le Président. Er musste ihn so gut wie möglich kontrollieren, während er gleichzeitig darauf achtete, dass der Präsident sich auf das konzentrierte, was realistisch gesehen bewerkstelligt werden konnte.

Jetzt war sich Saucony nicht sicher, ob er den Präsidenten in die laufenden Ermittlungen einbeziehen oder ob er sie ohne die Regierung weiterführen sollte. Er neigte zur Letzterem. Das Risiko, hier etwas zu vermasseln, *faire une connerie*, war zu groß. Aber was sollte er tun? Heute Morgen war aus dem Konsulat in Islamabad ein Päckchen eingetroffen. Ein sehr irritierendes Päckchen.

Sauconys Sekretärin meldete sich über die Gegensprechanlage.

»*Martin Surplice est arrivé*«, verkündete sie.

»Bitte schicken Sie ihn herein.«

»Ah, Martin, wie schön, Sie so bald wiederzusehen.« Saucony stand auf, ging um seinen Schreibtisch herum und legte Surplice eine Hand auf die linke Schulter, während er ihm die andere zur Begrüßung reichte. Ihre langjährige Verbindung war von ödipalen Konflikten geprägt gewesen, und bisher hatte Saucony, der Ältere der beiden, alle gewonnen. Nichtsdestotrotz respektierte Saucony seinen früheren Stellvertreter und Rivalen, und er brachte ihm sogar Zuneigung entgegen. Er hoffte, dass Martin ebenso empfand. Und nun brauchte er ihn.

Saucony kehrte an seinen Schreibtisch zurück und setzte sich wieder.

»Ein Geschäftsmann namens Pervez Whalabadi ist vor vier Tagen in der französischen Botschaft in Islamabad aufgetaucht«, begann er. »Der Mann behauptete, wichtige Informationen für den französischen Präsidenten zu haben. Niemand schenkte ihm Beachtung, und nachdem ein kleiner Angestellter seine Aussage entgegengenommen hatte, schickten sie ihn nach Hause.

Am nächsten Tag kam der Mann wieder. Er wirkte noch aufgeregter und behauptete erneut, er hätte Informationen über einen französischen Wissenschaftler. Die Botschaft wimmelte ihn ab – sie hielten ihn für einen Spinner. Am folgenden Tag war der Mann wieder da und verhielt sich hysterisch. Er forderte, jemanden zu sprechen, dem er im Auftrag einer dritten Partei etwas Wichtiges mitteilen könne. Der Mittelsmann sei ein örtlicher Krimineller, der seine Frau entführt habe und ihn nun erpresse. Nachdem seine ersten Versuche von der Botschaft ignoriert worden waren, habe der Verbrecher seiner Frau ein Stück von der Zunge abschneiden lassen und ihm geschickt. Whalabadi weigerte sich, die Botschaft zu verlassen, bis er seine Nachricht loswerden konnte. Schließlich berichtete er, dass es um einen Wissenschaftler namens Durand ginge. Er wollte ein Gespräch zwischen uns und der dritten Partei arrangieren. Und er übergab uns dieses Kuvert.«

Saucony griff in eine Schreibtischschublade und zog eine gelbe Versandtasche hervor. Er schüttelte den Inhalt in seine Hand und zeigte Surplice eine klassische Offiziersuhr von Patek Philippe.

Surplice atmete tief durch.

»Er sagte, der Name des Gefangenen sei Michel Durand. Ein Überprüfung durch das Ministerium hat ergeben, dass tatsächlich ein Michel Durand vermisst wird. Er ist Vizepräsident bei Areva. Sagt Ihnen der Name etwas?«

Surplice nickte.

Saucony reichte ihm die Uhr. Zum ersten Mal bemerkte Surplice die Altersflecken auf Sauconys Hand. Das erschreckte ihn. Sein Rivale war plötzlich ein alter Mann geworden. Er war ihm immer so … unbesiegbar vorgekommen.

»Die Uhr könnte Durands Vater oder Großvater gehört haben«, meinte Saucony beinahe wehmütig.

»Haben wir schon Forderungen erhalten?«

»Nein, aber ich nehme an, das wird bald der Fall sein.«

»Und warum sagen Sie mir das?«, fragte Surplice.

»Befehl von Monsieur le Président«, scherzte Saucony. »Was sonst?«

»Oh, also hat er um meine persönliche Unterstützung gebeten?« Surplice grinste sarkastisch.

Saucony lächelte. »Das hätten wir wohl gern.« Er beendete das Wortgeplänkel. »Ich habe Sie gerufen, weil ich – zumindest im Augenblick – Monsieur le Président mit dieser kleinen Sache nicht belästigen möchte. Wir sollten zuerst herausfinden, was da abläuft, und ihn dann mit einbeziehen, wenn eine Entscheidung getroffen werden muss. Sonst regt er sich zu sehr auf, und man weiß ja nie …« Seine Stimme verlor sich. »Ich glaube, Ihr Mann für den Nahen Osten könnte für diesen Job nützlich sein. Er hat Erfahrung mit moslemischen Terroristen.«

»Julian Granot«, sagte Surplice. «Ja.«
Saucony stand auf.
»Wir bleiben in engem Kontakt.«

AUF DEM OFFENEN MEER, NAHE DEN MALEDIVISCHEN INSELN

Durand versuchte noch einmal, den Motor wieder zu starten. Der Funke zündete, aber der Motor sprang nicht an.

»Wir haben kein Benzin mehr«, stellte Bhopajee fest. Er hatte sich im Schneidersitz niedergelassen. »Wir sind so weit gefahren, wie wir konnten. Jetzt müssen wir uns treiben lassen.« Das Boot schaukelte gemütlich auf dem erstaunlich klaren Wasser. Die Männer sahen zehn Meter unter ihnen Fische schwimmen. Die Sonne versank langsam am Horizont, und die Vögel stürzten vom Himmel ins Wasser, um sich eine Mahlzeit zu fangen.

»Noch fast tausenddreihundert Kilometer bis Indien. Beten wir, dass uns ein vorbeifahrendes Kreuzfahrtschiff rettet«, fügte er hinzu.

»Ich bete nie«, entgegnete Durand. Er stand wütend auf und brachte das Boot zum Schlingern. Er glaubte daran, dass sich die Welt nur durch eigene Kraft ändern ließ. Rasch kauerte er sich wieder auf den Boden. Mittlerweile hatten beide Männer einen starken Sonnenbrand und bereits einen großen Teil ihres Wasservorrats getrunken.

»Der erste Schritt unseres Plans ist uns viel zu leicht gelungen«, meinte Bhopajee. »So leicht, dass wir dem zweiten Teil des Plans nicht genügend Zeit gewidmet haben – der Überlegung, was wir tun sollen, sobald wir entkommen sind.«

»Es gibt in dieser Gegend genügend Boote«, erklärte Durand. »Und Wasserflugzeuge. Ich habe sie landen sehen. Jemand wird uns entdecken.«

»Das ist gut und schön, solange das Rettungsflugzeug nicht von jemandem gesteuert wird, der auf der Suche nach uns ist«, erwiderte Bhopajee.

Durand schnaubte.

»Wir haben keine Ahnung, was gerade vor sich geht«, fuhr Bhopajee fort. »Und wenn wir philosophisch werden wollen, müssen wir uns eingestehen, dass wir das noch nie wussten. Wir haben keine Ahnung, warum wir hier sind und jetzt in einem Boot in einem Inselparadies treiben.«

»Nein, das wissen wir nicht«, stimmte Durand ihm zu. »Aber glauben Sie tatsächlich, dass es besser gewesen wäre, auf der Insel zu bleiben und zu warten, bis es uns jemand mitgeteilt hätte?«

»Das werden wir sicher bald herausfinden«, antwortete Bhopajee grimmig.

FLUGHAFEN MARSEILLE PROVENCE, MARSEILLE, FRANKREICH

Julian ließ die Schale eines Sonnenblumenkerns in eine leere Coladose fallen und drehte das Autoradio auf, das auf den Sender France Inter-Paris eingestellt war. Marie und er warteten an diesem Tag in einem anderen Wagen, einem grauen Peugeot 207, an einer Tankstelle an der Auffahrt zum Flughafen. Sie spielten eine Nummer von Coldplay, und Marie lächelte, als sie beobachtete, wie Julian mit der rechten Hand Luftgitarre spielte.

Plötzlich leuchtete ihr Computerbildschirm auf und begann zu piepen. Marie sah auf dem Monitor, dass der Clio GT sich bewegte. Wenige Sekunden später brauste Atikas Wagen an ihnen vorbei. Julian startete rasch den Motor, ließ ein paar Autos vorbeifahren und reihte sich dann in den Verkehr ein. Sie folgten Atika die gleiche Strecke, die sie am Tag zuvor gefahren war. In der Altstadt angekommen bog sie jedoch in eine andere Straße ab.

»Sie scheint heute noch nicht nach Hause zu fahren«, stellte Julian fest. Marie sah, wie sich seine Oberschenkelmuskeln anspannten und wie er seinen Griff am Lenkrad verstärkte. Sie legte eine Hand leicht auf seinen Arm. Er schaute sie kurz an und schüttelte den Kopf. Wenn er arbeitete, wollte er nicht abgelenkt werden. Nur strenge Disziplin garantierte den Erfolg einer Mission.

»Schon verstanden.« Sie zog rasch ihre Hand zurück. Atika fuhr durch ein Viertel im Osten der Altstadt, bremste ab und parkte am Straßenrand. Julian fuhr an ihr vorbei und hielt an.

»Du gehst zuerst«, befahl er Marie. Sie stieg rasch aus, ging zu Atika zurück und folgte ihr in einer Entfernung von zehn bis fünfzehn Metern. Julian parkte den Wagen, stieg ebenfalls aus und folgte Marie auf der gegenüberliegenden Straßenseite in einem Abstand von fünfzehn Metern.

»Sie betritt die Banque Auriol«, flüsterte Marie. »Die Bank befindet sich direkt neben dem Schuhgeschäft, und ihr Logo ist ein dunkelblaues Dreieck.«

»Folge ihr in die Bank«, befahl Julian. »Und beobachte genau, was sie tut. Mach so viele Aufnahmen wie möglich. Merke dir, mit wem sie spricht. Du musst den Anschein erwecken, als seist du sehr beschäftigt. Fülle einen Einzahlungsschein aus, krame in deiner Tasche. Aber lass sie dabei nicht aus den Augen.«

Marie ging durch die Glastüren, stellte sich an eines der Serviceterminals und beobachtete, wie Atika das Büro im hinteren Teil der Bank ansteuerte und jemandem dort drin zuwinkte. Sie wurde sofort eingelassen.

Marie ging zu einem Stuhl vor dem Büro, kramte in ihrer Handtasche und warf dabei einen Blick auf das Namensschild an der Tür. »Jacques Villepin, Manager«.

Sie machte rasch ein paar Aufnahmen von dem Namensschild und zwei Bilder von den beiden durch die Glasscheibe. Atika schien mit Villepin vertraut zu sein. Sie reichte ihm einen Stapel Papiere aus einer Mappe. Sie lachten. Als es den Anschein hatte, dass sie ihr Geschäft abgeschlossen hatten, stand Marie auf und verließ die Bank. Sie meldete sich bei Julian und ließ sich von ihm sagen, wo er den Wagen geparkt hatte. Julian öffnete die Türverriegelung mit seinem Zündschlüssel.

»Atika hat sich mit dem Filialleiter Jacques Villepin unterhalten«, berichtete Marie, als sie auf der Beifahrerseite eingestiegen war. »Sie schienen sich recht gut zu kennen. Und sie hat ihm einige Unterlagen aus ihrer Tasche gegeben. Ich habe alles auf Video, und Bilder habe ich auch geschossen.«

»Gute Arbeit. Jetzt haben wir eine Spur, der wir folgen können. Wir werden sehen, was wir über Villepin herausfinden.«

Im Außenspiegel sah Marie Atika aus der Bank kommen und in ihren Wagen steigen. Kurz darauf fuhr sie los.

»Meine Güte«, sagte Marie, nachdem die Frau an ihnen vorbeigebraust war. »Ich komme mir vor wie bei einer Fuchsjagd. Und der Fuchs schlängelt sich immer wieder zwischen den Beinen der Pferde hindurch und verschwindet.«

»Gar nicht so weit hergeholt«, meinte Julian und reihte sich in den Verkehr ein. »Wenn wir Glück haben, läuft die Sache allerdings nicht so blutig ab.«

»Igitt!«

»Hör mir gut zu«, fuhr Julian fort. »Du wirst jetzt zurückfahren und alles über Villepin herausfinden, was möglich ist. Ich werde dich an der nächsten Ecke aussteigen lassen. Nimm dir ein Taxi zum Mercure, wo wir die nächsten Nächte bleiben werden. Ich habe auf deinen Namen reserviert. Lass dir von Hélène helfen. Sie ist ein Ass in Informationsbeschaffung, kennt das Datensystem der Organisation in- und auswendig und wird dich gern unterstützen.«

Er hielt den Wagen an, und Marie stieg rasch aus. Das Ortungsgerät ließ sie auf dem Beifahrersitz liegen.

Julian verfolgte Atika weiter. Ausnahmsweise fuhr sie recht langsam. Nachdem sie einige Male abgebogen war, erkannte er, dass sie nach Hause fuhr. Als sie vor ihrem Apartmenthaus ausstieg, parkte er einige Meter nördlich auf dem Hügel an einer Stelle, von der aus er einen guten Blick auf den Eingang des Hauses hatte.

Langsam wurde es dunkel. Julian hielt den Blick auf die Vordertür des Gebäudes gerichtet. Nach wenigen Minuten sah er Atika herauskommen. Sie war jetzt noch schicker gekleidet und trug einen schwarzen Jerseyrock, hochhackige Wildlederpumps, ein schwarzes Schultertuch und eine rote Lackledertasche. Ihm fiel auf, dass sie sehr attraktiv war. Wahrscheinlich stammte sie aus Nordafrika.

Als sie losfuhr, begann der Peilsender zu arbeiten, und die Signale wurden auf den GPS-Bildschirm an seinem Armaturenbrett übertragen. Er folgte ihr den Hügel hinunter zum Alten Hafen bis zu einem Lokal mit dem Namen *Les Oiseaux Bleus.*

Er wartete ein paar Minuten, zog sich dann seine Lederjacke an, setzte seinen Wollhut mit der schmalen Krempe auf und folgte ihr in das Restaurant. In dem niedrigen Raum befand sich ein Essbereich mit Bodenfliesen und Gipswänden, verziert mit Drucken von Gauguin und van Gogh. Julian ging zur Bar und setzte sich am Ende der Theke auf einen Hocker, von wo aus er den Raum gut überblicken konnte.

Atika hatte sich mit einem weißen Europäer Ende dreißig an einem Tisch niedergelassen.

Julian beobachtete, wie der Mann sich weit zu ihr vorbeugte. Er brachte Atika zum Lachen, und sie schüttelte ihr Haar. Ihr Liebhaber, dachte Julian. Oder er wird es bald sein. War Atika auf einer neuen Spur? Julian bestellte ein Bier und beschäftigte sich mit seinem BAF. Von Zeit zu Zeit schoss er vorsichtig ein paar Fotos von ihnen. Er schickte die Aufnahmen an Marie bei Meridien und La Ville bei der örtlichen Polizeipräfektur, mit der Bitte um Identifizierung des Mannes.

Atika und ihr Begleiter tranken Pastis. Julian schüttelte angewidert den Kopf. Er konnte Pastis nicht ausstehen. Die beiden entspannten sich sichtlich und schienen den Abend zu genießen. Warum war er jetzt nicht bei Marie? Er hob sein BAF hoch und rief sie an.

»Hi«, meldete sie sich. »Spielt sie wieder die Venusfalle?«

»Ja. Ich wünschte, du wärst hier und machtest das mit mir«, erwiderte Julian.

»Nicht erlaubt«, entgegnete sie. »Nicht während der Arbeit.«

»Sie hat offensichtlich einen besseren Job als wir.«

»Das meinst du nicht ernst.«

»Nein, natürlich nicht. Nur jetzt in diesem Augenblick.«

»Wurde der Mann schon identifiziert?«, fragte Marie.

»Nein. Ich hasse es, wenn die Polizei so langsam arbeitet.«

»Ein sehr attraktiver Mann«, stellte Marie fest. »Sie hat einen guten Geschmack.«

Er warf einen Blick über die Schulter und sah, dass Atika und ihr Begleiter gerade etwas zu essen bestellten. »Wie du meinst«, sagte er. »Hast du etwas über Villepin herausgefunden?«

»Vielleicht«, antwortete Marie. »Vor fünf Jahren hatte er anscheinend irgendwelche Schwierigkeiten in der Bank Credit Suisse in Lille. Er hat für bestimmte Kunden Einlagen gebucht, bevor er das hätte tun dürfen. Außerhalb seiner Arbeitszeit.«

»Interessant«, meinte Julian. »Wurde er dafür bestraft?«

»Ja, er wurde gefeuert. Offensichtlich hat er einige Jahre danach nicht mehr im Bankwesen gearbeitet. Bis er seinen jetzigen Job bekommen hat.«

»Bitte Hélène, eine Anfrage an die Polizei von Marseille zu stellen. Sie könnten einige Informationen über seine Aktivitäten seit seiner Ankunft hier haben.«

»Das habe ich bereits getan«, berichtete sie. »Wir erwarten ihre Informationen morgen Vormittag.«

»Ausgezeichnet«, lobte Julian sie. »Und was ist mit der Bank?«

»Es handelt sich um ein kleines, regionales Unternehmen, das hauptsächlich ortsansässige und einige internationale Kunden hat, vor allem Briten, die sich in der Provence niedergelassen haben. Vor etwa drei Jahren gehörte die Banque Auriol zu den ersten Banken in Südfrankreich, die von der europäischen Finanzkrise betroffen waren. Die Geschäftsleitung wurde angewiesen, die Bestände um zwanzig Prozent zu erhöhen, und sie boten Anreize für Führungskräfte an, um ihren Kundenstamm zu erweitern.«

»Perfekte Bedingungen für jemanden, der seine Geschäfte unauffällig abwickeln möchte«, stellte Julian fest. »Da sie dringend Geld brauchten, waren die Filialleiter möglicherweise bereit, einige Regulierungsmaßnahmen außer Acht zu lassen. Wahrscheinlich haben sie nicht alle benötigten finanziellen Informationen angefordert.«

»Möglicherweise«, stimmte Marie ihm zu.

»Wann hat Villepin seine Stelle bei der Bank angetreten?«, wollte Julian wissen.

»Vor zwei Jahren. Und sechs Monate später wurde er zum Filialleiter befördert, weil er etliche Neukunden akquiriert hatte. Und noch etwas hat sich getan. Vor einem Jahr haben einige größere europäische Banken wie UBS, ING und TSB Interesse an einer Übernahme der Banque Auriol gezeigt. Und so, wie es aussieht, ist die ING-Bank immer noch sehr interessiert daran.«

»Das könnte uns den Zutritt verschaffen«, überlegte Julian. »Wir könnten uns als Prüfer der an der Übernahme interessierten Bank ausgeben. Wir bitten Villepin um Informationen und verlassen sein Büro nicht, bevor er uns alles erzählt hat, was wir über Atika wissen wollen. Wahrscheinlich hat er zu viel Angst, um uns energisch entgegenzutreten oder die Hauptfiliale anzurufen.«

»Einfach so?«

»Wir können so vorgehen, wenn wir genügend Informationen gegen ihn in der Hand haben. Such weiter. Versuche, alles auszugraben, was zu finden ist. Wir müssen seine Schwächen kennen, damit wir sie gegen ihn verwenden und ihm Informationen entlocken können.«

»Okay, ich rufe dich in einer halben Stunde wieder an.«

Dreißig Minuten schlichen langsam dahin, und Atikas Begleiter verließ den Tisch, um zur Toilette zu gehen. Als er um die Bar herumging, zog er sein Handy heraus, und Julian bemerkte, dass er ein BAF in der Hand hielt. *Verdammte Scheiße, hat sich Atika einen Undercover-Polizisten ausgesucht?* Julian beobachtete, wie der Mann an den Tisch zurückkehrte. Nachdem er mit Atika noch einen Kaffee getrunken hatte, gingen die beiden auf den Parkplatz hinaus. Sie standen ein paar Minuten neben Atikas Wagen und küssten sich.

Was hat die Marseiller Polizei vor?

Der Mann ging zu einem schwarzen Renault, und Julian folgte Atika, als sie den Parkplatz verließ. Er schaute auf das GPS-Signal auf seinem Bildschirm und verfolgte sie. Beide Wagen fuhren zu ihrem Apartmenthaus. Julian parkte auf dem Hügel und sah, wie Atika und ihr Begleiter das Haus betraten. Kurz darauf ging das Licht in ihrer Wohnung an. Er schob seinen Sitz zurück und wartete.

Dann überprüfte er sein BAF. Von der Polizei war kein Hinweis auf die Identität des Mannes eingegangen. Vielleicht schützten sie einen Mitarbeiter aus ihren eigenen Reihen. Verhaftet sollte der Mann anscheinend nicht werden, sonst wäre bereits etwas geschehen. Möglicherweise ging tatsächlich nur das vor sich, wonach es aussah.

Zwei Stunden später sah Julian den Mann das Gebäude verlassen. Atikas Liebhaber stieg in seinen Wagen und fuhr davon. Julian wartete noch ein paar Minuten, um sich zu vergewissern, dass Atika nicht mehr wegging. Als die Lichter in ihrer Wohnung erloschen, verließ er ebenfalls den Parkplatz.

Zwei Stunden. Der Kerl hat zwei Stunden meines Lebens vergeudet. Das sollte mich eigentlich nicht überraschen. Schließlich befinde ich mich in Frankreich. Und ich sitze wie ein Idiot allein herum und kaue meine Sonnenblumenkerne.

BÜRO DES NATIONALEN SICHERHEITSBERATERS, WESTFLÜGEL, DAS WEISSE HAUS

Die Nationale Sicherheitsberaterin Claudia Berri gab den Männern am Konferenztisch einen kurzen, aber konzentrierten Überblick. Ihr Training bei den Marines hatte sie gelehrt, ihre Feinde einzuschätzen, bevor diese eine Chance hatten, sie zu überraschen. An diesem Tag schien sie keine Probleme zu haben. Am Tisch saß Dirk Johnson, der Sonderbeauftragte des Präsidenten für die Nichtverbreitung von Atomwaffen, der den Rang eines Botschafters hatte, und Robert Elliott, der Staatssekretär für Rüstungskontrolle und internationale Sicherheit.

Und da waren noch die Franzosen. Dem Botschafter Jules Pepin war sie schon bei etlichen Gelegenheiten begegnet, und obwohl er vereinnahmend und allzu sehr von sich selbst überzeugt zu sein schien, glaubte sie, gut mit ihm fertigzuwerden. Neben ihm saß der Stellvertreter des Außenministers André Rouault, ein Intellektueller, den man schwer zu etwas bewegen konnte. Die beiden hatten Raoul Mazuret, den Leiter des politischen Planungsbüros im französischen Verteidigungsministerium, mitgebracht, einen Mann, den sie für eine zuverlässige Geheimdienstquelle hielt.

Es wurde Zeit anzufangen. Berri nickte ihrem persönlichen Assistenten zu und trat an den Konferenztisch. Die Anwesenden nahmen sofort ihre Plätze ein. Hinter ihnen saßen im Kreis ihre Mitarbeiter, auf dem Schoß die Akten mit den Unterlagen, über die später gesprochen werden würde.

»Gentlemen«, begann sie, »danke, dass Sie meiner Bitte um ein Treffen so kurzfristig nachgekommen sind. Ich weiß, wir sorgen uns alle um das Wohlergehen unserer Mitbürger, die gegen ihren Willen festgehalten werden. Die Situation ist kompliziert, und wir haben nicht viel Zeit. In dieser Konferenz möchte ich jedoch die Fachgebiete der drei vermissten Wissenschaftler genauer betrachten. Und ich möchte jeden von Ihnen bitten, sich mit folgenden Fragen zu beschäftigen: Geben uns die Profile der drei vermissten Wissenschaftler Aufschluss darüber, wer an ihnen interessiert sein könnte? Und was könnte der Grund für ihr Verschwinden sein?«

Berri sah jedem der Konferenzteilnehmer direkt ins Gesicht und zwang sie dazu, sich auf sie zu konzentrieren. Sie schlug einen Aktenordner auf. »Die amerikanische Wissenschaftlerin Margaret Donovan ist eine außerordentliche Physikprofessorin an der Universität Washington in Seattle und auch Metallurgin. Sie besitzt spezielles Fachwissen über die

Eigenschaften von Metallen, die bei der Entwicklung des Kerns von spaltbarem Material verwendet werden. Wie ich dem Kommuniqué der Botschaft entnehme, ist der indische Wissenschaftler Fachmann auf dem Gebiet des Kernbrennstoffkreislaufes. Es gibt kaum etwas, was er nicht darüber weiß oder in der Praxis für Indien entwickelt hat. Er ist *der* Ansprechpartner für Nukleartechnologie auf dem Subkontinent.

Was den vermissten französischen Wissenschaftler Michel Durand betrifft, möchte ich Sie, Mr Pepin, bitten, unsere Lücken zu ergänzen.«

»Ah ja, danke, Miss Berri.« Pepin spitzte die Lippen und warf einen Blick auf seine Notizen.

»Michel Durand ist Wissenschaftler und Geschäftsmann. Er ist Vizepräsident von Areva, einer multinationalen Firma, die sich mit der Entwicklung von Atomenergie auf der ganzen Welt befasst. Seine Arbeit war entscheidend für die Entwicklung von Standards bei der Herstellung hochentwickelter Zentrifugen zur Veredelung von Uran. Er hat einige Abhandlungen über die Dynamik von rotierenden Zentrifugenkaskaden veröffentlicht.«

Berri sah Botschafter Johnson an. »Dirk, hilft Ihnen das irgendwie weiter?«

Johnson stützte seine Ellbogen auf den Tisch und erwiderte Berris Blick. »Wenn wir uns unseren letzten Geheimdienstbericht anschauen, stimmen Probleme mit Zentrifugenkaskaden und der Entwicklung des Kerns einer Atombombe mit unseren Informationen über die Schwächen des Irans überein.«

Berri nickte. »Also kann man sagen, dass alle drei Wissenschaftler prinzipiell von großem Wert für den Iran wären.«

Robert Elliott war unbehaglich auf seinem Stuhl hin und her gerutscht, seit sie Platz genommen hatten. »Ich kann nicht glauben, dass der Iran so unverfroren wäre, ausländische Wissenschaftler zu kidnappen. Es muss sich um eine Täuschung handeln. Oder eine Terrororganisation versucht, Unruhe zu stiften.«

Botschafter Pepin räusperte sich.

»Mr Elliott, darf ich Sie daran erinnern, dass im Jahr 1979 zweiundfünfzig amerikanische Bürger vierhundertvierundvierzig Tage im Iran als Geiseln gefangen genommen waren. Diese Bürger hatten allen Grund zu der Annahme, diplomatische Immunität zu genießen, aber die iranischen Revolutionäre beschlossen, sich entgegen internationaler Auffassung und Erwartung nicht daran zu halten. Eine Entführung von drei Wissenschaftlern durch ein Regime, das diese Geiselkrise gebilligt hat, scheint nicht abwegig zu sein.

Außerdem erinnern Sie sich vielleicht an die zweihunderteinundvierzig Marines, die im Jahr 1983 in Beirut in ihren Baracken getötet wurden. An die achtundfünfzig französischen Fallschirmspringer, die auch an diesem Tag in die Luft gesprengt wurden, erinnern Sie sich wahrscheinlich nicht mehr. Und zwischen 1982 und 1992 wurden während der Entführungswelle im Libanon französische und amerikanische Bürger gekidnappt. Ihr CIA-Chef William Buckley wurde zu Tode gefoltert und in einem Plastiksack auf eine Straße geworfen.«

»Das waren Terrorakte der Hisbollah«, entgegnete Elliott.

»Der Iran kontrolliert die Hisbollah«, wandte Mazuret gereizt ein.

»Sie glauben also, dass der Iran nicht dreist genug ist, einen Fachmann zu entführen?«, fragte Pepin. »Der französische Gründer der Eurodif, einer europäischen Firma, die Uran für Kernreaktoren anreichert, wurde 1986 in Paris ermordet. Sein Name war Georges Besse. Wir glauben, dass der Mord von iranischen Geheimdienstlern verübt wurde.

Zu dieser Zeit weigerte sich Frankreich, eine Milliarde Dollar zurückzuzahlen, die der Schah für den Bau einer Urananreicherungsanlage in Frankreich zur Verfügung gestellt hatte. Natürlich hatten zu diesem Zeitpunkt bereits die Ajatollahs die Zügel in die Hand genommen, und das Spiel lief anders. Vielleicht ist es nur ein Zufall, aber Eurodif ist eine Tochtergesellschaft der Areva, Michel Durands Arbeitgeber.«

Sie schwiegen und ließen das auf sich wirken.

»Ihr früherer Präsident Jacques Chirac war derjenige, der den Iranern einen Atomreaktor schmackhaft gemacht hat«, fügte Robert Elliott hinzu. »Und er hat die Iraner heimlich bestochen, damit sie fünf französische Geiseln im Libanon freiließen.«

»Und etwa zur gleichen Zeit hat Oliver North die Iran-Contra-Affäre angezettelt, um Ihre eigenen Geiseln zu befreien«, konterte Pepin abwehrend. »Ganz zu schweigen davon, dass die Vereinigten Staaten 1950 bei Präsident Eisenhowers Atoms-for-Peace-Initiative dem Schah geholfen haben, ein Atomprogramm zu entwickeln.«

»Gentlemen, bitte.« Berri schoss den Männern einen Blick zu, bei dem selbst Medusa zu Stein erstarrt wäre. »Wir alle haben Mitbürger durch Tod und Folter durch die Hisbollah und verbündete Terrorgruppen verloren. Wir waren uns einig, unsere Sanktionen zu verstärken und den Iran zu isolieren. Unsere Interessen sind nicht identisch, aber in diesem Fall überschneiden sie sich so stark, dass wir versuchen sollten zusammenzuarbeiten. Sind wir uns einig, dass es ausreichende Gründe gibt, um zu vermuten, dass der Iran hinter diesen Entführungen steckt? Bitte heben Sie Ihre Hand, um Ihre Zustimmung auszudrücken.«

Sie sah sich in dem Raum um.

»Wir scheinen uns einig zu sein. Gibt es Vorschläge dazu, wie wir nun vorgehen sollen?«

MALEDIVISCHE INSELN

Margaret Donovan beugte sich über den Rand der Trage und würgte. Ihr Kopf schwebte, abgetrennt von ihrem Körper, irgendwo in der Luft, und ihr Magen fühlte sich an, als hätte jemand Batteriesäure hineingekippt. Sie ließ sich wieder zurücksinken, doch eine zweite Welle der Übelkeit rollte sofort über sie hinweg. Wieder beugte sie sich über den Rand der Liege. Jemand reichte ihr einen Eimer und stellte das Kopfteil ihres Betts höher.

Sie lag auf einem weißen Bettlaken in einem weißen Zimmer mit einem großen Fenster, durch das strahlender Sonnenschein und eine weite Fläche zu sehen waren. Das war nicht ihr Viertel in Seattle. Hier gab es keine Pinien und Eichen. Sie sah etwas Blaues. War das der Himmel oder Wasser? In ihrem Arm befand sich ein Portkatheter, aber sie hing nicht am Tropf. Margaret war weder verängstigt noch wütend. Sie fühlte sich … wie fühlte sie sich eigentlich? Ihr war übel. Als sie sich umdrehte, sah sie eine Frau in einem weißen Kittel, die den Boden wischte. Sie wollte sich entschuldigen, aber ihre Zunge schien ihr nicht zu gehorchen.

»Alles in Ordnung«, sagte die Frau mit einem indischen oder pakistanischen Akzent.

»Hm?«

»Sie haben eine lange Reise hinter sich, aber jetzt sind Sie hier und werden sich schon bald besser fühlen.«

»Wo bin ich?«, brachte Margaret hervor.

Die Frau räumte das Zimmer auf und stellte einen Becher mit Wasser und eine Schale mit Obst an Margarets Bett. »Es heißt, das hier sei das Paradies«, erwiderte sie dann.

IRANISCHE BOTSCHAFT, NEU-DELHI, INDIEN

Hassan Safavi saß an seinem Schreibtisch aus Rosenholz und versuchte nachzudenken, aber es gelang ihm nicht. Er stützte seinen Kopf in die Hände, erhob sich und ging im Zimmer umher. Sein Koffer stand neben ihm auf dem Boden; er war seit seiner Ankunft aus Teheran am Tag zuvor noch nicht zu Hause gewesen. Er lief zwischen seinem Schreibtisch und der Tür auf und ab, immer an der Kante des kunstvoll gewebten Kerman-Teppichs entlang.

Er war wütend – er fühlte sich in die Enge getrieben, gefangen wie eine Ratte. Die Entführung der Wissenschaftler war ein waghalsiges und gefährliches Unternehmen gewesen, aber er hatte es erfolgreich abgewickelt. Er hatte einen der raffiniertesten Experten dafür angeheuert, einen Mann, der für seine Fähigkeiten, seinen Reichtum und seinen Einfluss berühmt war. Niemand würde vermuten, dass er diesen Auftrag von den Iranern hatte. Er war der perfekte Mann dafür, denn er bot die Möglichkeit, alles abzustreiten.

Nun wollte er mehr Geld. Das war zu erwarten gewesen. Eine Erhöhung seines Honorars hätte im Budget berücksichtigt werden müssen. Stattdessen hatte Nafabedi vollkommen überreagiert. Safavi hatte es nicht verdient, so behandelt zu werden. *Er hat mich diffamiert!* Wieder einmal war Safavi beleidigt und gedemütigt worden.

Safavi blieb stehen. Nicht jeder duckte sich ängstlich, wenn er unter Druck gesetzt wurde, wie Nafabedi glaubte. Vielleicht sollte er sich ein Beispiel an Issa nehmen und sich ebenfalls auflehnen.

Safavi setzte seinen Marsch durch das Zimmer fort. Wenn er versagte, würde seine Familie sterben. Er dachte an seine liebe Frau und ihr freundliches Gesicht. Sie war ein guter Mensch, immer eine Stütze für ihn. Es hatte ihr nicht gefallen, dass er der Iranischen Revolutionsgarde beigetreten war, aber was hätte er denn tun sollen? Und dann war da noch seine arme Tochter, die sich selbst und alle anderen Familienmitglieder quälte, indem sie sich ständig Schnittverletzungen beibrachte.

Wieder einmal überwältigten ihn Zweifel. Er war nur ein Bürokrat. Wie sollte er herausfinden, wo Issa die Wissenschaftler versteckt hielt? Einer solchen Sache war er nicht gewachsen. Er war ganz offen mit Nafabedi gewesen, als er vor Jahren zum Leiter des Büros in Delhi ernannt werden sollte – er hatte ihm gesagt, dass er dafür nicht taugte. Aber Nafabedi hatte sich nicht umstimmen lassen. Er hatte ihm geschmeichelt, ihm gesagt, dass er sich unterschätze und dass die Stellung gut für ihn und seine Familie sei. Eines Tages würde dann vielleicht ein Posten in Europa folgen. Diesen Verlockungen hatte Safavi nicht widerstehen können und hatte nachgegeben.

In Wahrheit wollte Nafabedi nur ein weiteres Schoßhündchen in Neu-Delhi haben. Safavis Job unterschied sich nicht von dem der anderen: Er musste Nafabedi ständig mit Whiskey, Zigarren und Schmuck versorgen, und Nafabedi benutzte diese Waren wiederum dazu, seine eigenen Vorgesetzten zu schmieren. Ganz zu schweigen von den zehn Prozent ihres Budgets, das alle jeden Monat auf ein geheimes Bankkonto ihres Chefs in Zürich überwiesen.

Safavi unterdrückte einen frustrierten Aufschrei. Er war verloren. Vielleicht sollte er sich opfern. Sich für ein Selbstmordkommando zur Verfügung stellen, sich in einer Menge von Ungläubigen in die Luft jagen und sein Leben damit wertvoll machen.

Er setzte sich wieder. Könnte das sein Problem lösen? Er könnte sich auf einem öffentlichen Platz – einem großen Markt oder einem Basar – unter eine Gruppe Hindus mischen und dann einen Selbstmordgürtel zünden. Das wäre eine spektakuläre Sache.

Aber was würde dann aus seiner Frau und seinen Kindern werden? Falls sie befanden, dass er Schande über sein Land gebracht hatte, würde seine Frau versklavt werden, seine Kinder misshandelt, vielleicht sogar getötet. Alle seine Besitztümer würden von der Garde beschlagnahmt werden.

Damit war er wieder am Ausgangspunkt seiner Überlegungen angelangt. Er musste herausfinden, wohin Issa die Geiseln gebracht hatte; er musste sich unbedingt mit ihnen in Verbindung setzen.

Safavi erhob sich und ging zu seinem Wandsafe. Er drehte an den Knöpfen, bis die Schlösser einrasteten, und öffnete dann die schwere Tür. Das Dossier, das er herausholte, enthielt die Unterlagen über die Operation. Darunter befanden sich Issas Brief mit seinen überarbeiteten Bedingungen und Nafabedis Antwort darauf, so wie alle Einzelheiten über den Ablauf und Nafabedis letzte Zustimmung und Auftragserteilung. Er trug das Dossier zu seinem Schreibtisch.

Safavi betrachtete das Foto eines Moslems mit braunen verträumten Augen und einer rot karierten *kufiya* über den Schultern, der direkt in die Linse des Fotografen starrte. Das war Mustafa al Hatib, Issas langjähriger Mitarbeiter und Geschäftsführer. Ermordet an seinem Schreibtisch. Safavi wurde blass, als er daran dachte. Nafabedi hatte Issas Mitarbeiter erstochen. Und war damit auch ihm in den Rücken gefallen.

Er blätterte weiter und stieß auf ein anderes Foto. Eine von Issas Angestellten. Seine Büroleiterin. Eine Frau mit dichtem, glattem dunklem Haar, einem vorsichtigen Ausdruck in den Augen und einem fremdländischen Verhalten. Er sah sich mehrere Aufnahmen von ihr in verschiedenen Verkleidungen an – zuerst als Französin, dann als Araberin in einen *Hidschab* gehüllt. Er las ihre Decknamen: Jacqueline Atika, Monique Leban, Suri Tak, Nathalie Ansari. Dann studierte er ihren Hintergrund.

Französische Staatsangehörige. Geboren im Irak. Zum Studium war sie an die Universität in Leeds geschickt worden. Ihre Eltern wurden beim Ersten Golfkrieg getötet. Vor fünf Jahren hatte sie begonnen, für Mohammed Issa in Europa zu arbeiten. Er blätterte weiter bis zum Ende.

Dann entdeckte er unter dem Dossier über Issa plötzlich eine weitere Akte. Diplomatenpost.

Was war das?

Zum ersten Mal an diesem Vormittag lächelte Safavi.

Vor einigen Tagen war eine Eil-Mail mit der Meldung gekommen, dass ein Kuvert mit Diplomatenpost vermisst werde. In jedem Büro wurde daraufhin bei der Suche danach alles auf den Kopf gestellt. Er dachte ein paar Minuten nach, bis ihm einfiel, dass er kurz vor seiner Abreise nach Teheran eilig einen Stapel Unterlagen von seinem Schreibtisch genommen und in seinen Safe gelegt hatte. Das Kuvert musste sich dazwischen befunden haben. Und hatte während seiner Abwesenheit und in dem darauf folgenden Trubel sicher in seinem Safe gelegen.

Safavi konnte sich gut vorstellen, was sich der Leiter des diplomatischen Postdienstes von Nafabedi hatte anhören müssen.

Aber was befand sich in der Versandtasche, was so wertvoll war?

Er öffnete die Mappe und zog die üblichen Berichte von den Leitern der ausländischen Büros heraus. Und ein Kuvert mit der Aufschrift »Operation Sharif«. Es war an Nafabedi adressiert und trug den Vermerk: PERSÖNLICH UND VERTRAULICH. Seine Neugier wuchs, als er das Kuvert aufriss. Es enthielt Fotos einer Frau – Issas Büroleiterin. Safavi warf noch einmal einen Blick in Issas Akte. Ja, das war dieselbe Person.

An den Fotos war eine Notiz befestigt:

»Mit Allahs Hilfe haben wir sie in Marseille gefunden. Erwarte Ihre Anweisungen.« Die Nachricht war vom Leiter des Pariser Büros unterzeichnet.

Safavi bebte vor Zorn. Nafabedi hatte damit praktisch schon Safavis Leichentuch bestellt. Aber dieses Mal würde sich Safavi nicht unterwerfen. Plötzlich erwachte in ihm der Wille, sich zur Wehr zu setzen. Er musste rasch handeln und Atika kontaktieren. Durch sie würde er die Wissenschaftler finden.

Es war Gottes Wille. Allah hatte die Versandtasche in seinem Safe versteckt.

BANQUE AURIOLE, MARSEILLE, FRANKREICH

Der blaue Citroen C5 fuhr auf den sonnigen Parkplatz vor der Bank. Über den weiß verputzten Wänden und dem Logo der Bank lag ein weicher Schatten. Marie stieg aus dem Wagen. Sie trug marineblaue hochhackige Slingback-Pumps, einen eng geschnittenen, blauen Rock und eine bauschige weiße Seidenbluse. Ihr Haar war zu einem Knoten zurückgebunden, und sie trug eine Brille. Gemeinsam mit Julian betrat sie mit flottem Schritt die Bank und ging an den Schaltern vorbei zu den Büros im hinteren Bereich. Auf Französisch mit Pariser Akzent erklärte sie einem Angestellten, dass sie und ihr Kollege einen Termin bei Monsieur Jacques Villepin hätten.

Der Angestellte gab im Büro Bescheid, kehrte wieder zu Marie und Julian zurück und richtete aus, dass Monsieur Villepin gleich zu ihnen kommen werde. Kurz darauf schlurfte ein schlanker Mann mit braunem, sich lichtendem Haar und einem schlecht sitzenden Anzug aus seinem Büro und kam auf sie zu.

Marie stellte sich als Claudette LeForche vor. Julian, dessen Französisch einen Akzent hatte, der seine Herkunft irgendwo in den Niederlanden vermuten ließ, nannte sich Kenneth Kuman. Villepin führte sie in sein Büro.

»Monsieur Villepin«, begann Marie und fragte ihn, ob es ihm recht wäre, das Gespräch auf Englisch zu führen, damit ihr holländischer Partner ihm besser folgen konnte.

Villepin erklärte sich sofort bereit dazu.

»Danke.« Julian lehnte sich auf seinem Stuhl zurück. »Wir gehören zur Everin-Gruppe«, erklärte er. »Sie haben sicher schon von uns gehört. Wir sind eine europäische Wirtschaftsprüfungsgesellschaft und bieten unsere Dienste einer wachsenden Anzahl von europäischen Kunden an.«

»Natürlich habe ich schon von Everin gehört«, versicherte Villepin ihm. »Offen gesagt sind wir Bankmanager davon überzeugt, dass Everin dem Bankhaus Ernst & Young den Rang als erstes Unternehmen in diesem Bereich ablaufen wird.«

»Wie schön, dass Sie das sagen«, erwiderte Julian und dachte bei sich: *Er benimmt sich wie ein Kriecher, und das kann ich nicht ausstehen.*

Aber dieses Spielchen beherrschte Julian natürlich auch. »Wie Sie sicher wissen, liegt uns die Stärkung Europas am Herzen. Wir konzentrieren uns hauptsächlich darauf, das Wachstum der europäischen Wirtschaft zu fördern.« Er lächelte bescheiden, aber mit unverhohlenem Stolz. »Monsieur Villepin, ich würde mich freuen, wenn Sie uns ein paar Minuten Ihrer wertvollen Zeit schenken, damit ich Ihnen kurz erklären kann, warum wir gerade Ihre Bank besuchen.«

»Bitte«, sagte Villepin. »Ich stehe zu Ihrer Verfügung.«

»Wahrscheinlich haben Sie bereits in der Presse gelesen,

dass Everin von ING beauftragt wurde, eine Unternehmensbewertung über die Banque Auriol zu erstellen, da Interesse an einem Kauf Ihrer Bank besteht.«

»Ja, davon habe ich gehört«, bestätigte Villepin.

Marie lächelte in sich hinein. Hélène und ihre Mitarbeiter bei Meridien hatten einen Brief verfasst, in dem sie diese Tatsache ankündigten, und dieses Schreiben früh am Morgen durch einen Kurier zustellen lassen. Sie wussten, dass Villepin es sofort sehen würde, wenn er wie üblich um zehn Uhr in sein Büro kam. Sie warf einen Blick auf ihre Uhr. Es war zehn Uhr fünfzehn.

Julians Vorhaben war es, einen straffen Zeitplan einzuhalten und aggressiv vorzugehen, um Villepin keine Möglichkeiten für Vorbereitungen auf das Treffen zu geben.

»Also, wie kann ich Ihnen helfen?«

Julian zog einen USB-Stick aus seiner Tasche, stand auf und reichte ihn Villepin. »Sie sollten zuerst diesen USB-Stick in Ihren Computer stecken«, befahl er mit tiefer, autoritärer Stimme.

»Wie bitte?« Villepin rutschte unbehaglich auf seinem Stuhl hin und her, aber Julian gönnte ihm keine Verschnaufpause.

»Ich möchte, dass Sie mir alle Informationen über die Konten dieser Filiale auf den Stick laden.«

»Sind Sie verrückt geworden?«, rief Villepin zornig. »Was geht hier vor? Wer sind Sie?«

Jetzt ist der Zeitpunkt gekommen, dachte Marie. *Er gerät aus dem Gleichgewicht. Julian muss rasch handeln, bevor Villepin den Alarmknopf drückt. Eine zweite Chance haben wir nicht.*

Julian zog ein braunes Kuvert aus der Innentasche seines Jacketts. Er öffnete es und nahm einige Fotos heraus. Eines davon reichte er Villepin.

Marie hatte die Fotos nicht gesehen, aber sie betrachtete fasziniert Villepins Reaktion. Er riss seine Augen auf, und auf seiner Stirn bildeten sich Schweißperlen. Er brachte kein Wort mehr hervor.

Julian stand auf und ging zu Villepin hinüber, der in seinem Stuhl zusammengesunken war. Er stellte sich hinter ihn, legte ihm eine Hand auf die Schulter und ließ die anderen Fotos, eines nach dem anderen, aus dem Kuvert auf den Schreibtisch fallen. Villepin begann, am ganzen Körper zu zittern. »Oh, nein«, murmelte er. »Oh Gott, nein. Oh Gott, nein.« Er begann zu schluchzen.

Marie beugte sich vor, und als sie einen Blick auf die Fotos warf, wich sie schockiert zurück. Die Aufnahmen zeigten Villepin beim Sex mit Kindern.

»Okay, Jacques«, sagte Julian, »machen Sie mir Platz.« Villepin erhob sich zittrig und trat zur Seite. Julian befahl ihm, zu einem Lehnstuhl am Fenster zu gehen, und setzte sich dann an den Schreibtisch. Er steckte den Speicherstick in den USB-Port des Computers. Als er sah, dass Villepin bereits eingeloggt war, begann er, von allen Dateien über die Konten, die Villepin bei der Filiale in Marseille betreute, Kopien herunterzuladen.

Julian warf Marie einen Blick zu. Sie war blass, hielt sich aber tapfer und starrte Villepin hasserfüllt an. Nach weiteren fünf Minuten zog Julian seinen USB-Stick aus dem Computer und ging zu Villepin hinüber.

»Bevor Sie irgendjemandem etwas von dieser Sache erzählen, sollten Sie sich lieber umbringen«, sagte Julian mit kalter, ruhiger Stimme. »Haben Sie das verstanden?«

»Ja«, flüsterte Villepin.

»Ich habe Sie nicht verstanden.« Julian legte eine Hand auf den Nacken des Mannes und presste seine Finger auf einen Nerv an seiner Schulter, sodass er laut aufschrie.

»Okay«, wimmerte Villepin und drehte seine Schulter zur Seite. »Und was ist mit den Fotos?«

»Sie gehören Ihnen. Aber ich habe Abzüge davon, und ich werde sie sofort veröffentlichen, wenn auch nur ein Wort über diesen Besuch irgendwo durchsickert. Egal, wo. Habe ich mich klar ausgedrückt?«

Villepin nickte.

»Die Franzosen diskutieren heftig über Sarkozys Liebesaffären. Sie lachen über Berlusconis Leben, das einer Seifenoper gleicht. Aber Sie wissen genau, was Europäer von Perversen halten, wie Sie einer sind. Sie werden den Rest Ihres Lebens in den dreckigsten Gefängnissen verbringen und dort lernen, wie man sich als Opfer fühlt.«

Villepin war stumm und kalkweiß im Gesicht, als sie sein Büro verließen.

Julian und Marie gingen rasch zu ihrem Wagen zurück. Julian ließ den Motor an und reihte sich in den Verkehr ein.

»Wo kamen diese Fotos her?«, fragte sie und schauderte beim Gedanken an das, was sie gerade gesehen hatte. »Ich habe nichts darüber gefunden, dass er wegen Kindesmissbrauchs angeklagt worden ist.«

»Es gibt keine Anklage – sonst säße er im Gefängnis. Von der örtlichen Polizei habe ich erfahren, dass er bekannterweise Kinderpornos sammelt und dass er bei Kindern Annäherungsversuche gemacht hat.«

»Willst du damit sagen, die Fotos waren nicht echt?«

»Echt genug. Sie haben ihn beschattet und ihn mit einem Kind erwischt. Dann haben sie zusätzliche Fotos geschossen, die ihn schwer belasten würden. Was sollte er sagen? Das eine Kind habe ich angefasst, das andere aber nicht? Er braucht dir nicht leidzutun. Er ist ein Krimineller, der Sex mit Kindern hat und es zulässt, dass Terrororganisationen mithilfe seiner Bank ihre Geschäfte abwickeln. Auf diese

Weise konnten wir ihn davon überzeugen, uns zu geben, was wir brauchten.«

Marie schwieg und versuchte, ihre Gedanken zu ordnen. In diesem Spiel ging es nur um Macht. Darum, wer gerade einen Vorteil gegenüber den anderen hatte und wer nicht. Und das ständig. Es war ein pausenloser, niemals endender Kampf um den Platz an der Spitze.

Julian musterte sie und versuchte zu erraten, worüber sie nachgrübelte. Sie mochte Macht, hatte aber gemischte Gefühle deswegen. Sie war sich nicht sicher, wie man Macht nutzen sollte.

Sie war eine Frau.

Und das machte alles komplizierter.

AUF DEM OFFENEN MEER, NAHE DEN MALEDIVISCHEN INSELN

Bhopajee und Durand dämmerten auf dem nicht mehr fahrtüchtigen Boot vor sich hin, als langsam ein Brummen in ihr Bewusstsein drang. Das Geräusch kam aus mehreren Richtungen und schwoll allmählich zu einem nervenzerfetzenden, durchdringenden Surren an. Zuerst tauchte ein Wasserflugzeug auf, das tief über ihnen schwebte und dann nach Südwesten abdrehte. Dem Flugzeug folgten Schnellboote. Auf drei von ihnen standen Männer mit Maschinengewehren im Anschlag.

Beim Anblick der bewaffneten Männer sprang Durand über Bord, brachte dabei beinahe das Boot zum Kentern, und begann zu schwimmen. Bhopajee bemühte sich verzweifelt, im Boot sitzen zu bleiben. Die Männer auf den Schnellbooten brüllten und schossen mit ihren AK-47 in die Luft. Nach einer hitzigen Diskussion legten zwei von ihnen ihre Waffen ab und sprangen ins Wasser. Die anderen manövrierten ihre Boote so, dass sie Durand einkreisten. Als er versuchte, ihnen durch Abtauchen zu entkommen, schossen sie ein paar Kugeln knapp an ihm vorbei, um ihm klarzumachen, dass es ihnen egal war, wenn sie ihn verletzten. Er bekam Angst und tauchte wieder auf.

Zwei Männer packten ihn an seinem Hemd und versuchten, ihn in ihr Boot zu ziehen. Aber er war nass und schwer. Einer der Männer im Wasser schob ihn nach oben, und schließlich gelang es den anderen, ihn über das Seitendeck an Bord zu hieven. Dann zeigten sie ihm, welchen Preis man für ungehöriges Benehmen zu bezahlen hatte – sie verpassten ihm einige Schläge in die Nierengegend und gegen die Brust, bis er aufhörte, sich zu wehren.

Auch Bhopajee schlugen sie und brachen ihm zwei Finger an seiner linken Hand. Als er verzweifelt aufschrie, wurde er weiter geprügelt, bis er schließlich verstummte.

Die Männer wurden in getrennten Booten zurück in ihr Gefängnis auf der Insel gebracht und allein gelassen, damit sie über ihr Verhalten nachdenken konnten.

CHANDNI CHOWK, DELHI, INDIEN

Mohammed Issa ging im hinteren Zimmer seines Bürotrakts auf und ab. Er hatte sich eine Liege und einen Schreibtisch in diesen Raum stellen lassen. Das Gebäude befand sich unter der Kontrolle seiner Männer, also war er hier sicher, während er seine Pläne neu überdachte. Er hatte auch seine Morgengebete hier verrichtet, denn im Augenblick war es zu gefährlich für ihn, das Haus zu verlassen.

Er konnte an nichts anderes als an die Verlegung der Geiseln denken.

Ohne Mustafa würde sich das viel schwieriger gestalten. Er sah zum Himmel hinauf und schüttelte den Kopf. Er hatte gewusst, dass es ein Fehler war, sich über die Jahre hinweg immer mehr auf Mustafa zu verlassen. Das verstieß gegen alles, was er sich während seiner langen und harten Ausbildung angeeignet hatte: sich niemals auf jemanden zu verlassen – außer auf den ewigen Gott.

Aber nun musste er notwendigerweise auf eine Frau vertrauen, um seine Geschäfte weiterführen zu können. Er stand Jacqueline Atika nicht so nahe, wie es bei ihrem Vater oder Mustafa der Fall gewesen war. Er konnte sich nicht auf die gleiche Weise auf sie verlassen. Aber sie war kompetent und in der Lage, die meisten seiner angeordneten Maßnahmen von Marseille aus umzusetzen.

Er ging in dem Zimmer auf und ab und versuchte, sich zu beruhigen. Die Iraner waren Schlangen und Ungläubige, keine Angehörigen des wahren Glaubens. Nafabedi würde den Tag bereuen, an dem er versucht hatte, Issas Gesicht in den Staub zu drücken. Wenn seine Pläne erst einmal in die Tat umgesetzt wurden, würde Nafabedi der Erste sein, der darunter leiden würde.

Er wählte Jacquelines Privatnummer.

»Jacqueline?« Er sprach mit ihr eine Mischung aus Französisch, Arabisch und einigen Wörtern Farsi und Hindi. So verhinderten sie eine Analyse ihrer Gespräche, falls sie abgehört wurden. Issa und seine Freunde hatten das in den 1970er Jahren von den Mitgliedern eines Drogenkartells gelernt, die damit die amerikanischen Behörden jahrelang zur Verzweiflung getrieben hatten. Es machte großen Spaß – sie folgten zwar der Logik einer Geschäftssprache, verdrehten aber einige Wörter und warfen Slangbegriffe und erfundene Wörter ein. Die russische Mafia hatte ihre eigenen Dialekte und ein Kodierungssystem verwendet, bis ein Verräter für Interpol ein entsprechendes »Wörterbuch« zusammenstellte.

Issa war stolz darauf, dass al-Qaida und die meisten der anderen Terrorgruppen mittlerweile auch diese Technik anwendeten, was in seinem Fall zu einer sich immer wieder ändernden Sprache führte.

»Ji haa«, erwiderte sie. Hindi für »Ja, Sir«.

»Ich möchte, dass Sie etwas für mich erledigen«, fuhr er auf Arabisch fort. »Sie haben in der Vergangenheit Überweisungen an Shat getätigt, richtig?«

Atika erkannte, dass er ihre Codesprache benutzte. Shat stand im Arabischen für das Wort »Küste«, also bezog Issa sich auf seine Firma Coast to Coast International Trade Ltd.

»Baleh«, bestätigte sie – ja auf Farsi.

»Rufen Sie Oscar an und sagen Sie ihm, dass er die letzten drei Lieferungen an Mikos Warenlager weiterleiten soll.«

Atika erkannte den Codenamen dieses Orts und fragte sich, was Issa vorhatte.

»Haben Sie das verstanden?«, unterbrach Issa ihre Gedanken.

»Na'am.« Ja auf Arabisch.

»Oscar soll Ihnen eine Rechnung für alle zusätzlichen Kosten ausstellen. Und ich möchte, dass das sofort erledigt wird.«

»Noch etwas, Sir?«

Issa hatte bereits aufgelegt.

INTERNATIONALER FLUGHAFEN ATATÜRK, ISTANBUL, TÜRKEI

Vier Männer stiegen aus der Boeing 777 der Emirates Airlines aus Teheran und betraten die Transithalle des Internationalen Flughafens Atatürk. Sie gingen nicht durch die Kontrollstelle der Einwanderungsbehörde, sondern direkt in verschiedene Toilettenräume, wo sie in den Kabinen und vor den Spiegeln sorgfältig ihr Aussehen veränderten, bis sie den Fotos in den gefälschten türkischen Pässen, die ihnen ihr Teamleader Hassan Safavi besorgt hatte, glichen. Sie versteckten ihre iranischen Diplomatenpässe in ihrem Gepäck. Nachdem sie ihr Äußeres verändert hatten, steuerten die Männer ihre Flugsteige an – zwei flogen nach München, die anderen beiden nach Frankfurt.

Wegen der großen Anzahl türkischer Gastarbeiter, die nach Deutschland flogen, wurden die Männer durchgewinkt, und die Grenzbeamten bemerkten nicht, dass sie mit gefälschten Pässen reisten. Sie flogen ohne weiteren Zwischenfall zu ihren Zielorten in Deutschland und übernachteten in Flughafenhotels. Jetzt befanden sie sich in der Europäischen Union und konnten sich in allen europäischen Ländern frei bewegen, ohne sich ausweisen zu müssen. Am nächsten Tag stiegen sie in ein Flugzeug nach Marseille. Vier iranische Auftragskiller waren ohne das Wissen der französischen Behörden in Frankreich angekommen.

DAS BÜROGEBÄUDE DES UNTERNEHMENS MERIDIEN, PARIS, FRANKREICH

Marie saß an ihrem Schreibtisch und arbeitete sich durch die Dateien, die sie von Villepins Computer heruntergeladen hatten. Julian hatte sich auf einem Stuhl auf der anderen Seite des Raums niedergelassen und starrte auf seinen Laptop.

»Ich muss die Anzahl der zu analysierenden Konten reduzieren«, erklärte Marie. »Es sind einfach zu viele.«

»Hast du schon irgendwelche Ideen?« Julian stand auf, ging zu ihr hinüber und legte eine Hand leicht auf ihre Schulter. Er wünschte, sie stünden nicht unter so starkem Zeitdruck. Seine Berührung lenkte sie ab.

»Was?«

Julian lächelte. »Hast du schon eine Idee, wie du einige der Konten aussortieren kannst?«

»Oh, ja. Ich teile sie in verschiedene Kategorien ein.«

»Okay. Und wie?«, erkundigte er sich.

»Zuerst schließe ich alle Konten aus, von denen keine internationalen Transaktionen getätigt wurden.«

Sie drückte ein paar Tasten.

»Das eliminiert etwa dreiundsiebzig Prozent aller Konten.«

»Gut.« Julian drehte sich um und stemmte die Hände in die Hüften. »Und nun entfernst du noch alle Konten mit immer wiederkehrenden Eingängen von jeweils unter zehntausend Euro.«

»Warum?«, wollte Marie wissen.

»Das wirst du gleich sehen.«

Nach einigen Minuten stellte sie fest: »Die meisten Zahlungen kamen von englischen Pensionskassen, die regelmäßig zwischen viertausendfünfhundert und sechstausend Euro angewiesen haben.«

»Genau«, bestätigte Julian. »Viele britische Pensionäre ziehen nach Südfrankreich, und ihre Pension wird auf ihr örtliches Bankkonto überwiesen. Wie viele Konten sind noch übrig?«

»Nur noch siebenundachtzig«, erwiderte Marie. »Und etliche davon stehen in Verbindung mit einer bestimmten Bank.«

»Wie lautet die IBAN-Nummer?«, fragte Julian.

»Warte einen Moment.« Marie ging die Liste der Zahlungen durch. »Sie kommen alle von einem Konto, das mit dem Codesegmentregister einundfünfzig beginnt.«

»Das ist Credit Suisse, eine große Bank in der Schweiz«, stellte Julian fest. »Ich dachte, sie hätten diese Art des Giroverkehrs eingestellt. Es ist seit 2006 im europäischen Bankensystem nicht mehr zugelassen, aber manche Banken verstoßen gegen dieses Gesetz.«

»Diese Kerle in Zürich halten es wohl nicht für nötig, sich an die europäischen Bankregeln zu halten«, meinte Marie.

Julian zuckte die Schultern. »Lass mich das kurz überprüfen.« Er ging zu seinem Laptop zurück und tippte die IBAN-Details ein. »Aha«, stieß er kurz darauf hervor. »Banque Auriol hat den Zugang zu diesem Konto blockiert.«

»Das verstehe ich nicht«, sagte Marie.

»Code einundfünfzig bei IBAN-Transaktionen verwendet man, um Geld auf Nummernkonten zu überweisen. Nur die Bankmanager kennen die Identität der Konteninhaber. Und sie sind die einzigen Personen in der Bank, die berechtigt sind, Zugriff darauf zu nehmen.« Julian sah sie an.

»Es ist ein Schweizer Nummernkonto«, bestätigte Marie. »Und der Inhaber ist geheim.«

Julian nickte. »Wir müssen herausfinden, wer der Einzahler ist. Das heißt, wir müssen die Spur von der Quelle bis zur Einzahlung auf das Konto auf der Banque Auriol verfolgen.«

»Wie wollen wir das machen?«, fragte Marie.

»Wir brauchen Hilfe.« Er lächelte. »Aber das ist kein Problem. Meridien hat die besten Spürhunde auf diesem Gebiet an der Hand. Hast du eine Datei von den siebenundachtzig Konten erstellt, die du anhand deines Rasters ausgesiebt hast?«

Marie reichte ihm den USB-Stick.

Julian schob ihn in seinen Laptop. »Ich werde die Informationen Robert Figo, dem Bankexperten bei Meridien, schicken. Er beschäftigt sich den ganzen Tag lang mit solchen Sachen.«

»Wie kann er auf private Bankdaten zugreifen?«, fragte Marie.

»Internationale Gesetze zur Bekämpfung von Geldwäsche und Terrorismus machen das möglich. Die letzten von der EU übernommenen Regelungen wurden auf Menschenhandel, Waffengeschäfte auf dem Schwarzmarkt und weitere Bereiche erweitert. Damit haben Behörden in der EU und von den Regierungen beauftragte Unternehmen wie Meridien rechtmäßigen Zugriff auf verdächtige Bankkonten, um damit Straftaten aufzudecken.«

»Sie können sich also einfach über private Bankkonten informieren?«

»Natürlich nicht«, erwiderte Julian. »Nur ausgesuchte Organisationen sind gesetzlich dazu berechtigt, und innerhalb dieser Unternehmen gibt es nur wenige Mitarbeiter, die für solche Aufgaben autorisiert und qualifiziert sind.«

»Und Robert Figo ist einer von ihnen?«

Julian nickte und drückte auf die Taste »senden«.

»Es sieht also so aus, als kämen die regelmäßigen Zahlungen von dieser Bank in der Schweiz«, sagte Julian. »Gibt es noch etwas anderes? Unregelmäßig eingegangene, merkwürdige Schecks oder telegrafische Anweisungen?«

»Ja, es gibt eine Anweisung von einer Bank mit einer anderen IBAN-Nummer. Und weitere Transaktionen von einer Bank, die hier Sepah Limited Holdings genannt wird.«

»Was?« Julian hob ruckartig den Kopf.

»Sepah Limited Holdings«, wiederholte Marie.

Julian stand auf und ging in dem Raum auf und ab.

»Sepah Limited Holdings verwaltet den Fonds einer Pensionskasse des iranischen Militärs. Die Firma wurde 1983 gegründet, und die finanziellen Tätigkeiten werden über die Al Rajhi Bank in Bahrain abgewickelt. Seit den 1990er Jahren ist ihre Verbindung zu Projekten der Garde bekannt.«

Marie starrte ihn an. »Garde? Die Iranische Revolutionsgarde?«

Julian nickte langsam.

Marie konzentrierte sich wieder auf ihren Bildschirm. »In den letzten zwei Monaten wurden zehn Überweisungen von Sepah Limited Holdings an die IBAN-Konten mit dem Code einundfünfzig durchgeführt.« Sie runzelte die Stirn und suchte auf dem Bildschirm nach weiteren Daten.

»Sieh mal an!«, rief sie und riss Julian aus seinen Gedanken. »Rate mal, was ich gerade gefunden habe?«

Julian drehte sich zu ihr um.

»Erst gestern hat die Banque Auriol in Marseille fünfundfünfzigtausend Euro an die Havash Bank of Turkey in Sofia, Bulgarien, überwiesen. Zugunsten des Geschäftskontos der Coast-to-Coast International Trade Limited.«

»Was?«, fragte Julian. »Was wissen wir über diese Firma?«

Marie tippte den Namen in den Meridien-Computer und fing nach wenigen Minuten zu lesen an.

Julians Telefon klingelte, und er hob ab.

»Hallo, Julian. Hattest du Spaß in Marseille?« Es war Robert Figo.

»Ich habe mein Bestes getan«, erwiderte Julian.

»Also, ich habe mir deine Dateien angesehen. Sehr interessant. Wie hast du sie bekommen? Hast du einen deiner geheimen Mossad-Tricks angewandt? Oder deine reizende amerikanische Mata Hari eingesetzt?«

»Komm schon, Robert, du weißt, dass ich dafür zu alt bin. Hast du irgendwelche Informationen für mich?«

»Ich arbeite noch daran, aber ich habe etwas Interessantes entdeckt.«

»Ich höre.«

»Zuerst habe ich festgestellt, dass die IBAN-Transaktionen zwischen der Al Rajhi Bank und der Credit Suisse sowie zwischen der Credit Suisse und der Banque Auriol Marseille abgewickelt werden.«

»Okay.«

»Du erinnerst dich wahrscheinlich daran, dass nur der jeweilige Bankmanager Zugang zu Nummernkonten besitzt?«

»Natürlich.«

»Nun, für eines der Nummernkonten bei der Banque Auriol Marseille existiert eine merkwürdige Vereinbarung. Villepin, der Filialleiter, hat seine Befugnisse auf eine Frau namens Jacqueline Atika übertragen.«

Die Vorstellung, dass ein Bankdirektor seine Handlungsvollmacht auf jemanden übertrug, der in einem terroristischen Netzwerk verankert war, war kaum zu fassen. Julian setzte sich wieder.

»Hast du noch mehr herausgefunden?«

»Im Augenblick ist das alles«, erwiderte Robert. »Ich werde es dich wissen lassen, wenn der Zuordnungsprozess abgeschlossen ist. Das dauert eine Weile.«

Julian legte auf und wandte sich Marie zu. »Sieh an, sieh an«, sagte er. »Es sieht ganz so aus, als würde unsere kleine Miss Atika mit den Haien schwimmen.«

MALEDIVISCHE INSELN

Vijay Bhopajee sah aus dem Fenster auf das herrliche Meer hinaus. Es verblüffte ihn, wie etwas so Grandioses, Wundervolles als sein Gefängnis dienen konnte. Jedes Mal, wenn er durch das Fenster des weißen Häuschens auf den unvergleichlichen Sandstrand, die Sonne und das funkelnde Wasser schaute, fand er es schrecklich, dass er gezwungen war, diese Schönheit als seinen Feind zu betrachten. Aber diese Umgebung war sein Gefängnis und seine Pein.

In diesem Moment entdeckte er etwas anderes: Ein schmales Boot legte an. Er und Durand erhielten ihr Essen jetzt von bewaffneten Wächtern. Eine Art Doktor hatte ihm seine Finger eingegipst und sich vergewissert, dass Durand von den Prügeln nichts Schlimmeres als Platzwunden und blaue Flecken davongetragen hatte.

»Jemand kommt zu uns«, flüsterte er Durand zu, der auf seinem Bett lag. Durand schwang seine Beine aus dem Bett und konnte sich gerade noch aufsetzen, als die Männer bereits die Hütte betraten. Er hatte immer noch Schmerzen und zuckte beim Aufstehen unwillkürlich zusammen. Rasch musterte er die Besucher. Sie waren drahtig und wirkten wachsam und brutal. Sie trugen Windjacken, um ihre Waffen zu verstecken. Schlägertypen, die jedoch aufmerksam und nicht zu unterschätzen waren.

Die Männer sagten kein Wort. Sie versuchten nicht einmal, die unter Menschen übliche Höflichkeit vorzutäuschen. Stattdessen bedrohten sie die beiden mit Gesten und stellten sich viel zu nahe neben sie. Durand war angewidert von der primitiven Brutalität, die sie ausstrahlten, und überlegte, wie leicht es manchen Menschen fiel, sich wie ein Tier in einem Rudel zu verhalten, geleitet von Überlebensinstinkten und Dominanzverhalten. Sie kamen rasch auf ihn zu und packten ihn unsanft an den Ellbogen, ein Mann auf jeder Seite. Ein weiterer Aufpasser führte Bhopajee über den weißen Sand zu den Booten. Aber was war das? Auf dem Boden des Boots lag eine in eine Decke eingewickelte Gestalt. Als er näher kam, sah er, dass es eine Frau war. Sie hatte mausbraunes glattes Haar und war barfuß. Ihre Arme und Beine waren gefesselt, und in ihrem Mund steckte ein Knebel.

BÜRORÄUME DER MERIDIEN, PARIS, FRANKREICH

»Was ist los?«, fragte Marie. »Was meinst du damit, wenn du sagst, Atika schwimme mit den Haien?«

»Okay«, begann er. »Zuerst möchte ich dir etwas über solche kleine Banken wie die Auriol erzählen. In Europa gibt es etliche davon. Seit über einem Jahrhundert kümmern sie sich um die Anliegen von Bürgern in Städten und Dörfern. Während des Zweiten Weltkriegs und in der Zeit danach erlangten sie für bestimmte internationale Organisationen große Bedeutung.«

»Internationale Organisationen?«, fragte Marie.

Julian nickte. »Wie die CIA, der KGB, die Mafia, vielleicht sogar einige Geheimdienste des Nahen Ostens. Sie boten eine perfekte Plattform für legale, halblegale und absolut illegale Formen der Geldwäsche. Bei diesen Banken konnte man geheime Konten eröffnen, internationale Transaktionen durchführen und so weiter. Bekanntermaßen braucht man für Spionage Geld. Immer wenn du Leute losschickst, um eine Operation durchzuführen, kostet das Geld. Auch um legale und halblegale Geschäftsunternehmen, die letztendlich zur Tarnung dienen, zu gründen, sind finanzielle Mittel nötig. Die Zusammenarbeit mit diesen Banken funktionierte sehr gut. Seit der Gründung der EU haben solche kleine Banken andere Funktionen. Sie sind mittlerweile sehr beliebt bei Ausländern, die in europäischen Immobilien investierten. Kennst du das Buch *Mein Jahr in der Provence*? Es gibt immer noch einen Trend, sich ein Sommerhaus in Frankreich, Italien, Griechenland, Kroatien oder Spanien zuzulegen. Und neue Anwohner brauchen einen örtlichen Bankservice für ihre rechtmäßigen Bankgeschäfte.

Nach dem Zusammenbruch der Sowjetunion in den späten 1980er Jahren floss auch russisches Geld in diese Banken. Meistens handelte es sich um schmutziges Geld.«

»Und die neuen Antiterrorgesetze?«, fragte Marie.

»Prinzipiell werden die neuen Gesetze eingehalten. Aber so einfach ist das nicht. Die kleinen Banken werden mit konkurrierenden Interessen konfrontiert. Sie müssen Geschäfte mit großen Banken machen, aber diese verlangen, dass sie sich an die Regeln halten. Außerdem verlocken sie sie mit Übernahmeangeboten, was auch bedeutet, dass die kleinen Banken vorbildlich arbeiten müssen. Aber sie wünschen sich natürlich auch Freiräume, um ihre Kunden zufriedenstellen zu können.«

»Also schaffen sie sich Raum für krumme Touren«, kombinierte Marie.

»Richtig.« Julian zog einen Notizblock hervor und zeichnete einige Kästchen und Pfeile. Er erklärte ihr, dass sie siebenundachtzig Konten bei der Banque Auriol gefunden hätten, die mit internationalen IBAN-Transaktionen verknüpft waren. Unter diesen siebenundachtzig Konten gab es nur drei Nummernkonten, die nicht einer bestimmten Person oder einem Unternehmen zugeordnet werden konnten.

»Kannst du mir folgen?«

»Ja«, bestätigte Marie.

»Und wir haben auch herausgefunden, dass Sepah Limited Holdings, ein iranischer Fonds, Geld auf eines dieser Konten überweist.«

»Und die dritte Tatsache ist, dass Jacqueline Atika Zugang zu diesem Nummernkonto hat und soeben fünfundfünfzigtausend Euro an die Coast-to-Coast International Trade Limited in Sofia überwiesen hat«, stellte Marie fest.

»Ja. Kannst du die Struktur besser erkennen, wenn du einen Blick auf diese Darstellung wirfst?« Julian deutete auf seinen Notizblock.

»Die eingehenden Beträge werden zweimal überwiesen. Sie kommen ursprünglich von der AL Rajhi Bank in Bahrain und gehen an die Credit Suisse in der Schweiz. Dann werden sie an die Banque Auriol Marseille weitergeleitet.«

»Und danach wandert das Geld von der Banque Auriol

Marseille zur Bank of Turkey in Bulgarien«, fügte Marie hinzu und fuhr mit ihrem Stift über Julians Schaubild.

»So ist es.«

Marie schüttelte den Kopf.

»Und was wissen wir über Coast-to-Coast?«, fragte Julian.

»Ich habe die Informationen schon auf dem Bildschirm.« Marie drehte sich zu ihrem Computer um und las laut vor. »Coast-to-Coast International Trade Limited ist ein Privatunternehmen, registriert in Singapur mit einem Betriebsbüro in Sofia, Bulgarien. Der Firmenchef heißt Mohammed Issa.«

»Noch nie gehört«, erklärte Julian.

»Ich werde ihn mal nachschlagen.« Marie beugte sich schweigend über den Computer. Der Bildschirm war nun in vier Quadranten aufgeteilt, in denen verschiedene Informationen aus Meridiens Datenbank angezeigt wurden. Julian wartete, bis er plötzlich sah, dass sie blass wurde und ihre Kinnmuskulatur erschlaffte.

»Sieh dir das an«, flüsterte sie. »Nein, das stimmt nicht«, fügte sie leise hinzu. »Warte mal.« Sie runzelte die Stirn und scrollte weiter.

»Was?« Julian ging zu ihr hinüber und sah ihr über die Schulter.

»Siehst du dieses Logo?« Sie deutete auf ein grün-weißes Fünfeck mit einer schwarzen Mondsichel in der Mitte.

»Ja.«

»Julian, ich habe eine Version dieses Logos schon einmal gesehen.« Sie drehte sich zu ihm um. »Auf einem Briefkopf im Irak«, fügte sie hinzu und legte ihre Hand auf seinen Arm, als bräuchte sie eine Stütze. »Dieses Logo befand sich auf einem Brief, den Mansour Obaidi mir geschickt hat, als er sich endlich für ein Interview mit mir bereit erklärte. Es war das Logo seiner Firma East Asia Shipping Partners, und es war auf sein Briefpapier gedruckt. Ich habe mir diesen Brief sehr oft angesehen. Erinnerst du dich daran? Es war mein großer Durchbruch, als er sich endlich einverstanden erklärte, mich zu treffen.«

Sie wartete seine Antwort nicht ab. »Das war das Logo der East Asia Shipping Partners«, wiederholte sie eindringlich. Sie scrollte zurück. »Und hier siehst du, dass genau dieses Logo für Coast-to-Coast verwendet wird.« Julian ging ein paar Schritte zur Seite und dachte nach.

»Glaub mir, Julian.« Marie tippte weiter auf ihrer Tastatur. »Oh, Gott, sieh dir das an!« Sie deutete auf einige auf dem Bildschirm abgebildete Geschäftsbriefe. »Der Briefkopf ist identisch«, sagte sie aufgeregt. »Ein anderer Text, aber der gleiche Briefkopf.«

Sie warf Julian einen Blick zu. Seine Miene war ausdruckslos. Er sah aus, als sei er erstarrt.

»Ich könnte seine Unterschrift überprüfen. Wie wäre es damit? Vielleicht wird dich das überzeugen.«

Wieder scrollte sie mit atemberaubender Geschwindigkeit durch die Bildschirmseiten. »Hier ist es. Hier ist Mohammed Issas Unterschrift.« Sie stand auf und deutete auf den Monitor. »Ein flacher Schriftzug wie mit einer Feder geschrieben. Mit einer starken Neigung nach rechts. Das ist Mansour Obaidis Schrift.«

Auf Julians Stirn bildeten sich tiefe Falten. »Obaidi entführt Nuklearwissenschaftler für den Iran?«

»Oder für irgendeine Gruppe, die Zugang zu Sepahs Mitteln hat«, erwiderte Marie.

Julian schüttelte langsam den Kopf.

»Ich habe keine Ahnung. Aber es gibt jemanden, der es weiß.«

»Wer?«

»Atika.« Julian stand auf.

»Was?«

»Sie ist wohl seine Büroleiterin.« Julian ging auf und ab. »Sie bezahlt die Rechnungen und kümmert sich um die Einzelheiten seiner Operationen. Die Zahlungen laufen über die Schweizer Bankkonten und gehen von Sepah an ihn. Sie wäscht sein Geld und überweist es dann an Coast-to-Coast. Er wird für einen Auftrag bezahlt, und sie leitet sein Büro.«

Marie schob ihren Stuhl zurück und wandte sich Julian zu. »Und sie ist auch als Agentin tätig? Als Venusfalle?«

»Könnte sein«, meinte er.

Er verzog das Gesicht zu einem merkwürdigen Lächeln.

»Erstaunlich.«

»Was?«, fragte sie.

»Dass Obaidi schon wieder so aktiv ist. Dass er es geschafft hat, an eine solche Operation heranzukommen. Unglaublich.« Julian schüttelte den Kopf und marschierte wieder auf und ab.

»Sie erproben ihre Macht. Sie haben vor nichts Angst. Die iranische Führung hat keine Skrupel, Wahlergebnisse zu ihren Gunsten zu verfälschen, Widerspruch im Keim zu ersticken und Bürgern einen Polizeistaat aufzuzwingen, den sie nicht haben wollen. Und Ausländer zu kidnappen.«

»Aber, Julian …« Marie runzelte verwirrt die Stirn. »Würde Obaidi, ein sunnitischer Moslem, für die Iraner arbeiten? Würde er sich tatsächlich mit Schiiten zusammentun?«

»Nun, wir sprechen hier vom Nahen Osten«, wandte Julian ein. »Das ist ein türkischer Basar, wo es alles zu kaufen gibt. Wirf einen Blick in die Bibel – da findest du all das: Doppelspiele, Aufspaltung von Familien. Josefs Brüder haben Josef in Ägypten als Sklaven verkauft, weil sie neidisch auf die Liebe ihres Vaters zu ihm waren.«

Marie schüttelte den Kopf. »Die Sunniten und die Anhänger der Schia sind Erzfeinde.«

»Ja, aber vergiss nicht, dass auch Feinde wiederum Feinde haben.« Julian schwieg eine Weile.

»Lass uns darüber nachdenken«, fuhr er dann fort. »Issa – oder Obaidi, dein alter Freund – glaubt an die Revolution. Sie hat der islamischen Welt den größten Auftrieb seit Tausenden von Jahren gegeben. Vielleicht betrachtet er die Zusammenarbeit mit den Schiiten als weiteren Schritt in seinem Programm.«

»Warum?«, fragte Marie.

»Seine größte Aufgabe – sein Lebensziel – ist es, den Großen Satan zu vernichten, und zu diesem Zweck würde er sich mit jedem verbünden. Für seine letzte Operation hat er viel Geld ausgegeben. Und ist gescheitert. Er kann sich im Augenblick nicht an die al-Qaida wenden, um weitere Mittel zu erhalten, denn in ihren Augen ist er ein Rivale. Sie werden ihn eine Zeit lang ausschließen. Er muss sich seine Respektabilität neu erkämpfen. Und er braucht wieder Geld.«

»Er muss seine Kriegskasse auffüllen?«

»Ja. Also macht er erneut das, worin er in den 1980er Jahren, nach seiner Zeit im Libanon, als Auftragnehmer der PLO in Europa sehr gut war. Letztendlich ist er ein Geschäftsmann, der sich selbst finanzieren muss. Er muss sich auf das Wesentliche besinnen.«

»Würde der Iran etwas so Ungeheuerliches wagen, wie Wissenschaftler von internationalem Ruf zu entführen, nur damit deren Projekte dadurch sabotiert werden?«, fragte Marie.

»Der Iran ist dazu fähig. Sie haben gute Fachkräfte und ein großes Netzwerk. Und das Öl hat ihnen viele Dollars eingebracht. Aber sie würden so etwas nicht allein durchziehen. Iran bedient sich immer irgendwelcher Vertreter. Wenn eine Operation scheitert, muss ein anderer den Kopf hinhalten. In diesem Fall haben sie die Drecksarbeit an einen Auftragnehmer weitergegeben – an einen Sunniten. Wenn etwas schiefläuft, dann können sie glaubhaft alles abstreiten.«

»Das ist wie die Umkehrung des Ockham'schen Rasiermessers, also des Sparsamkeitsprinzips«, meinte Marie. »Du weißt schon: Wenn sich alles andere nicht unterscheidet, kann man davon ausgehen, dass die einfachste Erklärung, die zu den Fakten passt, die richtige ist. Aber was du vorschlägst, ist genau das Gegenteil: nämlich, dass die komplizierteste und verwirrendste Erklärung wahrscheinlich zutrifft.«

»Du denkst wie eine Abendländerin. Amerikaner wollen alles immer einfach oder zumindest überschaubar haben. Deshalb teilen sie Dinge und Menschen in zwei gegensätzliche Lager ein: Religion gegen Säkularismus. Fundamentalismus gegen Modernisierung. Sunnitische Moslems gegen Schiiten. Das scheint Klarheit zu bringen, aber das ist eine Illusion.« Er hielt kurz inne. »Natürlich sind Sunniten und Schiiten Erzfeinde – nur dann nicht, wenn sie es gerade einmal nicht sind. Das heißt, dass sie sich immerwährende Feindschaft geschworen haben, außer wenn sie beschließen, dass es in einem bestimmten Moment ihren Interessen dient, keine Feinde zu sein.«

Marie klang ein wenig gereizt. »Und was genau willst du mir damit sagen?«

Julian hob eine Flasche Wasser zum Mund und trank sie in einem Zug aus.

»Es wird nicht leicht für Obaidi werden, falls es sich tatsächlich um ihn handelt.«

»Wie meinst du das?«

»Die Iraner werden ihm niemals wirklich vertrauen. Sie werden immer argwöhnen, dass er sich plötzlich für einen Alleingang entscheidet. Also werden sie ihn nicht aus den Augen lassen und ihn ständig unter Druck setzen. Und dieser Weg führt über sein Geld. Er wird um sein Honorar kämpfen müssen. Das haben sie mit den Russen so gemacht, und das werden sie auch mit Obaidi tun.«

MARSEILLE, FRANKREICH

Jacqueline Atika verließ das Haus. Es war ein düsterer grauer Tag, und soeben hatte es zu regnen begonnen. Sie trug einen langen Rock und eine orangefarbene Seidenbluse. Ihr Telefon klingelte, und sie sah, dass es Villepin war. Was wollte er? Allmählich nervte er sie. Ständig wollte er etwas von ihr. Wahrscheinlich glaubte er, sie sei in ihn verliebt. Noch einer. Sie waren alle so leicht zu täuschen. Sie hob nicht ab, sondern rannte durch den Regen zu ihrem Wagen.

Sie schloss die Fahrertür auf und warf ihre Reisetasche auf den Beifahrersitz, dann schlüpfte sie hinter das Lenkrad und startete den Motor. Als sie sich umdrehte, um auszuparken, sah sie einen kräftig gebauten Mann mit schwarzem Haar, der sich von rechts näherte. Sie drückte rasch auf die Zentralverriegelung, öffnete dabei aber in der Hektik das Fenster einen Spaltbreit und erschrak. Der Mann lief auf den Wagen zu und packte den Türgriff. Da es ihm nicht gelang, die Tür zu öffnen, schlug er gegen das Fenster. Atika fuhr rückwärts, doch ein schwarzer Mercedes blockierte ihr den Weg. Sie legte den Vorwärtsgang ein, trat aufs Gaspedal und holperte auf die Straße. Der Mann sprang auf ihre Motorhaube, hielt sich mit der linken Hand an der geöffneten Fensterscheibe fest und presste die rechte auf die Windschutzscheibe. Sie schrie vor Wut und Angst auf, beschleunigte und streifte versehentlich einen am Straßenrand geparkten Toyota. Der Mann klammerte sich immer noch an ihrem Wagen fest, also führte sie eine Vollbremsung durch, um ihn abzuschütteln. Sie flog nach vorn und prallte mit dem Kopf gegen die Windschutzscheibe. *Alles Feiglinge*, dachte sie, während Tränen des Schmerzes und der Furcht über ihr Gesicht liefen. Sie brauchte einen Moment, um sich wieder unter Kontrolle zu haben. Ihr Kopf schmerzte, aber sie hatte es geschafft. Der Mann war von ihrem Wagen heruntergeschleudert worden. Sie gab Gas und fuhr geradewegs über seinen ausgestreckten Körper. Es tat einen Schlag, und sie hörte ein grauenvolles Stöhnen. Sie brauste die Straße hinunter. Ihr Herzschlag war so laut, dass er in ihren Ohren widerhallte. Nach einigen hundert Metern hob sie ihre Hand an die Stirn und spürte eine große Beule. Sie fuhr weiter, so schnell sie konnte, und ließ sich auch nicht von roten Ampeln aufhalten. Als sie einen Blick in den Rückspiegel warf, entdeckte sie den schwarzen Mercedes. Er war ihr gefolgt.

MERIDIEN RESEARCH, PARIS, FRANKREICH

Martin Surplice führte Julian und Marie in sein Büro und lud sie ein, auf einem Le-Corbusier-Sofa Platz zu nehmen. Er setzte sich ihnen gegenüber.

»Martin«, sagte Julian, »wir wollen dich auf den neuesten Stand der Dinge bringen.«

Surplice nickte.

»Wir haben in Marseille nach der Dame gesucht, die in Zusammenhang mit der Entführung von Durand steht«, fuhr Julian fort. »Wir haben sie gefunden. Ihr Name ist Jacqueline Atika. Sie leitet ein Dienstleistungsbüro für kleinere Flugunternehmen und wickelt einige Geschäfte mit einer örtlichen Bank ab. Um es kurz zu machen: Wir haben herausgefunden, dass ihr Büro regelmäßig Zahlungen von der Sepah Bank, dem Clearinghaus für den Fonds der Iranischen Revolutionsgarde, erhält.«

»Was tut sie? Wäscht sie Geld?«, fragte Surplice.

»Das ist nur ein Teil ihrer Unternehmungen«, erwiderte

Julian. »Anscheinend ist sie die Büroleiterin und Rechnungszahlerin für ein terroristisches Netzwerk. Geld fließt in beiden Richtungen über ihre Konten, und das weltweit.«

»Wer ist ihr Boss?«, erkundigte sich Surplice.

»Das wirst du nicht glauben.«

»Okay, verratet es mir.«

Julian blieb ernst. »Sein Name ist Mohammed Issa, er ist ein internationaler Geschäftsmann.«

»Nie gehört.«

»Natürlich nicht. Das ist nicht sein wirklicher Name.«

Surplice sah erst Julian und dann Marie an. »Da müsst ihr mir auf die Sprünge helfen.«

»Unsere Ermittlungen haben uns zu der berechtigten Vermutung geführt, dass Mohammed Issa jemand ist, den wir bereits allzu gut kennen«, sagte Julian.

Surplice sah ihn verständnislos an. »Und wer soll das sein?«

»Mansour Obaidi«, antwortete Marie.

Surplice starrte sie verblüfft an und wandte sich dann an Julian. »Ein Sunnit? Finanziert von der IRGC?«

Julian nickte. »Was könnte besser sein?«

Surplice verharrte bewegungslos.

»Ist das so raffiniert, dass ich es nicht verstehe?«

»Schau«, erklärte Julian, »Obaidi ist Geschäftsmann. Er wird für einen Job bezahlt und füllt damit seine Kriegskasse. Wenn die Bezahlung stimmt, ist es ihm das wahrscheinlich wert, für die Iraner zu arbeiten.«

»Ihr solltet noch etwas wissen«, sagte Surplice. »Etwas, was ein neues Licht auf die Sache wirft. Jemand ist in der französischen Botschaft in Islamabad aufgetaucht und hat eine Uhr mitgebracht, die angeblich Michel Durand gehört.«

MALEDIVISCHE INSELN

Bhopajee und Durand wurden von ihren Kidnappern zu einem aufblasbaren Gummiboot geführt. Durand starrte auf die gefesselte Frau und zuckte zurück. Ihr Körper war auf unnatürliche Weise verdreht, und ihr Gesicht war aufgedunsen und blass.

»Warum kümmert ihr euch nicht richtig um diese Frau?«, rief er auf Französisch, aber niemand verstand ihn. Einer der Schlägertypen trat ihm als Antwort so fest gegen den Oberschenkel, dass er zu Boden fiel.

Zwei der Bewacher zerrten ihn wieder auf die Füße und schleiften ihn in das Boot. Ein weiterer stieg mit Bhopajee ein, und ein vierter Mann ließ den Motor an und steuerte auf das Meer hinaus. Nach fünfzehn Minuten erreichten sie den Strand einer größeren Insel. Durand und Bhopajee kletterten aus dem Boot; einer der Männer hob Margaret Donovan hoch und warf sie sich über die Schulter. Sie marschierten zu einem direkt neben dem Strand geparkten Kleinbus. In dem Wagen war es heiß und stickig, und Bhopajee schnappte nach Luft, während sie über eine Holperpiste zu einem kleinen Hangar an einer alten Start- und Landebahn gefahren wurden.

Durand sah sich verstohlen nach ausländischen Flugzeugen oder Personal um – nach irgendjemandem, den er auf sich aufmerksam machen konnte. Das Terminal war heruntergekommen und alt, aber in Betrieb. Hundert Meter vor dem Gebäude stand eine kleine Propellermaschine. Durand glaubte, im Cockpit einen Piloten zu sehen. In der Nähe parkten noch einige andere Flugzeuge und ein paar Lieferwagen.

Der Kleinbus hielt an, und Durand und Bhopajee wurden hinausgeschubst, und die Frau wurde aus dem Wagen getragen. Durand wollte gerade protestieren, als er sich an den Tritt erinnerte, der ihm nach seiner letzten Äußerung verpasst worden war, und schwieg.

Diese Verbrecher dachten, sie könnten sie durch gewalttätiges Verhalten einschüchtern; das erzürnte ihn. Er konnte sich nicht länger wie ein Schwächling verhalten und tun, was sie ihnen befahlen. Das wollte er nicht mehr tolerieren. Schließlich waren das nur ein paar kriminelle Schläger, die die schmutzige Arbeit für irgendeinen Gangsterboss erledigten. Aber um wen handelte es sich? Wer hatte diesen Auftrag erteilt? Und warum?

Er hatte eine Ahnung, wohin das führen würde. Er und Bhopajee benahmen sich jetzt bereits wie Schafe – sie reagierten auf die Drohungen, indem sie sich fügten. Er beschwerte sich nicht darüber, dass die Frau mit dem Kopf nach unten durch die Gegend geschleift wurde, weil er Angst hatte, dass sie ihn wieder schlagen würden. Und das würde immer schlimmer werden. Sein Körper begann zu kribbeln, und seine Beine setzten sich plötzlich in Bewegung. Er würde nicht länger als Opfer hier ausharren. Als sein Bewacher kurz den Kopf zur Seite drehte, rannte Durand los und sauste im Zickzack auf das Terminal zu.

Einer der Männer fing an zu schreien, zog dann seine Waffe aus dem Holster und feuerte einen Schuss ab. Bhopajee beobachtete entsetzt, wie Durand über den Asphalt rannte, als würde er über heiße Kohlen laufen. Er riss seine Knie hoch, seine weiße Hose klebte an seiner Haut, und sein Hemd flatterte um seinen Körper. Er schaffte dreißig Meter, vorbei an dem Flugzeug und bis in die Nähe des weiß getünchten Flughafengebäudes. Der Aufpasser zielte und feuerte noch einmal. Dieser Schuss brachte Durand zu Fall. Ein großer roter Fleck breitete sich auf seinem rechten weißen Hosenbein aus. Der Mann, der Margaret Donovan trug, legte sie auf den Rasen und rannte zu Durand hinüber. Der dritte Mann stieß Bhopajee zu Boden und setzte sich auf seine Brust.

MARSEILLE, FRANKREICH

Jacqueline Atika drückte das Gaspedal bis zum Anschlag durch, raste um die nächste Ecke und steuerte auf den Plage du Prado und die Uferstraße zu. Sie kannte diese Gegend und fand sich hier sehr gut zurecht. Entschlossen schob sie ihr Kinn vor, obwohl ihre Hände bebten und ihr linkes Bein heftig zitterte.

Sie jagte ihren Wagen eine enge Straße entlang. Zu ihrer Rechten fielen die Klippen steil zum Wasser ab. Links von ihr befand sich eine Felswand. Das Auto hinter ihr bremste zuerst ab, holte dann aber schnell wieder auf. Sie schaltete herunter, um besser beschleunigen zu können, aber der Wagen blieb hinter ihr. Sie warf kurz einen Blick nach hinten – der Wagen hatte einen stärkeren Motor als ihrer.

Als sie um die nächste Kurve bog, hörte sie Schüsse und sah im Rückspiegel einen Mann, der sich aus einem Fenster des Wagens beugte und versuchte, ihre Reifen zu treffen. Sie wich ihm aus, aber sie hatte nicht viel Platz zum Manövrieren. Verzweifelt bemühte sie sich, ihre aufsteigende Panik zu unterdrücken. Schließlich erinnerte sie sich an eine Spitzkehre, die vor ihr lag. Sie beschleunigte und bereitete sich in Gedanken darauf vor. Als sie die Abzweigung erreicht hatte, trat sie mit voller Wucht auf die Bremse und schlitterte nach links über die Straße auf den Feldweg. Ihr Wagen hatte sich um hundertachtzig Grad gedreht, und sie befand sich nun auf der unbefestigten Straße, die in die Richtung führte, aus der sie gekommen war.

Atika raste über die Abzweigung zurück auf die Küstenstraße nach Marseille und sah dabei ständig in den Rückspiegel. Als der schwarze Wagen nicht auftauchte, begann sie, vor Erleichterung zu weinen. Doch dann riss sie sich rasch wieder zusammen. Sie musste jede Sekunde Vorsprung nutzen.

MALEDIVISCHE INSELN

Michel Durand wurde an den Armen zurück zum Flugzeug gezerrt. Er brüllte und fluchte. Die Wunde an seinem Bein hinterließ eine lange blutige Spur auf der Piste.

»So könnt ihr ihn nicht an Bord bringen«, blaffte der Pilot aus dem Fenster des Cockpits die Männer an.

Der Mann, der Durand festhielt, war wütend über die unerwarteten Komplikationen und stieß leise einige Kraftausdrücke aus. Der Pilot verstand kein Wort, hielt aber trotzdem dagegen, stampfte zur Bekräftigung mit dem Fuß auf und schrie den Mann an. Durand brüllte immer noch und versuchte, an sein Bein zu greifen.

Bhopajee drehte seinen Kopf, um zu sehen, was vor sich ging, und erhielt von dem Mann auf seiner Brust einen Schlag ins Gesicht. Der andere Bewacher ließ Durand auf den Asphalt fallen und trat ihm brutal in den Bauch. Dann riss er Durand das Hemd vom Körper, drehte es zusammen und versuchte, es als Druckverband über der Schusswunde an Durands Oberschenkel anzubringen. Er zog Durand wieder nach oben und befahl ihm, zum Flugzeug zu humpeln. Durand schrie auf; sein Bein war schwer verletzt. Der Mann schubste ihn, und Durand wehrte sich und beschimpfte ihn. Zornig schlug ihm der Mann mit seiner Pistole gegen die Schläfe. Durand fiel wie ein Stein zu Boden.

Der Aufpasser bückte sich und versuchte wieder, Durand zum Flugzeug zu schleifen, aber Durand war bewusstlos und sehr schwer. Der Mann kniete sich neben ihn und versuchte, ihn mit Schlägen ins Gesicht aufzuwecken.

Bhopajee begann auf der Gangway zu hyperventilieren. Er rang nach Luft und krümmte sich. Sein Bewacher trat ihm von hinten so heftig in die Kniekehlen, dass er beinahe zusammenbrach, und schob ihn vorwärts, bis er das Gleichgewicht verlor und hinfiel. Durands Bewacher hievte den Franzosen in die Gepäckkammer und schob die Tür zu. Der Pilot war wütend über die Schweinerei, die er würde beseitigen müssen, und schrie die Männer an, die zurückbrüllten. Zornig widmete er sich seinen Flugvorbereitungen, murmelte dabei erbost vor sich hin und startete schließlich die Motoren. Das Flugzeug hob ab und steuerte nach Osten.

DAS BÜROGEBÄUDE DES UNTERNEHMENS MERIDIEN, PARIS, FRANKREICH

Julian richtete sich auf. »Willst du uns damit sagen, dass jemand wegen der Geiseln verhandeln will?«

Surplice zuckte die Schultern. »Sieht ganz so aus. In Neu-Delhi. In der französischen Botschaft. Allerdings wurden noch keine Bedingungen gestellt.«

»Obaidi – oder wer auch immer Durand entführt hat – will mit Frankreich verhandeln? Einem Mitglied der NATO? Das kann ich nicht fassen.« Julian war verblüfft.

Surplice schüttelte den Kopf.

»Warum sollte er sich einer solchen Gefahr aussetzen?«, fragte Marie.

»Vielleicht handelt es sich um einen Trick«, meinte Surplice. »Eine Ablenkung, um Zeit zu gewinnen.«

»Vielleicht aber auch nicht«, wandte Julian ein und riss sich wieder zusammen. »Wir haben soeben einen Bericht von der örtlichen Polizei in Marseille erhalten. Ein iranisches

Team ist in Marseille eingetroffen. Sie benehmen sich wie Elefanten im Porzellanladen. Frontex-Fachleute in Warschau haben mit der Hilfe der türkischen Einwanderungsbehörde festgestellt, dass vier Männer mit iranischen Diplomatenpässen in die Türkei eingereist und dann verschwunden sind. Sie sind nie durch die Passkontrolle gegangen. Und vier andere Männer sind mit gefälschten türkischen Papieren nach Deutschland geflogen – zwei nach München, zwei nach Frankfurt. Bei ihrer Ankunft in Marseille hatte die Polizei sie bereits im Visier.«

»Ein iranisches Team in Marseille?«, fragte Marie. »Es gibt nur eine Sache von Interesse, die sie hierhergeführt haben könnte.«

»Atika«, sagte Julian.

»Irgendetwas ist schiefgelaufen«, meinte Marie.

»Ich möchte das eigentlich nicht tun, aber ich muss wohl sofort ein Meeting mit Saucony und seinen Mitarbeitern bei der DGSE einberufen«, erklärte Surplice. »Julian, du bereitest bitte einen kurzen Bericht mit deinen Empfehlungen über die weitere Vorgehensweise vor. Dieser Fall wird zu groß, um ihn in Eigenregie zu handhaben. Wir müssen die Zuständigen im Élysée-Palast und alle großen Tiere im Außenministerium informieren. Ich weiß, dass ich das bedauern werde, aber wir haben keine andere Wahl.«

ALTER HAFEN, MARSEILLE

Jacqueline steuerte ihren Wagen mit quietschenden Reifen durch die Tiefgarage, parkte vor einer Wand und sah sich nervös um. Niemand war ihr gefolgt. Sie atmete heftig und zitterte am ganzen Körper. Die Beule an ihrer Stirn war so groß wie ein Wachtelei.

Sie raffte rasch ihre persönlichen Gegenstände zusammen

und stopfte sie in ihre Tasche. Dann stieg sie aus, knallte die Wagentür hinter sich zu und rannte zum Ausgang.

Auf der Straße angekommen blieb sie neben einem Friseurladen stehen und schaute sich nach dem Mercedes um, der sie verfolgt hatte. Sie konnte ihn nicht entdecken und betrachtete die Geschäfte ringsumher. Schließlich schlüpfte sie in ein Damenbekleidungsgeschäft, suchte sich einen Hut und einen leichten Mantel aus und ging damit zur Kasse. Ihre Hände zitterten so stark, dass sie sich beim Öffnen ihres Geldbeutels von der Kassiererin abwenden musste. Nachdem sie gezahlt hatte, riss sie die Preisschilder ab und zog sich die neuen Kleidungsstücke an, bevor sie wieder auf die Straße trat. Sie setzte sich im hinteren Teil eines Cafés an einen Tisch, bestellte eine Tasse Kaffee, verschränkte die Beine und zog den Hut tief in die Stirn.

Dann nahm sie ihr Mobiltelefon, legte eine neue SIM-Karte ein und schickte eine SMS an Issa. »Zwei Männer haben mich in einem Wagen über die Küstenstraße gejagt. Bin dank der Gnade Allahs entkommen. Erbitte weitere Instruktionen.«

DGSE-HAUPTQUARTIER, PARIS, FRANKREICH

Julian und Martin Surplice hielten vor dem Eingang des *La Piscine.* Eine Auffahrt führte durch einen Ziegeltorbogen auf das von Mauern umgebene Gelände. Sie zeigten einem der uniformierten Wachmänner ihre Ausweise. Soldaten untersuchten mithilfe von Spiegeln die Unterseite ihres Wagens, und ausgebildete Schäferhunde schnüffelten ihn nach Sprengstoff ab.

Sie wurden in einen wunderschönen, mit Bäumen bestandenen Hof eingelassen. Surplice stellte den Wagen ab, und die Männer gingen durch eine weitere Sicherheitsschleuse und hinauf in den dritten Stock des Gebäudes. Nachdem sie durch einige Gänge geführt worden waren, bat der Sekretär sie in das Büro des Direktors der DGSE.

Saucony erhob sich aus seinem Lehnsessel. »Ah, da bist du ja, Martin.« Er streckte seine Hand aus. »Und Mr Granot.«

Die Dringlichkeit des Treffens ersparte ihm weitere Formalitäten. Er stellte umgehend alle einander vor. Julian hatte Sauconys zwei Hauptberater in der Provence bereits kennengelernt: Marc Boucheron, Brigadegeneral von CASSIC, und Thomas Eclat, Berater für Angelegenheiten im Nahen Osten. Zu den beiden hatte sich Colonel Raoul Massot gesellt. Er war der Leiter des politischen Planungsbüros im französischen Verteidigungsministerium und verantwortlich für die Sicherheit in den französischen Botschaften. Und auch William Grace, der CIA-Verbindungsmann zur DGSE in Paris, war anwesend.

Saucony führte Julian zu einem Sofa, über dem ein Gemälde von Marguerite Gerard aus dem 18. Jahrhundert hing. Saucony hatte einen eher einfachen Geschmack und legte daher keinen Wert auf einen Fragonard, aber er war stolz darauf, ein Gemälde von seiner weniger bekannten Schwägerin zu besitzen. Das Bild hieß *Le Petit Messager* und zeigte einen Schoßhund mit einem Brief im Maul, den er seinem vornehmen Frauchen brachte. Saucony hielt es für eine perfekte Persiflage auf Spionage – der Brief an die Lady kam von Gott weiß woher, ein verschmitzt grinsender, kleiner Junge beobachtete die Szene versteckt hinter einem Wandschirm, und in der Mitte, auf den Falten einer Seidentischdecke, befand sich eine mysteriöse verspiegelte Glaskugel, in der sich verzerrt das Bild des Spions und seines Begleiters abzeichnete.

Die Männer hatten sich auf den Stühlen niedergelassen. Julian öffnete seinen Laptop und schloss ihn an einen Projektor an. Saucony nahm hinter seinem Schreibtisch Platz.

»Messieurs, ich gebe das Wort an unseren Freund Mr Granot.«

Er fügte noch ein paar Bemerkungen über den Ernst der Lage und die Rolle der Republik hinzu, aber die Männer hatten ihre Aufmerksamkeit bereits auf die an die Wand geworfenen Dias gerichtet. Zuerst sahen sie ein Panoramafoto von Marseille. Dann erschien eine attraktive Frau mit kurzem schwarzem Haar, wie sie durch verschiedene Stadtviertel schlenderte und in ihren Wagen einstieg.

»Ich darf Ihnen Nathalie Ansari vorstellen«, sagte Julian. »Wir glauben, dass sie die Frau ist, die Michel Durand in das Apartment in Le Marais gelockt hat, aus dem er entführt wurde.«

Er drückte auf eine Taste seines Laptops, woraufhin das Bild eines attraktiven Franzosen erschien.

»Michel Durand«, erklärte Julian. »Vizepräsident bei Areva und Spezialist für Urananreicherung.«

Dann folgten neue Polizeifotos von einem leeren Apartment. »Das ist die Wohnung in Le Marais, aus der Durand entführt wurde. Ein Haar, das dort gefunden wurde, haben die französischen Ermittler anhand der DNA-Analyse Michel Durand zuordnen können. Es wurden auch Spuren von Kosmetikartikeln einer Frau gefunden. Die Mieterin der Wohnung war Nathalie Ansari, die eine Mobiltelefonnummer angab, die später auf die Spur einer Frau namens Jacqueline Atika führte.«

An der Wand erschienen Videos, die Marie am Flughafen in Marseille gedreht hatte. Die Tür mit der Aufschrift »Alliance Airport Services« war zu sehen, Atika an ihrem Schreibtisch, auf dem Weg zu ihrem Wagen. Und Aufnahmen von dem Apartmenthaus, in dem sie wohnte.

»Ansari und Atika sind ein und dieselbe Person«, erklärte Julian. »Atika ist französische Staatsbürgerin, geboren im

Irak. Ihr Vater war ein erfolgreicher Geschäftsmann, der unter Saddams Öl-für-Lebensmittel-Programm einige Verträge abgeschlossen hat. Die Tochter wurde zur Ausbildung an die Universität Leeds geschickt. Während des Ersten Golfkriegs wurden ihr Vater und ihre Mutter durch eine Tomahawk-Rakete, die ihr Ziel verfehlte, getötet. Sie wurde nach dem Krieg von der britischen Regierung entschädigt und erhielt die französische Staatsbürgerschaft im Rahmen der französischen Nachkriegspolitik, die irakische Waisen förderte.«

Julian zeigte einige Dokumente, bei denen bestimmte Passagen mit einem gelben Textmarker hervorgehoben waren: »King County Airport«, »Channel Microchip«, »Ace Hotel Seattle«. Und einige Unterschriften von Jacqueline Atika, mit leichtem Schwung aufs Papier gebrachte, steil aufragende Buchstaben.

»Atika ist derzeit als Büroleiterin bei einem kleinen Dienstleister im Flughafen Marseille angestellt«, fuhr Julian fort. »Die Dokumente, die ich Ihnen zeige, belegen eine Verbindung zwischen Atika und der Entführung der vermissten amerikanischen Wissenschaftlerin Margaret Donovan und ihrem Transport aus dem Land mit einem Privatflugzeug.«

Julian zeigte die Überwachungsvideos von dem Waffenmarkt in Islamabad, die er von Kumars Geheimdienstagenten bekommen hatte. Ein Bild nach dem anderen flimmerte über die Leinwand, bis plötzlich Obaidis Gesicht zu sehen war.

»Mansour Obaidi. Vor drei Jahren war er der führende Kopf des ›Triple Big Bang‹-Komplotts. Drei Passagierflugzeuge explodierten in der Luft. Cathay Pacific, American und British Airways. Alle wurden durch eine neuartige Methode zum Absturz gebracht: Sprengstoff, der sich in den elektronischen Unterhaltungsgeräten in den Flugzeugen befand.

Kurz nach dieser Tragödie wurde Obaidi das Ziel eines Einsatzes der FBI-SEAL, die sich ›Operation Cobra 5‹ nannte. Diese Operation vereitelte Obaidis Versuch, einen amerikanischen Hafen zu zerstören.« Julian warf einen Blick zu dem Amerikaner hinüber.

»Ja, ›Cobra 5‹ ist mir bekannt«, sagte William Grace. »Das war ziemlich knapp für uns.«

Julian stellte insgeheim die Ironie dieser Bemerkung fest, fuhr aber fort, ohne sich dazu zu äußern. Grace hatte keine Ahnung, wer das Komplott durchschaut und die Amerikaner alarmiert hatte. Wahrscheinlich wusste er nicht einmal, dass sich auf dem Schiff gestohlene russische Nuklearwaffen befunden hatten, denn die amerikanische Regierung hatte die Sache absolut geheim gehalten.

Julian fuhr mit den Aufnahmen von der Banque Auriol fort. Das Firmenzeichen auf dem mit Gips verputzten Gebäude. Die Lobby. Atika, während sie auf den Manager Jacques Villepin wartete. Villepins Tür mit seinem Namensschild. Atika, wie sie Villepin einen Aktenordner reichte.

»Atika verfügt über einige geheime Konten in der Banque Auriol, und durch die Kooperation des Filialleiters Jacques Villepin ist es ihr möglich, IBAN-Transaktionen über den Code einundfünfzig vorzunehmen.«

»Das verstößt gegen das Protokoll«, erklärte Colonel Massot.

»Und es ist gesetzwidrig«, fügte Julian hinzu.

»Aber Messieurs«, fuhr er dann fort, »es gibt noch zwei weitere Fakten, die ich Ihnen mitteilen muss. Auf Atikas Konten sind regelmäßig Zahlungen von der Sepah Bank eingegangen, die, wie Sie wahrscheinlich wissen, von der Iranischen Revolutionsgarde kontrolliert wird.«

In dem Raum wurde Gemurmel laut.

Julian drückte auf eine Taste auf seiner Tastatur und zeigte

Fotos mehrerer Dokumente, auf denen Namen und die auf ein Konto der Banque Auriol eingezahlten Summen ersichtlich waren. Neben etlichen Überweisungen stand deutlich das Wort »Sepah Bank«.

»Was tut sie? Warum bekommt sie Geld von den Iranern?«, wollte Eclat wissen.

»Das ist unsere Millionenfrage«, erwiderte Julian.

»Wir haben auch Eingänge von Nummernkonten aus der Schweiz auf ihrem Konto gefunden«, fuhr er fort. »Wir versuchen im Augenblick, mehr darüber herauszufinden.«

Marc Boucheron schaltete sich ein. »Drei Wissenschaftler mit internationaler Reputation im Bereich Kernmaterial werden vermisst. Und nun sehen wir, dass Gelder aus dem Iran an eine Person fließen, die sich anhand von Beweisen eindeutig mit zwei der Verschwundenen in Verbindung bringen lässt?«

»Genau«, bestätigte Julian. »Wen bezahlen die Iraner? Und wofür?«

Auf den Mienen der Männer zeichneten sich Gefühlsregungen von Unruhe bis Erbitterung ab.

»Ich möchte Ihnen noch ein Beweisstück zeigen, das uns meiner Meinung nach helfen könnte.«

Auf dem Bildschirm erschien das Logo der Coast-to-Coast International Trade Ltd.

»Von Atikas geheimem Konto bei der Banque Auriol werden regelmäßig Beträge an diese Firma überwiesen. Über die letzten Jahre waren das etliche Millionen Dollar.

Die Firma Coast-to-Coast International Trade ist in Singapur eingetragen. Das Unternehmen ist im Privatbesitz und unterhält ein Büro in Sofia, Bulgarien. Der Geschäftsführer ist ein Mann namens Mohammed Issa.«

Julian warf ein weiteres Logo an die Wand. Es glich dem der Firma Coast-to-Coast.

»Das ist das Logo des Unternehmens East Asia Shipping

Partners. Meine Kollegin Marie Peterssen hat mich auf die Ähnlichkeit dieser beiden Firmenzeichen aufmerksam gemacht.

East Asia Shipping Partners wurde von Mansour Obaidi geführt.«

Julian ließ seinen Blick über alle Anwesenden gleiten.

»Ich habe bereits erwähnt, dass Jacqueline Atikas Vater Millionen mit dem Öl-für-Lebensmittel-Programm im Irak gemacht hat. Der Mann, dem die Tanker gehörten, mit denen das Öl verschifft wurde, war Mansour Obaidi. Die beiden Männer waren Kollegen. Ich nehme daher an, dass Jacqueline Atika nun für den früheren Geschäftspartner ihres Vaters arbeitet.«

Julian zeigte noch einmal einige der Dias, die er bereits an die Wand geworfen hatte. Das Apartment, Michel Durand, Alliance Airport Services, Atika bei der Banque Auriol.

»Ich möchte Sie daran erinnern, dass Atika die Wohnung gemietet hat, aus der Michel Durand entführt wurde, und daran, dass Atikas Unterschrift auf Dokumenten zu finden ist, die sie mit Aufklärungseinsätzen in Seattle und der Beförderung einer Frau mittels eines Privatflugzeugs aus Seattle in Verbindung bringt. Atika hat ebenfalls Zugang zu Nummernkonten, auf denen Geld der Iranischen Revolutionsgarde eingeht, und leitete diese Beträge weiter an eine Firma, deren Logo fast die genaue Kopie eines Unternehmens ist, das Mansour Obaidi führt.«

»Sie wollen damit also andeuten, dass Atika für Mansour Obaidi arbeitet«, sagte Saucony langsam und betonte sorgfältig jedes seiner Worte. »Für den Mansour Obaidi, der von den Iranern bezahlt wird, um internationale Nuklearwissenschaftler gefangen zu halten.«

»Das ist die unangenehme Schlussfolgerung, die wir nach unseren Ermittlungen ziehen müssen«, bestätigte Julian.

»Und wenn Sie sich an unsere Diskussion in der Provence erinnern, passt das zu unseren Befürchtungen, dass Terroristen sich nuklearer Waffen bemächtigen könnten.«

In dem Raum wurde Gemurmel hörbar.

»Und wie sollen wir uns diesen Vorfall in der französischen Botschaft erklären?«, fragte Boucheron. »Wie passt das in das Bild?«

»Das ist schwer zu beantworten«, gab Julian zu.

»Möglicherweise ist Obaidis Operation aus dem Ruder gelaufen, und irgendjemand anderer versucht nun, Geld zu erpressen«, meinte Colonel Massot.

Julian zuckte die Schultern.

»Vielleicht hat Obaidi sie gar nicht in seiner Gewalt«, warf Grace ein. »Möglicherweise handelt es sich um eine einfache Entführung.«

»Ich habe noch eine andere Möglichkeit im Kopf«, warf Julian ein. »Vielleicht hat Obaidi Schwierigkeiten mit den Iranern bekommen. Wie wir wissen, sind sie eigentlich keine Verbündeten.«

»Und warum sollte Obaidi sich an den Westen wenden?«, fragte Saucony.

»Weil er vielleicht unter extremem Druck steht«, meinte Boucheron.

»Richtig«, stimmte Julian ihm zu.

»Und was sollen wir jetzt tun?«, fragte Eclat. »Uns mit ihm treffen? Ihn fragen, was er für die Geiseln haben will? Wir verhandeln nicht mit Terroristen.«

»Natürlich tun Sie das«, entgegnete Julian. »Jeder Staat leugnet das, aber alle tun es trotzdem. Jeder einzelne von ihnen.« Julian sah Eclat in die Augen. »Und die Franzosen stehen dabei ganz vorn in der Reihe.« Julian verlor sehr schnell die Beherrschung, wenn Politiker solche absurden Behauptungen aufstellten.

»Soll ich die Beispiele dafür nach Jahreszahlen geordnet aufzählen?«, fragte er, und sein Gesicht rötete sich. »Oder nach Organisationen?«

»Julian«, mischte sich Martin Surplice ein, in der Hoffnung, einen Streit zu vermeiden, »warum sollte Obaidi deiner Meinung nach in Kontakt mit Frankreich treten, anstatt die Wissenschaftler zu übergeben wie geplant? Wenn er ein Problem damit hätte, könnte er sie doch einfach loswerden – sie töten und sich aus dem Staub machen. Wahrscheinlich hat er die Hälfte seines Gelds ohnehin schon erhalten.«

Julian schüttelte den Kopf. »Wir gehen davon aus, dass ihn Angst dazu getrieben hat, sich an den Westen, also an Frankreich, zu wenden. Eine Verzweiflungstat. Ich glaube, dass irgendetwas zwischen Obaidi und seinem Auftraggeber vorgefallen ist. Was genau, weiß ich nicht.«

Julian ließ seinen Blick durch den Raum gleiten. »Es würde mich nicht wundern, wenn er versuchte, die Situation zu seinen Gunsten zu nutzen. Ihn zu unterschätzen ist gefährlich. Im Augenblick plant er eine weitere Kontaktaufnahme mit der Lösegeldforderung. Und Sie haben keine Waffen in Ihrem Arsenal, um ihn zu bekämpfen. Wir können sie Ihnen liefern. Dann haben Sie wenigstens irgendetwas gegen ihn in der Hand.«

»Von welchen Waffen sprechen Sie? Was schlagen Sie vor?«, fragte Saucony.

Julian atmete tief durch. »Ich glaube, der Schwachpunkt in Obaidis Operation ist Jacqueline Atika. Sie führt seine Geschäfte und erledigt die finanziellen Dinge. Selbst wenn sie nicht alles über Obaidis umfassende Pläne weiß, so zahlt sie die Rechnungen. Sie hat Kenntnis davon, woher das Geld kommt und wohin es fließt. Aus diesen Fakten lässt sich schließen, was er vorhat. Wir haben bereits begonnen, Informationen zu sammeln, um die Organisation seiner Geschäfte zu enträtseln, aber wir sind erst am Anfang.

Atika steht sicher unter verstärktem Druck, weil sich die Operation geändert hat. Obaidi muss schnell reagieren. Seine Pläne sind nicht mehr genau vorgezeichnet, und neue Entscheidungen müssen rasch gefällt werden. Bei einer Geiselnahme muss man mit Krankheiten und Handlungsweisen rechnen, die man nicht eingeplant hat, auch mit Fluchtversuchen und Selbstmorddrohungen. Das ist keine schöne Sache. Er wird sie damit beauftragen, sich um einige dieser Probleme zu kümmern, und wahrscheinlich wird das alles eine große Aufregung verursachen. Außerdem hat mich die örtliche Gendarmerie in Marseille über die Ankunft eines vermeintlichen Killerkommandos aus dem Iran informiert.«

»Sind sie hinter Atika her?«, wollte Grace wissen.

»Martin und ich haben uns bereits darüber unterhalten, und wir sind der Ansicht, dass das durchaus möglich ist. Das könnte uns in die Hände spielen. Wir lassen das Team ihre Verfolgung aufnehmen, aber beobachten und überwachen die Leute; wir lassen es zu, dass sie Atika einschüchtern, verhindern aber, dass sie sie gefangen nehmen oder töten.«

»Was schlagen Sie also vor, Julian?«, wollte Saucony wissen.

Julian hielt einen Moment inne und neigte den Kopf zur Seite, während er seine Gedanken formulierte.

»Wir werden den Druck auf Atika verstärken, bis sie begreift, dass sie nur bei uns Zuflucht findet. Obaidi wird sie drängen, und die örtliche Polizei wird sie observieren. Und das iranische Killerkommando ist ihr auf den Fersen. Wenn wir sie erst einmal zum Reden bringen, können wir ihr alle Informationen entlocken, die wir über Obaidis Operation brauchen. Wer dann mit Obaidi verhandelt, wird alle Karten in der Hand haben.«

»Bitte erklären Sie uns das«, forderte der Diplomat Eclat ihn auf.

»Mit Insiderinformationen hat der Verhandlungsführer das Überraschungsmoment auf seiner Seite. Wenn wir ihm sagen, was wir wissen, wird ihn das überrumpeln. Der Schock wird ihn davon abhalten, eine weitere Strategie zu entwerfen, weil er sich verzweifelt bemühen wird, seine Gedanken zu ordnen. Und genau an diesem Punkt werden wir ihn dazu zwingen, Zugeständnisse zu machen. Wir werden alles von ihm bekommen, was wir wollen, wenn wir ihm geben, was er im Gegenzug dafür von uns haben will. Freies Geleit, eine neue Identität, Schutz, was auch immer.« Julian wirkte so angespannt, als stünde er Obaidi bereits gegenüber.

»Ich glaube das einfach nicht«, sagte eine Stimme von hinten. Alle drehten sich um. Es war der Amerikaner William Grace.

»Ich meine die Sache mit dem Logo«, fügte er hinzu, rückte sein Jackett zurecht und rutschte unbehaglich auf seinem Stuhl hin und her. »Ich glaube nicht, dass Sie einen Beweis dafür haben, dass dieser Issa tatsächlich Obaidi ist – oder wie auch immer dieser Kerl heißen mag.

Für uns ist das keine verwertbare Information. Wir wissen immer noch nicht, was hier genau vor sich geht. Ich meine, machen Sie weiter, erledigen Sie die Polizeiarbeit in Marseille und warten Sie ab, was dabei herauskommt. Meiner Meinung nach brauchen wir noch viel mehr Informationen von unseren Nachrichtendiensten über den Iran. Wir sollten unsere Satellitendaten auswerten und auch unsere anderen technischen Möglichkeiten zum Sammeln von Informationen nutzen. Ich bin der Überzeugung, dass wir noch nicht wissen, was die Iraner im Schilde führen.«

Martin Surplice sah Julian beunruhigt an. Seine Miene sah

aus, als wollte er sagen: »Dann lassen wir die Sache eben bleiben.«

»Mr Grace, Sie können gerne Ihre Datenbanken zu Hilfe nehmen«, meinte Saucony. »Ihr Amerikaner habt sicher alle Informationen gespeichert. Aber können Sie sie auch analysieren? Können Sie erkennen, was sie bedeuten?«

Grace zog die Wangen ein und runzelte die Stirn. Bevor er etwas erwidern konnte, wandte sich Saucony von ihm ab und sagte: »Ich bin ganz Mr Granots Meinung. Wir sind sehr besorgt, dass gefährliche Waffen in die Hände von Terroristen gelangen könnten. Mr Granot und sein Team haben einen Weg in das Zentrum einer Zelle entdeckt, die an den Entführungen beteiligt ist. Sie haben Informationen, die uns bei unseren Verhandlungen mit Obaidi nutzen können. Das ist das einzige Druckmittel, das wir haben.«

»Sie können nicht sicher sein, ob er überhaupt verhandeln wird«, entgegnete Grace.

»Das ist richtig«, erwiderte Saucony rasch. »In diesem Geschäft gibt es keine Gewissheit. Aber wenn Sie unbedingt wollen, fischen Sie ruhig weiter im iranischen Teich. Nur zu, und falls Sie neue Erkenntnisse gewinnen, hoffen wir, dass Sie uns daran teilhaben lassen.«

Saucony drehte sich wieder zu Julian um. »Sie werden also sofort wieder nach Marseille reisen?«

Julian nickte.

»Ihr Team kann sich jederzeit für alles, was Sie benötigen, mit Meridien in Verbindung setzen. Und ich wünsche Ihnen viel Glück. Um unser aller willen.«

EINE BAR IN MARSEILLE

Jacqueline Atika umklammerte ihr Wasserglas und starrte auf ihr Mobiltelefon. Regungslos las sie Issas Nachricht.

Er warf sie den Hunden zum Fraß vor.

»Machen Sie weiter mit Ihrer Arbeit«, schrieb er ihr. »Niemand ist in das Netzwerk eingedrungen.«

Sie trank einen Schluck Wasser und stellte das Glas wieder auf den Tisch. Ein Kellner kam herbei und füllte es auf. An diesem Nachmittag war nicht viel los, sonst wäre er nicht so aufmerksam. Oder gab es womöglich einen anderen Grund dafür? Sie sah sich misstrauisch um und versuchte, sich zu beruhigen. Jacqueline, rief sie sich selbst zur Ordnung. Sie war dabei, sich in etwas zu verrennen.

Sie konnte Issa nicht sagen, wie sehr sie sich fürchtete. Oder ihm etwas von der kryptischen Nachricht erzählen, die sie von ihrem Banker Villepin erhalten hatte. Jemand sei zu ihm in die Bank gekommen, hieß es darin, und habe ihre Unterlagen sehen wollen. Mehr hatte er darüber nicht geäußert, und sie hatte ihn seitdem nicht erreicht, um ihn danach zu fragen.

Sie spielte mit ihrem Handy. War es sicher, in ihr Apartment zu gehen? Sie wussten, wo sie wohnte. Aber es war ihnen nicht gelungen, sie zu überfahren. Vielleicht waren sie nicht mehr da. Sie hatte die Gesichter dieser Männer gesehen. Das waren Gesichter von Mördern gewesen, und sie waren entschlossen, sie zu erledigen. Plötzlich war ihr eiskalt.

Eigentlich hatte sie Glück gehabt, dass Issa ihr nicht geglaubt hatte. Wenn er das Gefühl hätte, dass ihr Büro gefährdet war, wäre ihr Leben nichts mehr wert. Er würde ihr sofort seine eigenen Männer auf den Hals hetzen.

Vielleicht sollte sie einfach ein wenig Geld abheben und eine Weile untertauchen. In irgendeinem Hotel. Sie legte einige Münzen auf den Tisch und verließ das Lokal. Es wurde Zeit, nach Hause zu fahren und ein paar Sachen zu packen.

DIE BAR IM HOTEL MERCURE, MARSEILLE

Julian setzte sich im Foyer auf ein Sofa. Hier war es ruhig und fast menschenleer. Ein Rundbogenfenster bot einen herrlichen Blick auf den Alten Hafen, wo Hunderte Boote an ihren Anlegestellen vor Anker lagen. Ein Barkeeper trocknete vor einer Mahagonibar Gläser. Daneben hingen schimmernde Ölgemälde, auf denen ein Tiger und ein türkischer Prinz mit einem juwelenbesetzten Kopfschmuck abgebildet waren. Julian rief einen Kellner und bestellte eine Flasche Pomerol.

Kurz darauf kam Marie aus der Lobby. Sie trug ein langes Jerseykleid und glitzernde Sandalen. Plötzlich kam ihr der Gedanke, dass er seit Tagen keine Gelegenheit mehr gehabt hatte, sie richtig anzuschauen. Sie waren zu sehr mit Atika beschäftigt gewesen. Und mit all den Unterlagen. Mit so vielen Papieren. Er atmete tief durch, stand auf und lud Marie mit einer Geste ein, sich zu setzen. Sie ließ sich neben ihn auf das Sofa sinken. Der Kellner brachte den Wein, entkorkte die Flasche und schenkte ihnen ein.

Marie hob ihr Glas und trank einen großen Schluck.

»Wie ist die Besprechung gelaufen?«, fragte sie. Sie war dazu nicht eingeladen gewesen.

»So lala. Saucony und die Franzosen haben meine Ansicht verstanden und mir zugestimmt. Der Amerikaner war nicht davon überzeugt. Er sagte, er wolle noch einmal im Teich fischen.«

»Im Teich fischen?«

»Ja. Er wollte schauen, ob er mit seinen glorreichen Systemen SIGINT und COMINT noch mehr herausfinden kann«, erklärte Julian. »Die Amerikaner sind abhängig von ihren Satelliten. Das einzige Problem dabei ist, dass sie die Informationen nicht immer verstehen, die sie damit erhalten. Aber was soll's.«

»Du hast grünes Licht von Saucony bekommen?«

»Ja. Wir machen weiter wie geplant.«

»Julian?«

»Ja, mein Liebes?«

»Es gibt da etwas, was ich nicht verstehe.«

»Das kann ich kaum glauben«, erwiderte er. Sie sah ihn an und runzelte gespielt verärgert die Stirn.

»Ich verstehe nicht, wie die Iraner glauben können, dass sie Wissenschaftler aus dem Westen dazu bringen, für sie zu arbeiten. Kein Wissenschaftler, der bei Verstand ist, würde tun, was sie von ihm verlangen.«

»Hast du schon etwas von Solschenizyn gelesen?«, fragte er.

»*Ein Tag im Leben des Iwan Denissowitch*«, erwiderte sie.

»Nun, dann solltest du dazu keine Fragen mehr haben.«

»Warum würden sie es tun?«, hakte Marie nach. »Warum würden sie sich nicht weigern?«

»Folter – ganz einfach«, antwortete Julian. »Wie haben die Russen es nach dem Krieg geschafft, dass russische Dissidenten und Nazis – Erzfeinde – gemeinsam an einer Atombombe gearbeitet haben?«

Marie schüttelte den Kopf.

»Folter und Zwang. Isolation. Solschenizyn hat sehr deutlich beschrieben, wie das funktioniert, welche Techniken angewendet werden, Tag für Tag, Jahr für Jahr. Menschen sind nicht so stark. Sie sind schwach.«

»Du bist stark.«

»Meine Stärke kommt von meiner Ausbildung. Ich bin stark in den Dingen, auf die ich vorbereitet wurde. Wir wurden darin trainiert, Folter zu ertragen, indem wir gefoltert wurden. Wissenschaftler und Intellektuelle sind auf Folter nicht vorbereitet. Sie brechen zusammen.«

»Solschenizyn hat das überlebt«, wandte Marie ein.

»Er wurde von den Besten ausgebildet.«

»Und er hatte eine Mission«, fügte Marie hinzu. »Er wollte überleben und die Wahrheit darüber berichten, was in Stalins Lagern geschehen ist.«

»Eine Mission zu haben ist immer hilfreich.«

CHANDNI CHOWK, DELHI, INDIEN

Mohammed Issa schaute gedankenverloren aus dem kleinen, vergitterten Fenster auf die belebte Straße hinaus. Er erinnerte sich an einen Vormittag in seiner Kindheit in Kairo, als er mit einem Stock spielte, der für ihn einen Soldaten darstellte. Ein Stein und ein paar Stücke eines Rohrs bildeten sein Fort und die Kanonen. Issa hockte auf der gepflasterten Straße vor seinem Haus, als ein alter Mann vorbeikam. Der Mann trug ein weites Gewand und Sandalen. An die Schuhe erinnerte sich Issa noch besonders gut, weil die Riemen zerrissen waren und die Füße des Mannes deshalb von der Sohle auf den Boden rutschten. Seine Füße waren schwielig und von tiefen Falten durchzogen.

Plötzlich erschienen drei Polizisten am Ende der Straße und liefen auf den alten Mann zu. Er protestierte nicht und hob nicht einmal eine Hand, um sich zu wehren, aber sie knüppelten ihn trotzdem mit ihren Schlagstöcken nieder und schleiften ihn an den Beinen davon, sodass sein Kopf über das Kopfsteinpflaster holperte. Obaidi war von diesem Angriff entsetzt und rannte nach Hause, ohne seine Spielsachen mitzunehmen.

Sein Vater erklärte ihm, dass der Mann wahrscheinlich etwas sehr Böses getan hatte und die Polizisten ihn deshalb abgeholt hätten, aber das glaubte Issa nicht. Der Mann war alt und arm, und seine Füße waren aus seinen Schuhen gerutscht. Was konnte er schon getan haben? Später, als er selbst im Gefängnis saß, lernte er, dass man nicht immer für etwas bestraft wurde, was man getan hatte. Manchmal reichte es, nur eine Meinung zu haben. Er hatte das erlebt. Und seine Freunde auch. Sie hatten an den Koran geglaubt und wollten ihr Leben nach ihrem Glauben ausrichten. Aber die ägyptische Regierung hatte Angst vor ihnen und ihren Ansichten gehabt. Und deshalb waren er und die Mitglieder seiner Gruppe gefoltert worden. Man hatte sie hungern lassen, eingesperrt und geschlagen. Während der langen Zeit im Gefängnis hatte er oft an diesen alten Mann gedacht.

Issa nahm sein Handy in die Hand und rief Daoud an, den Mann, mit dem er sich vor Kurzem in Dubai bei der Skihalle getroffen hatte. Den Mann, der dafür gesorgt hatte, dass die Franzosen Pervez Whalabadi ernst genommen hatten, den Mann, der Whalabadis Frau mit dem Messer bearbeitet hatte. Nun war es an der Zeit für den nächsten Schritt.

Das Telefon klingelte zweimal.

»Daoud«, sagte er.

»Ja, *Alim*«, antwortete Daoud. »Was kann ich für Sie tun?«

Issa freute sich über Arslans Begrüßung. Die Anrede, die er verwendet hatte, war ein Ausdruck der Ehrerbietung, die man einem weisen Mann und Gelehrten entgegenbrachte.

»Sag den Franzosen, dass ich von Angesicht zu Angesicht mit ihnen sprechen möchte. In Marrakesch in vier Tagen.«

»Das werde ich weiterleiten«, erklärte Daoud. Er wusste, dass er Whalabadi nicht mehr als Boten einsetzen konnte. Seine Frau zu bedrohen half nicht mehr. Arslan hatte erfahren, dass Whalabadi sich von ihr getrennt hatte – er hatte sie als beschädigte Ware zurückgewiesen. Er würde andere Kanäle finden.

»Friede sei mit dir«, sagte Issa.

»*Alaikum salam*, *Alim.*«

NOONU ATOLL, MALEDIVEN

Das Erste, was Margaret Donovan sah, als sie auf der Insel zu sich kam, war eine Palme. Die grünen Palmwedel waren riesig und lichtgesprenkelt. Sie bewegten sich anmutig wie Finger, die zum Abschied winkten, und Margaret folgte gehorsam und ließ sich in ihren langen Betäubungsschlaf zurückfallen. Als sie wieder erwachte, war die Wirkung der Medikamente abgeklungen, und sie roch die warme tropische See. Sie erinnerte sich daran, dass sie sich in einem Bett aufrichten wollte, dass aber fürchterliche Kopfschmerzen sie dazu gezwungen hatten, sich sofort wieder hinzulegen.

Nun saß sie an einem metallenen Labortisch in einem großen Lagerraum; über ihrem Kopf drehte sich langsam ein Ventilator. Zwei Männer hatten sie hierhergebracht, sie auf einen Stuhl neben den Arbeitstisch gesetzt und ihr ein Blatt Papier vor die Nase geknallt. Darauf stand:

»Bauen Sie ein radiologisches Dispersionsgerät.«

Unter dem Papier mit dem Befehl lagen weitere Dokumente, auf denen die Materialien und Hilfsmittel aufgelistet waren, die ihr dafür zur Verfügung standen: verbrauchte Brennstäbe aus einem Forschungsreaktor, Radioisotope aus Blutbestrahlungsgeräten und radiographische Geräte. In den Unterlagen wurde darauf hingewiesen, dass alles gut verpackt und geschützt war. Die Aufbewahrungsorte waren fein säuberlich in einem Lageplan verzeichnet. Margaret sah sich in dem Lager um und entdeckte um sich herum aufgestapelte Kisten, die mit dem internationalen Strahlenwarnzeichen, dem schwarzen Dreiblatt auf gelbem Grund, sowie dem roten Zeichen, das vor ionisierender Strahlung warnte, gekennzeichnet waren. Ihr wurde übel.

Und es gab noch eine Liste mit den verfügbaren Radioisotopen: Cäsium 137, Cobalt 60, Iridium 192, Strontium 90. Menge und Form wurden jeweils angegeben: Pulver, Granulat, Stäbe.

Sie warf einen Blick auf die Geräte auf dem Tisch: Strahlenmessgeräte und Schleifmaschinen.

Margaret schob die Unterlagen von sich weg. So etwas würde sie nicht tun.

Der Mann verpasste ihr einen Schlag.

Sie rappelte sich vom Boden auf, und die beiden Aufpasser schoben sie zurück auf den Stuhl.

Nach ihrer zweiten Weigerung zerrten sie Margaret nach draußen. Sie trat um sich und wehrte sich, als sie ihre Arme an einem Pfosten festbanden und über ihrem Kopf eine kalte Dusche anstellten. Zwei Stunden lang ließen sie sie unter dem eisigen Wasserstrahl stehen. Sie glaubte, an den durch die Kälte verursachten Schmerzen zu sterben. Nachdem das Wasser abgestellt wurde, quälte sie der Wind vom Meer, der über ihre nasse Kleidung strich. Sie blieb die ganze Nacht an den Pfahl gebunden.

Am nächsten Morgen führten sie sie zurück an den Labortisch, hoben sie auf den Stuhl und schoben ihr wieder die Unterlagen vor die Nase. Sie schüttelte den Kopf. Nach dem ersten Schlag wurde sie ohnmächtig.

Der Inder am Tisch neben ihr sagte ihr, dass sie erst gestern wieder zu sich gekommen sei und es geschafft habe zu laufen. Er hatte ihr geholfen.

Auf ihrem Tisch lagen die Originalanweisungen. Zögernd beugte sie sich darüber, während ihr Tränen über die Wangen strömten.

BÜRO DES NATIONALEN SICHERHEITSBERATERS, WESTFLÜGEL, DAS WEISSE HAUS

Claudia Berri betrat mit festem Schritt ihr Büro, in der Hand eine Ledermappe mit dem geprägten Siegel des Präsidenten. Sie ging zu dem ovalen Tisch und setzte sich.

»Gentlemen, bitte nehmen Sie Platz.« General Stanley McDermott, der Vorsitzende der Vereinigten Stabschefs, zog sich einen Stuhl heran und setzte sich rechts neben sie. Der CIA-Direktor Bob Ciccione nahm ihr gegenüber Platz. Zu ihnen gesellten sich Dirk Johnson, der Sonderbeauftragte des Präsidenten für die Nichtverbreitung von Atomwaffen, und Robert Elliott, der Staatssekretär für Rüstungskontrolle und internationale Sicherheit.

Berri sah von ihren Unterlagen auf und begann zu sprechen. »Das ist eine sehr wichtige Besprechung. Die Franzosen haben uns mitgeteilt, dass sie Beweise haben, die die Entführung von Margaret Donovan und dem französischen Physiker Michel Durand mit einem sunnitischen Geschäftsmann namens Mohammed Issa in Verbindung bringen.

Aber einiges ist noch unklar«, fuhr sie fort. »Etliche Millionen Dollar wurden von Konten der Iranischen Revolutionsgarde auf Konten dieses Geschäftsmanns überwiesen. Einige der Beträge gingen über Schweizer Nummernkonten.«

»Iraner?«, fragte McDermott. »Das ergibt keinen Sinn. Iraner heuern einen Sunniten an, damit er für sie arbeitet?«

In dem Raum war es still.

»Eine solche Tarnung kann man sich wohl kaum ausdenken«, meinte der CIA-Chef Ciccione.

Berri sah auf. »*Sie* vielleicht nicht, Bob, aber die Leute, die Ihnen nachts den Schlaf rauben.«

»Nur damit ich das richtig verstehe«, sagte Dirk Johnson, »Man nimmt also an, dass die Iraner Schwierigkeiten mit ihrem Atomprogramm haben und sich Hilfe von den Wissenschaftlern erhoffen, die sie entführt haben?«

»Ja.« Berri spitzte die Lippen. »Das denken zumindest die Franzosen. Aber wir wissen nicht, wer diese Iraner sind. Handelt es sich um die Regierung? Um eine verbrecherische Einheit der Revolutionsgarde? Die Franzosen sind auch der Überzeugung, dass – unabhängig davon, ob dahinter die Regierung oder eine Verbrechergruppe steckt – das Ziel die Herstellung von kleinen Atomgeräten wie tragbaren Atomwaffen ist, die in erster Linie bei Terroranschlägen zum Einsatz kommen sollen. Eine Drohung für die zivile Bevölkerung durch nicht genau definierte Waffen. Erinnern Sie sich an Saddam Husseins Scuds? Das ist ihr strategisches Ziel. So hoffen sie, die arabische Halbinsel zu kontrollieren und Europa erpressen zu können. Es geht ihnen nicht um hochentwickelte, präzise Systeme. Sie haben sich keinen Raketenexperten geschnappt. Und auch keinen Spezialisten für Steuerungssysteme von Waffen.«

Stanley McDermott rutschte auf seinem Stuhl hin und her.

»Außerdem«, fuhr Berri fort, »haben die Franzosen eine Ahnung, wer der Entführer sein könnte. Es ist ein Geschäftsmann namens Mohammed Issa. Aber die Franzosen glauben, dass es sich bei ihm eigentlich um Mansour Obaidi handelt, einem Mann, der uns allen bekannt ist. Er ist für den Absturz von drei Flugzeugen verantwortlich und versuchte, ein Containerschiff im Hafen von New York in die Luft zu sprengen. Operation Cobra 5. Er ist uns entwischt.«

»Das kann ich nicht glauben«, warf McDermott ein. »Ich kann mir nicht vorstellen, dass die Iraner mit einem Sunniten zusammenarbeiten.«

»Das geht unserem CIA-Mann in Paris auch so«, erklärte Ciccione. »Er hielt die Beweise, dass es sich bei Issa um Obaidi handeln könnte, nicht für ausreichend. Seiner Meinung nach sollten wir über die NSA unsere COMINT-Infrastruktur und alle Quellen nutzen, um herauszufinden, ob es möglicherweise eine andere Erklärung gibt. Er ist der Ansicht, wir sollten weitere Informationen sammeln. Wir gehen davon aus, dass der Iran versucht, sich ein Arsenal von Atomsprengköpfen für Raketen zuzulegen.«

»Die Franzosen sehen die Situation aus einem anderen Blickwinkel«, mischte sich Johnson ein. »Wie Claudia gesagt hat, glauben sie nicht, dass die Iraner ihr Geld für Präzisionszielgeräte ausgeben. Sie können ihre Ziele erreichen, indem sie ihren Nachbarn und Feinden mit der Massenvernichtung durch einfache Waffen und mit der Möglichkeit drohen, solche Waffen an Terroristen wie die Hisbollah weiterzugeben.«

»Egal, ob wir uns der Theorie der Franzosen anschließen oder nicht«, sagte Berri. »Fest steht, dass Issa sich wegen Verhandlungen über die Geiseln gemeldet hat. Das können wir nicht ignorieren. Wegen Donovan werden wir wahrscheinlich in diese Verhandlungen hineingezogen.«

»Noch ein weiterer Grund, unsere Geheimdienstaktivitäten zu verstärken«, meinte McDermott.

»Wenn die Iraner hinter den Entführungen stecken, sollten wir versuchen herauszufinden, was sie vorhaben«, erklärte Robert Elliott, der Staatssekretär für Rüstungskontrolle. »Wir sollten unser SIGINT-Programm genau im Auge behalten und Satellitenfotos der bekannten Orte von Nuklearlaboratorien nach Veränderungen durchsehen. Das ist meine Empfehlung.«

»Wenn das die mehrheitliche Meinung dieser Gruppe ist, dann werde ich das entsprechend an den Präsidenten weitergeben«, verkündete Berri.

Die Männer nickten, einer nach dem anderen. US-Satelliten entdeckten alles. Überall.

RUE TOURNEDOS 39, MARSEILLE, FRANKREICH

Jacqueline Atika parkte ihren Renault vor ihrem Apartmenthaus. Sie blieb hinter dem Steuer sitzen und sah sich vorsichtig nach den Männern um, die sie gejagt hatten. Furchtsam öffnete sie die Wagentür, zog ihren Schal eng um ihre Schultern und rannte zum Haus.

Rasch schlüpfte sie in das Gebäude und zog die Tür hinter sich zu. Erleichtert ging sie zum Aufzug.

Pack ein paar Klamotten ein. Und Geld, zusätzliche SIM-*Karten und Pässe.*

Im Fahrstuhl und auf dem Flur zu ihrem Apartment dachte sie darüber nach, wohin sie fahren sollte. Nach Paris? In das sichere Haus in Madrid, das sie mit gefälschten spanischen Papieren gemietet hatte? Oder sollte sie vielleicht ihre alte Collegefreundin in Aix-en-Provence besuchen? Sie drehte den Schlüssel im Schloss, trat in die Diele und schob die Tür hinter sich zu.

»Hallo, Jacqueline«, sagte der große Mann hinter der Couch. Atika schrie entsetzt auf und drehte sich rasch wieder zur Tür um, doch der Mann war mit wenigen Schritten bei ihr und versperrte ihr den Weg.

»Wir tun Ihnen nichts«, beruhigte er sie und hielt ihre Unterarme fest, als sie verzweifelt versuchte, sich loszureißen.

»Bitte kommen Sie herein und setzen Sie sich«, sagte eine junge Frau.

Atika machte einen letzten Versuch, an Julian vorbei zur Tür zu laufen, aber sie kam nicht gegen ihn an. Schließlich ließ sie sich von dem Mann zum Sofa führen. Sie setzte sich und sah ihn verängstigt, aber trotzig an.

»Wer sind Sie?«, wollte sie wissen.

»Wir sind hier, um Ihnen zu helfen.«

Sie schaute ihn verständnislos an.

»Die Beule an Ihrer Stirn sieht schrecklich aus«, fuhr Julian fort. »Woher stammt sie?«

Atika wirkte mitgenommen. Julian musterte sie schweigend.

»Marie, hol doch Jacqueline ein wenig Eis aus der Küche«, sagte er schließlich.

Atika war schockiert, dass er ihren Namen kannte.

Julian zeigte ihr ein Foto des iranischen Killerkommandos, das sie am Vormittag verfolgt hatte.

Atika riss angstvoll die Augen auf und kämpfte gegen ihre aufsteigenden Tränen an.

»Wissen Sie, wer diese Männer sind?«

»Nein«, erwiderte sie.

»Erkennen Sie sie wieder?« Julian schob das Foto näher zu ihr hin.

Atika nickte und konnte ihre Tränen nicht länger zurückhalten.

»Wären Sie überrascht, wenn ich Ihnen sagte, dass es sich um iranische Agenten handelt, die gerade erst in Marseille eingetroffen sind?«

Atikas Magen krampfte sich zusammen.

Julian ging zum Fenster und warf einen Blick auf die Straße. Er stellte fest, dass das DGSE-Team, das er angefordert hatte, um das Gebäude zu bewachen, an seinem Platz war. Und er sah, wie ein schwarzer Mercedes vorfuhr und unter Atikas Fenster hielt.

»Oh, ich glaube, Sie bekommen Besuch«, erklärte er.

»Wer ist es?« Atika starrte ihn an und ballte ihre Hände zu Fäusten.

»Das sollten Sie sich wohl besser selbst anschauen«, meinte Julian und schob den Vorhang zur Seite.

Atika warf einen Blick aus dem Fenster. Sie sah den Wagen, der sie am Vormittag verfolgt hatte. Aus dem offenen Fenster auf der Fahrerseite ragte ein behaarter Arm.

Sie lief rasch zurück zur Couch und krümmte sich zusammen. Sie wusste, was sie mit ihr anstellen würden, um die gewünschten Informationen über Obaidi zu bekommen – schließlich war sie nicht dumm.

Der Türsummer ertönte.

»Jacqueline«, sagte Julian, »diese Männer sind auf dem Weg nach oben. Wenn Sie Marie und mir sagen, was Sie über Issa wissen, werden wir Ihnen helfen, ihnen zu entkommen.«

»Wer sind Sie?«, fragte Marie zornig.

»Mein Name ist Julian, und das ist Marie. Wir arbeiten mit der französischen Regierung zusammen. Wenn Sie mit uns kooperieren, werden wir Sie beschützen.«

Es klingelte wieder an der Tür, dieses Mal länger und hartnäckiger.

Atika stand auf. Sie begann zu zittern. Es gab niemanden, an den sie sich wenden konnte. Sie saß in der Falle. Issa würde ihr nicht helfen. »Okay«, stimmte sie zu. »Also gut. Bringen Sie mich weg von hier.«

Julian nahm ihre Hand, und Marie folgte ihnen aus der Wohnung. Als sie auf den Fahrstuhl zugingen, öffneten sich geräuschvoll die Türen. Drei schwarzhaarige Männer in weiten Jacken traten aus dem Lift. Jacqueline schrie entsetzt auf. Marie warf Julian einen Blick zu und sah, dass seine Augen wie ein Laser auf den Bauch des Mannes vor ihm gerichtet waren.

Dann nahm sie eine Bewegung wahr. Julian beugte sich nach vorn und rannte los. Er benutzte seinen Kopf, seine Fäuste, seine Füße – seinen gesamten Körper – und zielte tief und hart. Als der erste Mann mit blutigem Gesicht zu Boden ging, stürzte sich Julian auf den zweiten, der sich zwar einen Moment lang auf den Angriff vorbereiten konnte, sich aber trotzdem nicht zur Wehr setzen konnte. Julian streckte ihn mit einigen Schlägen und Tritten nieder. Bevor Marie bis fünf zählen konnte, hatte sich Julian bereits den dritten Mann vorgenommen. Sie hatte nicht geahnt, dass Julian so aggressiv sein konnte. Es war beinahe so, als hätte ein Fremder von ihm Besitz ergriffen.

Julian packte Jacqueline am Arm. »Wir sollten von hier verschwinden.« Er atmete heftig, und Schweiß strömte ihm über das Gesicht. »Wir nehmen die Treppe.«

NOONU ATOLL, MALEDIVEN

Margaret Donovan legte die Nadelzange aus der Hand.

»Vijay!«, rief sie. »Vijay!« Es sah aus, als wäre er eingeschlafen. Margaret wusste, dass er Diabetiker war, und schon nach wenigen Sekunden war ihr klar, dass er kurz vor einer Ohnmacht stand. Plötzlich sackte er zusammen und fiel vom Stuhl. Margaret eilte rasch zu ihrem geschwächten Kollegen hinüber und stützte ihn. Er fühlte sich knochig an, und die Haut an seinen Armen war schlaff. Sie suchte auf seinem Schreibtisch nach einem Glas Saft, das er, wie sie wusste, immer in Reichweite hatte.

»Hier, trink einen Schluck.« Sie hob seinen Kopf an und schüttelte ihn. Dann führte sie den Becher zu seinen Lippen. Er sah sie verwirrt an und erkannte sie zuerst nicht. Schließlich wischte er sich über den Mund und sank auf den Boden zurück.

»Soll ich dir deine Medizin holen?«, fragte sie, ging wieder zu seinem Schreibtisch und holte ein paar Fläschchen mit einer klaren Flüssigkeit. »Ist das das Insulin, das du brauchst?« Er hatte ihr gesagt, dass sie, falls er ohnmächtig werden sollte, es zuerst mit Saft und dann mit Insulin versuchen sollte.

»Vielleicht wäre es für uns alle besser, wenn ich die Medizin nicht nähme«, stieß er gequält hervor.

Donovan schüttelte ihn wieder. »Vijay, sag nicht so etwas. Ich will nicht allein hierbleiben.«

»Du denkst an dein Wohlergehen, obwohl du an das der Welt denken solltest«, erwiderte er. »Es wäre besser, wenn wir beide sterben würden, glaubst du nicht?«

Sie schüttelte den Kopf. Ihr war klar, dass sie nicht so miteinander sprechen sollten, denn das würde ihnen wieder Schläge von den Aufpassern einbringen. Aber Vijay schien sich nicht mehr unter Kontrolle zu haben.

»Nein«, flüsterte sie. »Wir sollten weiterhin unseren Plan verfolgen und unsere Arbeit verzögern. Weil uns vielleicht jemand retten wird.«

»Das glaubst du, weil du noch jung bist.« Er schloss die Augen.

»Sie wollen, dass wir für sie eine schmutzige Bombe bauen«, sagte Margaret leise, während sie ihm wieder auf den Stuhl half. »Niemand hat jemals eine gezündet. Nicht einmal wir wissen, ob sie funktionieren wird.«

Margaret sah auf und stellte fest, dass die Aufseher auf sie zukamen.

»Sie kommen, Vijay«, sagte sie eindringlich. »Du musst versuchen, dich aufzusetzen.« Es gelang ihr, ihn in eine sitzende Position zu bringen. Sie reichte ihm eine in einer Plastiktüte verpackte Spritze. Das letzte Mal, als Bhopajee seine Arbeit unterbrochen hatte, war er von den Männern geschlagen worden. Als die Bewacher sich jetzt näherten, zuckte Margaret vor Angst zusammen. Sie verabscheute sich selbst dafür.

»Bitte nimm deine Medizin«, flehte sie. »Wie wäre es mit einem Witz?«

»Oh, keine Witze mehr«, erwiderte Bhopajee. »Mir sind die Witze ausgegangen.«

»Sie würden dir nicht einmal ausgehen, wenn du für den Rest deines Lebens drei Stück am Tag erzählen würdest!«

»Ja, da hast du wahrscheinlich recht.« Bhopajee setzte sich auf und entblößte seinen Bauch für die Spritze.

Er zog eine Wegwerfspritze aus der Plastikverpackung und spritzte sich damit die klare Insulinflüssigkeit unter die Haut.

Die Aufseher stellten zufrieden fest, dass die Wissenschaftler ihre Arbeit wieder aufgenommen hatten, drehten sich um und gingen auf ihre Posten zurück.

Donovan sah Bhopajee an und flüsterte ihm zu: »Ich mache meinen Schalter so langsam fertig, wie ich nur kann. Und außerdem auch in-stabil.«

»Sie werden ihn testen, also musst du vorsichtig sein«, gab Bhopajee zu bedenken und warf die benutzte Spritze in den Abfalleimer.

»Was soll ich denn sonst tun?«, zischte sie.

DGSE-HAUS, AUSSERHALB VON MARSEILLE, FRANKREICH

Jacqueline Atika wirkte in dem ausladenden Polstersessel sehr klein. Sie hatte ihre Schuhe ausgezogen und ordentlich auf den Boden gestellt und ihre Beine hochgezogen. Das Wohnzimmer dieses sicheren Hauses, ein paar Kilometer von Atikas Apartment entfernt, war sonnendurchflutet und in den bunten Farben der Provence möbliert. Julian stand mit zerzaustem Haar, die Hände in den Hosentaschen, einen Meter vor ihr. Marie kam aus der Küche und stellte ihr eine Tasse Tee hin.

»Jacqueline«, begann Julian, »wo werden die Wissenschaftler gefangen gehalten?«

Die Frau sah ihn an und versuchte, sich zu konzentrieren. Sie fragte sich plötzlich, ob sie ihre Wohnungstür abgesperrt hatte. Der Gedanke nagte an ihr und lenkte sie ab, aber nicht so sehr, dass sie etwas erwidern wollte. Sie hatte Schwierigkeiten, klar zu denken.

»Wir wissen, dass Sie das Büro von Mohammed Issa leiten. Wir wissen auch, dass Sie seine Rechnungen bezahlen und seine Geschäfte führen. Und dass Sie in Le Marais ein Apartment für Ihre Rendezvous mit Michel Durand gemietet haben.«

Sie starrte ihn verdutzt an. *Woher weiß er das alles?*

»Die Franzosen würden Sie liebend gern nur wegen dieses einen Verbrechens für den Rest Ihres Lebens hinter Gittern sehen.«

Julian bemerkte, dass ein Muskel unter ihrem linken Auge zuckte.

»Wenn die Franzosen mit Ihnen fertig sind, werden sicher die Inder mit Ihnen über Vijay Bhopajee sprechen wollen. Er hat seine Familie seit Wochen nicht gesehen. Und dann werden zweifellos die Amerikaner auf Sie zukommen und Ihre Auslieferung wegen der Entführung von Margaret Donovan fordern.«

»Ich glaube, ich habe meine Wohnungstür nicht abgeschlossen.« Jacqueline war sich kaum bewusst, dass sie das laut ausgesprochen hatte.

Julian ignorierte sie.

»Aber vielleicht bringen die Amerikaner Sie auch nicht zur Befragung in die Vereinigten Staaten. Wie man weiß, nutzen sie auch ihre Möglichkeiten im Ausland. Sie nennen das außergewöhnliche Überstellung.«

Julian sah, wie sich Jacquelines Pupillen weiteten. Sie wurde bereits schlecht behandelt, dachte er, und versucht, ihre letzten Kräfte zu mobilisieren. Sie ist bereit, sich von allem zu lösen. Jetzt durfte er nicht lockerlassen und musste sie auf seine Seite ziehen.

»Jacqueline«, fuhr er fort und wartete, bis sie zu ihm hochschaute, »Sie sind auf der Flucht. Es gibt keinen Ort mehr für Sie, wo Sie sicher sind. Wir haben gestern Abend Ihr Büro im Flughafen durchsucht und die verschlüsselte Adresse Ihres Hauses in Madrid gefunden. Und wir haben bereits unsere Kollegen in Spanien informiert. Sie würden Sie sofort bei Ihrer Ankunft verhaften.«

Jacqueline hatte das Gefühl, als würde man ihr den Boden unter den Füßen wegziehen. Sie hatte geglaubt, in ihren Wagen steigen zu können, sobald diese beiden genug von ihr hatten, und dann den ganzen Weg nach Madrid durchzufahren und sich in ihrem Haus zu verstecken. Woher wusste dieser Mann so viel über sie? Wer hatte ihm das alles verraten? Issa vielleicht? Hatte er sie verraten?

»Wir können für Ihren Schutz sorgen und Ihnen die Iraner vom Hals halten. Niemand wird Sie jemals finden. Alles, worum wir Sie im Gegenzug bitten, ist eine Information, die uns hilft, die Geiseln wieder zu ihren Familien zurückzubringen.«

Atika sah ihn wütend an. Und wo war *ihre* Familie? Wo waren *ihre* Eltern? Sie wurden während eines Angriffs der Amerikaner auf *ihr* Land getötet. Sie stand kurz vor einem Zusammenbruch und fühlte sich hilflos.

»Sie sind auch nicht besser als die anderen«, schrie sie.

»Nicht besser als wer, Jacqueline?«

»Als die Amerikaner.«

»Ich arbeite für die Franzosen.«

Sie schlug ihre Beine übereinander und verschränkte die Arme vor der Brust. Julian setzte sich neben sie auf das Sofa und nahm einen Ausdruck der Banküberweisungen von den Konten, die sie bei der Banque Auriol unterhielt, in die Hand.

»Eagle Aviation, Sepah Bank, Tri-Sea Shipping. Sind Ihnen diese Namen vertraut?«

Jetzt lag Panik in Jacquelines Blick. In ihrem Kopf drehte sich alles, und sie konnte nicht mehr klar denken. Sie könnte versuchen davonzulaufen, aber dieser Mann konnte grob werden, das hatte sie gesehen. Es würde ihr nicht gelingen, an ihm vorbeizukommen.

»Sie können wieder ein normales Leben führen«, erklärte die Frau, »auf dem Land, mit einem Garten. Sie können in ein kleines Haus ziehen. Niemand wird erfahren, wer Sie sind und was Sie getan haben.«

»Und Sie werden nicht mehr fliehen müssen«, fügte der Mann hinzu.

Und als Jacqueline wieder aufsah, hatte sich alles geändert. Sie sah nicht mehr den Mann mit dem geröteten Gesicht vor sich, der mit ihr gekämpft hatte, sondern Sonnenlicht draußen. Und auch um seinen Kopf schimmerten Sonnenstrahlen wie eine Aureole. Vielleicht würde dieser Mann, der alles wusste, sie retten. Wahrscheinlich war es besser, wenn sie jetzt aufgab. Die Frau schien sehr nett zu sein. Sie konnte kein schlechter Mensch sein.

Und dann, bevor sie wusste, was sie tat, hörte sie ihre eigene Stimme.

»Und wie werden Sie mich vor ihm beschützen?«, fragte sie, kniff die Augen zusammen und knetete ihre Finger in ihrem Schoß. »Er wird mich aufspüren und töten, wo immer ich auch sein werde.«

»Vor wem sollen wir Sie schützen?«, fragte Julian.

»Vor Mansour Obaidi.«

NOONU ATOLL, MALEDIVEN

Verzweiflung senkte sich plötzlich über Margaret. Ohne Vorwarnung überfiel sie sie mit überraschender Wucht an ihrem vierten Tag in dem Labor auf der Insel.

Unter normalen Umständen gelang es ihr immer, auch unter großem Stress, ihre gute Laune nicht zu verlieren. Ihre Mutter hatte ihr einmal gesagt, dass sie in der Familie der Fels in der Brandung sei. Sie war das siebte von acht Kindern, die Vermittlerin und Friedensstifterin. Auf ihren Schultern wurde einiges abgeladen, aber sie meisterte die Belastung sehr gut.

Ihre Mutter – die Heilige Jungfrau Maria mochte ihrer Seele gnädig sein – würde sich im Grab umdrehen, wenn sie ihre Tochter in dieser traurigen Lage sehen könnte. Es war grauenhaft. Sie sollte die schlimmsten Waffen, die es auf dieser Welt gab, bauen. Und das für Menschen, die nicht verstanden, welchen Schaden sie damit anrichten konnten. Menschen, die sich für Gewalt entschieden hatten, weil es ihrem Wohlbefinden diente.

Nach dem Mittagessen und einer Toilettenpause führte ein Aufseher sie wieder zurück in das Labor. Ihre Hände waren auf dem Rücken gefesselt. Sie nahm an, dass sie das Durands Fluchtversuch zu verdanken hatte. Bhopajee hatte ihr davon erzählt. Sie waren beide der Ansicht, dass man Durand von ihnen getrennt hielt, während er sich erholte. Bisher hatten sie ihn nicht zu Gesicht bekommen.

Wieder zurück im Labor, befreite der Mann Margaret von ihren Fesseln, und sie setzte sich an ihren Arbeitsplatz. Sie hatte inzwischen etliche Schalter für einfache Sprengkörper angefertigt und musste an diesem Tag nur noch einen fertigstellen. Danach sollte sie einen speziell geformten Behälter für radioaktive Elemente für eine schmutzige Bombe bauen.

Bhopajee kam mit seinem Bewacher herein. Er sah besser aus.

Sie arbeiteten etwa eine Stunde lang, als vor dem Lagerhaus plötzlich Geräusche laut wurden. Eine der Metalltüren wurde aufgestoßen, und mehrere Pakete wurden auf Rollwagen in den Raum geschoben.

»Hier sind Ihre neuen Projekte«, verkündete einer der Bewacher.

Bhopajee warf einen Blick auf die Markierungen auf den Kisten und wurde blass.

»Sie sollen überprüfen, ob diese Geräte funktionieren. Wenn nicht, müssen Sie sie reparieren. Wir haben alle Werkzeuge und Materialien dafür mitgebracht. Die Männer werden die Kisten für Sie auspacken. Wenn Sie noch etwas brauchen, stellen Sie eine Liste für mich zusammen. Wenn Sie mich allerdings sinnlos durch die Gegend jagen, werden Sie das büßen. Habe ich mich klar ausgedrückt?«

Bhopajee zuckte zusammen. Er senkte den Kopf und wartete, bis die Bewacher an seinem Tisch vorübergegangen waren.

»Ist es das, was ich vermute?«, fragte Margaret und riss ängstlich die Augen auf. Sie sah das Zeichen mit dem dreiblättrigen Kleeblatt und kyrillische Schriftzeichen auf den Paketen und ging näher heran. Die Holzkisten waren klein und sorgfältig ausgepolstert. Darin lagen auf mehreren Paletten drei kleine Atomraketen und zwei Mörser.

»Sollten diese kleinen Waffen gemäß der START-Verhandlungen nicht alle vernichtet worden sein?«, fragte Margaret.

Bhopajee zuckte die Schultern.

Margaret warf einen Blick in die letzte Kiste. In ihr befand sich ein grüner Handkoffer, umwickelt mit alten Lederbändern und verschlossen mit Metallspangen. Und einige Drähte, die zu einer neuen Batterie führten, ragten daraus hervor.

»Vijay, das musst du dir anschauen«, sagte sie.

Er schlenderte zu ihr hinüber, rückte seine Brille zurecht und betrachtete eine Weile schweigend den Inhalt der Kiste.

»Das ist die RA-115«, stellte er fest und sah sie an. »Eine tragbare Atombombe. Leicht zu befördern und gut in Wohnzentren zu bringen. Eine Kilotonne. Mehr als genug, um einen Stadtteil zu vernichten.«

»Die Sowjets haben behauptet, niemals eine solche Waffe hergestellt zu haben«, sagte Margaret.

»Und das heißt, dass sie genau das getan haben«, erwiderte Bhopajee.

»Woher haben die Männer sie wohl?«

»Die Leute von der Atomwaffenkontrolle befürchteten schon immer, dass solche Waffen russischen Kriminellen in die Hände fallen könnten und dass diese sie dann an Terroristen verkaufen würden.«

»An unsere Entführer«, stellte Margaret fest.

HOTEL MOROSCO, MARRAKESCH, MAROKKO

Mohammed Issa erhob sich aus dem burgunderfarbenen Brokatsessel und zog die schweren goldfarbenen Vorhänge in seinem Hotelzimmer zu. Schließlich wollte er keinem französischen Scharfschützen ein Ziel bieten. Er ging zum Kamin hinüber, lehnte sich gegen den Sims und betrachtete die dort aufgereihten Nippesfiguren.

Diese Franzosen. Wer hätte gedacht, dass er sich jemals in den Händen der Franzosen befinden würde? Er lächelte in sich hinein. In den 1980er Jahren hatte er ihnen einige Schwierigkeiten bereitet, als er in Beirut französische Geschäfte bombardiert hatte. Und das Büro der Air France. Jetzt war alles ganz einfach. Er hatte etwas, was sie wollten.

Oh, diese Franzosen konnten Mistkerle sein – wie alle anderen auch. Aber sie benahmen sich zivilisiert. Sie würden ihn verstehen, denn sie waren mit der Mentalität im Nahen Osten vertraut. Schließlich hatten sie in ihrer Geschichte eine langjährige Verbindung zum Vorderen Orient. Sie würden ihn nicht beleidigen, so wie die Amerikaner es tun würden.

Er ging an die Minibar, holte sich eine Dose Pfirsichsaft heraus, öffnete sie und schenkte den Inhalt in ein Glas. Mit den Iranern war er fast fertig. Er hatte ihre fünfzehn Millionen Anzahlung auf seinem Konto. Und von den Franzosen würde er wahrscheinlich auch noch etwas bekommen. Er musste wieder ganz von vorn beginnen. Allmählich bekam er Übung darin.

Das erste Treffen war morgen Nachmittag in einem sicheren Haus der Regierung geplant. Er erwartete, dort den französischen Botschafter zu treffen. Und er würde bereit sein. Heute Abend würde er sich das französische Fernsehprogramm ansehen, um sich auf die Sprache einzustimmen.

DIE BAR IM HOTEL GRENOUILLE, MARRAKESCH, MAROKKO

Julian und Marie saßen auf hohen Barhockern aus Metall an der Hotelbar. Vor ihnen stand eine Flasche Wasser. Marie trug ein figurbetontes Kleid, das ihr bis zu den Knien reichte, und Stilettos von Louboutin, die sie am Morgen mit Julian ausgesucht hatte.

Ihr Plan war es, Obaidi sofort bei ihrer Begegnung zu schockieren. Als er Marie zum letzten Mal gesehen hatte, war er blutend und bewusstlos zurückgeblieben.

Marie konzentrierte sich auf die Anweisungen, die Julian ihr gegeben hatte. Zuerst auf die allgemeinen Ziele und dann auf ihre konkreten Schritte.

Surplice betrat die Bar, um die letzten Einzelheiten mit ihnen zu besprechen. Er wirkte noch hagerer als sonst, und seine Augen schienen noch tiefer in ihren Höhlen zu liegen. Offensichtlich war er müde und gestresst. Er zog sich einen Stuhl heran, gab ihnen beiden die Hand und nickte ihnen zu – eine stumme Bestätigung, dass es nun bald losgehen würde.

»Alles vorbereitet?«, fragte Julian.

»Der Treffpunkt ist abgesichert. Euer Kontaktmann ist Captain Pierre Duchamps, der sich als Chefbutler tarnt. Nach eurer Ankunft wird er euch den Kontrollraum und die Lage der Überwachungskameras und Mikrofone zeigen und euch das Team vorstellen, das euch beschützen wird, falls Obaidi euch angreifen sollte. Ich werde auch dort sein.«

»Und wie soll die Sache ausgehen? Wird sich die Regierung auf seine Forderungen einlassen?«

Surplice atmete tief durch und lachte.

»Obaidi hat sieben Millionen Dollar verlangt. Saucony sagt, dass ihr ihm drei anbieten könnt.«

»Ihr wollt, dass ich mit ihm verhandle?«

»Natürlich.«

Julian schüttelte den Kopf.

»Erinnere ihn daran, dass der Euro im Wert gesunken ist und sich jeder auf einen Rabatt einlässt«, warf Marie ein.

»Kein schlechtes Argument«, meinte Surplice.

Julian stand auf. Er konnte es kaum mehr erwarten, dass es endlich losging.

»Bereit?«, fragte er Marie.

Sie nickte. Das Spiel hatte begonnen.

IRANISCHE BOTSCHAFT, DELHI, INDIEN

Safavi nahm sich eine Tasse indischen Kaffee mit Kardamom von dem Silbertablett und trank sie rasch aus. Am Vormittag hatte ihm seine Tochter Sorgen bereitet, weil sie sich wieder selbst verletzt hatte. Das dunkelrote Blut aus den Schnittwunden war über den Badezimmerboden geflossen und hatte dort kleine ovale Pfützen gebildet. Sie waren schnell beseitigt, aber der schmerzhafte Vorwurf darin blieb bestehen. Seine Frau schrie, und die Augen seiner Tochter wirkten starr und glänzten auf eine schreckliche, ekstatische Weise. Es war beinahe so, als würde das Mädchen die Gefahr begreifen, Safavis Schwäche und Unfähigkeit erkennen und ihm seine eigenen schlimmsten Ängste und die möglicherweise grauenhaft Zukunft ihrer Familie zeigen.

Er durfte sie jetzt nicht im Stich lassen.

Als Safavi aufsah, bemerkte er einen Assistenten an der Türschwelle. Er bedeutete ihm mit einer Geste, zu ihm hereinzukommen. Der Mann reichte ihm die wöchentlichen Geheimdienstberichte, und Safavi nahm die Unterlagen dankbar entgegen. Er schloss die Bürotür und blätterte den Bericht durch. Zuerst überflog er die Inhalte und suchte dann gezielt nach dem Bericht des Leiters in Bukarest.

Als er den entsprechenden Ordner gefunden hatte, legte er ihn auf seinen Tisch und las: »Aktivitäten an der serbisch-rumänischen Grenze. Drei LKWs wurden vor den Lagerhallen der Vidic-Familie beladen. Wir folgen der Wagenkolonne.«

Safavi stand auf; er zitterte vor Aufregung am ganzen Körper. Die Vidic-Familie war Teil einer alten Schmugglerbande, die seit Jahren auch im organisierten Verbrechen tätig war. Mitte der 1990er Jahre hatten sie militanten Albanern im Bosnienkrieg geholfen. Issas Verbündete hatten damals

Seite an Seite mit den Albanern gekämpft und enge Beziehungen zu ihnen geknüpft. Vielleicht versteckten sie immer noch die Waffen, die Obaidi sich in dem Chaos der letzten Tage der Sowjetunion unter den Nagel gerissen hatte.

Safavi hielt sich an der Rückenlehne seines Stuhls fest. Es war nur ein Anhaltspunkt, aber vielleicht war es der Hinweis, nach dem er so verzweifelt gesucht hatte. Die LKWs transportierten möglicherweise Waren für Obaidi. Und wenn er vor Nafabedi an sie herankam, konnte er die Operation retten. Und auch sich selbst. *Er musste den Waffen folgen.*

EIN SICHERES FRANZÖSISCHES HAUS, VILLA MONTROSE, MARRAKESCH, MAROKKO

Die mit Palmen gesäumte Auffahrt wand sich elegant an einem menschenleeren, das Licht reflektierenden Swimmingpool und an Trompetenbaumgewächsen und Oleanderbüschen vorbei. Das Grundstück war wunderschön – das frühere Heim eines Libanesen, der Hundert-Dollar-Scheine gefälscht hatte. Es war konfisziert worden und gehörte nun der französischen Regierung. Am Ende der Auffahrt stoppten zwei DGSE-Beamte den Citroen C6 vor der von Säulen gestützten Loggia. Julian und Marie stiegen aus dem Wagen und berieten sich kurz, bevor sie zum Eingang der Villa gingen.

Ein Butler in einem steifen Frack öffnete ihnen die Mahagonitür. Captain Duchamps, ausgestattet mit einem etwas breiteren Rücken und kräftigeren Nacken als die meisten Haushaltshilfen, führte sie in ein Wohnzimmer und reichte Julian den Plan des Hauses. Er zeigte ihm, wo die Überwachungskameras und die Mikrofone angebracht waren und wo sich der Konferenzraum befand. Dann deutete er auf die Bibliothek, wo sie sich mit Obaidi treffen würden, und auf den Kontrollraum, in dem Surplice Stellung bezogen hatte. Er erklärte ihnen, dass zwei Männer und er sich ständig in der Bibliothek aufhalten würden. Julian erfuhr genau, welche Waffen sie trugen und an welchen Stellen sich in dem Raum versteckt noch weitere Waffen befanden.

Nachdem er ihnen ein Glas Wasser angeboten hatte, führte Duchamps Julian und Marie zu Surplice, damit sie ihren Plan noch ein letztes Mal durchsprechen konnten. Als sie ihr Gespräch beendet hatten, griff Marie nach Julians Arm.

Sie war ängstlich, das sah er ihr an. Und sie wollte ihm etwas sagen, aber er war der Meinung, dass sie jetzt nicht abgelenkt werden sollte.

»Denk daran, dass du bei dem Gespräch Druck machen musst.« Er nahm ihre Hände in seine. »Du willst ihn unvorbereitet erwischen. Ein muslimischer Mann, der von einer amerikanischen Frau mit unbedecktem Haar befragt wird, ist entsetzt und fühlt sich gedemütigt. Denk an den Aufruhr, den du verursachst. Wir wollen ihn aus der Fassung bringen, aufrütteln. Wenn ich mit meiner Befragung beginne, wird er bereits irritiert sein. Ich werde ihn mit immer mehr Informationen überschütten, sodass er nicht mehr klar nachdenken kann. Genauso, wie wir es mit Jacqueline gemacht haben.«

Ihr Gesichtsausdruck hatte sich verändert – sie wirkte jetzt entschlossen.

»Alles klar«, verkündete sie. »Ich bin bereit.«

»Bitte.« Captain Duchamps führte sie durch eine mit spanischen Gemälden aus dem 18. Jahrhundert dekorierte Galerie. Marie hielt sie für Werke von Goya oder für sehr gute Reproduktionen. Sie nahm sich nicht die Zeit, um sie näher zu betrachten, aber bei einer Reihe von Grafiken, auf der groteske Schlachtszenen dargestellt waren, blieb sie kurz stehen und las den Titel: *Die Schrecken des Krieges.* Rasch zwang sie sich dazu, sich wieder auf die Gegenwart zu konzentrieren.

Am Ende des Flurs befanden sich hohe Doppeltüren aus Eichenholz. Duchamps und ein Helfer, der ähnlich gekleidet war wie er, stießen die Türen zu einer holzverkleideten Bibliothek auf, die vom Boden bis zur Decke mit Büchern bestückt war. Marie betrat den Raum als Erste und Julian folgte ihr. Duchamps und sein Kollege blieben wie abgesprochen vor der Tür.

Obaidi trug ein marineblaues Sportjackett und eine weiße Hose. Er saß auf einem der zwei Sessel vor dem Kamin. Das Licht des Feuers flackerte über seine Hände, und er erhob sich langsam, als sei er überrascht worden. Julian ging zu dem Sessel neben seinem, und Marie stellte sich vor das Sofa aus feinem Ziegenleder. Sie hatten sich den Raum vorher angeschaut und sich auf diese Anordnung geeinigt. Maries Puls schlug so schnell, dass sie Angst hatte, in Ohnmacht zu fallen.

Obaidi musterte sie beide, und Marie beobachtete, wie ein Ausdruck des Erschreckens über sein Gesicht glitt und sich in seinem unversehrten Auge widerspiegelte. Er presste seine Hand ruckartig an sein Kinn. Einen Moment lang sah es so aus, als würden seine Knie nachgeben, doch dann richtete er sich rasch wieder auf.

»Sie haben sich nicht wirklich gut erholt«, sagte Marie und stemmte eine Hand in die Hüfte. »Von Ihrer Verletzung.«

Obaidis Glasauge war gut angepasst, aber es reagierte den Bruchteil einer Sekunde langsamer als das echte Auge, und das ließ seinen Blick verstohlen wirken. Auf seiner Wange prangte noch immer eine rote Narbe, die bis zu seinem Auge reichte.

»Ich hätte Sie töten können.« Marie trat einen Schritt nach vorn. Ihre blauen Augen schimmerten im Licht des Kaminfeuers, und sie schob entschlossen ihr Kinn vor.

Obaidi betrachtete die Frau, die vor ihm stand, voller Verachtung. Sie hätte ihn töten können? Wollte sie damit sagen, dass sie ihn verschont hatte?

Er spürte, wie sein Nacken sich rötete und die aufsteigende Hitze bis in seine Haarwurzeln schoss. Marie bemerkte, dass sein Gesichtsausdruck sich verdüsterte, und das machte ihr Angst. Er sah aus, als würde er sich jeden Moment auf sie stürzen.

»Wir wissen Bescheid über das Apartment in der Rue Grenoble in Le Marais«, sagte sie und unterdrückte das Bedürfnis, sich von ihm zu entfernen. Sie zog eine Handvoll Fotos aus ihrer Tasche und warf sie auf den Kaffeetisch vor ihm. Sie zeigten die leere Wohnung, aus der Durand entführt worden war, den Gang und den Aufzug. Und die Eingangstür.

Obaidi neigte den Kopf, um sie besser betrachten zu können.

»Ihre Leute haben etwas übersehen«, fuhr Marie fort. »Auf dem Teppich befand sich ein Haar von Durand. Und auch Spuren von Atikas Make-up wurden gefunden.«

Sie legte ihm zwei weitere Aufnahmen der Polizei vor. Ein Haar unter einem Mikroskop und eine DNA-Analyse, die bestätigte, dass sie von Durand stammte.

Der Muskel an Obaidis rechtem Auge begann zu zucken.

»Wir wissen auch von Bhopajee. Und von der Amerikanerin namens Donovan«, warf Julian ein.

»Sie wissen gar nichts«, knurrte Obaidi. Er stand immer noch da und ließ die Arme hängen.

»Wir wissen, dass Sie Donovan unter Drogen gesetzt und als eine bekannte Sängerin getarnt aus Seattle ausgeflogen haben.«

»Wir haben Kopien von den Unterlagen des Sanitätsdiensts, von der Genehmigung, die Flugpiste des King County Airports zu benutzen, und von den Rechnungen für die Betankungsgebühren.« Marie warf ein paar weitere Dokumente auf den Tisch.

»Wir wissen, dass Sie einige Sicherheitslücken ausgenutzt und Donovan über Irland nach Tanger gebracht haben«, fuhr Julian fort. »Und wir haben die ermordeten Sanitäter gefunden, die sie auf dem Flug begleitet haben. Wir wissen auch, dass Sie Michel Durand mit Ihrem eigenen Privatflugzeug außer Landes gebracht haben.«

»Das reimen Sie sich zusammen«, entgegnete Obaidi mit einem Blick auf den großen Mann neben ihm. »Alles nur an den Haaren herbeigezogen.«

»Nein«, widersprach Julian. »Wir haben Kopien Ihrer Bankunterlagen von der Banque Auriol Marseille. Villepin hat uns alles erzählt.«

Marie legte die Fotokopien der Unterlagen über die Bankgeschäfte auf den Tisch.

»Sie haben sich mit den Iranern einen sehr gefährlichen Gegenspieler ausgesucht«, meinte Julian.

»Woher kommen Sie?«, wollte Obaidi wissen. »An das Mädchen kann ich mich noch erinnern. Aber mir war nie klar, für wen sie arbeitet.«

»Ich bin Israeli. Und ich kann der größte Mistkerl sein, dem Sie jemals begegnet sind. Oder der großzügigste Mann der Welt. Ich biete Ihnen einige Möglichkeiten an. Wenn Sie sich anderweitig orientieren, ist jedoch alles vorbei.«

Obaidi schwieg. Er versuchte nachzudenken, aber es gelang ihm nicht. In seinem Kopf herrschte Chaos; er war vollkommen verwirrt.

»Sind wir uns schon einmal begegnet?«, fragte er schließlich.

Julian ignorierte seine Frage.

»Wir wissen, dass Sie von der IRGC finanziell unterstützt werden«, sagte er. »Wir haben Unterlagen über diese Zuwendungen von der Sepah Bank gefunden. Wir haben die Nummernkonten entdeckt. Die Amerikaner haben Kopien von allen Unterlagen. Wenn Sie uns sagen, wo sich die Wissenschaftler befinden, können wir Ihnen Schutz vor den Iranern bieten. Anderenfalls sind Sie erledigt. Ich bin Ihre einzige Rettung.«

Obaidi starrte ihn an. Seine Augen waren trüb, und auf seinem Gesicht lag ein Ausdruck von Wut und gleichzeitig von Hilflosigkeit.

»Ich habe das Rätsel gelöst«, fuhr Julian fort. »Ich bin klüger als Sie. Jetzt liegt es an Ihnen. Sagen Sie mir, was Sie tun wollen.«

Obaidi fragte sich, ob die Wissenschaftler ihre Aufgabe bereits erledigt hatten. Auf keinen Fall würde er diesen Ungläubigen etwas verraten, bevor er sich diesbezüglich sicher sein konnte.

»Sie haben noch nichts über mein Hauptanliegen gesagt.«

»Und das wäre?«

»Mein Schutz.«

»Wir verschaffen Ihnen eine neue Identität und bringen Sie in ein anderes Land. Spanien? Rumänien? Wie wäre es mit Malta? Dort soll es sehr schön sein.«

»Woher kann ich wissen, dass Sie Ihre Versprechungen tatsächlich einhalten?«

»Welche Alternative haben Sie denn?«, fragte Julian. »Ich habe Instruktionen erhalten, Ihnen zu geben, was Sie verlangen. Die Franzosen gehen davon aus, dass Sie mit einem neuen französischen oder spanischen Pass zufrieden sein würden.«

»Sie Dreckschwein.«

»Sagen Sie mir, wo die Wissenschaftler sind«, forderte Julian. »Ich gebe Ihnen noch fünf Minuten, dann ziehe ich mein Angebot zurück.«

Obaidi stieß ein Geräusch aus, das wie eine Mischung aus einem Knurren und einem Gähnen klang und Marie Angst machte. Sie straffte sich.

»Fünf Minuten«, wiederholte Julian und wandte sich zum Gehen. Captain Duchamps öffnete ihm die Tür. Julian flüsterte ihm etwas zu, packte Marie am Arm und führte sie rasch durch die Galerie zurück. Sein Körper fühlte sich für Marie wie eine Maschine an, die sich jederzeit in Bewegung setzen konnte. Als sie im Kontrollraum eingetroffen waren, nahm Surplice seine Kopfhörer ab und stand auf.

»Er verzögert alles«, erklärte Julian. Marie bemerkte, dass er immer noch gereizt war. »Er spielt auf Zeit«, fuhr er fort. »Warum?« Julian blickte von Marie zu Surplice. »Was hat er vor?« Er ging durch den Raum und blieb dann stehen. Seine Augen wurden glasig, und er runzelte die Stirn.

»Als du ihm eine neue Identität angeboten hast, schien ihn das nicht sonderlich zu interessieren«, sagte Marie.

»Dieser Kerl kann sich jederzeit selbst eine neue Identität besorgen – dazu braucht er uns nicht«, meinte Surplice.

»Das ist richtig«, stimmte Julian ihm zu. »Er braucht keine neue Identität.« Er sah sich nachdenklich in dem Kontrollraum um. »Vielleicht hat er schon alles, was er im Augenblick braucht.«

»Unseren Schutz, solange wir mit ihm verhandeln?«, fragte Surplice.

»Er steht unter unserer Bewachung«, erwiderte Julian.

»Und hat nichts von den Iranern zu befürchten«, fügte Marie hinzu.

»Richtig.« Julian sah sie erleichtert an. »Er weiß, dass der französische Sicherheitsdienst während unserer Verhandlungen die Stadt bewacht. Solange er mit uns verhandelt, ist er in Sicherheit. Er wird von den Franzosen beschützt. Ihm kann nichts passieren. Denkt mal darüber nach. Dieser Bastard. Deshalb ist er zu uns gekommen. Er braucht kein Geld und auch keine neue Identität. Ihm geht es darum, dass er vor den Iranern beschützt wird. Und zwar jetzt.«

»Und genau das wird er gerade«, sagte Marie.

»Aber warum zögert er die Dinge hinaus?«, fragte Surplice.

»Vielleicht will er die Wissenschaftler für sich selbst haben«, meinte Marie. »Und sie niemandem übergeben.«

Julian sah Surplice an. »Obaidi ist ein Bombenbauer«, sagte er langsam. »Das ist sein Hintergrund – darin ist er Experte. Vielleicht glaubt er, dass es für ihn an der Zeit ist, sich mit Nukleartechnologie zu beschäftigen. Und im Augenblick hat er drei Fachleute dafür in seiner Hand.«

»Auf keinen Fall wird es ihm gelingen, eine Atombombe herzustellen.« Marie schüttelte verächtlich den Kopf. »Dazu müsste er Uran anreichern können. Um ein Atomwaffenprogramm zu entwickeln, bräuchte er die Unterstützung eines Staates.«

»Er braucht keine moderne Atomwaffe«, wandte Julian ein. »Und auch keine Rakete oder eine Flotte von Kampfflugzeugen.«

Julian fuhr sich mit der Hand über die Stirn. »Alles, was er braucht, ist eine schmutzige Bombe. Oder einen alten atomaren Sprengkörper, den er von Kriminellen gekauft hat und umbauen kann. Denkt daran – alles, was Terroristen brauchen, ist eine Bombe, mir der sie anderen Angst einjagen und sie erpressen können.«

»Wir wissen, dass er sich einiges in der ehemaligen Sowjetunion besorgt hat«, erklärte Surplice.

Julian lief zur Tür und verließ den Kontrollraum. Marie rannte hinter ihm her.

»Was hast du vor?«, fragte sie.

»Ich werde mir diesen Scheißkerl noch einmal vornehmen«, erwiderte Julian. »Wir haben ihn unterschätzt. Er ist klüger, als wir dachten. Er glaubt, seine Nuklearwaffen sind der Joker, den er jederzeit bei den Franzosen einsetzen kann.«

Julian steuerte einen anderen Raum in der Villa an, vor dem Sicherheitsleute standen. In dem Zimmer lag Jacqueline Atika ohne Schuhe auf dem Sofa. Ihre Füße auf einem Kissen, sah sie fern. Julian hatte sie in drei langen Schritten erreicht, packte sie am Arm und zerrte sie hoch. Dann schlug er ihr unsanft ins Gesicht.

»Wo hat Issa sichere Häuser?«, herrschte er sie an und umklammerte ihre Handgelenke.

»Ich weiß es nicht!«, rief sie, Tränen in den Augen. Julian wusste, dass diese Frau gelernt hatte, sich gegen Angriffe und Befragungen zu wappnen, aber er hatte sie überrumpelt. Sie hatte sich gerade entspannt, sich ihr neues Leben vorgestellt und ihre Schutzmechanismen abgebaut. Und so schnell konnte sie diese nicht wieder aufbauen.

Er schlug sie erneut, dieses Mal noch härter. Ihre Lippe platzte auf, und eine dünne Blutspur zeichnete sich ab.

»Wo hat er Besitz, Jacqueline? Sie wissen es, aber Sie sagen es uns nicht«, brüllte er und drückte sein Gesicht an ihres. Auf seiner Stirn traten die Adern hervor.

Er verdrehte ihr Handgelenk, bis es schmerzte. Sie schrie auf.

»Sagen Sie es mir.«

»Kairo«, stieß sie hervor.

»Was ist dort?«

»Ein Haus.«

»Und wo noch?«, schrie er sie an.

»Er hat noch ein Haus für seine Mutter.«

»Und?« Er verstärkte den Druck auf ihrem Handgelenk, damit sie weitersprach. Sie schrie vor Schmerz auf, aber er gab nicht nach.

»Auf den Malediven«, sagte sie. »Er besitzt eine Insel mit einem Lagerhaus und einer Landebahn.«

»Welche Insel?«

»Noonu.«

Julian ließ ihr Handgelenk los. Sie fluchte, beschimpfte ihn auf Arabisch und schlug nach ihm, verfehlte ihn jedoch. Mit finsterer Miene rieb sie sich ihren Arm.

»Das war's.« Julian drehte sich um.

Die Sicherheitsleute öffneten die Tür und ließen Julian und Marie aus dem Zimmer.

»Sie sind auf den Malediven«, erklärte Julian, während er in den Kontrollraum lief. Surplice nahm seine Kopfhörer ab.

»Hat er dir das gesagt?«

»Nein, ich habe die Information von dem Mädchen. Und das passt alles«, erwiderte er. »Eine private Insel. Wahrscheinlich mit einer eigenen Landepiste. Er kann Fracht dorthin und von dort wegbringen, ohne dass ihn jemand dabei sieht oder ihn stört. Die Bevölkerung der Malediven besteht hauptsächlich aus sunnitischen Moslems, die allerdings nicht radikal sind. Wahrscheinlich besticht er ein paar Beamte dafür, dass sie ihn tun lassen, was er will.«

»Wir müssen ein Sonderkommando dorthin schicken«, meinte Surplice.

»Das sollten wir an die Amerikaner weitergeben«, erklärte Julian. »Ich glaube nicht, dass Frankreich in der Nähe des Indischen Ozeans militärische Stützpunkte unterhält.«

»Das weiß ich auch nicht«, erwiderte Surplice. »Ich werde sofort in Paris anrufen.«

»Wir haben nicht viel Zeit, um eine Operation auf die Beine zu stellen«, stellte Julian fest. »Und du weißt, dass die

Iraner ebenfalls alles unternehmen werden, um an die Wissenschaftler heranzukommen. Wenn sie vor uns dort sind, dreht sich das Spiel um.«

OVAL OFFICE, WEISSES HAUS

Präsident Ron Wildenthal starrte seine Sicherheitsberaterin Claudia Berri an.

»Verdammt, wir werden uns auf keinen Fall mit den Franzosen zusammentun. Ich bin sehr froh, dass sie die Information über den Aufenthaltsort der Geiseln weitergeleitet haben, aber diese Operation werden wir allein durchführen.«

Der Präsident sah den Vorsitzenden der Vereinigten Stabschefs, General Stanley McDermott, und den CIA-Chef Bob Ciccione an.

»Haben wir Männer und Ausrüstung in der Gegend, um die Sache in Gang zu bringen?«, erkundigte er sich.

»Ein Spezialkommando arbeitet daran«, erwiderte McDermott. »Und um Ihre Frage genauer zu beantworten: Wir haben etliche Möglichkeiten. Meine Kommandeure arbeiten an möglichen Einsatzszenarien. Die dafür nötigen Männer und die Ausrüstung sind verfügbar. Aber es wird ein paar Wochen dauern, um die Mission vorzubereiten.«

»So viel Zeit haben wir nicht«, entgegnete Wildenthal.

»Wir wollen erfolgreich sein«, wandte McDermott ein, »wie bei der Festnahme von bin Laden. Und nicht einen weiteren Hubschrauberabsturz wie in der iranischen Wüste.«

»Das war 1979«, sagte Wildenthal. »Vor einer Ewigkeit.«

»Nicht in militärischer Zeitrechnung, Sir. Wir können uns einen weiteren Fehlschlag nicht leisten.«

»General«, sagte Wildenthal, »wir wollen keinen Misserfolg, aber wir müssen jetzt schnell reagieren. Ich überlasse Ihnen die Strategie und die Auswahl des Personals.«

EIN SICHERES FRANZÖSISCHES HAUS, VILLA MONTROSE, MARRAKESCH, MAROKKO

Captain Duchamps öffnete die Tür der Bibliothek für Julian.

Obaidi ging vor dem Kamin auf und ab und schaute auf, als er hörte, dass sich jemand näherte.

Julian betrat den Raum und blieb in der Mitte stehen.

»Sie können gehen«, sagte er.

Obaidi sah ihn verwirrt an.

»Und was ist mit unserer Vereinbarung?«

»Was soll damit sein?«, fragte Julian.

»Ich möchte einige Änderungsvorschläge machen.«

»Und die wären?« Julian konnte ein ungläubiges Lächeln nicht unterdrücken.

»Ich werde die Geiseln eine nach der anderen freilassen. Und bei jeder Freilassung erhalte ich eine Teilzahlung.«

Julian lachte.

Obaidi sah ihn wütend an. »Finden Sie das amüsant?«

»Sie lassen allmählich nach.« Julian ging einen Schritt auf ihn zu. »Ich weiß alles, was ich wissen muss. Also sind Sie wertlos für mich. Und ja, wir sind uns schon einmal begegnet. In Madrid. Damals haben Sie gewonnen. Und jetzt gewinne ich.«

Obaidi war verblüfft, aber dann erinnerte er sich wieder an diesen Mann. Das war der Mann, der auf dem Platz gesessen und ein Buch gelesen hatte. Der Partner des Mannes, den die Tänzerin geliebt hatte. In den letzten dreißig Jahren hatte sich sein Aussehen stark verändert. Obaidi ging rasch in die Hocke, stürzte sich dann auf Julian und setzte mit dem rechten Arm zu einem Schlag an. Julian wehrte ihn mit einem Stoß gegen den Kopf ab. Captain Duchamps und seine Kollegen hielten sich bereit.

Obaidi ging wieder auf Julian los, und Julian packte einen kleinen Tisch und warf ihn auf Obaidi, der beinahe das Gleichgewicht verlor.

Aber er rappelte sich wieder auf und startete einen erneuten Angriff. Julian trat ihm mit Wucht gegen die Kniescheiben und brachte ihn zu Fall. Obaidi rollte sich herum und stand wieder auf, und Julian griff unter einem Beistelltisch nach einer Waffe, die, wie er wusste, dort deponiert war. Er legte seine Finger um die Glock, zog sie unter dem Tisch hervor und zielte damit direkt auf Obaidis Kopf.

Als Julian die Waffe entsicherte, klickte es deutlich hörbar. Vor ihm stand der Mann, der ihm jahrzehntelang entkommen war, der Hunderte von Menschen auf dem Gewissen hatte, einschließlich seines Partners, den Obaidi vor dreißig Jahren in Madrid getötet hatte. Der Mann, den er vor einem Jahr in New York nicht getötet hatte, als er, verletzt von Marie, vor ihm auf dem Zementfußboden gelegen hatte. Julian spürte das Adrenalin durch seine Adern schießen. Er wusste, dass er es tun wollte. Er würde den Kreis nach Madrid und New York schließen und sich dann besser fühlen.

Er hob die Waffe höher und zielte auf den Punkt zwischen Obaidis Augen. Dann hörte er, wie sich die französischen Polizisten an seine Seite stellten.

Julian sah auf die dünne weiße Haut auf der Stirn des Mannes und auf die Falten, die sich von einem Ohr zum anderen zogen. Er konnte sich genau vorstellen, wie Obaidis Kopf aussehen würde, nachdem die Kugel in ihn eingedrungen war – ein Einschussloch, Blut und Gehirnmasse und Knochensplitter überall. Sein Körper würde zeitlupenartig zu Boden sinken, so wie es eigenartigerweise bei Kopfschüssen der Fall war.

Aber er würde nicht abdrücken.

»Duchamps«, brüllte Julian und verzog angewidert den Mund. Die zwei DGSE-Agenten packten Obaidi und legten ihm Handschellen an. Julian ließ die Waffe sinken. Die Agenten begannen, Obaidi Faustschläge zu verpassen und ihn zu treten – auf den Kopf, den Rücken, den Bauch, die Schultern, die Hüften. Überallhin, wo sie ihn treffen konnten.

»Glauben Sie auch nicht nur eine Minute, dass Sie gewonnen hätten«, sagte Julian kalt und beugte sich über Obaidi. »Die französischen Behörden werden dafür sorgen, dass die Iraner erfahren, wo Sie zu finden sind.

Und wenn sie dann ihre speziellen Methoden anwenden«, fuhr Julian fort, während er neben Obaidi herging, als die Männer ihn aus dem Raum schleiften, »dann lassen Sie Ihre Gedanken schweifen und betrachten Sie Ihre Schmerzen als Vergeltung dafür, was Sie meinem Partner in Madrid angetan haben.«

BÜRO DES VORSITZENDEN DER VEREINIGTEN STABSCHEFS, WASHINGTON, D.C.

»Nur damit ich Sie richtig verstehe«, sagte Bob Kunkel, der Admiral der Sondereinsatzkräfte der US Navy, skeptisch. »Sie möchten einen Aufklärungseinsatz auf den Malediven?«

General McDermott erhob sich und ging um seinen Schreibtisch herum zu Kunkel, der neben dem CIA-Direktor Ciccione in einem Sessel saß.

»Wir brauchen ein SEAL-Team, um herauszufinden, ob die Geheimdienstinformationen, die wir über die drei entführten Wissenschaftler erhalten haben, wahr sind oder nicht. Und wenn sie wahr sind, müssen wir die Leute befreien.«

»Und was, wenn ich fragen darf, tun diese Wissenschaftler auf den Malediven? Sportfischen?«

McDermott richtete sich zu seiner vollen Größe auf. »Admiral, unsere Informationen deuten darauf hin, dass die Gruppe, nach der wir suchen, aus drei international anerkannten Wissenschaftlern besteht, die aufgrund ihrer Kenntnisse über Nuklearwaffen entführt wurden. Wir nehmen an, dass sie auf den Malediven gefangen gehalten werden, wo sie möglicherweise dazu gezwungen werden zu arbeiten. Möglicherweise hat man ihnen dazu Kernmaterial in die Hand gegeben. Vielleicht sogar eine Bombe. Ich gehe davon aus, dass diese Tatsache weitere sarkastische Bemerkungen überflüssig macht.«

»Ja, Sir«, erwiderte Kunkel. »Wir brauchen ein paar Wochen, um eine solche Operation zu planen. Sie sprechen von einer Geiselrettung. Und da Sie Nuklearwaffen erwähnt haben, sehen wir uns mit einer völlig neuen Situation konfrontiert.«

»Das können wir uns unter diesen Umständen nicht erlauben, Admiral. Wir haben eine Geheimdienstinformation vorliegen, die wir für verlässlich halten. Wir haben Geiseln, darunter eine Amerikanerin. Und wir haben keine Zeit.«

Kunkel zögerte. »Unsere SEAL-Teams haben sechs Monate lang für die Operation bin Laden geübt. Und in diesem Fall hatten wir keinen Hinweis auf mögliche Nuklearwaffen.«

»Admiral, wir befürchten, dass diese Wissenschaftler und das Material in ein feindliches Land gebracht werden könnten.«

»Also können wir sie nur retten oder ihren Tod in Kauf nehmen?«

»Im Grunde genommen – ja«, erwiderte McDermott.

Kunkel dachte einen Moment lang nach. »Das SEAL-Team zwei ist in Little Creek verfügbar«, sagte er dann. »Sie sind normalerweise innerhalb von vierundzwanzig Stunden einsatzbereit. Wann wollen Sie loslegen?«

»In dreiundzwanzig Stunden«, erwiderte Ciccione. »Wir haben keine Zeit zu verlieren.«

»Verstehe. Das Sondereinsatzkommando der Navy braucht uneingeschränkte Handlungsbefugnis, um ihr Programm effektiv ausführen zu können. Die Regeln für das Team werden einfach gestaltet sein und vor dem Einsatz genau festgelegt werden. Sind wir uns da einig?«

»Ich weiß nicht so recht, Admiral.« McDermott fuhr sich mit der Hand durch das Haar und warf Ciccione einen Blick zu.

»Das Weiße Haus hat da auch noch ein Wort mitzusprechen«, erklärte Ciccione. »Ich bin nicht sicher, ob wir uns darauf einlassen können.«

»Dann schlage ich vor, dass Sie beide mit dem Sondereinsatzkommando der Navy oder dem Weißen Haus sprechen. Ich schicke mein Team nicht los, wenn vorher nicht alles geklärt ist. Die nötigen Entscheidungen müssen uns überlassen werden.«

»Ich werde tun, was ich kann«, versprach Ciccione. »Wie lautet der Einsatzplan?«

»Das überlassen wir der US Navy.«

NOONU ATOLL, MALEDIVEN

Am dunklen Himmel leuchtete der Sichelmond, als das Flugzeug der British Airways mit der Flugnummer 5602 langsam auf den Internationalen Flughafen von Male zusteuerte. Auf ein Zeichen der jungen Flugbegleiterin hin erhoben sich sechs Männer von ihren Sitzen und begaben sich in den hinteren Teil des Flugzeugs. Als sie die Kabine durchquert hatten, zog die Stewardess den Vorhang vor der Bordküche zu, öffnete eine Falltür, die zum Gepäckraum führte, und trat einen Schritt zurück, damit die Männer, einer nach dem anderen, in den Bauch des Flugzeugs steigen konnten. Nachdem sie die Fluchttür wieder geschlossen hatte, kehrte sie zu ihrem Sitz in der Hauptkabine zurück. Sie schloss ihren Gurt und lächelte in sich hinein, während sie sich auf ihren bevorstehenden Urlaub auf einer Insel freute, den ihr der MI-6 bezahlen würde.

Nach einem Zeichen aus dem Gepäckraum leitete der Pilot eine sanfte Neigung nach steuerbord ein, um die Turbulenz im Heck des Flugzeugs abzufangen. Die sechs Männer, die jetzt schwarze Neoprenanzüge trugen und Waffen und Fallschirme angelegt hatten, ließen sich langsam über die Rutsche ins Dunkel gleiten.

In einer Höhe von etwa sechstausend Metern sprang das SEAL-Team in den kalten Himmel. Die Männer ließen sich bis zu einem bestimmten Punkt fallen und zogen dann die Reißleinen an ihren Fallschirmen. Einige Sekunden bevor sie selbst das Wasser erreichten, hörten sie das Platschen ihrer Rucksäcke, die sie an Gummiseilen befestigt hatten. Dann tauchten sie in das warme dunkle Meer ein. Die SEALs waren jetzt ganz in ihrem Element – sie öffneten ihre Rucksäcke, legten ihre Taucherausrüstung an und versenkten ihre Fallschirme.

Nachdem sie dreißig Minuten geschwommen waren, tauchten die sechs Männer aus der Brandung auf und liefen den Strand hinauf. Sie suchten Deckung an der Baumgrenze; ihre Bewegungen waren gut eingeübt und zeugten von absolutem Selbstvertrauen. Lautlos legten sie ihre Taucherausrüstung samt Atemmasken ab.

Der Teamführer breitete eine kleine Karte und ein Satellitenfoto aus, auf dem das Gelände gut zu erkennen war. Die Männer studierten die Aufnahme: ein gerodetes Stück Land, das einer Landepiste glich, ein einfaches Haus auf Pfählen oder ein Lagergebäude und eine Ansammlung von kleineren

Häusern in der Nähe davon. Der Teamchef bedeutete seinen Männern mit einer Bewegung seiner rechten Hand, ihre Waffen bereit zu machen: M4 und Heckler & Koch MP5, die mit einer Beschichtung gegen Salzwasser geschützt waren. Sie orientierten sich an den Sternen, während eine leichte Brise durch die Palmwedel strich. Mit einem zweiten lautlosen Kommando befahl der Teamführer seinen Männern, das Ziel anzusteuern: die Südseite der Insel und das große Lagerhaus.

Sie liefen zehn Minuten in schnellem Trott. Als sie das Gebäude erreicht hatten, stellten sie sich an den Türen auf. Jeder kannte seine Aufgabe. Ein Scharfschütze mit einem Barrett-Gewehr Kaliber 50 und sein Späher gingen in Stellung. Die anderen vier SEALs positionierten sich im Unterholz vor dem Lagerhaus. Keiner wusste, wie lange sie hier still würden ausharren müssen. Es konnten Stunden oder auch Tage vergehen, in denen sie keinen Laut von sich geben durften.

Aber bereits nach fünfzehn Minuten meldeten zwei Klicklaute in ihren Kopfhörern, dass der Späher etwas gesehen hatte. Die Türen des Lagers öffneten sich, und sechs Personen kamen heraus. Sie schoben schwere Kisten auf Rollwagen vor sich her und gingen auf ein überdachtes, gut getarntes Gebäude zu, das die SEALs auf dem Satellitenfoto nicht hatten erkennen können. Der Teamführer gab seinen Kollegen auf der rechten Seite sofort ein Zeichen, sich auf das neue Ziel zuzubewegen. Aber er wurde von einem weiteren Doppelklick im Kopfhörer unterbrochen. Eine siebte Person erschien an der Tür des Lagerhauses und begann, Benzin an die Mauern zu schütten. Die linke Flanke des SEAL-Teams befand sich so nahe am Geschehen, dass ihnen die Dämpfe in die Nase drangen. Doch sie verhielten sich still, um sich nicht zu verraten.

Als der Mann den leeren Benzinkanister auf den Boden warf und ein Streichholz anzündete, brach der Teamführer das Schweigen.

»Erledigt ihn.«

Zwei Schüsse krachten; der erste traf die Hand mit dem Streichholz und der zweite direkt das Herz des Mannes.

Dann ertönte ein zweites Kommando von dem Teamführer: »Los!«

Vier Männer stürmten in das Lagerhaus und warfen Blendgranaten.

Es fielen keine Schüsse. Nachdem sich der Rauch verzogen hatte, bewegten sich die SEALs rasch durch den Raum. Mit den Waffen im Anschlag suchten sie nach ihren Zielpersonen, aber das Lager war ausgeräumt worden. Die Arbeitstische waren bis auf einige Altmetallreste komplett leer. Keine Werkzeuge, keine Bomben, keine Materialien.

»Überprüft das überdachte Gebäude«, bellte der Teamführer. Als die Männer zu dem zweiten Haus rannten, hörten und sahen sie ein kleines Flugzeug auf der nahe gelegenen Piste starten. Die schnittige, aerodynamische Maschine erhob sich mühelos in die Luft.

Der Teamführer fluchte laut. Sie hatten falsche Informationen erhalten. Er stieß frustriert einen Schrei aus und warf einen Blick auf seinen Scharfschützen. »Bobby, kannst du schießen?«, fragte er ihn über den Kopfhörer und unterdrückte seine Wut.

Der Scharfschütze schulterte seinen Granatwerfer und nahm das Flugzeug ins Visier.

»Wenn sich die Maschine über dem Meer befindet, könnte ich sie in Schussweite haben«, erwiderte er.

»Hol mir das verdammte Flugzeug runter!«, brüllte der Teamchef, während er auf die Startbahn zulief. Seine Helmkamera zeichnete auf, wie das Flugzeug über dem Ozean nach oben stieg. Der Granatwerfer blitzte auf, und das SEAL-Team sah zu, wie das Geschoss in die Luft flog. Der Jet begann zu wackeln und zu kippen, als die linke Tragfläche an der Stelle explodierte, auf die der Scharfschütze gezielt hatte. Wegen der Fracht konnte er die Kabine nicht unter Beschuss nehmen. Metallstücke regneten herunter und fielen ins Meer. Sie beobachteten, wie die Maschine zu trudeln begann.

»Home Plate, hier Dugout«, brüllte der Commander in sein Headset, über das er mit der Kommandozentrale in Tampa verbunden war. »Mission erfolglos – ich wiederhole, erfolglos. Ziel nicht zerstört. Bestätige, dass die Maschine die Startbahn mit der Ladung an Bord verlassen hat. Das Flugzeug ist beschädigt, ich wiederhole, die Tragfläche ist von einem Granatwerfer getroffen. Die Maschine befindet sich aber noch in der Luft.«

Der Teamführer schickte seine Männer zu den nahe gelegenen Gebäuden, von denen eines eindeutig eine Unterkunft war. In den Schränken hingen Kleidungsstücke, und in den Kommoden lagen Wasserflaschen und Medikamente. Anscheinend hatte es hier einen hastigen Aufbruch gegeben. Einer der SEALs zog seine Handschuhe aus und fuhr mit der Hand unter die Bettdecken. Sie waren warm. Noch vor wenigen Minuten musste hier jemand geschlafen haben.

IN DER KABINE EINER EMBRAER LEGACY 600, ÜBER DEM INDISCHEN OZEAN

Das Flugzeug neigte sich zur Seite, als wäre es von einem kosmischen Baseballschläger getroffen worden. Margaret Donovan schrie auf. Sie drehte ihr Gesicht zum Fenster, umklammerte ihre Armlehnen und stieß angstvolle Laute aus. Neben ihr fuhr sich Bhopajee mit beiden Händen durch das

Haar, das ihm wirr ins Gesicht hing, und stöhnte, als die Maschine ins Schlingern geriet. Die Frachtkisten in der Kabine, unter denen sich auch die Lattenkiste mit Michel Durands Leiche befand, wurden gegen die verzurrten Seile gepresst. Ein Ruck ging durch die Maschine. Sie schien zum Stillstand zu kommen, flog aber dann weiter. Margarets Kopf wurde nach links und rechts gerissen, als das Flugzeug sich auf die Seite legte. Einige Sekunden lang bekam sie keine Luft mehr und spürte einen enormen Druck an ihrer Stirn.

Im Cockpit bemühte sich der Pilot, den Steuerknüppel hochzuziehen. Die Instrumententafel blinkte. Das Flugzeug kippte stark nach steuerbord, und im Cockpit sprang das automatische Warnsystem an.

»Beschädigung an der linken Tragfläche«, rief der Pilot. Er überprüfte die Instrumente, und als er danach einen Blick über seine Schulter aus dem Fenster warf, entdeckte er Flammen. Einige Teile der Zwischenwände brachen ab. Vor sich sah er durch die Windschutzscheibe das Meer auftauchen. Eine weibliche Computerstimme vom Band wiederholte monoton: »Bodennähe, hochziehen, Bodennähe, hochziehen.« Dem Piloten schmerzten der Nacken und die Schultern von der Anstrengung. Er versuchte noch einmal, das Flugzeug nach oben zu bringen, indem er das Fahrgestell auf der Steuerbordseite ausfuhr und den Luftwirbel nutzte, um die beschädigte Backbordseite hochzuziehen. Einer der Motoren schien Luft anzusaugen und stotterte, bevor er knappe zwanzig Meter über den Wellen wieder ansprang.

Während der Pilot darum kämpfte, die Maschine in der Luft zu halten, spürte er plötzlich, wie das Flugzeug an bestimmten Stellen über dem Wasser abgefedert wurde. Die Auftriebskraft erinnerte ihn an etwas, was er in seiner Ausbildung gelernt hatte. Wenn er tiefer über der Erde oder dem Wasser flog, als die Spannweite seiner Tragflächen maßen, konnte er mithilfe des Bodeneffekts in der Luft bleiben – ein Phänomen, bei dem sich ein Luftpolster bildete, indem die Fallwinde und die Wirbel an den Flügelspitzen reduziert wurden.

Er ermittelte die optimale Höhe und versuchte, auf dem Luftkissen zu schweben. Er spürte, wie sich unter ihm ein Polster aufbaute, aber das Flugzeug zog trotzdem weiter nach unten, und er musste immer wieder den Kurs korrigieren, um nicht im Wasser zu landen. Nach einigen Minuten hatte er den Bogen heraus und gönnte sich einen Blick auf die blauen Wellen unter ihm. Er sah eine endlose farbenprächtige Weite und den Himmel, der an der Küstenlinie beinahe transparent wirkte. Es fiel ihm schwer, seinen Blick darauf zu konzentrieren, und er bemerkte, dass das daran lag, dass ihm Schweiß von der Stirn in die Augen lief. Rasch wischte er sich mit dem Handrücken über die Brauen.

»Teheran, hören Sie mich? Wir wurden von einem Granatwerfer getroffen. Die linke Tragfläche ist beschädigt, aber wir sind noch in der Luft.«

Safavi, der über das Telefon mit dem Cockpit verbunden war, meldete sich aus Neu-Delhi.

»Nehmen Sie Kurs direkt über Indien«, rief er. »Bleiben Sie über großen Städten. Niemand wird Sie über stark bevölkerten Wohngebieten angreifen.«

Der Pilot gab einige Daten in seinen Bordcomputer ein, um seine Flugroute zu korrigieren.

»Verstanden«, sagte er dann in das Mikrofon an seinem Headset. »Die Maschine ist in der Luft. Wir kommen nach Hause.«

Im Hintergrund sicherten zwei der Wachmänner die Kisten wieder. Bhopajee nahm Margarets Hand in seine und drückte sie. Dann begann er zu weinen. Er hatte dafür gebetet, dass das Flugzeug abstürzen würde.

IN DER BAR IM HOTEL RITZ, PARIS, FRANKREICH

Der Ober schenkte den Rest der zweiten Flasche des Chateau Petit Village Pomerol, Jahrgang 1989, in die Gläser, umwickelte die leere Flasche mit einer Stoffserviette und nahm sie mit. Julian hob sein Glas und schwenkte es langsam.

»Man nennt Pomerol einen ›Kämpferwein‹«, erklärte er.

Maries Augen schimmerten dunkel. Ihre Pupillen waren vom Wein und dem Dämmerlicht im Raum geweitet. Sie hatten Marokko unmittelbar nach Obaidis Verhaftung verlassen und waren auf Umwegen nach Paris zurückgekehrt, um ihre Spuren zu verwischen. Surplice war ihnen am nächsten Morgen gefolgt, nachdem er alle Angelegenheiten in dem sicheren Haus geregelt hatte.

Sie hob ebenfalls ihr Glas. Sie saßen sich in einer Sitznische gegenüber. »Auf dich. Auf deine Fäuste und deinen Verstand. Ich hoffe, das Glück zu haben, dass du immer an meiner Seite sein wirst, wenn ich in Not gerate.« Sie nippten beide an ihrem Wein.

»Nun, die Amerikaner haben sich dazu entschieden, ihren eigenen Weg zu gehen«, stellte Julian fest. »Die Iraner waren ihnen wichtiger als Obaidi.« Marie spürte, dass Julian ein wenig gekränkt war.

»Aber ich nehme an, dass sich das für sie bezahlt gemacht hat, oder?«, erwiderte sie. »Sie haben die Nadel im Heuhaufen gefunden. Sie haben entdeckt, dass Atomwaffen vom Balkan in die Mittelmeerländer gebracht wurden. Und sie haben Beweise dafür gefunden, dass der Iran einen Überfall im Indischen Ozean geplant hatte.«

»Schon, aber sie haben diese beiden Tatsachen nicht miteinander verknüpft, bevor Surplice ihnen gesagt hat, wo sich die Wissenschaftler befinden. Und sie waren nicht auf die Flucht vorbereitet.«

Marie seufzte. Die Bar war beinahe leer. Nur ein paar Pärchen saßen an den Tischen und unterhielten sich leise miteinander.

»Sie haben sie fast gehabt«, sagte sie. »Es war sehr knapp.«

»Regierungen sind nicht auf schnelles Handeln ausgerichtet«, erklärte er. »Sie sind in erster Linie darauf aus, ihre eigenen Visionen zu schützen.«

Marie rückte an Julian heran. Er legte seinen Arm um sie und nahm ihre linke Hand in seine.

»Jetzt haben die Iraner also die Wissenschaftler in ihrer Gewalt«, fuhr Marie fort. »Und sie werden sie zwingen, für sie zu arbeiten. Und im Gegenzug erhalten sie dann einige funktionierende Atomwaffen. Oder zumindest eine schmutzige Bombe. Wer weiß schon, was die Wissenschaftler dort zusammenbauen werden?«

»Niemand«, erwiderte Julian. »Kein Mensch weiß, was sie bekommen werden. Nur die Iraner. Und Mansour Obaidi.«

Emily Benedek

arbeitet als Journalistin u.a. für »The New York Times«, »The Washington Post«, »Rolling Stone« und »Newsweek« und veröffentlichte mehrere Sachbücher. In ihren journalistischen Arbeiten greift sie besonders hochbrisante Themen auf. So beispielsweise recherchierte sie über die Terrorismusbekämpfung, begleitete ein Jahr lang einen Sicherheitsexperten des FBI bei seiner Arbeit und schrieb über einen amerikanischen F-15C-Kampfpiloten, der Einsätze im Irakkrieg flog. Ihre Recherchen flossen auch in ihre beiden Romane »Die letzte Plage« und »Saat der Angst« ein, die auf den Aussagen eines echten israelischen Geheimagenten basieren. Emily Benedek lebt mit ihrer Familie in New York City.

Mehr von Emily Benedek:

Die letzte Plage. Thriller (nur als E-Book erhältlich)

GOLDMANN
Lesen erleben